新釈　金瓶梅　巻三

― 中国明代白話小説 ―

原作者　蘭陵 笑笑生
訳　者　横山　民司

プレスポート
1000点 世界文学大系 8-3（中国篇）

新釈　金瓶梅　巻三

― 中国明代白話小説 ―

恩主橋本文次郎先生のみたまに捧げる

― 訳者

1000点 世界文学大系 8-3（中国篇）
プレスポート

西門慶痛哭李瓶兒

目　次

第五十九回

西門慶雪獅子を叩き殺し、李瓶児官哥の死に痛哭する

　さて、李瓶児はひ弱で腺病質な嬰児官哥の看病にかかりきりで、劉婆やが置いていった薬は飲ませるが、ほとんど効き目を顕わさず、官哥は少し寝るとすぐまた目を覚まし、ぶるぶる震えながら、目を淀ませて空を見詰めるばかり。

　いっぽう孟玉楼と金蓮は門首にあって、鏡磨きの老人のぼやきにききほだされ、老人にベーコン、餅、栗、キュウリの醤油漬けなどをどっさり持たせて帰らせると、そこへ東の方から大きな帽子を被り、ヴェールを垂らした旅姿の男が騾馬を走らせてやって来る。男は門前で馬の背から飛び降りる。玉楼と金蓮は慌てて奥に身をかくす。男はヴェールを払いのける。見るとそれは西門糸店の番頭韓道国で、ながの商用の旅から帰還したところであった。平安が忙しく問いかける。

「品物の荷はまだ届きませんか？」

「商品はたったいま城門をくぐったところで、旦那さまにお伺い願いたい。荷物はどこに降ろしたらよろしいかと」

「旦那さまはただいまご不在中。周さまのお屋敷にて酒のお呼ばれです。荷物は真向かいの喬家二階にとどめ置くようにとのこと。韓道国どのにはひとまず奥へお進みください」

　しばらくすると、陳経済が顔を出し、韓道国を連れて奥座敷に向かい、月娘に挨拶をさせる。それから大広間で埃を払い、行李や荷袋を弟の王経に運ばせて、自宅に届ける。月娘は飯を運ばせて、韓道国に食事を取らせる。

　やがて貨物が到着する。陳経済は鍵を持って、向かいの屋敷の二階の戸をあける。荷運び人夫が貨物を受け取って二階に運び上げる。緞子の荷は十荷もあって、すべてを運び上げたときには火灯しのころを過ぎていた。

やがて崔本もやってきて加勢し、数を数え、門を閉じて封印し、人夫に手当てを渡して帰す。その間にも、早々に玳安が周守備府に向かい、西門慶に韓道国の帰還を報告する。西門慶は船荷の搬入が完了したとの報せを受け、引き上げて来る。

韓番頭は西門慶の姿を認めると、待ちかねたようにまた大広間にはいって、腰を降ろし、杭州への旅の様子を往路・帰路に亘ってこと細かに語り聞かせる。そこで西門慶が尋ねる。

「銭の旦那に手紙を送ったんだが、効き目はあったかい？」

「はい、すべては銭さまに届けていただいた封書のお陰で、十荷の荷物も税金はずいぶんやすくしてくださいましたし、わたしゃ緞子の二箱を一箱にまとめて通してしまいました。三個の荷は二個にまとめるというやり方で申告をしましたら、みなお茶っ葉や香料の扱いにしてくれまして、〆て納めた税金は三十両と五銭だけ。銭さまは通関申請書を受け取っても、他の税関吏に調べさせるわけでもなく、荷車をさっさと通してくれました」と韓番頭。西門慶これを聞くと、満心歓喜して、

「それじゃあいずれ贈物を買って、銭の旦那にお礼をしておかなくてはいけないな」とつぶやく。

そこで陳経済を呼んで、韓番頭や崔本の相伴をするようにいいつけ、しばしゆるりと酒を飲ませ、各々を帰宅させる。

韓道国の女房王六児は夫の帰国を聞くに及び、下女の春香、錦児に上等の茶と食事を用意するよう命ずる。夜になって韓道国が帰宅するや、まず仏壇を拝ませ、衣裳を着換えさせて、顔を洗わせ、夫婦二人してたがいに離別の情を語りあった。韓道国は商売がうまく運んだ話をして聞かせる。女の方も夫の胴巻の中に銀両がどっさりしまいこまれているのを見て、

「このお金は？」と尋ねる。

「このほかにも一二百両分の酒や米を向こうの店の隅っこに降ろしておいてあるので、いずれ暇を見て換金し、うちにもってくるつもりだ」と韓道国がいえば、女は満心歓喜する。

「弟の王経の話だと、こんどの店に甘（かん）という人を売り手の番頭として雇い、私らと崔さんとその人と三人で、儲けを分けるんですって？それはそうと、来月店を開きますの？」

「こちらで番頭を雇い入れるのはいいけれども、南方に問屋を設けて品物を買い付ける人を常駐させないとうまくない。それで旦那さまはわしを派遣する気らしい」と韓道国。

「あなたは品物の目利きが達者だからよ。むかしから“能ある者労多し”っていうじゃないの。あなたに商売がうまくできなかったら、大旦那さまがそんなことであんたを当てにするはずもなし。“辛苦厭（いと）えば、世間財を得難し”というから、あなたは外回りを三年ほどやって、もしそれに飽きが来たら、私がお父さまに話してあげますから、その甘とかいう人か来保（らいほ）さんとかいう人に外回りをやってもらって、あなたはこちらで商売をすればいいじゃないの」と王六児。

「外回りはお手のもんだから、構わないよ」と韓道国。

「それもそうね。あなたさまが道に迷ってしまうようじゃ、家にいたって、閑だってことよね！」と王六児。夫婦二人再会の酒杯を幾杯か酌み交わし、あたりを片付けて、就寝する。

次の日は八月一日、韓道国は朝早く店に出かける。西門慶が崔本・甘番頭らに煉瓦や石や木材を用意させ、韓道国には土蔵の修理の監督を命ずる。

荷降ろしも終わり、家の中が一段落すると、西門慶にわかに心に思い起こされることがあり、どうしても鄭愛月（ていあいげつ）のところへ遊びに行かなくては気が済まなくなる。そこでこっそり玳安を使者に立てて、銀三両と紗の着物一揃いを届けさせる。すると鄭家のやりて婆は西門の旦那がうちの娘を所望していると知って、まるで天から吉報が転がり落ちてきたかのような心持になって、急いで贈物をしまい込み、玳安に向かってとめどなくお世辞をまくしたてる。

「旦那さまにどっさりお話ししてお伝えくださいませね。うちの娘は二人ともどっちも家におりまして、旦那さまのおいでをお待ち申し上げておりまするとと。ですからもう一刻も早くお出かけくださいますようにと」

玳安、屋敷の書斎に舞い戻ると、西門慶に言伝を伝える。西門慶午後になるのも待ちかねて、玳安に涼轎を用意させ、頭からヴェールを被り、まず店へ行って、土蔵の修理具合をしばし眺め、しかる後に身を起こし、涼轎に乗り込むと、斑入りの竹の簾を垂らし、琴童・玳安を従え、王経は家に残し、春鴻にだけ荷物を背負わせ、廓の鄭愛月のところに向かう。

半門（妓院に特有の入口の丈の低い開き戸）の奥には鄭愛月の姉の鄭愛香が美しく着飾って、顔に白粉、頭髪に香油をたっぷりと塗って立っていて、西門慶の到着を見届けると、にこやかに頬笑みながら進み出て、客間に案内し、女の挨拶“万福（どうぞよろしく）”をいって、跪く。

西門慶まず腰を降ろすと、琴童に「駕籠といっしょにひとまず家に引き返し、夕方馬をひいて、また迎えに来るように」といいつける。玳安と春鴻のふたりはそのまま居残らせる。程なくやりて婆が顔を出し、深深と頭を下げ、

「先日はうちの娘っ子がお宅にお邪魔いたしまして、大変お世話になりました。旦那さまにはお宅で退屈なさっておいでの折りには、いつでもお気軽にお出かけくだされればよろしかったのに、どうしていろいろと気をお使いになって、おみやなどくださったりなさいますの？そうそう、先ほどは娘にお着物をお届けくださり、ありがとうございました」などと止めどなくお世辞を並べる。

そこで西門慶が口を切る。

「ワシャあの日せっかくあの子に声かけをしておいたのに、うちには来ようともしないで、王皇親家のことばかり気にしてやがった！」

「私どもはいまでも実は董嬌児さんや李桂児さんのことに気

を悪くしておりますのですのよ。だって旦那さまのお誕生日に唄をお聞かせするようにとお呼ばれしていて、あの人らはちゃんと前もってお届けものまでしているなんてことはぜんぜんこちとら知りませんでしたもの。うちの子は礼儀を欠くようなことをしてしまって、もっと早く知っておりましたならば、王皇親家のところなど決して引き受けたりはしないで、真っ先に旦那さまのところへ飛んでまいりましたのに。後になって、旦那さまがこちらへ人をお寄越しになったので、私どもは慌てて王皇親家の方はお断りし、大急ぎで娘に身支度をさせて、裏口から駕籠に乗せてうかがわせたというようなわけなんでございますのよ」とやりて婆。

「先だって、ワシャ夏(か)の旦那んちの酒の席であの子に約束をしておいたんだ。だからもしあの子が来なかったら、ワシャ本気になって怒り出すところだった。それにしてもあの子はこのあいだは口もきかず、押し黙って、浮かぬ顔をしていたが、あれはいったいなにが気に入らなかったんだろう？」

「あの子は水揚げをしてから、まだ一度もどこかに顔を出して、唄をうたったりしたことがないんですのよ。旦那んちへ伺った時も、あまりにもまわりに人がおおぜいいたもんですから、どうしたらいいのかわからなくなっちまったんでしょう。あの子は幼いころからあんな風に口数が少なくて、甘やかして育てられたもんですから、いつになったら起きて来るのか！　この年寄りはもう何回か催促して、きょうは旦那さまがお見えになる日だから、早く起きて、用意をなさいっていうのに、いうことを聞かずにまだ寝ているんですよ」とやりて婆。

程なく女中が茶を持って現れる。鄭愛香が茶碗を受け取って、西門慶に向き直り、茶碗を手渡しながら、お茶を勧める。

「旦那さま、どうぞ奥の方にお移りくださいますように」とやりて婆がいえば、鄭愛香も西門慶を奥の鄭愛月の部屋のならびの次の間に案内して、「お掛けくださいまし」と促す。西門慶が鴨居の上に目をやると、そこには“愛月軒”の三文字が楷書で書かれている。腰を降ろして小半時もすると、戸簾を片付ける音がして、鄭愛月が入って来る。見ると頭にはつけ髷も載せず、杭州製の櫛（くし）をさし、よく櫛が通って、つやのある長い黒髪はだらりと垂れ下がって、上には蓮根色の対襟（トイジン）の衣裳、下には紫色の薄絹の裙子（チュンズ）という出立ちで、裾（すそ）の下から紅オシドリを模（かたど）った小さな纏足（てんそく）の靴がのぞいている。あたりは香風縹緲（ひょうびょう）として、ふるいつきたくなるような柳腰。これこそまさに唐代の著名な画家呉道子（ごどうじ）の描く観音像か、宮廷画家の毛延寿（もうえんじゅ）の美人画かというところ。

愛月下手に回って身を崩して科（しな）を作り、西門慶の方を向いて女の挨拶“万福”を述べると、金箔をまぶした扇で白粉を置いた顔をかくしながら、西門慶の傍らににじり寄る。西門慶じっと女を注視する。はじめて女を目にしたときと比べて遥かに四肢身体の均整がとれて美しい。期せずして心は揺れ動き、目には淫蕩の炎がきらめいて、留める術を知らない。しばらくすると、また女中が茶盆をもって現われる。鄭愛香が衣裳の袂（たもと）をゆすぶって、しなやかな指先をほんの少しだけのぞかせ、茶碗を取って両手で西門慶に差し出し、それから自分もまたお茶を手にして、二人いっしょにこれを飲む。飲み終わると、茶碗と茶卓を片付けさせ、西門慶に上着を脱がせて奥の部屋に通す。

二人してよもやまの世間話をして談笑していると、やがて女中が入ってきて、テーブルを拡げ、美しく配列したたくさんの蔬菜（そさい）や蓮の花型をした細切り餅などが並べられ、鄭愛月が肉の微塵切りやいろいろな野菜類をその中に丸め込んで、西門慶にすすめる。こうして餅を食べ終わると、食器やテーブルが片付けられ、緋毛氈が敷かれ、カルタやマージャンがしばし行われて、やがて酒が出てくる。そこで西門慶は袂（たもと）の中から白綸子の手布巾を取り出す。鄭愛月がつぶやく。

「それは香茶が包んであるの、ならば開けてみなくては」

「これは香茶じゃないんだ。ワシがいつも使っている栄養剤だ。ワシャ香茶はこういうものの中にはしまっておかない。いつも紙に包んで持って来る」と西門慶がいう。

そういって袂の中から香茶桂花餅を一包み取り出し、女に与える。ところが愛月はそれを信用せず、手を伸ばして、西門慶の袂の中をまさぐり、こんどは紫縮緬の手布巾の包みを引っ張りだし、手に取って見る。なかなか結構な代物である。

「これは桂姐ねえさんや呉銀児ねえさんが持っているのと同じ手布巾よね。これはみんなあなたが彼女たちにあげたものでしょう？」と鄭愛月がいう。そこで西門慶は応える。

「ワシが揚州みやげに船の中から持って来てやったものだ。ワシでなくて、だれがそんなことをするものか。お前も欲しいなら、くれてやるよ。そのうちお前のねえさんにも一副届けておこう」というと、いきなり鄭愛月を抱きすくめ、そのまま三更（十二時）ごろまで遊んで、西門慶は家に帰る。

次の日、呉月娘は西門慶を役所に送り出し、孟玉楼、藩金蓮、李嬌児らをみな奥座敷に集めて話し込んでいると、そこへ玳安が夏提刑の誕生祝いに贈るのだといって、反物入れの小箱を受取りにはいってくる。月娘、反物箱を手渡しながら、玳安に尋ねる。

「父さんはきのう涼轎に乗って、どなたのところへ飲みに行って、あんなに遅くお帰りになったんだい？　きっとまた韓道国の家でお上さんと会ってきたんだろうね？　だいたいあのろくでなしはあたしに嘘ばかりついて、陰で何か秘め事ばかりしていやあがるよ！」

「違いますよ。亭主が帰って来ちまったというのに、親父さんどうして好き好んでそんなところへのこのこ行くもんですか!」と玳安。

「そこでないんなら、いったいどこんちへいったんだい？」

玳安は口をつぐんで、にやにやするばかり。緞子の箱を手にすると、お礼詣りに出ていってしまう。

　そこで藩金蓮が口を出す。

「大奥さま、こんなろくでなしに訊いたって、あいつがほんとうのことなどいうもんですか？わたしのきくところではあの南方の小僧もきのうは連れて行かれた様子ですから、あの子を呼んで来て聞いてみましょう」

　春鴻を前に引き連れて来て、金蓮が尋ねる。

「お前、きのうお父さまの涼轎（すずかご）についていったわよね？　どこで飲んできたの？　嘘をつくと、大奥さまに打たれるわよ」

「奥さま私を打つことは止めてください。いまからほんとうのことをお話ししますから。私と玳安、琴童兄の三人は一団となってお父さまについて大門楼をくぐり、横町をいく曲がりかして、とある個人の家に到着しました。そこは扉が上半分ほどちょん切られておりまして、鋸（のこぎり）の歯型がついております。門の奥には若い奥さまが一人立っておりました。その方はどっさり厚化粧をして、花も盛りのたいへんな麗人であります」と春鴻ひざまずいていう。

　金蓮聞きながら、笑い出してしまう。

「バカだね、花街にはみな半門がついているってことを知らないんだね、この子は！ 芸者を捕まえて、奥さまだなんていっているよ。その奥さまはどんな様子の人だったの？お前見たことのある人か、それとも全然知らない人か？」

「わたしは全然見覚えのない人でしたが、生まれついての菩薩さまのような美しいお方で、奥さま方と同じように鬘（かつら）をつけておいででした。それで奥へ入って行きますと、頭の真っ白なお婆ちゃんがいて、うちのお父さまだとわかると、ぺこぺこ頭を下げておりましたが、それから奥へどうぞといって、奥へ入ってゆきますと、そこにはもう一人の若いお嬢さまがいて、この方は鬘をつけておりません。唇を真っ赤に塗っておりまして、うちのお父さまにお酌をしました」と春鴻。こうしてしばし問い質していると、西門慶が帰って来て、夏提刑のところへ誕生祝いにでかけるという。

ところで藩金蓮は自室に白猫を一匹飼っていた。全身真っ白で、ただ額に一つ亀の甲型の黒点があるので、“雪里送炭”とか“雪獅子”とかいう呼び名で呼び慣らされていた。この猫、手布巾をくわえてきたり、扇子を拾ってきたりしてよく人になついていた。西門慶が部屋を留守にしているときなど、金蓮はこの白猫を寝床の中に抱き込んで寝ても、衣服に尿や糞を垂れるようなことは決してしないし、呼べばすぐ来たり、拒めばすぐに去り、極めて従順なおとなしい猫で、金蓮はこの猫を“雪ちゃん”と呼んで、毎日もっぱら生肉を食べさせ、栄養がよく、まるまると太っていた。毛の中に鶏卵が一つ隠れるほどで、終日部屋にこもっては紅絹（こうけん）（ベニバナで染めた絹地—もみ）の布で肉を包み、これを猫に与え、猫はこれに踊りかかって喰（くら）いつき、じゃれていた。

ところがこの日たまたま運命的な出来事が発生する。官哥がこの日もまたむずがって、劉（りゅう）婆やのおいていった薬をいつものように飲むと、すこしばかりおとなしくなったようなので、李瓶児は坊やに紅絹と同じような紅緞子の一重の上着を着せて、次の間の炕（カン）の上で遊ばせ、迎春がその番をすれば、乳母の如意はその脇で飯を食べていた。すると金蓮の部屋の雪獅子がいつの間にか官哥の寝そべっている炕（カン）の縁に忍びこんで来てうずくまっている。官哥が紅色の一重の上着を着て、手足をばたつかせながら戯れているのを見ると、日ごろじゃれついている食肉と思い違いをしてか、突然官哥の上に飛び乗り、爪をたてて官哥の体をかきむしりはじめた。官哥は“ギャア！”と一声発して、そのまま息を詰まらせ、声も出なくなり、手足を引きつらせてしまう。慌てた乳母は飯茶碗を投げ出して、官哥を懐に抱きあげ、フーフーと息を吹きかけながら、落ち着かせようとする。猫はなおも激しく子供に追いすがるが、迎春が辛うじてこれを叩きだし、猫はようやく外へ逃げだす。官哥の引きつけの発作は繰り返し繰り返し襲ってくる。乳母は迎春を奥座敷に使わして、李瓶児を呼び寄せる。

「坊やの具合がよろしくない。引きつけが止まらない。奥さま、早く来て！」と乳母が半泣きで絶叫する。

月娘と連れだって、李瓶児が二歩を一歩にして、室内に転がり込む。見ると坊やは引きつけて、両眼がつり上がり、黒目が消えて、白眼ばかり。口中より白い泡を噴き出している。ヒィヒィとひよ子の鳴くような声を発して、手足は小刻みに震えている。李瓶児、一目見ると、まるで心が刀で切り裂かれたような思い、急いで子供を抱え上げると、顔を官哥の口元に押しつけて、頬ずりしながら泣きわめく。

「あたしの坊や、あたしが出かけたときにはいい顔していたのに、なんで急に引きつけなど起こしたの？」

迎春と乳母が五奥のところの猫におどされた次第を一々説明して聞かせる。次第を知った李瓶児はいよいよ激しく泣きながら、嘆いていう。

「あたしのかわいい坊や、お前は旦那さまや奥さまの意に背いて、今日はとうとうこんなことになってしまったのね」

月娘は一言も発せず、ただ黙って聞いていたが、遂に金蓮を呼びつけて、問いただす。

「あんたの猫がこの子を脅したんだっていうじゃないの？」

「だれがそんなことを？」と金蓮。

「乳母も迎春もそういっているわ」と月娘二人を指さしながらいうと、金蓮は大いに立腹して、

「このおばさんたらろくなことはいわないんだね。あたしの猫は部屋でいい子で寝ているわよ。お前さんたちなんだってそんなでたらめをいうんだ！猫がどうして子供を脅したっていうの？なんだってそんなことを人のせいにするのよ。爪は柔らかいところを選って潰すというから、きっとあっちの部屋のあた

しらには因縁をつけやすいんだろうね！」という。

「この人の猫が何用あってこっちへ来たんだろ？」と月娘。

「いつだってこっちに来て飛び回って遊んでいますもの」と迎春がいえば、金蓮その後を引き取って、

「ずっと前からだというのなら、なんでずっと前からこの子を引っ掻かずに、今日に限って引っ掻いたんだろう？お前という女の子は口から出まかせのでたらめをいって、でかい面をしてやがる！ちったあ控え目にいったらどうなの。どうしてそう弓を一杯に引こうとするんだ。もっともこっちは落ち目で運がないんだけども」というと、ぷりぷりして身をひるがえし、自室に籠ってしまう。

月娘らは赤子がしきりに引きつけを起こすのを見ると、生姜湯を煎じて飲ませたり、来安に急ぎ劉婆やを呼びにやらせたりした。やがて劉婆やがやって来て、脈をとって見る。婆やはしきりに地団太踏みながら、

「こんどのおったまげようはとうてい見過ごすわけには行きませんね。急いで灯心薄荷金銀湯をこしらえて、飲ませてください」といって、金箔丸を一錠取り出すと、器の中ですり潰してとかし、飲ませようとするが、赤子は歯を食いしばって、いっこうに飲もうとしない。月娘が急ぎ金簪を抜いて、口をこじ開け、ようやく口中に流し込む。劉婆やがいう。

「これで息を吹き返せばよし。駄目ならば、大奥さま、すこしお灸をすえねばなりますまいて」

「誰もうろうろ引き延ばしたくはありませんが、この子のお父さまの帰りを待って、訊いてみませんと、あとでおしかりを受けますから…」と月娘。

「大奥さま、この子の命を救ってやってください！お帰りを待っていたら、手遅れになりますから。もしお父さまがお怒りになったら、私が引き受けますから！」と李瓶児。

「この子はあなたのお子だから、お好きなように」と月娘。

そこで劉婆やは官哥の眉間、盆の窪、両手首、鳩尾、とみんなで五カ所に灸をすえる。子供は昏々と眠りにつき、日暮れ時、西門慶が帰ってきても、まだ目を覚まさない。劉婆やは西門慶が帰ってきたと知ると、月娘より五銭の薬代と見料をもらい、煙のごとくに犬走りを通り抜けて消えてしまう。

西門慶が奥座敷に現われると、月娘は子供の癲癇症状好ましからずと西門慶に告げる。すると西門慶は大急ぎで様子見に表にやってくる。李瓶児が目を真っ赤に泣き腫らしている。

「坊やはなんだって癲癇なんぞをおこしたのか？」と問う。

李瓶児はただぽろぽろと両の目から涙を流すばかりで、いっこうに言葉がでてこない。そこで迎春や乳母に尋ねてみるが、いずれも返答ができない。西門慶それではと官哥をよくよく見れば、手の皮ははぎ取られ、体中に灸の痕がある。心中大いに苛立って、また奥座敷に引き返し、月娘に仔細を尋ねる。月娘は隠しきれなくなって、金蓮の部屋の猫が暴れて、官哥を襲った話を詳らかにする。

「劉婆やに先ほど見てもらったところ、これは急性の脳膜炎だとの見立てで、灸か針をやらなければ、とてももつまい。あなたの帰りを待っていると、手遅れになる恐れがあるというものですから、母親も強く望むことだし、坊やの体に五カ所灸をすえて、ようやく寝かしつけたのですが、今のところまだ目を覚しません」

西門慶訊かずばよかったが、聞いてしまったから、三屍の虫が暴れだし、五臓六腑はいきりたって、怒りは心頭に発し、憎しみは胆辺に生ずる。直ちに藩金蓮の部屋に飛び込んでゆき、有無をいわせず、雪獅子の首っ玉を捕まえて、廊下に出ると、柱の台石めがけてこれをたたきつける。割れた頭から脳漿が飛散し、辺り一面を桃色に染める。歯はこぼれおちて玉を砕いたよう。

やがて八月十五日、月娘の誕生日がやって来る。月娘みずからが祝賀を遠慮した。八月十五日はまた東獄廟の祭りの日でもあった。李瓶児はこの日，子供の息災をいのるために『陀羅経』をお布施する予定であった。印刷・製本の手順を頼まれていた薛尼と王尼が経屋から受け取るはずの手数料のことでいい争いを起こし、収拾がつかなくなっていた。

前日の十四日、賁四が薛尼のところへ談じ込んで、いっしょに経屋の店を訪ね、出来上がっていた千五百巻を全部受領して来て、十五日陳経済とふたりして廟に詣で、参詣の信者らにこれを配布した。喬大戸のところからは毎日孔嫂が官哥の見舞いにやってきた。鮑太医という小児科の名医を連れて来てくれたが、診察の結果、「これはなおりません」といわれて、診察料五銭銀子を支払い、帰ってもらった。

李瓶児は着たなりの姿で、帯も解かず、昼夜わが子を懐に抱いたままで、涙も乾く間もなく、ただ声を上げて泣くのみ。西門慶もどこへも行かず、毎日役所から帰って来ると、子供の様子見に病室へ直行する。

時は正しく八月の下旬、李瓶児は官哥の看病をしながら、寝台の上にまどろんでいた。卓上には銀灯が灯り、女中の迎春も乳母の如意も自室に下がって、ぐっすり眠っていた。窓いっぱいに月の光がさし込んで、水時計がチョンチョンと微かな音をたてる。わが子はと見れば、昏々として人事不省。来し方を思えば、悲しみは胸をふさぎ、寂しさは一入であった。さすがの李瓶児もいつしかうつらうつらしていると、夢に前夫の花子虚が白装束で表の門から入って来る。李瓶児を見かけると、いきなり大声を張り上げて、

「このあばずれ女め、きさまなんだって俺の財産を盗み取って、西門慶に貢いだのか？ 今こそわしは行って、お前を訴え出てやるゾ」と叫ぶ。

李瓶児は片方の手で花子虚の衣服の袖を握りしめ、

「あなた、お願い。あたしを許して！」

と必死になって哀願するが、花子虚はその手をさっとふりほどいた。李瓶児は驚いて目を開けると、それは南柯の夢幻で、醒めて見ると、官哥の上着の袖を握りしめていたのであった。

月娘たちはみな寝室に集まって、子供が母親の懐の中で口を小刻みにパクパクさせて引きつけるのをじっと見ていた。西門慶はといえば、見るに忍びず、次の間にいって腰を降ろし、長歎息をして、茶を一口飲むか、飲まないうちに官哥は断気身亡、口元から泡を吹いてこと切れてしまった。時に八月二十三日申の刻。わずかに一年と二カ月の命であった。

家を挙げて大声で泣き叫ぶ。とりわけ李瓶児は耳をつかみ、頬をかきむしって、どうとばかりに床の上に倒れ込んで、泣きじゃくり、気を失った。正気に戻ると、死骸を抱きしめて、

「なぜお前は私一人を残して、死んでしまったの…。私もいっしょに連れてってておくれ」と際限なく泣き叫んだ。人々の慰めはなんの効き目もなかった。見かねて西門慶口を切る。

「もういい加減にしなさい。これはもう俺たちの子供ではないんだ。泣いたとてどうせ生き返りはしない。それよりもお前の体が大事だ。これから遺体を搬出し、陰陽師を呼んで見てもらおう。陰陽師にこの子の未来を占ってもらって、批書を作らせよう。―息を引き取ったのはいつのことだったか」

「やっぱり申の刻ごろだわ」と月娘が応えると、

「この子はきっとその時刻を待って、逝ったんですわ。生まれたのも申の刻なら、死んだのも申の刻。それに日にちまで同じ二十三日」と玉楼がいう。やがて西門慶が男の子に命じて、西の離れの一室を掃除させ、子供の亡骸を寝床とともに移動させるが、李瓶児はどうしても子供の亡骸から離れない。

「どうしてそんなに慌てて担ぎ出すの？この子はまだ温かいわ、大奥さま。―ねえ、坊や、お前はどうして私を捨てて行くの。私にこんなつらい思いをさせて…」と大声で泣き叫びながら、またどうと地べたに倒れ込む。

葬儀の準備がはじまる。小さな棺桶があつらえられる。訃報があちこちに届けられる。やがて陰陽師の徐先生が招来して、“批書”が起草される。

『政和丙申六月二十三日申の刻に生まれ、政和丁酉八月二十三日申の刻に卒す。入棺に際し、本家は哭声を忌むも、親戚は忌まず、蛇竜鼠兎の年の生まれの参列を忌避すれば、吉。この人、前生は兗州蔡家の生まれながら、権力をたのみ、人の財物を奪い、酒を喰らい、天地、六親を敬わず、寒気の病に遭い、長らく病床についた挙句、惨めな死を迎え、今生、子供に生まれ変わり、癲癇を患い、十日前に六畜に驚かされ、魂を失い、その魂はこの地に死して、こたびは鄭州の王家に生まれ変わり、千戸となりて、六十八にて寿命を終える』

徐先生は家族の都合や希望を勘案して、埋葬は二十七日が吉日であるといい残して帰ってゆく。

こうして出棺の当日、二十七日の朝、僧侶八人がやってきて、経を挙げ、黒衣に白の帽子をかぶった童が八人雇われて来て、紅い覆いに包まれた金メッキの棺を囲んで、旗、さしもの、梅飾り、柳飾りなどを各々手にして行列をつくり、その行列の先には真っ赤な銘旗が立った。その銘旗には『西門家男之柩』と鮮やかな墨筆で書かれていた。官哥は結局、西門慶の先妻、陳氏の墓に埋められた。李瓶児はその日、墓場で泣き崩れるのを恐れて、葬列には加えられないことになった。棺が出るのを、表門首まで見送り、そこでまた棺桶に取りすがって、声を限りに泣き叫んだ。泣き叫んで、失神し、その場に倒れ込むとき、台石に激しく頭を打ちつけ、額に打ち傷を受け、呉銀児と孫雪娥が助け起こして、なだめながら部屋に連れ戻したが、部屋に戻ってみれば、炕の上には官哥が遊んだでんでん太鼓が一つ転がっていた。

第六十回

李瓶児怒りの余りに病を発し、西門慶呉服店を開業する

さて、その日、孫雪娥、呉銀児の両名はかたわらで李瓶児の世話をやきながら、あれこれとなぐさめの言葉を投げかけていたが、やがて二人は奥に引き上げた。

ところが藩金蓮の方は目の上のたんこぶの赤子はいなくなったし、李瓶児が腹を痛めて生んだ子供をあの世へ送り込んでしまったので、急に気持が奮い立って、何事につけ愉快でたまらない。女の子に向かって

「このあばずれめ、お前んところのお天道さまは四六時中陽が当たりっぱなしでうらやましいことだと思っていたら、このところ反ってどうなってしまったのか、時間を勘違いしてか、ふさぎ込んでばかりいるじゃないかい？　鳩が卵を蹴落として、途方に暮れている。椅子の背もたれが壊れて、役に立たなくなった。王婆さんは石臼を売り払ってしまったんで、臼が挽けなくなってしまった。やり手の婆ちゃんが女郎に死なれて、当て外れ。どうしてまたみんなあたいみたいになっちまったんだい？」などとなぶり散らすので、その声は李瓶児の居室にまで響き渡って、はっきりと聞こえて来る。李瓶児はじっと我慢をして、黙って聞いているばかりで、陰では人知れず涙を流している。わけもなく腹が立ち、加えて様々な思い患いに心は次第に乱れ、ついには夢か幻か見定めがつかなくなり、日々の茶飯も際立って減少の一途を辿った。

官哥を埋葬して帰った次の日には呉銀児が家に帰り、入れ替わりに馮婆やが十三歳の女の子を連れて来て、孫雪娥に五両で売り付ける。孫雪娥はこの女の子を翠児と名を改め、自分の部屋に住まわせることにした。

李瓶児は子供のことが忘れられないし、気は日々に重くなり、

古い病気が再発し、以前のように下から経水がぽたりぽたり滴り落ちて止まらない。西門慶は任医官に再診を願い、薬をもらって、これを飲ませるが、焼け石に水で、飲めば飲むほど盛んに鮮血がにじみ出て、半月も経たないうちに、容貌とみに衰え、体は痩せ細って、むかしの豊満な美容はすっかり精彩を失ってしまう。

九月初旬のある日、天候はうすら寒く、秋風がそぞろ吹きすさぶ夜のこと、李瓶児は独り自室に籠って身を横たえていた。銀の床は枕も冷たく、薄絹の窓辺に月影が浸み込んで来る。なくなった子供のことがふと思い出され、すすり泣きながら長嘆息するうちに、いつしかうつらうつらしていると、誰かが窓を叩く音がするような気配。女の子を呼んでみるが、みな熟睡している様子で、返事がない。そこで自ら床の上に降り立って、草履をつっかけ、夜着をはおり、部屋の戸をあけ、あたりを見渡しながら、ふらふらと外へ出て見ると、花子虚が官哥を抱いて、彼女を呼んでいる。新しく家を見つけたから、そこへ行っていっしょに住もうといっている。

李瓶児はまだ西門慶と別れる気にはならないので、それを拒んで、両手で坊やを奪い取ろうとすると、花子虚に一突きされて、地面につき倒される。驚き慌てて目を覚まして見ると、それは南柯の一夢であった。あまりにも驚き、体中冷や汗でびしょ濡れになっていた。

そのころまた来保が乗った南京貨物船が到着し、後輩の王顕を遣わして、積荷の通関税用の銀両を受け取りにやってきた。西門慶はそこで税関吏謝主事あてに書簡をしたため、百両銀子に羊肉と酒と金襴緞子などの贈物を添えて、栄海に託して届けさせ、

「こたびの船貨納税に関しまして、少しく目こぼしのほど御願い上げ候」と言伝てた。

いっぽう家では店先を十分に整備しおえ、九月初四日に開店

することに決めて、その日に荷おろしをして、行李詰めの商品二十車を搬入した。その日、親戚、友人など果物箱をお祝いとして届けてきた者三十人余り。喬大戸は楽師、芸人など十二名を呼び、余興を添える。西門慶はそこで李銘、呉恵、鄭春の三人の唄い手を呼んで、弾唱させる。

甘番頭と韓番頭はともに帳場で売り出しをやり、一人が銀の鑑定を、一人が値付けをする。崔本はといえば、もっぱら家事の方を担当し、営業には口を出さず、買い物客が入って来ると、奥へ招いて、酒を一人二本ずつつけて飲ませる。

西門慶が緋の冠帯に身を包んで現われると、親戚や友人連がめいめい果物箱を差し出してはお祝いの酒杯を受ける。奥の広間には卓席が十五席ほど用意されていて、果物、つまみ、吸い物、料理などが次々と運び込まれ、改めて祝いの酒が注がれる。音楽は天にとどろくほどの響きで、その日、夏提刑家からも祝いの品が届けられ、西門慶は使者にお返しの品を託したのであった。そのとき宴席の座についた者は喬大戸、呉大舅、呉二舅、花大舅、沈姨夫、韓姨夫、呉道官、倪秀才、温葵軒、応伯爵、謝希大、常時節そのほか李智、黄四、傅自新などの番頭たち、さらには街坊隣舎の人々などで、すべて席はいっぱいであった。役者が三人で≪南呂・紅衲襖≫中“混元初生太極”などを唄った。

するとたちまちのうちに酒は五巡、料理は三度。下手で楽師や芸人たちが楽器を鳴らし、芸を披露する中、宴席では杯のやり取りが大賑わい。やがて日も暮れて客人たちの多くが引き返すと、西門慶は呉大舅、沈姨夫、倪秀才、温葵軒、応伯爵、謝希大の六人だけを残し、席をあらためて飲み直しが始まる。

開店の初日、番頭らが勘定をしてみると、その日の売り上げが五百両余りもあって、西門慶は満心歓喜して、晩夕、店先をしまうと、甘番頭、韓番頭、傅番頭、崔本、賁四および陳経済までも席に呼んで、しばし笛や太鼓を打ち鳴らして賑やかに宴会を続け、開店の成功を喜びあった。

次の日、応伯爵が李智、黄四を伴って、金を返しにきた。

「このたびはわずかに一千四百五十両の銀子しか集まりませんでしたので、人さまに十分お返しすることができず、申し訳ありませんが、老爺さまには三百五十両のみお持ちしました。しばしお待ちいただきまして、この次受け取りましたならば、遅滞なく全額お返しいたします」

応伯爵も傍らから二人に代わって、巧みな口調で言葉を添える。西門慶は陳経済を呼んで、銀子を秤にかけて確認すると、二人を帰らせる。銀子はまだテーブルの上においたままで、伯爵に向かっていう。

「常二兄の話だと、家が見つかったらしいが、前後四部屋で、三十五両なんだそうだ。やつがこの話をしに来た時は、うちの子供がちょうど重病の最中で、ワシも気持ちを取り乱していたので、やつをそのまま帰してしまったんだよ。やつはこの話をまだ君にはしていないかい？」

「ええ、いってましたね。でもわたしゃいったんですよ。お前さん、でかけて行くには日がよくなかったよ。あそこんちは男の子の具合がよくなくて、旦那も大騒ぎをしていた時で、お前さんなどと口を利いている暇はなかったんだよ。お前しばらく家主に返事をするのは待ちな。そのうちわしが旦那と話をしてやるからさ」と応伯爵。西門慶これを聞くと、

「そうなんだよ。君も飯でも食ってから、五十両ほどもって、きょうは日柄もいいことだから、やつに家を買わせてやってくれないか？あまった金で、やつに門前で小さな店でも出させて、月にいくらかでも稼げば、夫婦二人の食いぶちぐらいにはなるだろうから」と口を添える。

「それが兄貴のやつに対する希望なんだね」と応伯爵。

しばらくすると、テーブルが拡げられ、飯が出されて、西門慶が応伯爵の相手をしながら食事が始まる。西門慶がいう。

「じゃ、もう引き留めないから、この金を持っていって、面

倒をみてやってくれないか」

「それじゃ兄貴んちのお小僧さんをだれか一人つけてくださいよ。そうしたら二人してお金を届けますから」と応伯爵。

「下らんことをいうなよ。お前が懐へ入れて持っていけば、それでいいじゃないか」と西門慶。

「いや、そうじゃないんですよ。きょうはわたしゃまだちょっとした用事があるんですよ。実は従兄弟の誕生日で、けさお祝い物をやったら、向こうから使いを寄越して、午後、私にもきてくれろってえわけ。それで兄貴の方へ返事に戻れないから、誰かについて来てもらって、家の話がまとまったら、その子に報告をしてもらおうと思ったのですよ」と伯爵。

「そういうことなら、王経についてゆかせよう」と西門慶。

常時節の家に来て見ると、折よく常時節は在宅していて、二人は奥へ通される。応伯爵は金を取り出し、常時節に見せ、

「旦那はかくかくしかじかで、家の話をまとめにいっていられないので、わしに代わりについていって片をつけてやってくれとおっしゃるんだ。わしも従兄弟の誕生日で、あまり暇がないから、いまからお前の仕事を先に片付けて、その足でそっちへ行きたい」という。

常時節は急いで上さんに茶を入れさせ、

「こりゃ兄貴のお陰だな」といいながら、茶を飲んで、召使を呼び寄せ、いっしょに新市街におもむき、売主に金を渡して契約書を書かせる。応伯爵は王経に報告をさせることにして、残りの金を常時節に渡し、従兄弟のうちに向かう。

第六十一回

韓道国西門慶を宴に招き、李瓶児病苦をおして重陽節を祝う

さて、ある日のこと、韓道国が夕方店舗を切り上げて、家に帰り、夜半になって床に就くと、細君の王六児が相談したいことがあるといって、話しかけてくる。

「あなたもあたしもあの方にはずいぶんお世話になって、このたびはお金もどっさり儲けさせてもらったから、このあたりで酒席を設けて、一献差し上げてはいかがでしょう。はばかりながら、あの方はお子さまを亡くしたばかりだし、その憂さ晴らしにも、あの方は呑めないわけじゃなし、互いに世間体もいいいいことだから。店の若い衆だって、あなたが南方へゆくときには、旦那さまとあたしらは他とは違って、特別親しい間柄なんだってわかるでしょうよ」

「わしも本当のことをいうと、そんなことをいついおうかと思っていたんだ。あす月初めの六日に酒席を按排して、芸者も二人ばかり呼んで、招待状も書いて行く。わしがじぶんでお屋敷に行って、旦那さまに気晴らしにお出かけくださいって。夜はわしは店に行って寝ることにするよ」と韓道国。すると王六児がいう。

「芸者なんか呼んでいったいどうするのよ？ そんなことをすれば、お父さまがお酒のあとこの部屋へ来たいと思っても、具合が悪いじゃないの。それよりも隣の楽三嫂家にいつも来ている申二姐という女の子、年も若いし、唄はうまい。おまけに目が見えないから、来て唄を唄ってもらいましょう。帰ってもらう必要があるときはいっそう容易だから」

「お前のいう通りだな」と韓道国。

次の日の朝、韓道国は店に行って、温秀才に招待状を書いてもらうと、向かいの西門慶家の屋敷に向かい、

「明日、小生の家で粗酒をいっぱい用意しておきますので、お暇でしたら、老爺さまお御足を拙宅にお向けいただきまして、一日ゆっくりお心を安んじられませんでしょうか？」といって、招待状を手渡した。西門慶それを読んでいう。

「お前、なんだってまたこんなに気を使うんだ。明日暇があったら、役所から帰ってから、でかけることにしよう」

次の日の朝早く、夫妻は若衆の胡秀を呼んで、金を持たせて、おかずや疏菜を買いに行かせ、料理人を呼んできて、調理させたり、駕籠屋を申二姐のところへやって早目に呼んで来させたり、王六児は女の子といっしょにお茶やらお湯の支度をしたりして、西門慶の到着を待つばかりとなった。待っていると午後になる。するとまず琴童が葡萄酒を一本届けて来て、続いて西門慶が涼轎に乗り、玳安、王経を引き連れて到着、門首で駕籠を下りる。頭には官帽をいただき、黒の絽の長衣を着込んで、白底の黒長靴という出で立ち。韓道国中へ迎え入れると、挨拶をする。

「これはこれは老爺さまには先ほどご酒を賜り、まことに感謝に堪えません」

正面にポッンと肘掛椅子が一脚おかれている。西門慶はこれに腰を降ろす。やがて王六児が身綺麗に化粧をして現れ、西門慶に四回磕頭を繰り返し、奥に戻って、茶を出す準備に取り掛かる。引き続いて王経がお茶を持って出て来る。韓道国がまず茶碗の一つを取ると、高く捧げ持って西門慶に差し出し、しかる後に己自身も一つ取って、かたわらで西門慶の相伴をする。飲み終わると、王経がからの茶碗をかたずけて奥に下がる。韓道国は口を開いて語り始める。

「小生、老爺さまより莫大なるご恩を賜り、このところ在外中はもとより、家の媳婦をはじめ、王経に至るまでお引き立てにあずかり、ご恩のほど深く感謝いたしております。あばら屋にお招きして、このご恩に報いたく存じます。先日はお坊ちゃまがお亡くなりになり、私はあちらにお邪魔しておりましたけれども、愚妻はたまたまいささか風邪など引いておりましたため、お悔やみにも上がらず、旦那さまにはお腹立ちのことと案じておりました。本日は、一つには旦那さまの憂さ晴らしのため、いま一つには私ら夫婦の罪滅ぼしのためと存じまして、このようなことを催しました次第で…」

「お前らご両人に心遣いしてもらうことはなかったに」と西門慶話していると、そこへ王六児がやってきて、傍らに腰を降ろし、韓道国に向かって

「旦那さまにお話しなさったの？」といえば、韓道国

「いや、まだなんだ…」

「なんの話かな？」

と西門慶が聞き返すと、王六児が応える。

「この人はきょう花街から芸者さんを二人ばかり呼んで、旦那さまのお世話をしてもらうと内輪でいうのですけれども、それじゃ反って旦那さまにご不便をおかけするのではとあたしは思いまして、呼びに行かせませんでしたの。じつは隣家の楽さんちにはよく申二姐という名の女性が唄いにきまして、いろいろな流行り（はやり）歌をいっぱい上手にこなすんですのよ。私は先日お屋敷で郁ねえさんとかいう方の唄を聞きましたが、あの人の唄もなかなかなものですが､この申二姐には及びません｡私はきょうこの人に来てくれるようにたのみましたが、お父さまに訊いていただこうと思うのです。でもまだお父さまのお気持ちはうかがっておりませんので、よろしかったら、そのうちお屋敷にも呼んでいただいて、唄を奥さまがたにもきいていただこうと思うのです」

「そんな女がいたなら、いよいよ結構なことだ。呼んで来ておくれ。見てみるから」と西門慶。

やがて韓道国が玳安を呼び寄せ、旦那さまの着物を脱がせて差し上げるようにといいつけるかたわらで、テーブルを拡げ、

胡秀が果物や料理や酒の肴などをもってくる。王六児が蓋を開けて燗をつける。傍らで徳利を持てば、韓道国が盃を手に西門慶を席に着かせる。そうして申二姐を部屋に呼び入れる。西門慶は彼女をじっと見据える。見ればこの女高髷にふくよかな両鬢、花簪をまばらにさし、櫛やかんざしも質素な類、緑の上着に紅の裙子、その下から纏足が仄かに見える。頬は桃色で、顔には白粉をぬって色白で、二筋の眉毛は切れ長く春山のごとくにたわみ、見上げるように西門慶に四たび磕頭を繰り返す。そこで西門慶はいう。

「さあ、お立ちなさい。時にそなた歳はいくつ？」

「私、二十一でございます」

「小唄は何曲ほど歌えるのかな？」

「大小併せて百十曲あまりでございます」

西門慶は韓道国に命じて近くに腰掛けを持って来させ、女をそれに座らせる。申二姐は前に進み出て、お辞儀をすると、腰を降ろす。まず箏を取って、≪秋香亭≫なる組曲一曲を唄い終わると、お吸い物と飯がでる。次いで添え物が出され、次にもう一曲≪半万賊兵≫なる組曲が唄われる。こうしてみなが酒を存分に飲んだころに西門慶が

「箏はこの辺にして、こんどは琵琶を持って来て、小唄を歌って聞かせてもらおうじゃないか、ワシャ是非とも聴いてみたいよ」という。

すると申二姐はここぞ腕の見せどころとばかりに弾唱をはじめる。軽く袖を払い、緩やかに裳裾をさばいて、姿勢をととのえると、琵琶の音を低く押さえて、声を張り上げ、≪山坡羊≫の中から二曲を歌い上げる。韓道国が女房に酒をなみなみと注いで、西門慶に差し出させてから、さらに

「申二姐、ほかにまだ≪鎖南枝≫といういい手持ちがあるのじゃないか。あれを旦那さまにきかせてやっとくれ」という。申二姐琵琶の調子を改めて、≪鎖南枝≫を唄い出す。

はじめて会うて気に入って、歳は若くて廿(はたち)を過ぎず、
だらり黒髪二玉は麗し、烏の濡れ羽色、
紅馥馥(ふくふく)と口紅赤く、顔は桃花か筍(たけのこ)か、
高殿の閨房の出ならば、決まって令夫人となるものを
悲し、花柳に身をやつし、卑しの身にはなりせしが、
心改め身受けされ、いまから嫁いで行くなれば、
昔はさらり捨て去って、必ず道も開けよう。

はじめて会うて、意気が合い、月のかんばせ花の顔、
紅塵中でまれにみる、柳の腰もなよなよと、
絵にも描いてみたいほど、
その心根は麗しく、なかなか真似もできやせぬ。
ただ恨めしや、この子とは少し出会いが遅かった。
席上樽を前にして、ちびり飲んで無理すれば、添えない
こともないけれど、首尾して会いましょいつまでも。

西門慶《鎖南枝(さなんし)》のこの二連を聞くと、いつか鄭愛月を呼んでしばし歓楽にふけったときのことがちょうど申二姐を介して再現されているような心地で、心中はなはだ喜ばしく思われ、王六児がさらに一杯なみなみと注ぎ、にこにことして、

「お父さま、ゆるりとお召し上がりくださいな。ところで申二姐のいまの唄はほんの序の口でして、この子はまだほかにもいっぱいいい小唄を知っておりますのよ。そのうちお暇な折に、駕籠でもってお屋敷に連れていって、奥さまがたにお聞かせになってはいかがでしょう。郁ねえさまより高い評価を受けること請け合いですよ」という。

「申二姐や、重陽(ちょうよう)の節句になったら、だれかを迎えに寄越すから、うちにも来てもらえるかな？」と西門慶が問えば、

「旦那さま、そんなお話でしたら、お呼び下されば、お断り

するわけもございません」と申二姐が応ずる。西門慶女の怜悧な返答を聞いて、心中大いに喜び立つ。

こうして杯を交わし、盃を交えて酒を酌みかわしているうちに、王六児は申二姐に小唄の幾曲かを唄わせておいて、こっそり韓道国に向かって、

「小使いの男の子に彼女を楽三嫂家まで送らせなさいよ」と耳打ちする。女が帰ろうとして挨拶をすると、西門慶は袂の中から銀三銭をつまみだして紙片に包み、「ご褒美だ。弦代にでもしておくれ」といって、申二姐に手渡す。申二姐さっそく磕頭して、礼を述べる。西門慶「八日ごろだれかを迎えにやるからな」といえば、王六児が「その時はうちの王経をあたしのところへ寄越してください。そうすればあたしがうちの小間使いに連れて行かせますから」と話を受け継いで、申二姐は壁を隔てた隣家に去ってゆく。すると韓道国も女房とあらかじめ申し合わせ通りに、店舗へ泊まりにでてゆく。

そこで王六児のみが酒席に残り、西門慶の相手をしながら、サイコロを振っては酒を飲み、飲んでは酔うて、ついには西門慶手洗いに立つ振りをして、婦人の寝所に忍び込み、二人はたわむれ始める。西門慶は上さんをたっぷり二時間ほどもてあそんで、腰を上げ、馬に乗り、玳安・王経・琴童を従えて、家路につく。屋敷に戻ると、李瓶児の部屋に入る。李瓶児はすでに寝ていたが、西門慶が泥酔して帰ってくると、

「きょうはどちらで飲んでいらしたの？」と尋ねる。

「韓道国の家でワシにきてくれというもんだから。ワシが子供をなくしたので、同情して、気晴らしをしてくれたのさ。やつには女の唄歌いの知り合いがいて、申二姐っていうんだが、そいつを呼んでくれた。いずれ重陽の節句（旧暦九月九日）にでもなったら、男の子に駕籠を仕立てて迎えにやらせ、二三曲歌ってもらって、お前たちにも聞かせるよ。そうすれば、お前の気晴らしにもなるだろう」と西門慶いいながら、迎春を呼ん

で、衣裳を脱がせ、李瓶児の添い寝をしようとする。

「あんたったら、そんなことはだめよ。お下からおりものが止まらないので、女の子に煎じ薬をつくってもらっているところなんだから。別の人のお部屋にいっておやすみください。あなただってご存知でしょう？わたしが一日中具合が悪くて、息も絶え絶えだってことを。それなのにまたやってきて、あたしにまつわりつこうとする」と李瓶児（りへいじ）。

「だって、お前、ワシャお前を本当に抱いていたいんだもの！ただお前といっしょに寝ていたいんだよ。どうしても」

李瓶児は西門慶に一瞥を加えると、笑いながらいう。

「あなたのそんな心にもない嘘っぱちを誰が信ずるものですか！あなたは私が仮にあした死んでしまっても、それでもあたしを捨てられないでしょう。だからあたしがよくなるまで待って、あたしといっしょに寝たって遅くはないですよ」

西門慶いちど坐り直していう。

「まあ、いいさ。お前がワシを泊めてくれないんなら、それじゃワシャ潘六児のところへいって寝るからさ」

「はじめからそちらに行っていれば、そのお気持ちがへこまされてしまうようなことにはならなかったでしょうに。あのかたはいまごろ待ち焦がれて、きっとじりじりしているわ。それなのにあなたは行きもしないで、この部屋でぼうっとなってあたしにまつわりつこうとばかりする！」と李瓶児。

「そんなことをいうんじゃ、ワシャ行かないよ」と西門慶。

李瓶児はほほ笑みながら、

「冗談よ。だから行ってらっしゃい」といって、西門慶を送り出すと、自分は寝台の上に起き上がって、迎春の差し出した煎じ薬を受け取る。涙がとめどなく頬を伝わって流落ちる。李瓶児は長い溜息をついて、煎じ薬を飲み干す。

西門慶は藩金蓮の部屋に入ってゆく。金蓮は春梅に命じて灯りに蔽いをかけさせ、床に上がってちょうど身を横たえたとこ

ろであった。西門慶が扉を押し開けて入ってきて、
「おい、もう寝てしまったのかい？」と声をかける。
「おやまあ、ずいぶん珍しいこと。どういう風の吹きまわしで、私の部屋などに舞い込んできたの？」
「きょうはいったいだれの家へ行って、酒を飲んできたのよ？」と金蓮、語気を荒立てていう。
「それがさ、韓番頭のやつが南方から帰ってきて、ワシが息子を亡くしたのを知って、一つにはワシを慰めようとして、一つには今回ワシの面倒でやつを遠くへ出張させたことに鑑み、家に来てゆっくりしてくれというもんだから」と西門慶。
「あの男は遠方へ旅立たせておいて、自分は家にいてあの男の上さんの面倒を見てやったというのかい？」と金蓮。
「番頭の家でそんなことをするものか」と西門慶。
「番頭の家でそういうことをしているじゃないか！このど助平め、お前さんはそれでもまだあたしらをだまそうってのか。あたしら承知の上で、我慢しているんだ！お前さんの誕生日に、あの淫売め、家へお祝いにきていなかったじゃないか。お前さんたら李瓶児が配った寿の文字の簪を泥棒猫よろしくわたしの部屋からこっそり盗み出し、あの女にくれておいて、やつにその簪をつけてきて、みせびらかさせたもんだから、大奥さんや孟三ちゃんやその他家中のものがそれに気がついた。そこであたしにそれはどうしたのっていわせたもんだから、彼女顔を真っ赤にしていたわ。彼女あなたにこの話をしなかった？きょうはまたそこへしけこんだんだろ？　赤ら顔で、肌は黒い、あんな女のどこがいいんだか、わたしにはさっぱりわからない。あの忘八（ワンパ）の義弟王経を家へ連れてきたのは彼女だろうけど、無理もない」と金蓮。西門慶あまりにも図星をさされ、返す言葉もなく、しょげ返ってしまう。
さて、ほどなく重陽の節句とはなった。そこで西門慶は呉月娘に語った。

「韓番頭がこのあいだワシに家に来てくれと頼んできたんだが、そのとき申二姐という唄歌いを紹介された。器量はよし、唄もうまい。琵琶でも箏でも弾ける。ワシャ小僧を迎えにやって、来たら二三日引き留めて、唄を歌わせ、お前たちにもきかせてやりたい」

そこで一族揃って重陽の節句を祝うことになった。やがて王経が駕籠に申二姐を迎え入れてやってきた。申二姐は奥座敷に進んで、月娘らに磕頭をする。月娘はこの唄歌いがまだ年も若く、顔立ちもなかなかよろしいと見てとった。そこで組唄などは歌えるのかと訊いてみる。するとそれはまだあまりたくさんは唄えないが、小唄ならば何曲かけっこう上手にこなしますと返事がくる。そこでまず茶菓子をたべさせて、奥で二三曲歌わせ、それから庭の酒席につれてゆく。

その日、西門慶は役所には顔を出さず、家で菊の植え付けを見、月娘、李嬌児、孟玉楼、藩金蓮、李瓶児、孫雪娥、西門大姐らをみな酒席に顔を出すようにさそったが、李瓶児は体調優れず、何度も呼ばれてようやく顔を出しはしたものの、吹く風にも持ちこたえられそうにない風情。一同から

「なにか気に入りの唄を一曲注文してはどうか」と勧められても、いっこうに浮かぬ顔で、ついににこりともしない。

春梅、玉簫、迎春、蘭香らが傍らで酌をすれば、申二姐がまず琵琶をかたわらに据えて弾唱する。

そこへ王経が現れて、応伯爵と常時節の来訪を告げる。

「二人を庭の小さい方の東屋に待たせておいてくれ」

しばらく賑やかな酒盛りが続いた後で、西門慶は席を立って、ひとりで東屋に向かう。二人は翡翠軒に近い小松林のそばで菊の鉢に見入っている。「大紅袍（たいこうほう）」「状元紅（じょうげんこう）」「満天皇（まんてんこう）」などの名だたる名菊である。常時節に代わって応伯爵がいう。

「お蔭さまにて常君はこの三日に新宅に引っ越しました。きのうは日がよろしかったので、雑貨を仕入れ、表の間に店を開

きました。常君の上さんの弟が帳場をあずかってくれるそうです。常君はそのお礼だといって、お上さんの心尽くしを家人らに運ばせてきましたので、受けてやってください」

「常二君、こんな心配をしてどうしたんだい？」と西門慶。

「わしもそういったんですが、この人が兄貴は外のものでは喜んでくれないんじゃないかというもんだから」と伯爵。

西門慶左右のものに岡持ちの蓋を開けさせて見ると、大きな蟹が四十匹ばかり。まことに結構な料理、その外露天で焼いた鴨の焼きものが二羽。西門慶春鴻と王経に奥へ運ばせる。

三人は額を集めて、常時節のために引越し祝いの話をはじめる。引越し先が狭い家だから、三、四人の少人数で、小銭を出し合って、簡単に騒ごうではないか、ついてはもう一人謝希大を呼ぼうということで一決し、さっそく琴童に謝希大を呼びにやらせる。

折から相談事があるといって、月娘の長兄―呉大舅（ごだいきゅう）が訪ねて来る。西門慶客人をその場に残して、いっしょに母屋の月娘の部屋にくゆく。呉大舅十両の銀子を取り出して、月娘の前に差し出しながらいう。

「じつはきのう社倉の修理費用として東平府よりこれだけしか下げ渡しがなかったので、まことに申し訳ないが、お借りした金子のうち、一先ずこれだけ返却させていただきます」

「そんな義理がたいことをいわなくても、うちはいつでも構わないんだから」と西門慶それを押し返して受け取らない。

「で、どうなんです、社倉の工事の進行具合は？」

「竣工まであとひと月ほどです」と呉大舅。

「そのときにはどのみち巡撫使、巡按使のお歴々から特別の思し召しがあるはずですよ」と西門慶。

「じつはそこなんです」と呉大舅、「今年も間もなく考選軍政（こうせんぐんせい）(武官の試験) が行われます。そこで前もってお兄さんからそのお歴々に運動しておいていただけませんでしょうか」

「お兄さんのこと、どうぞ私にすべてお任せください」と西門慶得手に帆をあげる。

呉月娘はこの呉大舅を西門慶とともに表庭の翡翠軒に加わらせる。月娘自身は台所を指揮して料理をそちらに運ばせる。西門慶は同時に物置の鍵を開けさせ、前に夏提刑が届けてくれた菊酒を開封させ、中味を全部鉢のなかにあけ、冷たい水を加え、絹漉(きぬごし)で濾し、盃に注いで、卓上に配る。常時節が届けてきた蟹料理や鴨の丸焼きも大皿に乗せ、卓上に運ばれる。

「わたしゃ馬齢を重ね、ことし五十二歳。生まれてこの方、こんな蟹料理なんてものは食べるどころか、臭いも嗅いだことがない」と応伯爵、感極まって褒めちぎる。

食卓のかたわらには春鴻と書童が立って、余興に南曲を唄う。折から母屋の奥の部屋から申二姐の小唄がもれてくる。

「李桂姐が来ているのかな？」と応伯爵。

「よーく聴いてみな。ちと違やしないかい？」と西門慶。

「李桂姐でないのなら、呉銀二か」

「違う、違う。じつは申二姐というとびっ切りの女先生（盲目の女性歌手）がめっかったんだ」と西門慶詳しい話をする。

さて、体調の優れぬ李瓶児は月娘の部屋で無理強いの酒杯を幾杯か重ねているうちに、いきなり下腹から腰にかけて異様な熱気が走り、しばらくするとこんどは氷のような冷たい冷気が流れ、これが二度三度繰り返されて、もうこれ以上は酒が喉を通らなくなってしまう。李瓶児は自室に小走りで戻ると、急いで浄桶(おまる)に腰を降ろす。あたかも堪えぬいた小用をたすかのごとくに、真っ赤な血流が流れ下って、目の前が真っ暗になった。急いで裙子を引き上げる。暗い頭の中を流星のような閃光が走って、李瓶児の体は前にのめった。迎春が手を差し伸べて、助け起こしたときには李瓶児の額の皮がむけて、血がにじんでいた。乳母が驚いてかけつける。迎春と二人がかりで李瓶児の体を炕の上に担ぎ上げはしたが、李瓶児はすでに人事不省である。綉春が走って、月娘に報せる。一同顔色を失って酒席を離れ、李瓶児の部屋に押しかける。

迎春が浄桶の蓋を取って見せる。月娘は両の手で顔を覆わずにはいられない。取り敢えず生姜湯を李瓶児の喉に流し込む。李瓶児がうめき声を発して、わずかに目を開けた。来安が西門慶を呼びに走る。西門慶が任医官を呼ぼうという。

「あたし、大丈夫。しばらく休ませて。それよかお客さまのお相手をなすって！」と李瓶児が生気を取り戻していう。

月娘が迎春に炕の上に床を取らせて、その上に李瓶児を休ませる。西門慶は翡翠軒にひとまず戻って、客人たちを引き取らせて、月娘の部屋を訪ね、李瓶児の昏倒に至る経緯を聞き、その夜は李瓶児の寝床の脇にもう一つ寝台を並べさせた。

翌日は任医官を呼びにやる。任医官が現われ、脈をとる。

「おりものが真っ赤だと問題ですが、拝見しますと、紫色ですから、まあよろしいのではないでしょうか。お薬を十二分に検討いたしまして、ご用意いたしましょう」といって、任医官はゆうゆうと引き上げて行く。琴童がその後を追って、白金二両と杭州産絹地一匹を添えて、謝礼とした。琴童は帰聘蕩（きへいとう）なる煎じ薬の包みを抱えて帰ってきた。

ところが李瓶児のおりものはこの薬で逆に悪化して、西門慶は狼狽する。人の勧めもあって、胡太医を呼んで見た。かつて李瓶児に取り入り、入り婿におさまっていた藪医者の蔣竹山が“ほら吹きの胡”とののしってはばからなかった医者である。その医師の出す薬には毒もなく、効験（ききめ）もなかった。

最後には月娘の発意で真武廟外の黄（こう）先生という易者の易断を求めた。難しい文言の易断で、意味がわからないので、温秀才に読んでもらうと、明らかな“凶”の八卦（はっけ）であった。

第六十二回

潘道士お祓いをして星を祭り、西門慶李瓶児を失い慟哭する

さて、李瓶児(りへいじ)はいくら薬を服用しても、いっこうに薬効が現われない。占いをしてみても、みな凶とでるばかり。吉とでることがなくて、手の施しようがない。はじめのうち李瓶児は自分でなんとか髪をとかしたり、顔を洗ったり、炕から下りてお浄桶に腰を降ろしたりしていたが、次第に食が細くなり、体も瘦せて、下の出血も止まらなくなった。いつしかこの花満開の麗人もやせ細って見る影もなく、枯葉のようになってゆく。遂には炕から下りることもできなくなる。しかたなく寝床の上に草紙を敷いて横たわるが、あたりに悪臭を放つのを恐れて、女中に香をたかせる。西門慶は彼女の腕がすっかり瘦せ細って、銀の棒のようになってしまったので、病室にこもって、目を泣き腫らし、役所には一日おきにちょっと顔をだすのみ。李瓶児はこれをみかねて、

「お兄さま、どうぞお役所においでください。お仕事が遅くなったら、困ります。あたしのことは大丈夫ですから。お下に出血があって止まらないので弱っているだけですので。これが止まって、喉を物が通るようになり、少し食が進むようになれば、元のようになるんですから。あなたのような男性があたしのお部屋にいつも張り付いていて、どうなさいますの？」といって、西門慶を諭せば、西門慶は涙をぽろぽろ流しながら、

「ワシャお前さんの具合が良くないので、お前さんを捨てておかれないんだよ」という。

「まあ、おバカさんね。死ぬもんですか。死ぬのなら、あなただって少しはそれを止める手立てがあるでしょう。それにあたし特にあなたにお話ししておきたいことがあるの。私なぜだかわからないのだけれど、この部屋に人が誰もいなくなると、

なんだかとっても怖くなるのです。まるで影のようにだれかがわたしの前に近づいてくるんです。しかも夜になると、その人が夢の中に現れて、刀を持ったり、杖を振りまわしたりして、私を怒鳴り散らすのです。その人は子供を抱いていて、わたしがその子を奪い取ろうとすると、逆にわたしを突き飛ばしておいて、こんど家を買ったからといって、何度も私にまつわりついてきて、いいにくい話なんですけど、私にそこへいっしょに行こうというんです」

西門慶この話を聞くと、すかさず言葉を継いだ。

「人が死ぬということはちょうど灯し火が消えるようなもので、この何年かの間にあの男が死んでどこへいったのかなんてことはわかるもんじゃないんだ。これはお前が久しいこと病気をしていて平常心が無くなったせいだよ。邪気とか魍魎(もうりょう)とか家の内外の妖怪などというようなものがあるもんか。ワシャ今から呉道官の廟にいって符を二枚もらってきて、戸口に貼っておくことにしよう。そうして魔物がでるかどうか見てみようじゃないか」

西門慶こういうと、表に回って、玳安(だいあん)を騎馬で玉皇廟(ぎょくこうびょう)へ符をもらいにゆかせる。途中で玳安は応伯爵(おうはくしゃく)と謝希大(しゃきだい)に出会い、馬を下りる。すると応伯爵が声をかける。

「お前どこへ行くんだい？旦那はうちにいるかい？」

「お父さんは家にいます。わたしゃ玉皇廟へ符をもらいに行くところです」と玳安。

そこで応伯爵と謝希大は西門慶の家に向かい、尋ねる。

「謝希大が聞いたところによると、お嫂(ねえ)さんがご病気だっていうじゃないですか。心配で吹っ飛んできましたが、お具合はいかがでございますか？」

「ここ二三日は少しよさそうなんだが、体はすっかり痩せ細ってしまって、まったくひどい恰好なんだ。おかげでワシャ居ても立ってもいられない。もうお手上げだ」と西門慶。

すると応伯爵が尋ねる。

「兄貴、玳安を廟へやったは、ありゃなんでです？」

西門慶は李瓶児が一人部屋に取り残されると、もののけにおびえることを一通り話して、

「幽霊がやってくるのではないかしらん。男の子に符を二枚もらって来させて、戸口に貼れば、化け物を締め出せるのじゃないかと思ってな」という。

「兄貴、幽霊や化け物などいるもんか。そりゃ奥さんの気が弱ったせいですよ」と謝希大がいう。

「兄貴、魔除けをするんなら、わけはありませんよ。城外の五岳観潘（ごがくかんはん）道士なら、天心五雷法という魔除けの術を心得ていて、潘の鬼退治って有名ですよ。いつも符水で人助けをしていますよ。兄貴、誰かを使いにだして、潘道士に来てもらって、お嫂さんの部屋に悪魔がいるかどうか見てもらうってのはどうです？この人なら知ってますぜ。だから兄貴この道士に病気を治させたら、きっと治してくれますよ」と応伯爵。

「じゃあ、呉道官の符が届いてみてからにしよう。どこに住んでいるんだって？駄目だな、あんた小僧を連れていって、馬で呼んできてくれないか？」と西門慶。

「構わねえですよ。後で行きましょう。お天道さまだって可哀そうだと思し召して、お嫂さんもよくなりますよ。わたしゃ逆立ちしたって行きますから」と応伯爵勢い込んではなしたのち、謝希大とともに去ってゆく。

玳安が符をもらって来ると、それを部屋の中に貼っては見たが、夜間になると李瓶児はもののけにおびえて、西門慶に

「死んだはずのあの人がたったいまだれか二人の人といっしょに私を捕まえにやって来ましたが、あなたが部屋の中にいましたので、逃げていってしまいましたけど」という。

「お前、魔物がいるなんて思っちゃいけないぜ。そんなことは気にしなさんな。きのう応伯爵がいうには、これはお前さん

がひどく弱っているからで、城外の五岳観に潘道士というのがいて、符水で巧く病気を治したり、魔除けをするのがいるんだそうだ。ワシャあすにも応伯爵に行ってもらって、その道士に来てお前を見てもらうつもりだ。魔物がいるようなら、お祓いをしてもらうってことさ」と西門慶。

「ねえ、お兄さま。早く呼んで来て頂戴な。あのお化けったらさっきは怒ってでていってしまったけれど、あすになればまたあたしをきっと捕まえにきますよ。だからその坊さんを早く連れてきてくださいよ」と李瓶児。

「お前、怖いなら、小僧に駕籠を仕立てて呉銀児（ごぎんじ）を呼びにいってもらおうか。二三日お前に付き添ってもらうように」と西門慶がいうと、李瓶児は首を振って、

「呼ばなくっていいわ。だってあの人にも家ですることがあるでしょうから」という。

「じゃ、馮（ふう）婆さんを呼んで、二三日お前の世話をしてもらうことにするか」と西門慶。

李瓶児がうなずいたので、西門慶はさっそく来安（らいあん）に命じて、件の家へ馮婆やを呼びに行かせるが、こちらもまた不在で、部屋には鍵がかかっている。そこで来安は一丈青（いちじょうせい）に、

「婆さんが帰ってきたら、なんとか急いでお屋敷に来てほしい、六奥さんが会いたがっているから」と伝え置く。

西門慶はいっぽうでまた玳安に、

「あす朝起きたら急いで応二叔といっしょに城外の五岳観へ潘道士を呼びにいってくれ」といいつける。

その次の日、観音庵の王尼（おうに）が李瓶児を訪ねてきた。うるち米一箱、大きな煎餅二十枚、ほかに瓜と茄子の新香をもってきてくれた。李瓶児、王尼が見舞いに来たことを知ると、迎春（げいしゅん）の手を借りて身を起こす。王尼が、合掌をする。李瓶児は王尼にまず席を勧めて、王尼の無沙汰に不満を漏らす。

「王師父（せんせい）、あなたったら経文の印刷の話が持ち上がった時か

ら、突然お姿がまるっきり見えなくなってしまいましたのね。あたしがこんなに病気になっているのに、全然会いに来てくださらなかったのね」

「まあ、奥さま。わたしは奥さまがこんなにご病気だなんて、まるっきり存じませんでした。きのう大奥さまがお使いの方を観音庵にお寄越しになられて、初めて存じ上げたような次第なんです。それに新しく印刷してもらいました『陀羅経』の勘定もまだ済ませておりませんが、実はあれから薛尼(せつに)の老婦とわたくしは大喧嘩をしてしまいまして。あれが陰からこっそり手を回し、経屋から五両の世話代を受け取っていましたんで、私はまたそんなこととはつゆ知らず、一文半銭の謝礼をもらってはおりません。こんなことでお布施をなさいましたあなたさまには、それはもうお幸せはまちがいないはずなんですけれども、薛尼のせいで、こんな堕地獄の報いが今日の前で起こっているとは、まことにはやなんとお詫びしたらよろしいか…」

李瓶児これをきくと、

「人にはそれぞれ『業』というものがあって、それはどこまでもその人について回るものですから、いまさらあなたは薛尼を憎んだり、争ったりしてはいけません」といって、王尼を諫める。

「誰が彼女など恨むものですか」と王尼が応ずる。

そうこうするうちに手みやげが調理され、李瓶児の目の前に小卓がおかれる。お粥や瓜・茄子のつけものが細かに刻んで出される。煎餅が蒸しあげられ、象牙の箸を添えて運ばれてくる。乳母の如意がお粥をついだ碗を持って、れんげで少しずつしゃくって食べさせる。李瓶児はお粥を二口三口、煎餅を少しばかり食べたが、その後は首を振って、食べようとしない。これを見た王尼が

「人は生きるためには水と食べ物が大事ですよ。せっかくこうしておいしいお粥を作ったのですから、もう少し召し上がっ

たらいかが」と勧めるが、無駄であった。

王尼は布団をまくり上げて、李瓶児の体がすっかり痩せ細っているのを見て、びっくり仰天し、

「まあ、あなたったら、この前お目にかかったときにはだいぶ調子がよろしそうだったのに、どうしてまたこんなにやせてしまったのでしょう」という。

王尼のこの言葉に如意が

「すぐにまたよくなられますわ。だいたい奥さまはお腹立ちが原因でお体を壊されたのですから、旦那さまがお医者さまをお呼びになって、毎日お薬を召し上がっておいでですからして、もう七八分は快方に向かっておりましたが、八月に坊っちゃまがひきつけを起こされ、奥さまは夜も昼も心配の余り、ご苦労をなさり、一睡もなさらずに坊やの全快を待っておりましたのに、思いもかけず亡くなられてしまいました。奥さまは終日泣き明かしておりましたが、こんどは思いも寄らぬお腹立ちに遭い、鉄や石のような強靭な心の持ち主でも、とても耐えられるものではありませんのに、どうして病気にならずにいられましょう。人前でぶちまけてしまうことができるお方ならまだしも、奥さまはなにもおっしゃらないお方ですから」

「どうして腹を立てられたのでしょうねえ？旦那さまはお優しいし、大奥さまもずいぶんあなたを大切にしておいでだし、ほかの奥さま方だって、誰もあなたをいじめるような人はおりませんでしょうに」と王尼。

「王尼さま、あなたはご存知ないんです」と如意は声を落としていうと、綉春にあたりの様子を調べさせ、門が閉っていることを確かめたうえで、ここに至った経緯を語る。

「みんなあの五奥さんのせいなのです。あの方の猫が寝ている坊ちゃまの顔や手をひっかいたものですから、坊やはすっかりおびえてしまい、狂ったように泣きわめき、ひどい痙攣を起こし、激しく引きつけました。間もなくお帰りになった旦那さ

まは坊やがひきつけたわけを知ると、五奥さんの猫を捕えて、叩き殺してしまわれました。ところが当の金蓮ねえさんは『うちの猫が知ったことか』とばかり、平気な顔。八月にはいって、坊やが亡くなると、あの方は隣の部屋の李瓶児ねえさんに聞こえよかしに、なんのかのと当てこすりをいっては、ずいぶん楽しそうにしています。李瓶児ねえさんはそんな悪口にもじっと耐えて、一人涙にくれているうちに、ついに病気になって、このありさまなのです」

脇で寝ている李瓶児は気負った乳母の能弁の弁護をむしろ心苦しく思って、

「もういいのよ、もういわないでおくれ。私はもう死去してしまった人なのよ。だからあの人の好きなようにしておやり。むかしからいうでしょう、『天いわざれど自ら高く、地いわざれど自ら厚し』って」という。

「生き仏さま！あなたさまのようなお優しい心をお持ちの方が他に誰ありましょうか。天に目あり、常に下界を見降ろしてあり。そのうちよきことの起こりますように！」と王尼。

「王師父、この上どんないいことがあるでしょう！たった一人の坊やももういなくなってしまいましたし、わたしもただいまお下の方が病気になってしまい、もうとても命がもちません。わたくしがそのうち死にましたら、王師父にお金を差し上げるつもりですから、この家に師父方を何人かお連れくださって、『血盆経』（血の病で落命した女の救済経）をどっさり誦んで、わたしのこの罪業の罪滅ぼしをしてくださるように」と李瓶児。

「生き仏さま、あなたはとてもよい方ですから、お天道さまだってお守りくださいますよ」と王尼。

そこへ琴童が入ってきて迎春に花大舅の来訪を伝える。李瓶児の先夫で死んだ花子虚の近親者花子由である。王尼が「それでは･･･」と座をはずしにかかる。

「王師父、お帰りにならないでくださいな。二三日泊まって、あたしのお相手をしてくださいな。わたくしまだ話があるのですから」と李瓶児がいう。
しばらくすると西門慶に案内されて、花大舅が見舞いにやって来る。李瓶児は炕の上に寝たまま黙っている。
「わたしはちっとも知らなかったんだ。きのうこちらの若い衆が知らせに来てくれて、初めて知った次第だ。あす嫂さんを見舞いに寄越すよ」と花子由はいう。
李瓶児はただ一言
「ご苦労をおかけします」
といったきり、顔をそむけてしまう。花子由はしばらく腰を降ろしていたが、やがて立ち上がって西門慶にいう。
「三七（朝鮮ニンジン）薬という血止め薬がありますが、なぜそれを飲まないんでしょう？」
「それはもう飲みましたけれども、あくる日になると出血が逆にひどくなるんです」と西門慶。
「では、これはたいへんな難病ですな。お兄さん、早いとこ棺桶を探して、ご準備なさるんですな。あす家内を見舞いに寄越しますから」と花子由はいって、暇乞いをして帰ってゆく。
乳母の如意と迎春が李瓶児の体の下に敷いた汚れた草紙を取り換えていると、馮婆やがひょっこり入ってきて、『万福！』と挨拶をする。
「馮婆やったら、なんで奥さまのご様子を見に来てくれなかったのよ！きのう旦那さまが来安を迎えにやったのに、聞けば部屋に鍵をかけて、いったいどこへいってしまってたのよ！」と如意が半ばべそをかきながら叱責する。
「だって、わたしだって大変だったんだから。毎日お寺さんにお参りして、暗くなって帰って来ると、張和尚さんや、李和尚さんや、王和尚さんが見えましてね」と馮婆や。
「馮婆ちゃんったら、呼んでもちっとも来てくれないもんだから、奥さまはここ何日かお粥も喉を通らないで、内心悶々としていられましたが、ようやく来てくださったので、笑みが戻ったところだわ。二三日面倒を見てくだされば、きっと病気もよくなりますよ」と如意。

「そうよ、わたしゃ退災（まよけ）の博士なんですから」と馮婆や。

それで一同またどっと笑った。それから馮婆やは布団の中に手を入れて、李瓶児の体に手をふれながら、

「奥さま、早くよくなればいいのにねえ」といい、さらに

「お浄桶には下りて来てお掛けになれますか？」と尋ねる。

「それができればいいのですけれども、ここ二三日は炕の上に寝たきりで、日に二三回は草紙を敷いてご用を足されます」と迎春。

しばらくすると西門慶がまた入って来る。迎春が香を改めて焚くなか、馮婆やを見かけてことさらに優しく話しかける。

「瓶児はきょうはなにか食べたのかしら？」

「はい、召し上がりました。お粥をちりれんげに二三杯」と迎春が応えれば、西門慶こんどは李瓶児に、

「応伯爵が今朝城外へ潘道士を迎えに行ってくれたんだが、あいにくとまた不在であった。あすもう一度来保をやってみるつもりだ」と知らせる。

「ぜひどなたかに行っていただきたいわ。目をつぶると、すぐあの化け物が現われて、わたしのことを責め立てるんです」と李瓶児。

「お前の神経が弱っているからそうなるんだから、気を楽にして、あの男のことなどあれこれ考えないことだ。そうしてもっと薬を飲んだら、よくなるからさ」と西門慶。

「旦那さま、あたしはもうこの業病に取りつかれてしまいましたから、もうどうにもならないでしょう。せめてもうあと何年かはあなたのお近くに侍って、一組の夫婦として過ごして参りとうございましたが、誰知ろう、今や二十七歳。先に子供には死なれてしまい、いままたあなたともお別れです。又もし

相目見えることがあるとしても、それはあの世においてでありましょう」と李瓶児いいながら、弱々しく西門慶の手を取ると、両眼からは涙があふれ出て、むせび泣くばかり、言葉もでなくなる。西門慶もまた悲嘆には打ち勝てず、声をだして泣きながらいう。

「いいたいことがあったら、なんでもいっておくれ」

「あたしの棺桶は並みののでいいんです。余計なお金を使うことはありませんから、いまのうちに用意しておいてくださいまし」と李瓶児。

「じつは花子由もそういっていた。それもよかろうと思うよ。むかしから棺桶を早く買いそろえると、邪気払いになって、かえって病気が早く治るというから。病気がなおったら、棺桶は人にくれてやればいいんだから」と西門慶。

陳経済(ちんけいざい)と賁四(ほんし)が極めつきの棺桶を探しに出される。ありふれたものでは西門慶が承知できない。ようやっと喬(きょう)大戸からの連絡で、尚(しょう)挙人の家に以前父親が四川(しせん)の成都(せいと)で判事をしていたころに入手したという一組の良材が三百七十両のいい値を、五十両値切って、即刻、屋敷に引き取り、表の庭に職人を入れ、鋸を引かせる。

その夜、李瓶児の部屋には部屋付きの女の子らのほかに、馮婆やと王尼が同宿することになり、西門慶は金蓮の部屋に身を引いた。

李瓶児は迎春に戸口や窓に鍵をかけさせ、開口部にはすべてしっかりと栓をさせ、部屋には灯りをいっぱいにとぼし、衣裳箱を開け放ち、着物や銀の首飾りなどをとりださせると、あたりに拡げて、形見分けをすることになった。

まず王尼に向かって、自分の死後は幾人かの師父をかり集めて来て、『血盆経』をあげてもらいたいと注文をつけ、特に五両銀を与える。別に紬(つむぎ)を一匹。

馮婆やには、彼女が李瓶児の乳母であった関係上、銀子四両と白の綸子の上着と黄色い綸子の裙子などを分け与える。そのほか乳母の如意と女中の迎春にもたくさんの形見を残す。李瓶児がこれらの女の中でもっとも気を使ったのは年少の綉春であった。如意は懐妊中の月娘のために残して行けばよし、迎春は西門慶が手をつけた女ゆえ、これも心配には及ぶまい。ところが綉春はそうはいかない。

「月娘奥さまに新たな勤め先を探していただくようによーくたのんでおきますけれども、これからはあたしの部屋にいたときのようにぼんやりしていては駄目ですよ」と説教をすると、綉春は床に座り込んで、李瓶児亡き後はこの部屋に一人居残って、奥さまのお位牌をお守りいたしますと泣いて誓った。すると李瓶児がいう。

「なにをいうの、この子ったら！そんなことができるわけがないじゃないの」

翌日になると、この日も見舞いに来てくれた呉月娘と李嬌児に自分の死後のことを李瓶児はたのみこむのであった。

「安心してちょうだい。如意と迎春はわたしが引受けるから。綉春は李嬌児姐さんのところへ預けたらどう？手癖の悪い夏花はどの道屋敷から出さねばならないんだから」と月娘の返事。李瓶児は如意、迎春、綉春の三人に月娘の前でお辞儀をさせ、自分は目をうるませる。呉月娘も思わず、涙ぐむ。

ほどなく孟玉楼、藩金蓮、孫雪娥の三人が揃って見舞いにやって来る。李瓶児はみんなに姉妹の仁義の言を述べる。それから李嬌児、玉楼、金蓮らはみな揃って出て行く。呉月娘が一人部屋に居残って、付き添いをしていると、李瓶児は月娘に向かってさめざめと涙をこぼしながらいう。

「奥さまがそのうち赤ちゃんをお生みになりましたら、旦那さまのためにお世継ぎとなりますように大切にお育てくださいませね。わたくしのような不注意をなさって、人の闇打ちになどゆめ遭うことのありませぬように」

「おねえさん、よーくわかりました」と月娘は応える。

この一言が月娘の心を強く揺り動かして、後に西門慶が死んだとき、月娘が金蓮にこの屋敷の中に留まることを決して許さなかったのは、彼女が李瓶児のこの臨終の言葉を思い出したからに外ならなかった。

話の最中に琴童が入ってきて、五岳観の潘道士が訪れたと伝える。間もなく西門慶が先導して潘道士が現われる。頭に雲霞五岳の冠、体に茶褐色の行者の衣、腰には五彩の細紐、両脚には麻の草鞋、背中には横筋入りの古銅の剣。いったん病室に入る。部屋の四方を点検して、改めて李瓶児の歳を訊ねる。二十七歳である。部屋の床に二十七個の灯明皿を並べ、油を注ぐ。灯芯を浸す。李瓶児の命の灯だという。名づけて『本命灯』。道士はかくて夜を待つ。やがて深夜の刻限となる。

道士が灯芯の一つ一つに点火する。

道士は結んだ長い髪を一度に振りほどく。一心不乱になにごとか呪文を唱えながら、空の星を仰ぎみて、北斗七星の形に歩を刻んで、祭壇の上を踏みつける。見れば晴天の月と星はたちまちにして消え去り、一天にわかにかき曇り、一陣の怪しの風が巻き起こり、大風が三たび吹き過ぎると、にわかに一陣の冷気が迫りきて、二十七個の本命灯が一度に吹き消されてしまう。

潘道士は振りかざした剣をおさめていう。

「天に罪を負われたご病人です。この通り本命灯が残らず消えました。お救い申すてだてはございません」

西門慶これを聞くと、うなだれて涙を流しながら懇願する。

「なんとかしてお救いくださることはできませぬか」

「運命は逃れられませぬ」

そういいおいて潘道士は夜来の嵐の中へ帰ってゆく。

西門慶はいくどか引き留めようと試みるが、潘道士は

「出家人は草を行き、露に宿り、山に住み、廟に留まるを常とします。天に誓いをたてたものとして、財物等をむさぼるこ

とはできませぬ」といって、差し出された礼金や贈物も受けようとしない。西門慶はもはやなにもいえず、黙って李瓶児の部屋に泊まろうとすると、

「この部屋は穢れていますから…」といって、李瓶児が月娘の部屋に行くことを勧める。せんかたなく西門慶は月娘の部屋で、二十七本の本命灯が消えた話をして聞かせる。

病室では李瓶児が炕の上の己の体を壁面に向けて寝かせるように迎春と如意に命じ、あわせていま何時かと尋ねる。

「一番鶏もまだ泣きません」と如意の返事。

李瓶児が腰の下の草紙を取り換えさせる。壁面を向いて身を横たえ、布団を被る。部屋の女たちは前夜からほとんど眠っていない。馮婆やと王尼とが先に床に就く。迎春と綉春は李瓶児の炕のわきの床の上に布団を敷き、すやすやと眠り始める。間もなく李瓶児が一人で炕の上から下りて来て、手を伸ばして、迎春のからだをゆさぶる。

「うちのことはよく気をつけてね、頼みますよ。では」

迎春が驚いて目をさます。夢であった。

卓上の灯りがとろとろと燃えていた。急いで起き上がる。炕の上に目をやる。李瓶児は寝たときとそのままの姿勢で壁面を向いている。恐る恐る顔の上に手をやる。呼吸はすでに途絶えている。一代の佳人の哀れな終焉であった。時に政和丁酉(ひのととり)九月十七日未明。享年二十七歳。

迎春は残る三人を呼び覚ます。三人で死骸を調べてみた。

李瓶児の下半身が血の海だ。屋敷中に知らせる。西門慶と月娘がまずかけつける。掛け布団をはがしてみる。顔はまだ生きたままで、体温も残っている。なぜか亡骸は全裸である。

寝間着もつけていない。西門慶は敢えて血の海もものともせず、両の手で彼女を抱き起し、その下顎、襟頸に頬擦りをしながら、声をたてて泣く。

「瓶児よ、なぜワシを一人残して死んでしまうんだ！」

間もなく李嬌児、孟玉楼、藩金蓮、孫雪娥、家中の女中や乳母たちがみんなやってきて、家が壊れんばかりに泣き叫んだ。とりわけ慟哭が止まないのは西門慶であった。月娘が見かねて、西門慶を叱りつける。

「あなた、うるさいわね。男でしょう。いい加減になさいよ。死人の『死毒』がうつりますよ」

その間に李嬌児と孟玉楼が李瓶児の最上等の衣裳を選りだして、丸裸の李瓶児に着せてやる。月娘と金蓮が瓶児の髪を梳いて髷に結い、最上等の簪を選りすぐって差してやる。

西門慶は病室を離れ、葬儀の準備に取り掛かる。まず、陰陽師の徐先生がまっさきに呼ばれてくる。官哥の葬儀の前例通りに『批書』『黒書』の起草が行われ、「死人は前世で浜州の王家に男児として生まれ、懐胎中の雌羊を殺した咎で、この世ではひつじ年の女として生まれ、苦労を重ねた。来世は開封の袁家に女児として生まれ、十二にして金満の老人に嫁し、四十二歳までの寿命に恵まれる」との文面であった。

徐先生はこの後、問われるままに十月八日に『破土』（墓穴掘り）、十月十二日『発引』（埋葬）という日取りを決めた。西門慶はこれに先立ち、九月十九日を納棺と決めた。またもと宮中の画工であった韓先生のところへ来保を使いにやり、李瓶児の肖像画を依頼した。

第六十三回

韓画士死者の肖像を描き、西門慶芝居に李瓶児を忍び泣く

さて、西門慶はその日、応伯爵になだめられ、涙をぬぐって、泣くのをやめ、男の子を奥の厨房にやって、食事の用意をするよう伝えさせる。やがて呉大舅と呉二舅が揃ってやって来て、霊前にぬかずき、西門慶に向かって拱手の礼をしながら、お悔やみを述べる。西門慶は二人を離れに案内する。二人は一同に合わせて、腰を降ろす。玳安が奥に飛んでいって、月娘にいう。

「どうです。私が奥さま方に申し上げた通りでしょう。応二おじさんがお見えになって一席打てば、旦那さまはすぐにお食事だとおっしゃいますよって」

するとと金蓮が

「なによ、このでしゃばりが！年がら年じゅう外で旦那の太鼓持ちしていりゃ、旦那の気性などつかめるにきまっているじゃないか！」

「わたしは子供のときからご主人さまの側用人をしておりますが、旦那さまのお心うちはなかなかわかりませんよ」と玳安がうって返す。すると月娘が問いただす。

「旦那さまとお食事をなさるのはどなたとどなた？」

「大舅さんと二舅さんがさきほどみえましたから、加えて温秀才先生、さらに応伯爵おじ、謝希大おじ、韓番頭さん、陳経済兄さん、その上旦那さまで合計八人」と玳安。

「お婿さんには奥へ来て食べていただいたらどう？あちらは混むだろうから」と月娘。

「もう席についてますよ」と玳安。

「お前の外にお小僧さんたちでお台所からあちらへお食事を運んでいってちょうだい。特にお父さまには小鉢に粥を差し上げてね。あの人朝からまだなにも食べていないんだから」

「うちには私しかいませんよ。みな訃報届けや買い物に出払っています。王経さえも張親家の旦那さんのところへ雲板（銅鑼の一種）を借りに行ってしまってます」と玳安。

「じゃ、書童とお前とで運んだらどう？あんなつんつんした子はたまにはへこましてやった方がいいんだから」と月娘。

「書童は画童といっしょに霊前に詰めております。一人は銅鐸を鳴らし、一人は香を焚いたり、紙を焼いたりする係をやっています。春鴻は旦那さまにいいつかって、賁四といっしょに絹地を取り換えに行っています。絹地の品がよくないから、一匹六銭の絹に取り替えて、喪服にするんですって」

「そもそも五銭ののでで十分なのに、わざわざ取り換えに行ったの？じゃ、お前画童を連れて来て、お前と二人で急いで運びなさい。なにをぐずぐずしているの？」と月娘が叱る。

玳安はそこで画童といっしょに二人して、大皿、大碗を表の離れに運び、八仙卓を拡げて、みないっせいに飯を食べ始める。そこへ門番の平安が名刺を持ってはいってくる。役所の夏提刑の指図で書記係と警備隊三班が門前に派遣されてきたという。

西門慶それをきくと、お礼に三銭銀子をやってくれるようにいいつけて、礼状に喪主の署名をして、夏老爺に感謝に堪えないと伝えてくれという。いっぽう食事を終えて、食器をかたづけさせていると、来保が迎えに行った画師の韓先生がやってくる。西門慶は挨拶をして、話しかける。

「お手を煩わせてすまんが先生、親族の遺影をかいていただきたいんです」

「小生、よくよく拝承いたしておりますよ」と韓画師。

「手がけるのにいささか手間取りましたので、面容がかわってしまったかもしれませんが…」と呉大舅。

「いや、構いません。白装束でも描けますから」と韓画師。

茶を飲み終わったところへ、平安がやってきて、

「門外に花大舅さまがお見えになりました」という。

西門慶は花子由を霊前に案内する。花子由は霊前でしばし涙を流してから、回りの一同と挨拶を交わし、同席して尋ねる。

「いつのことでしたか？」

「ちょうど丑の刻でした。死ぬ間際までちゃんと話をしていたのですが、みな眠りにつくとほどなく、女中が起きていってみると、もう息をしていなかったのです」と西門慶。

花子由は韓画師のわきに少年が筆立てを持って立ち、韓画師が袖の中から絵筆と絵の具を取り出すのを見て、

「兄さん瓶児の遺影を描いてもらうんですか？」と尋ねる。

「わたしゃあの子がかわいくてしかたがないんですよ。ちっとでもよいから肖像を残しておいて、朝晩それを眺めて、彼女を忍びたいと思いまして」

そこで女性客らに席を外させ、帳を立て、韓先生と花大舅らを霊前に案内する。韓画師が千年旛を取り外して見ると、李瓶児は久しく病床に伏していたにもかかわらず、その顔色はまだ生きているかのようにほのかな紅をさし、容姿は変わらず、その可愛らしい唇は赤味を帯びて潤いがある。西門慶顔を覆い、期せずして涙をながす。来保と琴童が傍らで筆立てと絵の具を捧げ持っている。韓画師は一目見ると、たちまち事態を掌握した。応伯爵が口をはさむ。

「先生、こりゃ病人の顔ですよ。かつて元気だったころ、彼女の面容はもっとふっくらしていて、容姿秀麗でした」

「旦那さま、かかるご心配は一切ご不要でございます。小生すべて存じ上げておりますが、念のため敢えてお伺いいたします。このご夫人は過ぐる五月の初日に岳廟へお焼香にお見えになり、小生、親しくお目にかかったことがあるように存じますが、いかがでしょうか？」

「まさにその通り。あのころはまだ元気でありました。先生、どうぞご用心召されて、それを思い出しながら、全身像を一枚、半身像を一枚お描きください。霊前に供えますから。お礼とし

て緞子一匹と十両銀子をお送りします」と西門慶。

「旦那さまの思し召しですから、小生心して描かせていただきます」と韓画師。

程なく半身像が出来上がる。その玉貌は幽花秀麗、肌は柔らな玉が香を生ずるといったありさま。西門慶はこれを見ると、玳安にいう。

「これを奥へ持っていって、奥さん方に好いか悪いかみてもらってこい。どこか気にいらんところがあるなら、出て来ていってくれ。直してもらうから」

「無闇やたら悶着の種をまいてくれる人だわね。人は死んだら、どこへ行くのかわかりゃしないのよ。それなのに死んだ人の陰影などを描かせて！」と月娘。

藩金蓮がその後を引き取って皮肉をいう。

「これはあの人の娘(むすめ)の肖像画なの？絵なんか描いたって、拝んでくれる人がいないじゃないか。そのうち六人のお上さんが死んでしまったら、肖像画を六枚描いてもらうんだね」

孟玉楼と李嬌児がその絵を手に取って眺めながら「大奥さま、ちょっと来て見てご覧なさいませ。この画像はあの人の元気なころと生き写しだわ。ただちょっと唇が薄いかしら？」などという。

月娘も改めて李瓶児の肖像を眺めながら「額の左側が少し狭すぎるかな。それにしてもこの絵描きさんは死に顔を見ただけでどうしてこんな絵がかけるのかしらね！」という。

「この絵描きさんは岳廟上で一度六奥さまをご覧になっているんですって。先ほどそれを思い出しながら、お描きになったので、こんな具合になったんですよ」と玳安。

しばらくすると、王経がはいってきていう。「奥さまがた、ご覧になったら、早く持たせて帰してください。喬親家のお父さまがおみえになりましたので、喬親家のお父さまにもみてもらうんだそうです」

玳安は表の方に行って、韓画師に伝える。

「奥の方では唇が少し薄すぎて、左の額がちょっと狭すぎる、眉がもう少し弓なりだといいなどといっております」

「そんなことならば大丈夫です」と韓画師はいうと、すぐに筆をとって、手直しし、喬の旦那にその絵を見せる。

「この肖像画はなかなかよくできておりますな。ただ口が息をしていないだけで…」

傍らで聞いていた西門慶満心歓喜し、韓画師に酒を三杯続けて注ぐと、酒飯でもてなし、盆の上に反物を一匹と白銀十両をのせて差し出し、取り敢えず半身像を仕上げてもらい、全身像は出棺までに間に合わせてもらうことにする。そうしてどちらも真珠と翡翠の髪飾り、緋色地に五彩をあしらった金襴の長上着に総模様の裙子という出で立ちにしたうえで、模様入りの綸子で表装し、象牙の軸をつけていただきたいというと、韓画師も述べる。

「おっしゃるまでもなく、当方よーく心得ております」

銀子を受け取り、筆立てを童子に持たせ、暇を告げ立ち去る。喬大戸は一同とともに、出来上がった棺を見て、

「ご遺体をただいまから納棺なさいますか？」という。

「いまから検死人が来ますので、その上で小殮（しょうれん）（死装束を着せる）をいたします。それから三日たったら大殮（納棺）をおこないます」と西門慶、断然宣言すると、喬大戸に茶を勧め、喬大戸は茶を飲んで、暇を告げ、帰ってゆく。

やがて検死人がやってきて，遺体にかけてあった紙の覆いを巻きとり、死者に着せる衣服と寝具を敷き、西門慶自らが真綿に水を含ませて、李瓶児の目尻を拭き清め、敢えて陳経済を彼女の遺児に仕立て上げ、その目を閉じさせる。西門慶はさらに真珠を一粒探し出してきて、それを彼女の口中にふくませる。やがて小殮が滞りなく終了すると、前と同様に遺体を端正に安置し、帳を降ろし、家内一同ひとしきり声をたてて泣く。

来興（らいこう）は早々葬具屋に赴き、金粉をちりばめ、白く塗った人形を四つ注文し、それぞれを洗面器と手拭いとたらいと櫛を捧げ持った少女に見立てて、これに綸子の衣裳を着させ、これを遺体の両側に置き、さらに銀子十両を支払って、銀細工師に銀杯三個を作らせる。

また応伯爵には葬儀帳簿の監督を引き受けてもらい、さっそく銀子五百両を用意させ、韓番頭には会計を任せ、賁四と来興に買い物と料理の手配を任せる。応伯爵と謝希大と温秀才および甘番頭の四人に交代で弔問客の接待係、崔本にはもっぱら品物の代金支払い係、来保は倉庫係、王経は酒蔵係、春鴻と画童は霊前の世話係、平安は毎日四人の兵卒とともに雲板を打ち鳴らし、香や紙銭を配る係を引き受けさせ、それぞれ持ち場につかせる。

そこへ御領地の薛内相のところから使いが来て、杉の丸太六十本、篠竹三十本、芦の莫蓙三百枚が届けられた。西門慶はその使いの者に銀五銭をふるまった上、お礼を述べ、職人らにいいつけて、大きな仮小屋をたてさせ、報恩寺から十二人の坊主を呼んで来て、まず経をあげてもらい、毎日二人の給仕が湯を沸かして茶を入れ、来客をもてなすことにする。

花大舅と呉大舅はしばらく腰を降ろして、茶を飲んでいたが、やがて立ち上がって帰ってゆく。西門慶は温秀才に死亡通知を書いてもらって、これを印刷に回そうと考え、「荊妻（己の妻）逝去」と書いて欲しいと伝えた。すると温秀才はそれをこっそり葬儀委員長役の応伯爵に見せ、応伯爵それを聞き、

「それはちと礼儀に反しますな。現に呉家の嫂（ねえ）さんが正室の座にいるんだから、どうしてそんなことができましょう？ そんなことが出回ってしまったら、人からとやかくいわれないわけがない。だから呉大兄だって内心面白くありませんよ。わしからあの人に話しますから、そう書くのはしばらく待ってください」という。かくて夜になり、一同家に引き返す。

西門慶は夜になっても奥座敷には向かわず、李瓶児の遺体のわきに、寝台を据え、周りを屏風で囲み、一人で休む。春鴻と画童が側に侍って、一夜を過ごす。夜が明けると、西門慶は月娘の部屋に行って、髪をとかし、顔を洗い、白頭巾、喪服、白の靴下、白靴、喪帯を身にまとう。

二日目のこの日、はやばやと夏提刑が弔問に訪れ、お悔やみを述べると、西門慶が返礼をおこない、温秀才が相手で茶の接待を受け、帰ってゆく。門前に至ると、書記に手落ちなきよう応対に努めるよう注意を与え、顔を出さない兵卒がいたならば、役所に報告するよう命じ、処罰を与えるゆえといいおいて、騎馬にて立ち去る。

西門慶は温秀才に招待状の用意をさせ、人を送って親戚一同に届けさせ、三日目には精進料理を用意して、朝から読経を行うので、早めにおいで願いたいと伝える。

この日、遊郭の呉銀児が事の次第を聞き知って、駕籠でかけつけ、霊前でさめざめと泣きながら、紙銭を焼くと、奥座敷に向かい、呉月娘に接見した。呉銀児は月娘に磕頭すると、またしても激しく泣きながらいう。

「六奥さまが亡くなったなんて私、ちっとも存じませんでした。どなたもそんなことは教えてくださらなかったものですから、私もう悲しくって、悲しくって」

「お前さんは彼女の娘分だというのに、あの人の具合が悪かったときに、一度も見舞いに来なかったのね」と孟玉楼。

「まあ、三奥さまったら、わたしが知っていたら、お見舞いに来ないなんてことがあろうはずがありません。ほんとうに知らなかったのです」と呉銀児。

「あなたはあなたのお母さんの見舞いに来なかったけれど、あの方はあなたのことをとても気にかけていて、形見の品を残しておいてくださったのよ。あたしが代わりに受け取っておいたわ」と呉月娘いうと、小玉に向かって「お前、出して来て、銀ねえさんにお上げなさい」という。

小玉が奥から包みを持って来てあけてみると、緞子の着物が一揃い、頭に金のついた簪が二本、純金の花簪が一本包んであった。呉銀児はまたさめざめと泣いて、涙を雨点のごとくに流しながら、

「あたくし、あの方のお具合がよくないということをもっと前に知っていたら、もっと前に来て二三日はつきっきりで看病して差し上げましたのに」といって、月娘に礼を述べた。月娘は茶を出して、呉銀児をもてなした後で、女を引き留め、女は三日間泊まって帰ることになった。三日目になると、僧侶がやってきて、銅鑼を打ち鳴らして、経をあげ、紙銭を備え、家中上下のもの総出で喪服を着、陳経済は麻の頭巾という出で立ちで仏を拝み、近隣街坊・親戚・友人・役所の長らもやってきて焼香をするも、その数は数え難く、陰陽師の徐先生も入棺に立ちあうべく、早くからやってきていたが、遺体を担いで棺に入れる段になると、西門慶は呉月娘に上等の着物を四揃い探し出して来させ、棺の中に入れ、さらに四隅に小銀四錠を一つずつ並べる。花子由がこれをみて、

「お兄さん、そんなものをいれることはないですよ。金や銀でも日がたてば滅びてしまいますから」と横槍をいれる。

しかし西門慶は委細構わずそのまま蓋をさせ、検死人が四隅に長命釘を打ちつけると、家内一同声をあげて一斉に泣きだす。西門慶も「ああ、かわいいこの子とも、これでもう会えなくなってしまう」と、一段声を張り上げて泣き叫んだ。

やがて柩に添える旌（はた）を書く段になって、西門慶は「詔封錦衣（しょうほうきんい）西門恭人（きょうにん）李氏柩（ひつぎ）」の十一文字を認（したた）めたいと拘った。政府高官西門の正室李氏の柩の意である。すると正妻の月娘がいるのに『恭人（奥方）』はまずかろうとの声が起こり、協議の結果、恭人を『室人（お部屋さま）』に替えることで一致した。

やがて韓画師描く李瓶児の半身像も出来上がる。西門慶は大

いに満足して、これを棺のそばに飾る。弔問客の中には呉銀児のほかにも李桂姐や鄭愛月のような花街の遊女の姿もあった。李桂姐は呉銀児を見て、

「あなたはいつきたの？なんだってあたしにも教えてくれなかったのよ？自分だけ出し抜くなんてひどいわ」という。

「わたしも奥さまが患っていることは全然知らなかったのよ。知っていたら、お見舞いにだって来たんだけども…」と呉銀児も弁解する。応伯爵は廓の麗人の姿を認めると、葬儀の場であることを失念して、

「ここで一つ、彼女らに唄を歌わせたい」と茶々を入れる。「彼女らはお焼香にきたのであって、お座敷に呼ばれてきたのではないですぞ」と喬大戸がたしなめる。

来客の接待に毎日様々な余興が行われていた。とりわけ呼ばれてきた劇団があるとき艶情ものの『玉環記』の中から「まことの姿に寄す」の段を唄いはじめ、「もうこの世では会えぬゆえ、絵姿残してあの方に」の下りまで来ると、西門慶ふと李瓶児の患っていたころの姿を思い出し、期せず涙をもよおして、懐の中から手布巾をとりだし、涙を拭いた。簾の向こうからその場をみていた藩金蓮が月娘にむかっていう。

「大奥さま、ご覧なさいまし。酒を飲んで芝居を見て泣きだすなんて、ずいぶん奇妙な男ですわね」

側にいた孟玉楼がひとりごとのようにつぶやく。

「この人は賢い人とみたのに、意外や物のわからぬ人なのね。芝居には悲しみ・喜び・離別・再会・巡りあいが必ずあるものなのよ。物を見て人を思い、鞍を見て馬を思い、そして涙を流すものなのよ」

第六十四回

玉簫跪き金蓮の許しを乞い、屯所の役人が富豪の奥方を供養する

さて、弔問客が散って、一番鶏が鳴くころ、西門慶が床につくと、玳安は大徳利一本とつまみ幾皿かを表の店に持ち込み、傅番頭や陳経済らといっしょに馳走になろうとした。ところが傅番頭の老体はこんな時刻まで起きていたので、もう店を閉め、炕の上に倒れ込んで横になっていた。

「お前さんは平安といっしょに二人でお飲みよ。陳の若旦那もきっと来なかろうから」と傅番頭。

そこで玳安は平安を呼んできて、二人で酒をさしつさされつしてすっかり飲み干してしまい、食器を片付けると、平安は門番小屋に引き下がり、玳安は店の戸締りをして、炕の上に上がり、傅番頭と足をからませて横になる。傅番頭は玳安に話しかける。

「六奥さまが亡くなったが、この棺槨（柩飾り）といい、読経ぶりといい、まったく大したもんだったな」

「運がよかったんですよ、長生きこそできなかったけど。うちの旦那がいくらお金を使おうが、それは旦那の金を使っているわけじゃないんですから。六奥さまが旦那のところへ嫁いできたとき、あの方はほんとうにいろんなものをいっぱい持って来たんです。外の人は知らないでしょうけど、わたしゃ知っているんです。お金はいうに及ばず、金だの、真珠だの、骨董だの、玉の帯だの、絹の紐だの、耳環だの、つけ髷だの、値の張る宝石だのがどれくらい運び込まれたことか。旦那が大事だと思ったのは人じゃないんです。このお金の方なんです。それはそうと、この亡くなった六奥さまのご気性ときたら、家内中だれだってあの方にかなうものはおりません。謙譲でお優しい。人を見かけると、いつもにこにこしていて、私どものような下々

の者をこれまでついぞしかったことがない。私どもをかりそめにも下郎などと呼び捨てにしたこともない。私どもに買い物を頼むときだって、ただお金をつまんで渡してくれる。こちらが奥さまにちゃんと秤にかけてみてください、その方が使い易いですからといっても、あの方は笑って、持ってお行き、余ったら、自分でお使いなって、いってくださいます。このうちの人で、あの方からお金を借りたことがない人はいませんよ。しかも借りたら最後、誰も返そうとしないんですから。

大奥さまも三奥さまも金使いはきれいです。ただ五奥さんと二奥さんだけはたいへんにケチで、この二人がうちの会計をやることになったら、大変ですよ。私ら疫病にかかったも同然で、買い物をさせられるにしても、足りるだけお金を出してくれたためしがない。一銭が要るときでも、九分しか出してくれない。けっきょく私どもが身銭を切るより仕方がなくなる」と玳安の長口上。

「大奥さまならそんなことはないだろう？」と傅番頭。

「大奥さまはいいにはいいんだけど、彼女気短かでね。機嫌のいいときには、奥さまがたと仲良くぺちゃくちゃやっていますが、ちょっとでも怒らせたら最後、だれそれ構わず、怒鳴りまくる。六奥さまとはまるでちがう。六奥さまは誰からも恨まれないし、旦那の前ではいつでも私らを庇ってくれる。天下の一大事というときだって、あの方に頼めば、旦那に対してだって、ちゃんととりなしをしてくださる。ところが五奥さんとなると、よーく見ていてご覧、あたしが旦那さまにお願いしてくれるかどうか、そういって気を持たせておいて、結局みんな反故にしてしまう。おまけに春梅ねえさんのこの意地悪。あいにく五奥さんと同室ときたもんだ」

「五奥さんがこちらへきてから、もう結構な年月が経つんだなあ」と傅番頭がつぶやく。

「傅ご老体もご存知でしょう。あの頃のことを思い起こしてみれば、あの人は自分の母親を母親とも思わないで、遊びに来るといつもこっぴどい扱いをするもんだから、母親は半泣きで引き返していってしまう。六奥さまが亡くなった今、この表の方は五奥さまの天下で、この先花壇の掃除番はもっと綺麗にしろとか汚いとかいわれ、大変ですよ」と玳安。

玳安がそんな愚痴をこぼしていると、傅番頭は枕の上でぐうぐうと鼾をかいて寝込んでしまう。玳安もようやく酒が利いてきて、目をつぶると、陽が高く昇って、明るくなったことも知らずに、いつまでも眠っていた。

ところで西門慶はこのところいつも表の李瓶児の遺体のそばで寝ることにしていたが、明け方、玉簫(ぎょくしょう)が現われて、布団を畳むと、西門慶は奥へ行って、顔を洗ったり、髪をとかしたりした。書童(しょどう)は頭に髷を結うと、玉簫と二人で表の方で小突き合ったり、ののしりあったりして騒いでいたが、やがて玉簫は奥の方に去ってゆく。

図らずも、その日、西門慶は奥座敷に帰って就寝したので、玉簫は誰も起きて来ないように、こっそり出て来て、書童との約束に従って、花壇の中の書斎へこっそり入ってゆく。このとき藩金蓮も図らずも早く目を覚まして、そのまま広間に入っていってみる。霊前には灯りも灯されていないで、椅子やテーブルが放り出されていて、人影もない。ただ一人画童(がどう)がいて、床掃除をしている。

「おい、こら！掃除をしているのはお前だけかい？ みんなどこへ行った？」と金蓮は怒鳴りつける。

「外の者はまだみんな寝ています」と画童。

「お前まだ掃除などしなくてもいいから、表へ行って、若旦那にいっとくれ！白絹があったら、一匹持ってきておくれって。うちの潘婆ちゃん用の喪の裙子が一本足りないんだよ。それから元結いと腰紐が欲しいとね、おっかさんにあげたいから。彼女きょう家に帰るっていうんだよ」と金蓮。

「若旦那はまだ寝ているんじゃないかな、行って聞いてきますけど」と画童は応える。しばらくして帰ってきていう。

「若旦那の話だと、そういうことは彼の仕事じゃないそうです。書童兄と崔本（さいほん）兄が葬儀関係は取り仕切っているとのことです。書童兄にお聞きになるのが一番ですと」

「やつはどこに行ったか知っているなら、お前いって連れて来ておくれ」と金蓮。画童離れをあちこち探して歩き、

「さっきまでここにおりましたが、花壇の書斎にでもはいって、頭を梳かしているのでしょうか？」

「お前はここを掃除しておしまい。わたしがでかけていって、やつがどこにいるか調べてくるから」というと、金蓮は花壇の書斎に向かう。すると中から人の笑声がきこえてくる。金蓮扉をこじあけて見ると、書童と玉簫が床の上でもつれあっている。そこで金蓮激しく怒声を発して、

「この畜生め！お前ら二人はそこでいいことをしていやあがるな！」と叱りつける。二人は驚いて、手足をばたつかせながら、床（ゆか）に跪いて許しを乞う。

「この畜生め、お前は喪服用の白絹を一匹と木綿を一匹用意して持っておいで、おっかさんを家に帰さなくちゃならないんだから」と金蓮。

書童急いで立ち上がり、衣服を身につけ、白絹を取りに向かえば、金蓮は部屋に戻ってゆく。玉簫は部屋までついていって、金蓮の前に跪いてしきりに詫びを入れる。

「五奥さま、どうか旦那さまにはご内密に！」

「この犬の肉め！お前、いい加減な嘘はつくんじゃないよ。お前はこれまであの男と何回通じたのか？一字たりともわたしをだまくらかすんじゃないよ。ならばよし」と金蓮。

玉簫はこれまでの事の馴れ初めを一通り語って聞かせる。すると金蓮はさらに迫る。

「お前が三つ約束をするならば、許してやるよ」

「奥さまが私を許してくださるならば、私はどんなことでも奥さまのおっしゃる通りにいたします…」と玉簫。

「それではいおう。まず第一にお前の奥さまの部屋で起こったことは細大漏らさず、全部私に報告すること。お前がいわずに、私が探り出すようなことがあったら、私は絶対に許さない。第二にこれを手に入れたいと思うようなことがあったら、すぐ手に入れて持って来ること。第三にお前の奥さまはこれまで身籠ることがなかったのに、何で急に子供を孕んだのか？」

「嘘じゃありません、本当です。うちの奥さまはこれこれしかじか、薛尼さまの胞衣の呪い薬を飲んで、お子ができたんです」と玉簫が応えると、藩金蓮は一々心に深く刻み込んで、この話は西門慶には一言も口外することはなかった。

書童は藩金蓮が冷やかな笑みを浮かべながら、玉簫を連れ去るのを見ると、これはいささか良からぬことが起きる印と感得し、書斎の押し入れの中からめぼしいものをかき集め、外に自分でも貯めておいた十両余りの銀子を持って、表の店頭にむかい、喪服用の白絹を購入せよといわれたからと傅番頭を騙って、二十両をだまし取り、そのまま城外に出て、そこで長距離馬を雇って、波止場に至り、郷里へゆく船に乗り込んで、蘇州の原籍地に向かって高跳びしてしまう。

この日、花街の李桂姐、呉銀児、鄭愛月らがはやばやと引き上げていった。入れ替わりに、宮中に繋がりを持つ宦官の薛内相、劉内相が弔問におとずれた。二人は人を介して各々一両銀子を香典として届けていた。また道情と呼ばれる一種の人情話を演ずる歌劇役者を二人余興のために送り届けてきた。西門慶はその日の午前中、白絹を配ろうと考え、書童のところへ鍵を取りに小僧をつかわせた。ところが書斎には書童の姿が見当たらない。屋敷中を探し回っていると、帳場の傅番頭から

「書童は帳場から二十両を受け取って、旦那さまのご命令で、白絹を買い足しに城を出ました」との報告。

「ワシャそんなことを頼んだ覚えはないゾ」と西門慶。倉庫の鍵は書斎の壁にかけてあった。いろいろ金目のものが亡くなっている。西門慶心中大いに怒って、提刑所副官の地位を使って、各地の役人に書童の捜索を命じたが、「五湖は茫々霧の中」見つかるはずもない。

その日、昼ごろ宦官で、先に仮屋を組むための丸太や竹や麻縄を届けてくれたご料地の長官の薛内相が派手な駕籠に乗って弔問にやってきた。西門慶は呉大舅、応伯爵、温秀才らに相陪を頼み、薛内相はまず霊前にぬかずき、焼香をし、合掌をしてから、西門慶と挨拶を交わしていう。

「なんともはや、お痛ましい。ご愁傷さまでございます。奥方はいかがなご病気でなくなられましたか？」

「不幸にして、瀉血（しゃけつ）の病で没しました。老公公には種々お心遣いいただきまして、感謝に堪えません」と西門慶。

「いや、何もできません。ほんの気持ちだけであります」

薛内相、壁に掛けられた肖像画に気づき、

「奥方はたいへんにお美しいお方でありますな。まさに青春真っただ中の至福の生活の最中に突然の去世のこと痛ましゅうございます」と述懐すれば、傍らの温秀才がいう。

「『物の等しからざるは、物の情なり』でして、窮・通・寿・夭はおのずから定めでございます。聖人といえども、また強行すること能わずです」

「ところで、ひとつ相願わくはおん奥さまの棺を拝見仕りたく存じますが、いかが？」と薛内相願い出る。しかもその制作費が三百七十両ときかされると、

「われら宦官の身にはこんな莫大な幸運は夢にも考えられませんな」と舌を巻いて驚く。

「時に道情唄いの役者を二人手配しておるのでありますが、もう参っておりますでしょうか、それともまだでしょうか？」

「いえ、もう朝から見えておりますよ」と西門慶応えて、そ

の二人の役者をその場に呼び出して、挨拶をさせる。
「その方らは食事はまだすましておらんのか？」と薛内相。
「いえ、こちらでいただきました」
「されば、十分につとめておくれよ。褒美はわしが十分につかわすによって」
二人はかしこまって引き下がってゆく。いっぽう西門慶は
「薛内相どの、じつは私らも芝居の一座を呼んでおりますので、その方から先にご覧に入れたいと存じますが、いかがなものでしょうか？」といって、薛内相の意向を問う。
「ほほう、それはどちらの芝居でござるかな？」
「私が贔屓にしております海塩腔（かいえんこう）（浙江省海塩）の一座です」
「ははあ、あの南方のちんぷんかんの唄歌いですか。あの連中の唄はなにがなんだかさっぱりわかりませんな。例の秀才連中はあばら家で三年間苦学をした挙句に、九年間もどさ回りで琴やら剣やら本箱やらを背負いながら費やし、都へ来て試験を受け、その結果、役人になれたとしても、妻子がそばについてきているわけではなし、妾があるわけでもなしで、あんな芝居をありがたがってきくようですが、私は一介の宦官ですからして、あんなものはいりませんわ」
かたわらにいた温秀才は腹の中では苦々しく思いながらも、愛想笑いをしてごまかしている。やがて劉内相が到着すると、焼香を終え、薛内相とともに仮屋に案内される。飲み物や食べ物がいっぱい運ばれてくる。さっそく海塩腔の出演が始まる。太鼓や笛がはげしく鳴り響くなか、≪白兎記（後漢の高祖劉知遠の出世譚）≫が上演されるが、幾段も唄わないうちに、二人の内相らはこれに耐えられなくなって、道情唄いを呼んで、道情を唄わせることになる。そこへ料理人が現われて、磕頭をしたので、二人の内相はこれに祝儀をふるまい、西門慶も酒や肉を供の者にふるまうで、芝居は中断されてしまう。
そこで薛内相は劉内相と席上で雑談が始まる。

「ところで劉どの、ご存じか？昨日この八月の十日にたいへんな大雨が降り、宮中の凝神殿に落雷があったものですから、屋根のしゃちほこが粉々に砕けてしまい、大勢の殿上人がたまげ死をしました。朝廷ではたいそう恐れられて、各官に謹慎を命じ、上清宮では毎日精霊の祈祷を行い、十日間屠殺を禁じ、司法官に対しては刑の判決を停止させ、百官に対しては上奏を禁じました。先日はまた、金国（ツングース族の国）より使者が訪れ、宋の北辺の地、河北省を割譲せよと書面をもって要求してきたので、蔡京の野郎の意見に従って、さっそくこれを承知してしまったそうな」

すると劉内相はたちまちこれに相槌を打って、

「私どもは幸い宮中を遠ざかり、地方に出されているおかげで、なにも心配することはないが、これこそもっけのさいわいでありましょう。もしも天が崩れ落ちたならば、蔡京らの四大奸臣がなんとか支えることでしょう。ときにそうそう、もう一度，道情をやらせてみようではありませぬか」と暴言を放てば、薛内相がいう。

「そう、そう、それですよ。先に楽しんでおくことです」そこでまた道情唄いが台に上らされ、「李白一斗詩百篇」の李白飲んだくれの故事が歌われた。かくて二人の宦官はその日の夕暮にようやく暇を告げて立ち去った。残った弔問客の一同はようやく海塩腔の芝居の幕を開け、役者たちを呼んで、

「きのうの『玉環記』をもう一度やってくれ」と西門慶いいつけ、それから伯爵に向かっていう。

「宦官などには南方の芝居の面白味はわからないんだよ。しいてやつらを引き留めなかったわけさ」

第六十五回

呉道官柩を迎え絵姿を示し、宋御史富豪と結び六黄大尉を招く

さて、九月二十八日は李瓶児の二七日（人の死後七日ごとに経をあげる儀式を頭七＝初七日、二七、三七、四七、五七、終七＝四十九日などと呼ぶ）であった。玉皇廟の呉道官が法要を引き受け、十六人の道士を引き連れてやってきた。家の中に幡を立て、中程に祭壇を設け、廟から持ってきた牛、羊、豚の三畜と反物一匹を祭壇に供えると、道士たちが棺を取り囲んで、一斉に呪文を唱える。呉道官が霊前にぬかずいて磕頭する。西門慶と陳経済が答礼して謝意を述べる。

「師父さま、多大のご散財をおかけし、まこと、何をもってお返しをすべきやと恐縮いたしおります」といえば、

「小道、著しく恥じ入っております る。一たびご夫人の追善供養を行わんとすると、いやはや、いかんせん当方力及ばずで、粗飯を供え、粗末な祭祀にてその意を示さざるを得ません。ただただ恥じ入るばかりでありまする」と呉道官。

西門慶この言辞一心に受けとめ、荷担ぎ人夫を帰らせると、盛大に二七日の法事をとりおこなう。

その次の日、まず城外に住む玉楼の姉の夫、韓姨夫が焼香に訪れた。いっしょに玉楼の弟、孟鋭がついてきた。この男、遠方へ商いに出ていて、音信が途絶えていたのが、久しぶりにこの前日に帰郷して、姉や兄嫁に遭い、西門慶家の不幸を知って、韓姨夫といっしょに焼香に訪れ、たくさんの贈物を届けてきた。西門慶は礼を述べると、この二人を玉楼の部屋に案内して、玉楼と引き合わせる。西門慶も新たに席を設けて、二人をもてなした。

その日の昼ごろ、県知事の李拱極、県丞の銭斯成、主簿任良貴、典史夏恭基、陽谷県知事狄斯朽など五人の役人が金を

集めたうえ、喪服姿でやってきて、紙や袱紗（ふくさ）を供え、お悔やみを述べた。西門慶は東屋に席を設け、五人をもてなす。親戚の呉大舅と温秀才に相陪を頼み、三人の唄歌いに弾き唄いをさせた。酒盛りがちょうど賑やかに盛り上がったところで、突然煉瓦廠工部の黄葆光（こうほこう）主事がお悔やみを述べにお見えになりましたとの報せ。慌てた西門慶急いで喪服に着替え、霊前に控える。温秀才もまた急ぎ表門まで迎えに出て、大広間で着替えをしてもらい、中程へ案内すると、家人（けにん）らが香、蝋燭（ろうそく）、紙、金襴緞子（きんらんどんす）を捧げ持って、霊前に進む。黄主事は香を供え、霊前にひれ伏して、磕頭する。西門慶と陳経済が下手に回って、答礼する。すると黄主事が

「小生、奥方のご崩御いっこうに存じあげず、お悔やみが遅延いたしましたこと、平におゆるしのほどを、ご免、ご免」

「小生こそご無沙汰いたしおりましたるに、いま老先生のご弔問をたまわり、なおまた鄭重なるお供物をちょうだいいたし、感激に堪えませぬ」と西門慶礼を述べると、黄主事を東屋に案内し、上座に据えて、自分は温秀才を伴って下手に回り、相伴する。左右の者が茶を捧げ持ってあらわれると、黄主事これを一口飲んで、口を切る。

「昨日、宗松原（そうしょうげん）どのより先生にくれぐれもよろしくと仰せつかってまいりました。彼も令夫人ご逝去の旨聞き及びまして、弔問に上がるつもりにしておりましたが、なにせ公用が立て込んでおりまして、ただいま東平府を離れ、済州に駐在いたしおり、先生におかれましてはまだご存じありませんでしょうが、朝廷ではこのたび徽宗（きそう）皇帝が宮城内に鬼門を塞ぐための艮岳（こんがく）（一種の築山）を築造されることと相成り、勅命により朱勔（しゅべん）太尉が江南・湖湘方面から珍木奇石、花石綱（かせきこう）を集め、東京へ水路・陸路にて運搬中、程なく淮河（わいが）のほとりに到着いたします。朝廷からは六黄大尉が勅使として派遣され、品物を受け取りに見えますが、その品物というのは長さ二丈（二十尺、六メートル余）、

幅数尺の世に二つとない名石。ところが河には水が少なく、各地より人夫を徴発して、船を曳いて進まねばならず、日夜大変な苦労をしている模様。宋松原（そうしょうげん）どのは総監督としてとんと暇がありません。そこへ六黄大尉が都から見えることになり、その際には宋松原は役人ども引き連れて、出迎えねばならんのですが、当地には知人がないので、小生に泣きついて来ました。で、まことにご迷惑ながら、西門どののお世話で六黄大尉に食事を差し上げてはいただけないかとのこと、いかがなものでしょうか？」

そういうと、左右の者に宋老爺の使者を呼んで来るようにといいつける。程なく二人の黒衣の役人が跪いて、毛氈（もうせん）包みの中から金襴緞子一対、沈香（じんこう）一本、白蝋二本、綿紙一匁（もんめ）を取り出す。

「これは宋公よりのご香典です。あちらの二包みは布政・按察の両司ならびに八府の役人の宴会費分担金、両司の役人は十二名、八府の役人は八名、計二十二名分百跳んで六両であります」と黄主事いって、西門慶に手渡しながら、

「まことにご面倒ながら、六黄大尉ご招待の儀お引き受けいただけないものでしょうか？」と迫る。

「宋長官と先生のご要望とあれば、喜んでお引き受けいたしたいところなれど、小生は目下忌中の身、どうしたものでしょう？小生は十月十二日が出棺でありますが…」

「黄大尉はまだ都におられまして、どうしても来月中旬以降のことになりましょう」と黄葆光。

すると西門慶

「いずれにせよ、この分担金はお受け取りするわけにはまいりません」という。

「四泉どの、それはいけません。小生、宋松原に頼まれて、お願いに上がったのでありますが、これは山東省の役人らの共同出資にて、お受け取りにならぬとあれば、小生もお願いするわけにはまいりません。持ち帰って、松原に伝え、もうこれ以

上はお願いには上がりませぬ」と黄葆光。

西門慶この言葉を聞くと、

「では、仮に受け取らせていただくことにいたしましょう」と応じて、玳安と王経にその金子を受け取らせ、話は落着して、茶をもう一杯勧め、黄葆光満足して、上馬して去る。

李瓶児の三七日となる。城外永福寺の道堅長老が十六人の弟子を連れて、読経にやってくる。一同雲錦（錦織）の袈裟を着て、揃って法事に繰り込んだ。

十月八日は李瓶児の四七日。この日はラマ教寺院宝慶寺より趙喇嘛をはじめ、十六人のラマ僧を呼んで、ラマ教の番経を読んでもらう。当の西門慶はこの日、屋敷を後にして、徐陰陽師の同道で、城外の墓地に向かい、墓穴の位置を定め、これに鍬入れ式をする『破土』の行事をすませ、午後に帰宅して、晩夕ラマ僧たちをかえした。

次の日は酒、米、酒肴、テーブルなど、必要な品々を運んで、番頭らにいいつけて、下屋敷に小屋を作らせ、墓穴のわきにも三間続きの日除け棚を設け、近隣街坊を呼んで酒や肉で歓待し、終いには肩や背や頭にもおみやげをどっさり背負わせてかえした。

十一日は明け方から唄い手や囃子方がやってきて、霊前でまず拝礼をすますと、「五鬼裁きの邪魔をする」「張天師入信すれば、五斗米供す」「鐘馗さま小鬼をからかう」「老子函谷関を過ぎる」「六賊弥勒菩薩の邪魔をする」などを次々と演ずる。女性陣がみな簾の陰に隠れて眺めているうちに、楽奏がおわり、霊も去ってゆく。そこで内外の親戚一同は紙を焼き、霊に別れを告げて、大声をあげて泣く。

あくる日、十月十二日は出棺の日。早朝、まず死者の姓名を記した幟、銘旌を先頭に、つづいて僧侶、道士、鼓手、楽師、下役人らがみなやってきてひかえている。西門慶はあらかじめ守備府の周守備に警備兵五十人を出してもらえるか問い合わせていたが、これが全員弓をもち、馬に乗って、完全武装で揃っている。そのうち十名は家において警護に当たらせ、四十名を棺の後ろの馬道に二列縦隊で並ぶ。また役所から軍卒二十名を出させて、露払いに当てたり、冥器を管理させたりする。さらに二十人を墓地の入り口に配して、供物をうけとらせる。

この日、官吏や役人や親戚・友人・隣人が死者を見送りに来て、車馬でにぎわい、路地を塞ぎ、本家・親戚の駕籠も百十台あまり、廓のやりて婆から妓女に至るまで駕籠も数十台。徐陰陽師が辰の刻の出棺と定め、西門慶は孫雪娥と二人の尼僧に屋敷番をさせて、平安と軍卒二人に表門を守らせる。女婿の陳経済が柩の前に跪くと、六十四人の人夫が柩を担ぎ上げる。報恩寺の僧侶に出発の号令に当たる経を唱えてもらうと、長蛇の行列は一路南に向かって動き始める。この日はまことに天気快晴で申し分のない葬式となった。

呉月娘、李嬌児ら本家の駕籠が十余台、真一文字になって棺の後に続く。西門慶は麻の冠を被り、喪服に身を包み、親戚や友人たちといっしょに棺の後ろにつき従い、東街口を出ずる。ここで西門慶は玉皇廟の呉道官に経をあげてもらう。

呉道官は経を読み終えると、駕籠の上に端坐し、この駕籠は退場してゆく。柩が持ち上げられ、延々南門をよぎる。陳経済は柩のわきに付き添って、やがて行列は墓地のある五里原に到着する。そこには教練士官の張団練が二百名の兵卒を率いて、劉、薛の両内相とともにすでに到着して、墓地周辺を警護している。

柩が埋められる。銅鑼が鳴る。銅鼓が鳴る。冥器が焼かれる。徐陰陽師が検死人を指図しながら、羅針盤で方角を定め、巳の刻、土の神に報告すると、墓穴に土をかぶせて、埋葬を終える。

西門慶が喪服を着替え、守備府の周守備に一対の反物を贈って、礼を述べ、神王と書かれた神主牌（位牌）の王の字の上に朱筆で一点を入れてもらって（往時の習慣、これを点主といった）神主に改めると、屯所の役人や親戚、友人、番頭らがみな争って西門慶に酒を注ぎ、太鼓を打ち鳴らし、花火の煙火地を這って、たちまち大賑わいとなる。

酒も終わって、午後位牌をもちかえる段となると、呉月娘が魂轎（こんきょう）に乗って、位牌と魂幡（こんばん）を抱きかかえ、陳経済が位牌壇に付き添う。鼓手や楽師や十六人の道士らが駕籠の両脇を囲み、笛を吹いたり太鼓を打ち鳴らしたりしながら、親戚、友人に続いて、温秀才、番頭らが西門慶といっしょに城内にはいる。屋敷の門前に到着すると、李瓶児の部屋に位牌が安置される。徐陰陽師が広間で先祖をまつり、あたりを清め、厄除けの黄色い符を貼って回る。

これが終わると徐陰陽師に反物一匹と銀子五両が差し出され、引き取ってもらい、銅銭千文が二十袋用意され、五袋が警備兵に、五袋が役所の軍卒に、十袋が営の人馬にふるまわれ、名刺をもたせて、周守備、張団練、夏提刑に謝意を伝達させる。西門慶は親戚筋の人々を引き留めようとするが、みな不承知にて帰ってゆく。

そこへ来保がはいってきて、

「仮小屋づくりの職人たちが来て、明日小屋を取り壊したものかどうかといっておりますか…」

「小屋は取り壊す必要はない。しばらくこのままにしておいて、宋御史の宴会が済んでから、取り壊すことにしよう」

そういって、西門慶職人たちを帰させる。

奥では花大舅夫人や喬大戸夫人などの女性客らが位牌の安置を待って、一斉にひとしきり泣いて、帰ってゆく。

西門慶はといえば、にわかには思いを断ち切れず、夜になるとまた李瓶児の部屋に入って、位牌の傍に床を取って、休まずにはいられない。位牌壇は正面に設けられていて、その脇には李瓶児の全身像が立てかけてあり、位牌壇の内側には半身像が安置されている。その奥には小さな錦の布団、寝台、着物、化粧箱の類がいかな欠損もなく並べられている。その下には李瓶児の小さな纏足が置いてある。それを見ると、西門慶は思わず大声をあげて泣き出してしまう。

迎春に命じて、対面の炕の上に布団を敷かせ、中に潜り込んでみるが、夜半になって灯を前に、窓越しの月を仰ぎ見ながら、寝返りを打っては女のことを思い出すのであった。

昼間、茶飯の供養を行う段になると、西門慶は嬉しそうに女の子が配膳をする様子を眺めては、自分も供卓に差し向かいですわり、食事をともにしながら、時折箸を持ち上げて、

「さあ、お前、ご飯だよ。お上がり！」などと、まるで目の前に生きているかのごときしぐさ。女中の迎春や乳母の如意も忍ばず、涙を流して泣きだしてしまう。如意などは人影なきところで、お茶など差し出して、西門慶ににじり寄り、口出しをしては指図を仰ぐのであった。

こうして三夜二夜、その日、西門慶は多くの男性客、女性客を暖墓（埋葬後三日過ぎに行う墓参を暖墓と呼ぶ）に招き、帰路しこたまご酒をきこしめして帰宅すると、迎春に床を取らせて寝込んでしまった。夜半に目覚めて、水を所望すると、迎春からは返事がなく、代わりに如意が現れて、お茶を差し出す。見ると布団が炕の上からずり落ちている。そこで如意は西門慶から飲み干した茶碗を受け取ると、布団を持ち上げる。とそのとき、心がにわかに動き、西門慶いきなり女のうなじを抱きしめて、口づけをする。女は抗う様子もなく、西門慶の意のままに炕の上に倒れ込む。二人はそのまま抱き合って雲雨に及ぶ。女はつぶやく。

「旦那さまがお引き立てくださるなら、奥さまはもう亡くなられてしまいましたが、いままで通り、私、旦那さまのお家敷にいとうございます。ご随意になすってください」

「お前がワシの世話をしてくれるんなら、お前をここで養って置くことぐらいわけはないんだよ」と西門慶。

老婆はこれをきくと、交情の間、至れり尽くせりで、ぬたくって歓喜を現した。

次の日、老婆は早々起き上がると、迎春をそっちのけにして、西門慶のために靴をもってきたり、布団を畳んだりして、懇ろにかしずき、西門慶は李瓶児の簪を四本取って来て、如意に与えたのであった。

ある朝のこと、西門慶が椅子に腰を降ろして、応伯爵の相伴をしていると、突然、宋御史からの使いが訪れて、六黄大尉への献上品を届けに来たという。見ると、金銀の酒器一卓、金の銚子二本、金杯二対、銀の小杯十対、銀の食器二対、銀の大杯四対、紅の緋の蟒衣(ぼうい)二匹、金襴緞子二匹、酒十壜、羊二頭などであった。使いのいうことによれば、六黄大尉のご座船はもうすでに東昌(とうしょう)地方に到着しているので、面倒をかけて申し訳ないが、ご主人さまにてはさっそく宴会のご用意をして、十八日ご招待としていただきたいとのこと。

西門慶は品々を受け取って、使いの者に銀子一両を与え、名刺をもたせてかえす。そこで西門慶は銀を秤にかけて、賁四(ほんし)と来興(らいこう)に持たせ、献立を定め、買物の準備を整え、応伯爵に向かっていう。

「あれの体調がよくなくなってから、ワシャ一日たりとも心の休まったことがない。葬式が終わったと思ったら、こんどはまたこんな面倒が持ち上がり、ワシを忙殺させやがる！」

「兄貴、そいつは恨むこたありませんぜ。これはあなたが頼んでもらってきた仕事ではなくて、向うが頼んできた仕事だ。この宴会のために兄貴が幾両か損をしたとしても、勅使の六黄大尉がワシらのこの家に来たとなりゃあ、それはもう山東省全部の官員、さらには巡撫・巡按の兵や下役人にとっても大変な名誉で、ワシらにゃ大変な箔がつくことになりますぜ」と応伯爵。

「いや、そんなことをいっているんじゃないんだ。ワシャその人が二十日過ぎに来てくれるといいと思っていたのに、十八日となると、それはあいつの五七日で、ワシャもう呉道官にお経の約束をしてあるから、簡単には変えられないんだよ」と西門慶。

「それは大丈夫。わしの計算だと、ねえさんは九月十九日が命日で、今月二十一日が三十五日。十八日に宴会をして、二十日にお経をあげたって、遅くはありません」と応伯爵。

「なるほど、そいじゃ、いまから小僧をやって、呉道官に日を変えてもらおう」

「兄貴、実はもう一つ話があるんです。東京の都の黄真人という名僧が勅令で泰安州にやってきて七昼夜、天をお祭りした後、もっか玉皇廟に滞在しているそうなので、呉道官に頼んで、呼んで来てもらい、二十日には上座から法事の音頭取りをしてもらったらどうです？あの方の名声を借りたら、見栄えがしますよ」

「黄真人はご利益があるって評判だから、呼ぶのはいいが、こんどは呉道官にお礼のつもりなので、それをやっては彼に悪いよ」と西門慶。

「お布施をあげればいいんじゃないですか。兄貴の方は何両か金がかさむが、ねえさんのためなんだから」と応伯爵。

西門慶はさっそく陳経済を呼んで、手紙を書かせ、五両余分に包ませて、呉道官に五七日の読経は二十日に変更してもらいたい、その日には二十四人の道士に一昼夜通して法事をしてもらいたいと伝えさせ、玳安を馬で出向かわせた。

十八日の朝である。巡撫と巡按の二人が多くの役人や人馬を引き具して、早々に六黄大尉のご座船を出迎え、勅使の二文字を書き入れた黄色の旗を打ち立てて、勅書を捧げ持ちながら先頭に立ち、後に地方の統制、守御、都監、団練、各屯所の主任武官らがみな鎧甲冑に身を固め、さらに各々が配下の人馬を率いて、長さ半里もの行列を作っている。六黄大尉は八人担ぎの銀の屋根を張った暖轎に乗り、傘をさしかけさせ、背後に数限りない執事や下役人を従え、各々駿馬に跨っている。西門家の邸宅に到着すると、早々に客人は着席する。

吸い物が二度供せられる間に、楽曲は三度も演奏されるという賑やかさ。黄大尉食事を終えると、左右の者に銀子十両を持って来させ、これを人夫らにふるまわせ、駕籠の用意をさせて、立ち上がる。門前では露払いが呼ばれ、人馬がぎっしりと立ち並ぶ中、役人たちは馬に乗って船まで見送ろうとすると、大尉はそれを知って、すべて断らせ、手をふって駕籠に乗り込み出発する。

宋御史は都監以下の軍人・役人に大尉を船まで送らせ、料理や食器や献上品の羊・酒も船まで送り届けさせると、大広間に戻って、西門慶に礼を述べ、左右の者に駕籠を用意させ、一同揃って身を起こす。両司・八府の官員もみな暇を告げて去ってゆく。

西門慶は時刻がまだ早いことを見て取ると、道具を片付けさせ、料理を四卓用意させ、使いをやって、呉大舅・応伯爵・謝希大・温秀才・傅(ふ)大番頭・甘番頭・韓道国・賁四・崔本(さいほん)ならびに女婿の陳経済を呼んで、明け方四時ごろからいろいろ世話をやかせた労をねぎらって、酒三杯を飲ませることにした。やがて一同到来すると、酒を配って飲み始める。

「兄貴、きょうは六黄大尉はどれくらい座っておられましたか？喜んでおられましたか、どうでした？」と伯爵。

「きょう六黄老公公(ろくこうろうゴンゴン)はうちの宴会が大変立派なので、とても喜んでおられました。巡撫・巡按両さまも大変感謝して、何度もお礼をいっておられました」と韓道国が口をはさむ。

西門慶ふときょうの宴会の席に李瓶児の姿が欠けていることに思いをいたし、居残った楽団を呼んで、『洛陽(らくよう)の花、梁園(りょうえん)の月』を所望すると、楽団が「普天楽(ふてんらく)」の曲を唄い出す。

洛陽の花　梁園の月　良き花買ひて、明月借りよ
手すりに寄りて　満開の　花は見るべし
盃(さかずき)は　手にぞ握りて　たづぬべし　まんまる月夜
時に月は欠けてあり、時に花は散りてあり

人の世に　離別にまさる　苦渋なく
花は散れども　三春近く、月は欠くとも　中秋至る
人は去りて　いつの日　帰る

これを聞いて、西門慶思わず涙ぐむのを見て、応伯爵がいう。
「兄貴、この唄を聞かされちゃ、ねえさんがこの世を去ったってことを思い起こさざるを得まいて！」
西門慶奥から果物皿が運ばれて来るのを見て、
「応二兄、きみはわしがこういうと、怒るだろうが、あれがいたころには、あれが自分の手できれいに作ってくれたのにだ、あいつが亡くなってからというもの、みんな女の子任せだもんだから、このザマあどうだ！ 口に合うものは一つもありゃしねえ」と吐き出すようにいう。
藩金蓮が隣の部屋にいて、偶然簾の陰でこの話をきいていた。奥に走っていって、月娘の耳に入れる。
「勝手にいわせておきなさい。旦那は先だって、瓶児が残した綉春を李嬌児の部屋へ寄越すっていってたのに、このごろは私がそれを持ちだすと、目をむいて、瓶児が死んだばかりだ、部屋の者を一時に分散などできるものかって、不機嫌になるのよ。わたしはそれで気がついた。このごろ乳母の如意はすっかり人が変わってしまった。お白粉なんかぬって、めかしている。迎春、綉春、如意の三人がなんだかのぼせあがってしまったようだわ」と月娘。
藩金蓮は薄笑いを浮かべて、「聞いてるわよ。旦那は如意に瓶児ねえさんの形見簪を四本もくれてやったんだって！」

第六十六回

翟執事手紙に添え香奠を贈り、黄真人祈祷して亡者を救う

さて、十八日、六黄大尉歓迎の宴が終了したのちも、小人数の宴会はまだつづいていた。西門慶は呉大舅、応伯爵らの相伴をしながら酒を飲んでいて、韓道国に尋ねる。

「例の運搬船はいつごろ出帆するのかね？わしらもぼつぼつ荷づくりをしておかなくてはなるまいな？」

「きのう乗組員が全員集まったので、二十四日が出発日だそうです」と韓道国。

「二十日に読経が終わったら、梱包をしよう」と西門慶。

「今回の船出にはどなたとどなたが組むんですか」と伯爵。

「三人みな揃っていってもらうというものさ。年が明けたら、まず崔君が杭州ものを一船運んで来る。彼と来保で松江府下を五カ所回わり、綿布を購入してきて、売ってもらう。家には緞子や紬の類はまだ残っているからね」と西門慶。

「兄貴のお考えはまことに結構で、諺にも“いろいろと揃え置くのがこれ商売”といいますから」と伯爵お追従をいう。

時すでに起更（午後八時）のころ､呉大舅み輿をあげていう。

「お兄さん、あなたは連日ご苦労さまですから、わたしらはご酒をもう十分ちょうだいしましたので、この辺でお暇いたしましょう。兄さんはゆっくりお休みください」

ところが西門慶は承知せず、なお留め置いて、唄歌いらに曲を歌わせて、酒のつまみとし、各々に三杯ずつ飲ませてようやく帰らせる。西門慶は若い四人の唄歌いらに褒美として銀子六銭をふるまおうとするが、相手はしきりに辞退する。

「宋爺さまが私どもを呼出し状でお呼出しくださったのですから、私ども役所づきの身としては、この上重ねて旦那さまからご褒美をちょうだいするわけにはゆきません」という。

「官命とはいえ、これはワシが褒美としてのふるまい。なにを諸君は恐れるのか」と西門慶。四人はけっきょく磕頭し、受け取って立ち去る。西門慶も下がって、身を横たえる。

次の日早く西門慶が役所に出かけるなか、玉皇廟の呉道官は早々に弟子一人と職人二人を遣わして、大広間に祭壇を設定させ、祭壇が出来上がったところへ西門慶が帰宅し、これを見ると、上機嫌で弟子や職人に軽食を食べさせ、帰らせる。

ついですぐさま温秀才に手紙を書かせ、喬大戸、呉大舅、呉二舅、花大舅、沈姨夫、孟二舅、応伯爵、謝希大、常時節、呉瞬臣などに加え、幾多の親戚や女性客を翌日の読経に招くこととして、家では調理人に精進料理の用意をさせる。

次の日、五更（午前四時）ごろから、道士らがみなやってきて、経壇の前に進み、燭を灯し、香を焚き、楽を打ち鳴らし、諸経を空んじ、職人が表門に長旗を立て、告示文を垂らす。

大広間の経壇には「青玄、苦を救い、符を頒ち、簡を告ぐる五七、経を転み、水火煉度して、薦揚（昇天）せる斎壇』なる二十文字を大書した掛字がかかっている。その日黄真人が緋の衣を着て、象牙の駕籠に乗り、金帯をつけ、左右を従者に囲まれ、日が高く昇ってから、露払いの掛け声高らかに、到着する。呉道官はお付きの者を従えて出迎え、経壇に案内する。挨拶を終えて、しかる後、西門慶は喪服姿で対面し、拝礼して茶を進呈する。

洞案（香台をのせる経机）のわきには法席がもうけられ、金の縁取りをした真っ赤なテーブル掛けがかけられ、椅子には厚い座布団がおいてあり、二人の道童が左右に立っている。経本を開いている間に、西門慶は金襴緞子を一匹用意し、登壇の合間に九陽の冠に取り換え、白鶴の法衣を着込む。するとこのたびの法事の意趣が読み上げられ、黄真人が香を焚いて、経壇を清め、符を飛ばして、神を呼び出し、三杯の御神酒が供えられる。音楽が鳴り、李瓶児の霊前から魂が救い出され、お経を聞かせて、道を悟らせる。

午前の部が終わると、高僧は冠と衣をつけ、北斗星の形に歩を進め、上奏文を奉り、神を鬼山に派遣する。そもそも黄真人なる道士は年のころおよそ三十であるが、風采は非常、装束は跳びぬけて人目を引く、午前の上奏文を奉る姿は厳然としてまさに生き神仙。黄真人と呉道官にはそれぞれ緞子の反物、四対の上等な上着、四匹の紬、一般の道士らにはそれぞれ綿布一匹。これらの贈物は料理といっしょに廟までかついで届けられた。

昼の食事をたべおわると、一同みな揃って外へ出て花壇内を散策する。その間に家財道具が片付けられて、新たに精進料理が卓上に並び、呉大舅を始め親戚、友人、番頭らが呼び込まれ、食事が始まる。そこへ東京の翟執事から手紙が届いたとの報せ。西門慶すぐさま大広間に移動して、使者を迎え入れる。男は黒衣に身を包み、弓矢を打ち揃えて、前に進み出ると、拝礼して、懐より一通の手紙を取り出し、西門慶に呈上する。中には香奠十両が添えられている。西門慶使いの男に姓名をたずねる。

「わたくし姓を王、名を玉と申します。おそれおおくも翟さまよりこの書状承ってまいりました。翟さまはこちらに弔事のあることを存じませず、安鳳山さまよりのお手紙にてようやくご承知なされた次第であります」と使者は応える。

「安老爺の文書はいつ到着しましたか」と西門慶。

「都に届いたのは十月にはいってからでした。安鳳山さまはご料木の採集が一年で終わって、都水司郎中に昇進なされましたが、このたび勅令により運河の修理をなさることになり、工事が終わってから都にお帰りになる予定であります」

西門慶一渡り尋ねると、直ちに来保に命じて、離れで精進料理を食べさせると、あす返事を取りに来るようにという。するとその男は

「韓さまのお住まいはどちらでございましょうか」と尋ねる。翟謙から妾の愛姐の実家、韓道国への親書をことづかっておる

ので、届けたいのである。韓道国と会見した後、さらに東平府にいって、手紙を一通届けなくてはならないところがあるという。そこで西門慶はただちに韓道国を呼びだして、二人を引き合わせ、いっしょに食事を取らせると、韓道国の家につれてゆかせる。

西門慶は翟謙から届いた手紙の内容を知ると、俄かに上機嫌になり、東屋に持っていって、温秀才にみせながらいう。

「この手紙を読んで、返事を書いてもらいたい。ついては縮緬の手布巾十枚、綸子の手布巾十枚、金の爪楊枝十副、銅の酒杯十個を返礼として贈りたい。使いの男があす返事を取りに来るので、よろしく」

温秀才その手紙を受け取って読んでみる。書状にいわく、—近ごろ安鳳山より届いた書状によって、ご令閨(れいけい)逝去召された旨を知ったが、弔問に参上することもかなわず、遺憾千万である。ところで現職就任以来、貴殿の治積大いに上がり、居民に五袴(ごこ)の歌あり（地方官の良政を讃美する声）、今歳の孝績（勤務評定）には必ず昇進の沙汰、これあるべく候。なおこの書状は貴殿お一人にて被見くだされたく、ご他言ご不要に願い上げ候。謹密。謹密。温秀才この書状を読み終わると、袂の中にしまい込んだ。

法事は午後も続き、夜も続いた。道士らの冥福の祈り、煉度の儀式が終わると、黄真人が高座から降り、道士らの楽の演奏が始まる。楽奏の中を黄真人が門の外まで送りだされる。

西門慶は大広間に灯籠を灯し、酒席を整えていたが、このとき三人の唄歌いが弾唱をはじめ、親戚、友人たちもみなここに集まってくる。西門慶はまず黄真人に杯を差し出して、左右の者が青空と雲と鶴の模様のはいった金襴緞子一匹、色物の緞子一匹、白銀十両を捧げると、西門慶磕頭して

「亡室は本日師の読経に導かれまして超生いたしました。まことに感謝に堪えません。微礼をもって寸志を表しとうござい

ます」と謝意を述べる。すると黄真人

「小道は誤って、冠裳を賜り、みだりに道教を受け持ち、なんの徳あって人を天に達せしめられましょう。みな大人の一誠感格により、尊夫人すでに昇天遊ばされ、この礼受くれば、まこと赧顔（たんがん）の至りにござります」といえば、

「この礼甚だ薄く、人を恥ずかしむるところあり。なにとぞご笑納くださること伏してお願い申し上げます」と西門慶。

いわれて黄真人ようやく小童にこれを受け取らせる。西門慶は真人に酒を差し上げ、さらにまた呉道官に酒杯を与え、金襴緞子一匹、白銀五両、その上、十両の経料を差し出すと、呉道官はただ経料のみを受け取り、その外のものは受け取ろうとしないで、こう言葉を述べる。

「小道は普段より一方ならぬご厚愛を戴いており、こたび経をあげて、奥さまの往生仙界を心をこめてお祈りいたしました。この経料をお受けすることさえよろしくありませんのに、こんなに立派な礼物をどうして戴けましょう」

「いや、それは違います。この贈り物は師のお骨折りに対する返礼であります。どうぞお収めください」と西門慶。呉道官は止む無くこれを受け止める。

やがて真夜中になって、道士に与える返礼の品々が一人一人の前に積み上げられる。あらかじめ雇っていた人夫がやってきて、お礼の品々を荷車で運んでゆく。西門慶が礼を述べ、一同が席に着くと、歌い手が弾唱をはじめ、料理人が料理を運んでくる。その晩は二更（午後十時）ごろまで飲み続け、西門慶が酩酊したので、一同暇を告げて帰ってゆく。西門慶は歌い手に銀子三銭をふるまい、奥へ下がった。

第六十七回

西門慶書房に雪を賞で、李瓶児夢に幽情を訴う

さて、西門慶は奥座敷に帰りつくと、どっと疲れがでて、たちまち眠り込んで、翌日、陽が高く上がってもまだなかなか起きられない。そこへ来興がやってきていう。

「鳶職人どもがやって来て外に控えており、仮小屋はもう撤去してよろしいかと…」

西門慶来興を二言三言叱りつけていう。

「小屋を壊すことはやつらに任せたじゃないか、なにをそうしつこいんだ！」

鳶職人らは一斉に莫蓙や縄や松の枝などを取り外して、向かいの部屋の前に積み重ねはじめる。次いで女中の玉簫が部屋に入ってきていう。

「けっこう曇って、天気が重たくなってきました」

西門慶は玉簫に炕の上の温かい衣裳を持ってきて着させ、ようやく起き上がる。すると月娘がいう。

「昨日あなたは一晩中ずいぶんお疲れのようでしたし、空も曇っているので、もう少しお休みなさいな。ご老体があわてて起きて、どうしようっていうの？おまけにきょうはお役所にはおでにはならないのでしょうから」

「ワシャ役所にはゆかないが、翟親家の使いの者が手紙を取りに来るからな」と西門慶。

「そういうことなら、お起きなさい。お粥など召し上がるように、女の子を呼んで用意させますから」と月娘。

西門慶は顔も洗わず、髪もとかさずに、毛織の着物と毛織帽を引っ掛けて、花壇の中の書房へ向かう。書童がいなくなってからは花壇の中の書房の管理を王経に任せていた。冬の間、西門慶は蔵春塢書房にばかりいて、そこの囲炉裏や炕に火を起こ

し、床には黄銅の火鉢を置き、絹の暖簾をかけ、次の間には夾竹桃や色々なの菊の花や竹や蘭などの盆栽を並べ、その奥には筆、硯、瓶、梅、琴、書などが飾ってある。

西門慶が入ってゆくと、王経は急ぎ卓上の象牙の箱の中から龍涎香を取り出して、焚きつける。西門慶、王経にいう。

「お前いって、来安に応二叔を呼んで来るよういってくれ」

王経は出ていって、来安に応伯爵を迎えに行って来るよういいつけて戻る。入れ替わりに来安がやってきて王経にいう。

「小周が表にきていますぜ」

そこで王経は書房に入っていって、西門慶に伝えると、西門慶は小周を中に呼び入れる。小周が磕頭すると、西門慶が

「いいところへ来たな。髪をちょっと梳いておくれ。ついでに按摩もやってくれ」といい、さらに尋ねた。

「お前、なんでこのところしばらく来なかったんだい？」

「六奥さまがお亡くなりになったと聞いて、お忙しかろうから、来るに来られませんでした」

そこで西門慶、安楽椅子に腰を降ろすと、頭髪を解き、髪を梳き整えさせる。するとそこへ来安に請われた応伯爵が頭に毛織帽をかぶり、緑色の毛織の上着を着て、脚には古い黒長靴という出で立ちで、簾をたぐり上げながら入ってくる。挨拶をすると、西門慶、髪をすかせながらいう。

「挨拶は要らないから、さあ、座っておくれ」

応伯爵は椅子を引きずってきて、炭火のおこった火鉢のわきに腰を下ろす。西門慶が尋ねる。

「君は何だってきょうはそんな恰好をしているんだ？」

「兄貴は知らんだろうが、外は雪が舞ってるんですぜ。とても寒い。きのううちへ帰ると、もう鶏が鳴いていた。けさはどうにも起きられない。僕ちゃんが呼びに来なかったら、わしゃまだ寝ていただろう。それにしても兄貴は大したもんだ。起きるのが早い！わしにはとうていできないね」と伯爵。

「早くも見破られたか！ワシャ実はのんびりしてはいられないんだ。あれを送り出してからというもの、黄大尉の接待とか、法事だとかで、ずうっときょうまで。けさも女房が疲れたろうから、もう少し寝ていたらどうだというから、ワシャまだ翟親家の使いが手紙の返書を取りに来るし、仮小屋の取り壊しぶりを見なくちゃならんし、二十四日には韓番頭と同行する連中の荷作りをして、起たせなくちゃならない。それからこのたびの葬儀ではずいぶん負担をかけた人家があって、親戚・友人はもういいとしても、士大夫・役人のほうは出かけていって謝意を述べ、香奠のお礼もいわねばならんだろう」と西門慶。

「それそれ、わしもこの節、兄貴は香奠のお礼詣りをしておかなくてはなるまいと気にはしていたんでさ。お世話になったぐらいはいわなくては。何軒か大切な家を選り出して、適当でいいからさ。その外の親しい間柄の人には会ったとき、口でいえば、それでよし。誰だって兄貴はお屋敷のことで大忙しだってことは知っていますし、みんな気心は知れているんだから」と伯爵。

そんな話し合いをしているところへ、画童がバターと白砂糖を入れて煮たてた牛乳を二杯茶碗に入れて持って来る。伯爵がその一つを取って、手にしたまま

「これはうまそうだな。体がずいぶん温まるよ」とつぶやきながら、二口三口すすって、たちまち飲み干してしまう。

「兄貴、さっさと飲まねえと，冷めちまうよ。こいつを起きぬけに一杯やったら、精力が着くねえ」

西門慶、髪を梳かせ耳を掃除させ、牛乳は飲もうとしない。

「ワシャ飲まんから、あんたお飲みよ。ワシャ後で粥を食べることにするから」と西門慶。

この一言に伯爵はあらたに茶碗を手にして、これを一気に飲み干してしまう。画童が空になった茶碗を持って引きさがってゆく。西門慶小周にこんどは木の球で体をこすらせる。

「このごろワシャ夜になると、体がいつもだるくなって、腰や肩が痛むんだ。こんな風な按摩をやってもらわないと、体が動かないんだよ」

こんな話をしているところへ、韓道国が入ってきて、挨拶をし、腰を降ろしていう。「さきほどどの家からも人が出揃って、船も雇い入れたし、二十四日出発の準備は整いました」

西門慶は甘番頭に帳簿を締めて、銀を秤にかけ、あすの荷造りをするようにといいつけ、両方の店舗の売上高は何両ほどになるかと尋ねる。

「両方合わせて六千両余り」と韓道国が応える。

「では、二千両計って、一包みにし、崔本を湖州にやり、紬を仕入れさせることにしてくれ。残りの四千両はあんたと来保が松江へ持っていって、綿布を仕入れ、新年の初頭の船で帰ってきてもらうことにする。お前たちはとりあえず、めいめい五両ずつ持ち帰って、家で荷物の支度をしておくれ」と西門慶。

「もう一つお話しがございます。小生身柄は鄆王府(うんおうふ)に属しておりまして、本人宿直当番が回ってまいりますが、免役銭を納めておりません。どうしたもんでしょう？」と韓道国。

「なんで免役銭を納めておかなかったんだ？来保だって同じで、鄆王府づきだが、やつは毎月三銭銀子を納めているぜ」

「来保さんは来保さんで、別口なんです。老爺太師あちらの文書に名前を書いてくださったので、うるさいことはいわれないのですが、わたしの方は先祖代々なものですから、どうにもならんのです」

「そういうことなら、上申書を書くというもんさ。ワシが任後渓(にんこうけい)に府中のと話してもらうよう頼んでやるから。そうしたらお前の名前を削除してもらって、この先免役銭を支払うようにすれば、お前は毎月扶持米を誰かに取ってきてもらえばいいわけだ」

韓道国は手もみをしながらお礼を述べる。

やがて小周が按摩を終えると、西門慶は奥へはいっていって、髪を梳かし直し、小周に点心を食べさせるようにいいつけ、小周に銀三銭をふるまい、それから王経に向かっていう。

「温秀才をよんできてくれ」

温秀才が現われ、挨拶が終わると、左右の者らがテーブルを据え、粥を持って来る。伯爵と温秀才が上座に着き、西門慶は主人の席に、韓道国はその脇に腰を下ろす。そこで西門慶は来安に向かっていう。

「粥をもう一杯と箸をもう一膳持って来て、若旦那にも来てお粥を食べるようにいっておくれ」

程なく、陳経済もやってきて、伯爵らに挨拶をし、横手に腰を降ろす。やがてみな粥を食べ終わると、食器を片づけて、韓道国は身を起こし立ち去る。西門慶は温秀才に尋ねる。

「まだ返事はできあがっていませんかな？」

「私はもう書き上げてここに持ってきておりますが、旦那さまにお目通し願って、よろしければ清書をいたすつもりでございます」と応えるや、温秀才袖の中から書類を取り出し、これを西門慶に手渡す。

西門慶は手紙を読み終わると、すぐさま陳経済に命じて所房内に用意してある贈物を持って来させ、温秀才とともにこれを包ませる。手紙は錦箋に清書させたうえ、封をして，判を押し、別に銀五両をつつんで、手紙の使いの王玉（おうぎょく）に手渡す。

雪が激しくなってくる。西門慶は温秀才を書房に留め置いて、雪見酒をすることにした。テーブルを拭かせ、酒の肴を持ってこさせる。誰かが暖簾の外から頭をのぞかせている。

「鄭春（ていしゅん）でございます」と王経がいう。

西門慶が中へ招じ入れると、鄭春は両手に重箱を二重ね持って、目の前に跪く。西門慶それは何かと尋ねる。

「小生の姉の月姐（げつそ）が旦那さまは六奥さまの法事をなさり、大変お疲れのご様子と承り、なにもありませんが、お茶漬けをお届けして、ご賞味願おうと考えまして…。」と鄭春。

「先日はお宅からお茶を届けてもらい、ありがたかった。きょうはまた月姐にこんなものを贈っていただき、お心遣いにはたいへん感謝しているよ」といいながら、ふたを開けようとすると、鄭春はこっそり西門慶の前に跪いて、箱のふたを開け、小声でささやく。

「これは月姐が旦那さまにお贈りする品でございます」

そこで西門慶は王経にいいつけて、重箱を奥へもってゆかせる。やがてテーブルが並べられ、酒が運ばれてくる。酒が一巡したところへ玳安がやってきて、

「李三と黄四が金を受け取って、届けに来ました」という。

「いくら持ってきたのか」と西門慶、

「一千両だそうです。残りはまたこの次に持ってくるそうです」と玳安が応える。すると伯爵が横合いから口をはさむ。

「兄貴、ご覧よ。この罰当たりめらを。こやつらおいらまでだましゃあがって、そんなことはわしには一言もいやあがらなかった。道理で、やつらはきのうこちらの法事にも顔を出しゃがらなかったわけだ。さては東平府の税関の金を取りに行ってやがったんだな。兄貴はこんど金を受け取ったら、この先はびた一文も金を出しては駄目ですよ。このごろつきどもは、人んちに片っ端から首を突っ込んで、借財がいっぱいあるんだから、のちのち焦げ付くこと必定だ」といえば

「ワシャあんなやつらは怖くはないよ」と西門慶いって、陳経済に「お前が秤を持っていって、受け取って来ておくれ」

ややしばらくすると、陳経済戻ってきていう。

「銀子はちゃんと一千両在りましたので、奥へ持っていって、大奥さまにお渡ししておきました。黄四がいうには、旦那さまに話したいことがあるので、どうしても呼んで来て欲しいそうです」

「ワシャ客人の相手をしているから、二十四日過ぎにしてく

れといいたいんだが、しかたない。じゃ行こう」

西門慶が大広間へ行ってみると、黄四は磕頭し、

「銀子一千両、若旦那にお渡しいたしました。残余は後ほど一まとめでお支払いいたしますが、実は私奴には恥ずかしながら椿事が持ち上がっておりまして、なんとか老爺さまにお助け願いたき儀がございます」といいながら、地べたに平伏して、泣きだしてしまう。西門慶抱き起しながらいう。

「いったいどうしたんだ。いってご覧よ」

すると黄四の長広舌が始まる。

「私奴の義父、孫清は馮二という男を番頭に雇って、東昌府で綿花の買い付けをしておりましたが、知らなかったとは申せ、この馮二には身持ちの悪い息子馮淮というのがおります。こやつが本分を守らず、時折門に鍵をかけて、女郎買いにでかけて行く始末。ある日のこと、綿花の大きな包みが二つ無くなりましたので、うちの義父どのが馮二に小言をいいましたところ、馮二はそのドラ息子を二つばかり殴りつけました。するとその息子はわしの小舅の孫文相の野郎と殴り合いの喧嘩をしまして、孫文相の前歯を一本たたき折ってしまいました。自分も頭に大怪我をしまして、お客さんが止めに入ってようやく収まりましたが、思いもかけず、そのドラ息子は家に帰って、半月もしないうちに、破傷風を病んで、死んでしまいました。ところがそのドラ息子の叔父という人は、これが河西の有名な土豪白五、あだ名は白千金、もっぱら強盗どもに宿を貸している。この男が馮二をそそのかして巡按の役所に訴状を提出させ、役所はそれを軽々に雷兵備さまのところへ回して告発し、取り調べを命じました。ところが雷さまの方は宮中のご用船に伺候中で暇がない。それで取り調べはそちらの府の童推官に委ねることになりました。すると白家では童推官に金をつかませ、近隣に人を見つけて供述書を作らせ、わたしの叔父の孫清がそばから声をかけてそそのかしたと思わせるように仕立てたもんだか

ら、こんどは童推官が通牒を出して、うちの爺さまを引っ捕えさせたんでございます。

そんなわけで、旦那さま、どうぞ千万の憐れみをおこぼちくださいまして、雷さまに封書の一通も認めてくださいまし。幾日も収監して放っておくよりも、文書を抽出して、雷老爺さま御自らお取り調べしてみてはくださりませぬかとご注進願えませんでしょうか。そうして戴きますと、助かる道もございましょうが、あの二人の殴り合いはうちの爺さまとはまるっきり関係のないことでありますし、また事件が起こってその後で死亡したのでありますから、保辜（事件後死亡までのある一定期間）の期限も出ていることですし、それよりもやつの父親馮二が殴ったのがなにより先ですから、なにも孫文相独りの身上の所為にすることはないはずなのであります。

ここいらでなんとかしませんと、孫父子は二人とも牢屋で凍え死んでしまいます。孫文相はともかくとしても、義父のほうは今年六十になりますし、家には誰もおりませんし、この寒空に牢屋に入れていつまでも放っておかれると、死ぬばかりでございます」

西門慶訴状を見てみると、東昌府に収監中の犯人孫清ならびに孫文相に寛大な処置を懇願する旨が言上されている。そこで西門慶、

「雷兵備は先日わが家での酒の席で一度顔を合わせただけで、あまりよく知らない人で、その人に手紙を書くというのはちと具合がよくないな」と戸惑い気味。すると黄四は跪いて、おいおい泣きながら磕頭すると、袂の中から白米百石（銀子百両）と書いた目録をとりだし，腰から銀子の包みを二つ解きながら、西門慶に渡して、

「旦那さま、私奴を憐れと思し召して、せめて外父だけでも釈放して戴けますよう、お力添え願えませんでしょうか」

西門慶しばし考え込んで、やがて

「よし、じゃあ、税関の銭さんに頼んでみよう。ところでワシがあんたからこんなものを欲しがるものか」という。

「旦那さまが要らぬとおっしゃっても、銭さまにお礼をなされば、同じことですから」と黄四。

「いや、構わぬ。うまくいったら、そのときはワシが贈り物を買って、礼をすることにする」と西門慶。

下がろうとする黄四を呼びとめて、西門慶手紙は今から書き上げて、玳安に持たせるから、あすいっしょに銭主事を訪ねるよういいつける。

外は雪が降りしきって、風に漂う柳絮(柳の綿毛種子)の如し。西門慶は書房に戻って、すぐ温秀才に書状を書かせ、これを玳安に手渡す。そうして乱舞する梨花のごとき外の雪を眺めつつ、かたえで特製の麻姑酒（ヒジリダケより醸造した銘酒、伝説の仙女麻姑が天の川河畔で霊芝より造ったといわれる）の瓶のふたを開け、春鴻にこれを布で濾して注いで回らせる。すると、鄭春が傍で箏を弾きながら、低い声で歌い始める。西門慶は≪柳の下に風ほのか≫を所望して、一くさり唄わせていると、琴童が入ってきて、

「韓道国がこの手紙を旦那さまにと仰せです」という。

「お前それをあす任医官のところへもっていって、鄆王府の王承奉に韓道国の当直免除をしてくれるよう、取り計らいくださいと頼んできな」と西門慶。琴童は拝承して立ち去る。

やがて来安が料理や酒肴をのせた大きな四角い盆を抱えてやってくる。陳経済を含めて四人でたべることにする。四人は酒令をして賑やかに歌い、飲み続けているうちに、時はいつしか夕暮れの火灯しごろとなり、伯爵が杯を取って、罰杯を飲もうとしていると、来安が奥から果物餡の餅一皿、炒めたクリ一皿、干しナツメ一皿、リンゴ一皿、クワイ一皿、牛乳菓子一皿、ミカンの葉で包んだ団子一皿など運んでくる。伯爵は黒い団子を一つつまんで、口にする。

「それは何だかわかるかい」と西門慶。伯爵の怪訝な顔つきを見て、さらにいう。「これはだな、このあいだうちの男の子が杭州通いの船で送ってきたもので、名を衣梅といって、いろいろな薬を蜂蜜で練って、楊梅の上にまぶし、薄荷漬けのミカンの葉で包んだものだ。毎朝こいつを一つ口に入れると、唾がわき、肺をうるおし、痰を消し、とりわけ二日酔い解消にはまことによくきくのだ」

「なあるほど。そりゃ私なんぞが知る由もないや。温先生もう一ついただきましょうや」と伯爵。それから王経にいう。

「紙を一枚持って来てくれ。二つ三つ包んで、持って帰り、うちの女房に食べさせてやるから」

すると西門慶が牛乳菓子を運んできた鄭春に、

「坊や、ワシャこいつを見ると、悲しくなってくるんだ。うちじゃこれを上手に作れるのは死んだ六奥だけだった。あれが亡くなってから、うちじゅう誰もこいつをつくってくれなくなっちまった」とこぼす。

やがて日が暮れて、灯りがともされる。西門慶が大杯を一気に飲み干す。春鴻が温秀才に酒を注ごうとして見ると、温秀才は酒が弱く、椅子に掛けたまま、居眠りをしている。

「先生は学者だからあまり飲めないんだ。画童、お前、温先生をあちらへお連れして、横にしておやり」と西門慶。これを潮に、温秀才はよろよろと立ち上がり、暇を告げて引き上げて行く。陳経済も応伯爵も腰を上げ、簾をまくりあげる。

西門慶は鄭春に銀を五銭与え、重箱の中に衣梅を一缶入れて、姉の鄭愛月に届けさせる。

琴童が伯爵を門まで送ってゆくと、西門慶は食器のとり片付けを見届けて、来安の肩を借りながら通用門をくぐって、金蓮の部屋に向かおうとする。ところが門は鍵がかかっているので、こっそり李瓶児の部屋に行く。李瓶児の肖像を見て、

「ご飯はそなえたかい」と尋ねる。

「先ほどあたしがお供えいたしました」と如意が応える。
西門慶はそのまま奥の部屋に入って、炕の上に横になって、寝てしまう。迎春が卓上の香炉に香を焚き、そっと出て行く。
しばらくすると、簾をまくる音がして、李瓶児がしずしず入ってくる。紫の一重の上着に白絹の裙子、ザンバラ髪に病み呆けた顔。寝床の前に進み出ると、ぺたんと座りこんで、
「お兄さま、あなたはこちらでお休みなのね。あなたにもう一度お目にかかりたいと思って、やってまいりました。あたしはあの男に訴えられて、牢屋に閉じ込められておりました。汚物にくるまれて、血まみれになって、苦しんでおりましたが、このあいだあなたが仏さまに贈物をして、お経をたっぷり上げてくださったお陰で、罪三等を減ぜられて、ようやく出てまいりました。ところがあの男はどうしても承知せず、また訴えてやる、こんどは西門慶を捕まえてもらうんだと息巻いております。私はもう来ないつもりだったのですが、あなたが今にあの男にやっつけられるのではないかと、それが心配で、また来てしまいました。あたしはこれから落ち着き場所を探しにまいりますが、あなたはくれぐれご用心。外で夜酒はお控えになって、はやくおうちにお帰りください。あたくしの申し上げたことはよく覚えておいて、くれぐれお忘れなきようになさってください」
話終って、二人は顔を抱きかかえて泣きながら、西門慶
「お前はこれからどこへゆくんだ、教えてくれ！」と叫ぶと、李瓶児はさっと手を放して、そのまま消えてしまう。気づいてみると、それは南柯の一夢であった。
西門慶自分の泣き声で夢から覚めて、あたりを見回すと、そこには李瓶児ならぬ、乳母の如意の姿がほのみえる。
「旦那さま、どうなさいました。先ほどからずいぶんうなされておいでのご様子。なにかございましたら、なんなりとおいいつけくださいまし…」
「なに、いやちょっと」と西門慶口ごもりながら「夢に六奥

が現われて、黄泉路をこぼつのでね」とつぶやく。

その間、如意は寝具を拡げたり、西門慶に忙しく着替えをさせる。すると西門慶が無言のまま女の肩に手を伸ばす。二人は委細心得ていて、女が着衣を脱ぎ、布団の中に潜り込む。

「お前は肌が六奥のように白いんだな。お前といると、六奥といっしょにいるような心地がする。せいぜいワシの面倒を見ておくれ。ワシはお前に目をかけてやるからな」

「旦那さま、勿体ない。天と地をお比べになってはいけません。わたしを召使いと思し召してくだされば、十分です」

「お前、年はいくつだい」

「卯年で、今年三十一になります」

「じゃあ、ワシより一つ年下だ」

西門慶は女のいうことも気がきいている、風月も上手なので大喜び。朝になると、女がまず起きて世話を焼き、至れり尽くせりの面倒み、迎春、綉春はそっちのけで、西門慶に白い紬をねだり、これで上着を造り、奥さまの喪に服したいという。みな承知して、店から白い紬三匹をもってこさせ、

「これでお前たち一着ずつ作るがいい」という。

西門慶は朝起きて、空が晴れわたると、玳安を銭主事のところへ使わして、手紙を届けさせ、自分は役所に顔を出して、早々に引き上げて屋敷に帰ってくる。すると平安が入ってきて、翟さまの使いが返事をもらいに来ていますと告げる。西門慶手紙を男に渡すと、男はそれを受け取って出て行く。

西門慶食事をすませたのち、向かいの家へ行って、番頭らが銀を秤にかけたり、荷造りをしたり、帳面をつけたりして、船出の準備をするのを見届ける。すると玳安が戻ってきて、

「銭さまは旦那さまの手紙をご覧になると、手紙を書いて、お役人を一人差し向けてくださり、私と黄四の息子を連れて東昌府の雷さまにその手紙を渡されました。雷さまはすぐさま童推官から書類を取り寄せ、また犯人一同をつれてこさせて、み

んなを釈放してくれました」と報告すると、西門慶は玳安が役に立ったことを知って、大喜び。

二十四日になると、西門慶紙を焼いて、韓番頭・崔本・来保らにふたりの小僧をつけて、五人を南方に向けて、出発させる。二十五日、二十六日と過ぎて、人家のお礼回りも済ませ、西門慶が奥座敷で朝食後、腰を降ろして寛いでいると、

「応二の旦那が見えました」と来安が簾越しに声をかける。

伯爵は中に入って来ると、西門慶に挨拶して、腰を降ろす。

「しばらくだったな。何の用だ」

「兄貴、わしゃ腹が立って仕方がないんですよ」

「何で腹が立つんだい。いってごらんよ」

「知っての通り、うちじゃとても貧乏しているってのに、きのう家内のやつがまた子供をほひり出しましてね。それが昼間だったらまだしも、夜中の三更に苦しみだしゃあがって、産婆を呼びにやろうとしたら、うちの長男の応宝のやつめが留守なんですよ。仕方がないから、わしが提灯ぶら下げて、路地の鄧婆ちゃんを呼びに行ったんですよ。家に帰ってみたら、もう生まれてたってわけ」

「どっちが生まれたんだい、男か女か」

「野郎でした」

西門慶はどなりつける。

「バカもん！息子が生まれて、なんで腹を立てるんだ」

「兄貴、あなたはご存じあるまいが、こう冬寒の季節になると、こちとらはあなたがた金持ちとは比較にならない。前提に大きな違いがあって、男の子が生まれりゃ、錦上花を添えて大喜びだ。ところがこちとらときたら、自分一人の身の置き場もない。子供なんぞ何になる。わが家の一連隊は食わせたり、着せたりしなきゃあならん。やりくりで気が遠くなる。息子の応保のやつは毎日教錬で、手は塞がっている。うちの兄貴も構ってはくれない。上の娘は、兄貴のお陰さまで、嫁に出した。二番目の

子も大きくなって、来年は十三。このあいだ媒人が来て履歴書をよこせっていうし、わしゃまだ早い、帰ってくれ！って、追っ払った。それやこれやで苛々していると、いきなり夜中にこの厄介者が飛び出してきた。真っ暗闇だから、金の工面もできやせん。わしが愚痴をこぼすもんだから、上さんは銀の簪を一本で、産婆を帰しました。あすは産湯づかいの日だから、隣近所に知れ渡る。そのうちにはひと月の祝いをせにゃならん。わしゃ家を留守にして、寺にでも籠ってしまいたい」

「あんたがいなくなれば、坊主がやってきて、あったかい布団の中へ潜り込むぞ」といって、西門慶は笑い出す。応伯爵は脹れっ面で黙っていると、西門慶はいう。

「わかった。いくら要るんだ。都合するからいってご覧」

「二十両もあれば…。証文を書いて持って来ているんです」

西門慶、王経を呼びつけていう。

「お前、奥へ行って、大奥に話して、ワシの部屋の寝台の奥の戸棚にこのあいだ巡按の宋さんが宴会費としてよこした銀子の包みがあるから、その一つを持って来ておくれ」

やがて銀子の包みが届くと、

「この五十両を持って行きな」と西門慶。

「これじゃ多過ぎます」と応伯爵。

「構わんから、持ってきな。余ったら、ひと月の祝いのときに娘にも靴や着物を買ってやりな。それにおれとお前の仲だ。証文もクソもないもんだ」と西門慶、応伯爵の用意してきた証文を廃棄してみせる。

第六十八回

鄭愛月華飾を売って秘密を漏らし、玳安慇懃に文嫂を探す

さて、次の日になると、まず応伯爵家から祝い麺が送られてくる。そのあと、続いて黄四が小舅の孫文相を従えて、豚を一頭、酒を一瓶、焼鵞鳥二羽、焼鶏四羽、果物二箱を持ってやってきて、西門慶に磕頭しながら差し出す。西門慶は再三辞退するが、黄四はしきりに胡麻をすって跪き、

「畏れ多くも、旦那さまはまことに命の恩人、家内一同ひたすら感謝いたしております。なにも差し上げるものがないので、まことにつまらぬものをわずかばかり持ってまいりましたので、老爺さまには下々の者にでもふるまっていただきたいと存じまして…。なんとかお納めください」という。

しばらく押し問答をしていたが、結局豚と酒だけ受けて、

「じゃ、これだけもらって、銭さんに届けることにしよう」

と西門慶が応えると、黄四はいう。

「そういうことなら、この私には寸志も表しようがございませんが、どうにもいたしかたがありませんから、料理と果物は持ち帰らせていただきます。ところで、旦那さまにおひまな時はございませんか？私は応二叔にお願いして、どこか花街に旦那さまをお招きしたいと考えているのですが…」

「あんなやつの脅しに乗っては駄目だよ。それにお前さんをそんなに心配させては、ワシになぞ頼まなければよかったということになってしまうではないかい」

黄四と孫文相は千恩万謝して門を出て、帰ってゆく。

十一月一日となる。この日、西門慶は役所から帰って来ると、また李知事の役所に行って、酒を飲むことになったので、月娘はただ一人喪服姿で、化粧をし、駕籠に乗って、喬大戸の家へ官哥のいいなずけ長姐の誕生祝いにでかける。

昼過ぎになって、尼寺の薛尼が王尼には内緒で、贈り物を二箱買い揃えて、月娘を訪ねてきた。月娘から五日は李瓶児の四十九日であるから、尼さんを八人連れて来て、血盆経（生理不順で落命した女の懺悔経）を上げる約束を取り付けていたからであった。月娘は留守なので、李嬌児と孟玉楼が応対に出て、薛尼を引き留め、お茶を飲みながらいう。

「大奥さんは喬親家へ長姐ちゃんの誕生祝いにでかけているから、帰ってくるまでこちらで待っている方がいいと思うわ。何かあなたと話したいことがある様子だったから」

そこで薛尼が座って待っていると、金蓮が薛尼を表の自分の部屋へ呼び込み、こっそり一両握らせて、子供のできる符水薬を自分にも造ってくれるように頼みこんだ。それは玉簫から聞きだした話で、月娘が薛尼から符水薬をもらって飲んで、身籠ったということを思い出したからであった。それに西門慶が乳母の如意に手を出しているので、ひょっとして乳母が子供を生むようなことにでもなったら、寵愛を奪い取られてしまうだろうと心配になったからであった。

夕方になると、待っていた月娘が帰ってきて、薛尼は一夜泊まることになった。次の日、西門慶に話をつけて、五両を出させると、月娘はこれを経料として薛尼に与えた。薛尼は五日になると、大師父の王尼を出し抜いて、八人の尼さんを連れて来て、庭の東屋に道場を建立し、入り口に掛物を貼りつけて、華厳経や金剛経さらには血盆経を拝み、夜になると施餓鬼を行った。

この日のために呉大妗子、花大嫂、ならびに男性客として花大舅、応伯爵、温秀才が呼ばれ、揃って精進料理を食した。尼僧たちも楽器などは用いず、ただ木魚をたたき、手磬（鈴の一種）を撃ち鳴らし、経をよむだけであった。

同じ日、応伯爵がまた黄四の家人を連れて、案内状を持ってやってきた。七日に廓の鄭愛月の家で宴会をするので、西門慶にご参加願いたいというものであった。西門慶は案内状を見ながら笑っていう。

「ワシャ七日は暇がないな。張西村(ちょうせいそん)のうちで誕生祝いの酒を頂戴することになっておる。あすなら暇があるんだが…」

「ところで、ワシのほかに誰が来るんだい？」との問いに、伯爵は応えていう。

「ほかにはだれもきませんが、わしのほかに李三(りさん)が兄貴の相伴をするように頼まれていて、その外に女の歌い手が四人≪西廂記≫を歌わさせられるらしいです」

西門慶は宴会を六日に変更させて、黄四の家人にお斎を食わせて帰す。伯爵はそこで尋ねる。

「黄四は先日お礼として何を兄貴に買って来たんですか」

西門慶はこれこれしかじかで、

「ワシャやつのもんなど受け取らん流儀だが、再三再四三拝九拝するもんだから、豚と酒だけもらって、ほかの繻子二匹と京緞子二匹は銭先生にお礼として回した」と応える。

「兄貴はお金を受け取らなかったんですな。これはやつがずいぶん得をしたってことだな。反物四匹といえば、少なくとも三十両はするから、とても二十両やそこいらでは上がりゃしませんぜ。父子二人の命が助かったんですから、やつはずいぶんうまいことをしたっていうもんでさ」

この日、二人は遅くまで話した。西門慶は伯爵にいう。

「あした又こっちへ来ておくれ」

「承知しました」と伯爵は応え、別れの挨拶をして去ってゆく。八人の尼僧は一更（午後八時）過ぎになって法事を完全に終了し、紙の衣裳櫃を焚いて、帰ってゆく。

次の朝早く、西門慶は役所に出て、その留守に王尼が前日の法事を聞き知って、朝から西門慶の屋敷に押しかけてきた。

「薛尼が四十九日の法要を独りで片付けて、経料を独り占めしてしまいました」と訴え出たので、月娘はそれを咎めて、

「あなたはきのうなんで来なかったの。薛尼の話だと、王皇親家へ誕生祝いにいったってじゃないの」といえば、

「それは薛尼のあばずれの勝手な作り話で、あやつめは私に四十九日の法事は日延べされて、六日にお経を上げることになったといって、お経料はあいつがみんな持っていって、びた一文も残してはゆかなかったのですか？」と王尼はいう。

「いまごろまで待たせるものですか。お経を上げる前から、お経料はみんなあの人に払っちまいましたよ。でもあなた用にあたしはお布施の木綿一匹はとってありますよ」と月娘いって、小玉に急いで昨日残っていた精進料理を並べさせ、これを王尼に食べさせ、藍木綿を一匹与える。それでも王尼はおさまらず、激しく毒づいて、

「あのあばずれめは、経本を印刷したときも六奥さまからたくさん銀子を巻き上げたんですよ。そもそもこんどのお経は二人で上げるはずでしたのに、またあいつに独り占めさせてしまって」という。

「でも、薛尼はあなたが六奥から血盆経の経料を五両受け取ったっていっていましたよ。あなたはどうして彼女のためにお経を読んであげなかったの」と月娘。

「私は六奥さまの三十五日のとき、四人の師父を呼んで、ずいぶん丁寧にお経を読みましたのよ」

「それならそうと、なぜ私にいってくださいませんでしたの。そうすれば、私だってお布施を差し上げましたのに」

いわれて王尼は一言もなく、しばしもじもじして、やがて意を決して、薛尼のところへ因縁をつけに帰ってゆく。

さて、西門慶は役所から帰って、飯を食べていると、応伯爵が早くもまたやってきて、西門慶にやあと声をかける。

「時はまさに昼下がり、ぼつぼつ出かけてよいころだと思うよ。あちらからは何遍も人を迎えに寄越しているんだから」

「では今から葵軒（きけん）を誘いに行こう」と西門慶いうと、王経に「向

う へ行って、温師父を呼んできておくれ」という。王経はでかけてゆき、しばらくすると帰ってきていう。
「温師父はお留守です。だれかお友達のところへでかけておいでのご様子です」
「とても待ってはいられませんな。秀才といわれるような人は大した用事もないのに友達のところなんぞを訪ねて、いつ帰ってくるか知れたものじゃない。そんなことをして、なにかへまをしでかさねばいいが…」
そこで西門慶、琴童に命じて、
「応二叔用に栗毛を用意してあげろ」という。
すると伯爵はいう。
「わしゃ馬には乗らないよ。たまにゃわしのいうこともおききなさい。鐘や太鼓は止めにしなって。わしゃ一足先に行きますから、兄貴は後から駕籠でゆっくり来てくださいよ」
「それもそうだな。じゃお前は先に行きたまえ」
応伯爵は手をふって、先に出発する。
西門慶が玳安と琴童、並びに軍卒四人に駕籠の用意をさせ、ちょうど出かけようとしているところへ、平安が表から名刺を持ってあたふたと飛び込んでくる。
「工部安老爺さまご挨拶にお見えになります。お役人さまが名刺を持って見え、後から駕籠でおいでになるそうです」
慌てて西門慶は厨房に飯の用意をさせ、来興につまみや点心を買いにやらせ、待っていると、安郎中が到着する。西門慶は冠をかぶって出迎える。安郎中は門をくぐって、挨拶を終えると、主客分かれて席に着く。左右の者が茶を運んで来る。それを飲みながら久闊の情を述べあう。
「老先生にはご栄転のみぎり、お祝いを怠り、久しく心にかかっておりました。過日は恐れながらご香奠にお手紙まで頂戴いたしながら、喪事に取り紛れ、ご安否もお伺いせず、申しわけございませんでした」と西門慶わびれば、安郎中

「小生こそご弔問にも上がりませず、非礼の段お許しください」という。翟謙よりの手紙によれば、安鳳山は工部主事から都水司郎中に昇り、運河修理の大役を仰せつかったとのこと、その安郎中その人が李瓶児の葬儀に出られなかったので、序での折をみつけて、焼香に上がったとのことであった。安郎中はその日まだ外に用事があるといって、西門慶の引き留めもきかず、早々に引き上げて行く。西門慶、大門首まで送り届け、駕籠に乗せ、大広間に引き返して冠帯を解いた。

「温師父はもう帰ったか？」と人をして問わせてみる。

玳安がこれに応えていう。

「温師父はまだ帰っておりませんが、鄭春と黄四叔家の来定がお迎えに来て、もうずいぶん長いこと待っております」

西門慶さっそく門を出て、駕籠に乗り込み、従者を従え、一路、鄭愛月の家へと繰り込む。みな門首に出て来て迎接する。中でも鄭愛月と鄭愛香は美しく着飾って磕頭する。西門慶駕籠を下りて、客間に進む。李三と黄四が挨拶をすると、鄭家のやりて婆が出て来て、お目通りをし、かたわらから

「駕籠はここに置いておきましょうか、それとも家に帰しましょうか」と尋ねると、西門慶は軍卒と駕籠はかえすようにいいつけ、琴童に向かって

「お前家へ行って、温先生が帰っていたら、栗毛を用意してお迎えして来い」と命ずる。

「兄貴、いまごろお越しとはどうしたんです」と伯爵。

西門慶は工部の安郎中が挨拶に来たことを一通り話して聞かせる。所用で遅れた温秀才もついに到着し、やがて全員揃って、酒宴が始められることになり、まず吸い物と飯が運ばれてくる。二人の歌い手がしばらく弾唱して引き下がると、四人の芸妓がでてきて、《西廂記》第一本の中から「遊芸中原」を唄う。そこへ玳安がやってきて伝える。

「奥の銀姐さんのところから呉恵（ごけい）と蝋梅（ろうばい）がお茶を持ってき

ました」

そもそも呉銀児は鄭家から路地一つ隔てた奥にすんでいるが、西門慶がここで酒を飲んでいると聞いて、お茶を届けてきたのであった。呉恵と蝋梅は磕頭しながら、

「銀ねえさんからいいつかって、旦那さまのところへお茶を届けに上がりました」といって、箱を開け、一人に一杯ずつ香の物のはいった香ばしいお茶を注ぐ。

「銀児はきょう家で何をしているんだい」と西門慶が訊く。

「姉はきょうは家におります」と蝋梅が応える。

西門慶はお茶を飲むと、二人に銀三銭をふるまって、すぐさま玳安と呉恵に

「お前たち、行って銀ねえさんを早く連れて来い」という。

鄭愛月が気をきかせて、鄭春に

「あなたもついていって、ねえさんを引っ張っておいで。来なかったら、あたしがこの先、ねえさんの相棒はしませんよっていうのよ」

しばらくすると、白縮緬のつけ髷を戴いた呉銀児がにこにこ笑いながら入ってきて、西門慶に磕頭する。すると愛月が椅子を据えて、銀児を西門慶のテーブルの傍に掛けさせ、急いで杯と箸を並べる。西門慶は銀児が白い髷をつけていることに気づいて

「銀児、白い髷なぞつけて、どういうつもりなんだ？」と声をかける。

「亡くなった六奥さまのために、このごろずっとこうやって喪に服しているんですわ」と呉銀児が応える。

李瓶児のために喪に服していると聞いて、西門慶期せずして一瞬言葉に詰まり、心底うれしくなる。

「奥さまの四十九日にはお経を上げましたの？」と銀児。

「うん。四十九日には尼さんたちを呼んで、拝んでもらった。親類は一人も呼ばなかったんだ。心配をかけるといけないから」

「奥さまが亡くなって、ずいぶんお寂しいことでしょうね」

「そりゃそうさ。このあいだも書房で昼寝をしていて、あれの夢を見た。泣けて泣けてしかたがなかった」と西門慶。

李三と黄四がこれを聞くと、慌てて芸妓二人を促して、酌をさせ、楽器を並べて、呉銀児もこれに加えて、組曲「三弄梅花」を三人で歌わせる。歌い終わると、騒ぎも一段落して、それぞれ自分の席に戻って腰をおろす。やがて火灯しごろとなり、料理も出尽くして、下手では玳安・琴童・画童・応宝らがやりて婆の部屋に屯して、吸い物や飯や点心・酒肴のもてなしを受ける。

四人の芸妓が揃って下手で弾唱をする中で、酒が一巡し、程なく愛香が退くと、愛月がそばによって西門慶に酌をし、呉銀児は下手に下がって、李三と黄四に酒をさす。愛月がそこで部屋に下がって、化粧直しをし、着替えをして出て来る。西門慶は灯りの下で愛月の白い顔がくっきりと際立つ姿を見ると、かわいらしくてたまらなくなり、立ち上がって奥へ手洗いに行く。小用を足して出て来ると、愛月が後を追って来て、たらいで手を洗わせ、その手を取って、部屋へ連れて行く。部屋は円窓が半びらきで、暖かく、まるで春のよう。蘭麝の香りが漂って、寝台には薄物の帳が掛っている。

そこで二人は着物を脱いで、白綸子の長衣だけになり、床に上がって、互いに足を押しつけあう。

「旦那さま、きょうはお家には帰らないんでしょう？」

「うん、やっぱりきょうは帰ることにするよ。きょうは呉銀児が来ていて、具合が悪いし、それにワシは役人で、今年の査察がもう間近に迫っているから、いざこざが起こるのが心配だ。昼間来て、お前の相手をすることにしよう。このあいだは牛乳菓子をありがとう。実は死んだ家内があれを作るのがうまかったんだが、あれが死んでから、うちには作れるものが一人もいなくなってしまったんだ」

「あれを作るのは別にむずかしいことではありませんわ。こつさえわかっていればいいんです。旦那さまがお好きなことを知っておりましたので、鄭春に届けさせたのですわ。―ところで衣梅をどうもありがとう。お母さんが一つ二つ食べて、とても喜んでいました。お母さんは、夜、咳が出てやかましくてしようがないんですけど、口が渇いたとき、これを一つ口に入れると、つばきがたくさん出て来るんですって。あたしとお姉さんがいくつも食べないうちに、お母さんたら壺ごと部屋にしまいこんでしまって、朝晩ひとりで食べているもんですから、誰も手がつけられなくなってしまいました」

「それは構わないよ。あす小僧にもう一瓶届けさせるから」

「旦那さまはこの頃、桂ねえさんとお会いになりますの？」

「葬式の時からずっと会っていないね」

「三十五日にはあの方もお茶を届けてきましたの？」

「うん、あの家からいいつかって、李銘がもってきた」

「あたし内緒話があるんだけど、これは旦那さまのお心の中にしまっておいてくださいね」

「で、どんな話だい？」

愛月ひとしきり考え込んで、

「でも、止めにするわ。いえば、結局みんなに知れ渡って、あたしが蔭口をきいたことが知れ渡ってしまうもの」

「変なやつだな。何の話かいってごらんよ。ワシャ誰にもいいやしないよ」

そこで愛月は李桂姐が西門慶や義理の母親（おや）・娘（こ）の契りを結んだ月娘に隠れて、王三官と関係を結んでいる話を伝える。

「何だ、駄目なやつだな。あんな青二才を相手にするなと、あれほどいっておいたのに。ワシに誓いまで立てやがったが、結局ワシをだましゃがったなんだな」と西門慶。

鄭愛月の語るところによれば、王三官の父、王昭宣の妻、林太太はまだ四十前の姥桜（うばざくら）で、その色香は枯れることなく、いつも手の込んだ厚化粧をして、眉を描いたりして、王三官が終日廓を遊び歩いている間に、家に色男を招き入れたり、尼寺へお参りに行くと見せかけて、周旋屋の文嫂の家に上がり込んで、文嫂の手ほどきで、情事にふけったりしている。また王三官は今年ようやく十九才の、東京の六黄大尉の姪を女房にしているが、この女が絶世の美人、王三官は家を留守にするので、まるで若後家も同然、怒って、二度三度首をくくったが、手当てが早く、命拾いをしたという。

「だから、旦那さまなら、この林太太だって、この若奥さんだって、みんな容易に手なずけられるでしょう。手なずけておいて、王三官を手打ちにすればばいいのよ」と鄭愛月。

「なあ、お前、ワシが好きなら、ワシは毎月三十両、お前のおっかさんに小づかいとして届けよう。そうすれば、お前は客をとる必要はなくなるし、ワシは暇を見て、来るよ」

「旦那さま、あたしがお気に召したら、三十両、二十両など要りません。おっかさんに何両でもやってください。あたしは客引きが大嫌なので、旦那さまだけにお仕えしたいわ」

やがて雲も収まり、雨も上がり、それぞれ衣服を整え、西門慶は寝床の前のたらいで手を洗い、二人は席に帰った。

その夜、屋敷に帰った西門慶はさっそく玳安を呼びつけて、

「陳経済とうちの大姐の縁組みのとき、間に入って、仲人役をした文嫂は近ごろどこに住んでいるかしらないか？」

「さあ、経済兄さんだったら、ご存じかと思いますが」

「よし、それじゃいって聞いて来い。ワシャ向かいの店にいるから、あちらに知らせるように」

玳安は陳経済から文嫂の居所を聞きだすと、そのまま馬に乗って、周旋屋文嫂の館に押しかける。むずがる文嫂を説き伏せて玳安は馬に、文嫂は驢馬に乗って西門慶家に向かう。

第六十九回

文嫂林夫人と情を通じ、王三官だまされて姦を求む

さて、玳安が文嫂を伴って屋敷に戻ると、門番の平安が「親爺どのは向かいの店舗においでだよ」と応ずる。

そこで玳安は向かいの店舗に入っていって、報告する。西門慶は書房で温秀才と語らっているところであった。玳安の姿を見かけて、西門慶すぐに出て来て客室に招き入れる。

「文嫂を呼んでまいりました。門前に伺候しております」と玳安がいう。

西門慶は直ちに文嫂を連れて来させる。文嫂はおじおじと暖簾をくぐって、室内にはいると、西門慶に磕頭する。そこで西門慶が口を切る。

「文嫂、ずいぶん久しく会わなかったな」

「はい、まことにこの婆は忙しさに取り紛れておりまして」

「ところでお前は今どこに住んでいるのか？」と西門慶。

「この婆は不幸にも訴訟を起こされてしまいまして、前の住まいは手離してしまいました。そこでただ今は南大門の王家小路に住んでおります」

「まあ、跪いてなどいないで、立って話をきかせておくれ」

文嫂ひとまず立ち上がって、かたえに移動すると、西門慶は左右の者に座をはずすよう命じ、平安と画童は通用門の外に退く。玳安のみは簾のわきに身を隠して、聞き耳を立てている。すると西門慶が尋ねる。

「お前は近ごろどの辺の大家に出入りしているのか？」

「さようでございますな、大街の皇親家だとか、守備府の周老爺さまのお宅とか、喬親家とか、張二さま、夏老爺さまなどみなよく存じ上げておりますが…」と文嫂。

「王招宣の屋敷はどうなんだ？」と西門慶。

「私はそちらではずっと固定客でございます。大奥さまから若奥さままでいつもあたしめの手がける首飾りをご愛用いただいております」と文嫂。

「お前が懇意にしているというのなら、ワシに一つ頼みたいことがあるんだが、断っては困るよ」と西門慶いって、袖の中から五両銀の包みを取り出して、文嫂に与え、声を落としてひそやかにいう。

「つまりかくかくしかじかで、お前さんなんとかしてそのご夫人をお前さんちへ誘い出して、ワシと引き会わせてはくれまいか。またお礼はするからさ」

文嫂これを聞くと、へらへらと笑いながらいう。

「どなたが旦那さまにそんな話を持ち込みましたのやら。旦那さまはどうしてそんなことをご存じなのでしょう」

「諺にもいう。人に名あれば、樹に影ありと。どうしてワシが知らぬはずがあろう？」

「件のその大奥さまのことをお話申し上げますならば、戌年のお生まれで、今年三十五歳、まこと上流のご婦人で、何事にも利発で、三十ぐらいにしかみえません。そんなことをして生きているとしても、細心の注意を払って人目を避けておられますし、どちらへお出かけになるにも、お供がいっぱいついて行きまして、往きも帰りも露払いがついています。若旦那さまだって人のために尽くし、人に親切で、どうしてそんなお他人さまのうちに上がり込むようなことをなさるもんですか。その方がいい間違えたんでございましょう。ただしそのお宅はたいへん大きなお屋敷で、いつかその若旦那がお留守の時にこっそりおでかけになったら、誰にもわかりゃしませんから、そんなことが起こるかもしれません。もしも私のところだったら、門戸はピシャリと閉ざし、そんな大それたことは決していたしませんが、旦那さまがご褒美としてくださるこのお金はお受けするわけにはまいりません。むしろ旦那さまのお言葉を大奥さまにお伝えするのがよろしかろうかと思いますが…」と文嫂。
「金は受け取らずに、言伝だけはするなんていうと、ワシャ怒るぜ。事がうまく運べば、ワシャこれとは別にお礼として紬(つむぎ)の緞子(どんす)をいく匹かお前にやるつもりなんだが」と西門慶。
「まさか旦那さまが無一文だなどとは思いもしません。上人さまにはお目をかけていただき、まことにありがたき幸せでございます」と文嫂は跪いて、磕頭し、銀子を受け取る。
「それでは私からこっそり大奥さまにお話し申し上げ、内諾を得ましたならば、ご報告に伺います」と文嫂。
「ワシャここで待っておるからして、うまくやっとくれ。お前が来るときは、ここに来てくれさえすればいい。ワシャ小僧をつかいにはださないからな」
「わかっております。明日か、明後日か、朝でも晩でも、承知していただいたら、すぐに報せにまいりますから」
そういって文嫂が出て行くと、後から玳安がついて行って、
「文おばさん、思し召しで結構です。わたしゃ一両もいただければ、十分です。そもそも私が声かけをしたからですからね。独り占めはだめですよ」と小声でいう。
「お小僧さん、お前さんはがっちりしていて、抜け目のない人だねえ。うまく行くか、どうかまだわからないんだよ」と文嫂いいすてると、驢馬の背に跨り、息子に手綱を曳かせて、そのまま帰っていってしまう。
西門慶と温秀才は腰をおろして、しばし世間話をしていると、夏提刑がやってきたので、家に上げ、お茶を出してから、西門慶は冠をつけ、いっしょに鑼(ら)長官つまり鑼万象(らばんしょう)の館に酒を飲みに行き、ようやく火灯しころ引き揚げて、帰宅する。
いっぽう、文嫂は西門慶からもらった五両銀を手に喜々として家に帰りつくと、早々に待たせておいた茶会の客を散会させ、午後になるのを待って、王招宣宅に向かい、林(りん)夫人に会うと、さっそく万福の挨拶をする。すると林夫人がいう。

「あなたはこの二三日顔をみせなかったけど、どうしたの」

「師走になると、お高いところへ香を上げに行かねばならなくなりますから、それ前に茶会でも開かなくてはと思ったもんですから」と文嫂がぼやきごとをいう。

「息子さんに行かしておけば、あなたがわざわざゆくことはないでしょう」と林夫人。

「わたしがどうしても行かれないときには、息子の文堂(ぶんどう)をお参りにやることにいたします」

「そうなったら、私もあなたにお小遣いを上げますよ」

「それはどうもありがとうございます」と文嫂。林夫人は彼女を近くに呼び寄せ、火にあたらせて、女の子にお茶を入れさせる。文嫂はお茶を飲みながら、

「きょうは若旦那さまはお留守ですか」と尋ねる。

「あの子はここ二三日夜になっても帰って来ませんの。毎日蹴鞠(けまり)遊びの仲間たちと廓通いをして遊び呆けているようで、綺麗なお嫁さんを部屋の中に独り放り出しておいて、見向きもしない。いったいどうしたらいいんでしょうね」と林夫人。

「若奥さまはなぜお見かけしないんでしょう？」と文嫂。

「あの子は部屋に籠ったまま全然出てきませんのよ」

文嫂はあたりに人気がないことを見て取ると、

「大丈夫ですよ、奥さまご安心なさって。私にいい考えがございます。わたくしがその遊び人たちを追い散らして、若旦那を改心させ、もう二度と廓通いなどしないようにしてさしあげます。奥さまのお許しがあれば、どうするかお話し申し上げますが、なければ、お話しはできませんがね…」

「あなたの話はいつもいわれる通りに私はしてきたじゃないの。いいたいことがあるのならば、構わずおっしゃい」

文嫂そこで口を切って、心置きなく語り始める。

県庁前に西門慶という大旦那が住んでいる。この大旦那はただいま提刑院の掌刑千戸(しょうけいせんこ)（官職名）であるが、役人に金を

貸したり、薬種商問屋を手広く経営したりしていて、さらに質屋・呉服屋・糸屋など四五軒の店舗も所有している。その外にも運送船を動かしており、揚州（ようしゅう）では塩を仕入れ、東平府（とうへいふ）へは香木と蝋を納めている。番頭・手代の数は数十人を超え、東京（とうけい）の蔡太師（さいたいし）はこの方の義父、朱大尉（しゅたいい）はこの人の旧主、翟執事（てきしつじ）は親戚。巡撫（じゅんぶ）・巡按（じゅんあん）ともつきあいがある。府知事・県知事はいうにおよばず、田畑は見渡すかぎりの広さ。米は倉の中で腐るほど。身の回りには大奥さまのほか、お部屋さまが五六人、腰元で手をつけたのが十数人。大奥さまは後添いながら、清河（せいが）左衛の呉（ご）千戸（せんこ）の娘で、毎朝、毎晩が元宵（げんしょう）の節句といわんばかりの暮らし向き。ただいまこの大旦那は三十四五歳という年頃で、男盛り。背は高く、風采も立派。風月の道はお手の物。双六、将棋はいうに及ばず、蹴鞠も達者で、諸子百家は一目で解し、利発この上なし。この大旦那は林夫人が代々天上人の家柄で、由緒正しく、若旦那が武官候補生であることを知り、懇意の付き合いをしたいと念じながら、これまで拝顔の栄に浴したことも無きゆえに、気楽に交誼を願い出ることも敢えていたしかねていたが、先日、林夫人の誕生日が真近であることを聞き知るに及び、その日には是非ともお祝いに参上したいと考えていた。

「そこでわたくしは申し上げました。初めてお目にかかるのに、いきなり会ってくださいなどとはいえませんので、私からまず奥さまにお話し申し上げ、お指図を仰いだ上で、旦那さまをお招きいたします、って。これはただ大奥さまがこの方とお近づきになって、お付き合いをなさるというだけのことではありません。この方にお頼みして、あのごろつきどもを追い払ってもらえば、お宅さまのご家名を傷つけずに済むというものです」と文嫂はいう。

「そうはいっても、知らない人に突然会うわけにはいかないわ」と林夫人、文嫂にそそのかされ、心を乱していう。

「大丈夫。あたしがうまく話を進めて差し上げますから。奥さまはこの大旦那にお願いして、提刑院に若旦那の取り巻きの悪餓鬼を拘引してもらい、若旦那を悪の道から解放してやって欲しい。ついてはそれ前に内々でお目にかかりたい、ってことにすればよろしいでしょう」と文嫂。いわれて、林夫人は大喜び、明後日の晩お待ちしていますと約束した。

その日は九日、おぼろ月夜の晩であった。西門慶は紗の覆いで目隠しをして、玳安・琴童の二人を供につれ、馬に跨って、外出する。いくばくもなく、大通りを小路に曲がる。王招宣府と呼び慣らされている王家の屋敷、つまり林夫人の屋敷の裏手に出る。そこは食倒(くいだお)れ巷(つじ)と呼び慣らされた小路である。火灯しころを少し過ぎ、あたりはいかにも静まり返っていた。王招宣府の裏門があった。むろん扉は閉っている。西門慶は少し手前で馬を下りる。玳安を先にやって、扉を叩かせる。扉の裏が門番小屋で、このお屋敷に奉公する婆(ばあ)やがこの小屋に住んでいる。段(だん)婆や黙って門をあけ、黙って通し、黙って門を閉める。

屋敷の奥の部屋には文嫂が早くから来て待っている。文嫂はむろんこのとき門のあけたての音を聞いていた。文嫂は琴童(きんどう)に馬を曳かせて、別棟の軒下にやり、玳安は段婆やの小屋に入れ、そこで待たせることにする。こうして文嫂はようやく西門慶の目隠しをはずす。

月の薄明をたよりに、狭い道、広い庭の要所要所で通用門を通り抜け、ずっと奥深くへ入って行く。通用門は通った後必ず閂を降ろしす。程なく母屋までやって来る。表の正門を通らなかったので、やはり片隅の庭門をくぐらなければならない。文嫂が門環をならす。女中が内側から開ける。簾を開け、灯りの煌々と灯った座敷に通される。西門慶ここでしばし待たされる。

見ると、正面の壁に大きな肖像画が懸っている。林夫人の夫、王招宣の父君、つまり王三官(おうさんかん)の祖父、太原節度使王景崇(たいげんせつどしおうけいすう)の肖像画である。緋の大礼服を着し、玉帯をつけ、虎の毛皮をかけた椅子に座し、兵書を読んでいる。見たところ神ともあがめられる三国志の関帝(かんてい)を髣髴とさせる。さらにまた壁の上部の朱紅の横額には『節義堂』と書かれている。

いったん引きこんだ文嫂がお茶を持ってまた現れる。口ではなにもいわないが、目の動きで、事が知れる。西門慶が立ち上がって、直立の姿勢をとる。簾が腰元の手で上げられる。真っ赤な絨毯の上を白い高底の絹靴がしとやかに進んでくる。

いかにも淫を好む貴夫人の歩みである。

文嫂は林夫人のため西門慶に渡りをつけるとき、段取りをしっかりと定めていた。

まず第一に家の名誉を傷つけぬこと。

第二に、サソリやハエのようなならず者たちに王招宣府の御曹司、王三官がたかりつかれ、窮地に陥っていること。

第三に、王山官の正妻である妙齢の美人が独り大邸宅の中に放り出されて、見向きもされずにいるのはいかにも可愛想であるということ。かかる事情をまず最初に林夫人の口から西門慶に訴え出て、提刑院にしかるべく処置をほどこしてもらうことであった。

事は計画通りに進んだ。王三官と李桂姐の間の秘め事、王三官と祝日念(しゅくじつねん)、孫天化(そんてんか)、その他のごろつきどもとの腐れ縁は林夫人の直訴を聞くまでもなく、西門慶の方が何増倍もよく承知していた。

「よろしい。必ず彼らとの手を切らせてお目にかけましょう。小生役所に参って、その悪者どもを処罰し、ご令息にもいささか訓戒を加え、二度と再びこの轍を踏ませぬようにいたしましょう」と西門慶。

それを聞くと、女は急いで立ち上がり、深々と挨拶をし、

「あたくし日を改めて、あなたさまに御礼申し述べます」

「何をおっしゃる。あなたと私は一家ですよ。小生、初めてお伺いいたしましたのに、贈物の用意もいたさず、かえって奥さまからさようなお言葉を頂戴するとはまことに恥ずかしき次

第であります」と西門慶。すると傍から文嫂が

「旦那さま、きょうは奥さまになにも差し上げる必要はありません。この十一月十五日は奥さまの誕生日ですから、その日に贈物を持っていらして、奥さまの誕生祝いをなされればよろしいのです」と口をはさんで、助け船を出す。

「おや、そうか。きょうは九日だから、あと六日先だな。その日にはきっと奥さまのお誕生祝いに参上致しましょう」

林夫人笑っていう。

「どうぞ大人（たいじん）をお煩わせすることのありませぬように」

程なく大盤大碗のご馳走が十六碗、美味佳肴（びみかこう）、傍らに銀燭を高く灯し、床には金炉に火を起こし、さしつさされつ、酒令・猜枚（さいまい）にうち興じ、笑雨嘲雲、酒は色胆をなす。見る見るうちに蓮漏（れんろう）（水時計）すでに沈み、窓の月影を倒すところとなれば、文嫂どこへやら影を隠し、連呼するも酒は至らず、西門慶左右に人なしと見るや、次第に椅子を近づけ、無言のまま、手をとり、腕を握り、肘をつけ、うなじを抱けば、女は黙って、頬をほころばす。やがて目を閉じて、静かに唇を開く。西門慶舌をその中に入れ、女は部屋の戸を閉じ、衣を解く。西門慶女が風月を上手と聞いたので、家から七つ道具をたずさえ、梵僧の媚薬も飲んでいる。

西門慶腕をふるって、ひたすら粘り、一更半ごろになってようやく始末をつける。片や髪は乱れ、簪は横ざまに、鶯声燕喘（えいせいえんぜん）を残すのみ。そこで両人しばし頭を並べ、股を交えて休んでいたが、やがて起き上がって、身支度を整え、西門慶は暇を告げて帰路につく。

あくる日、西門慶は役所へ行って、指図を終え、奥の広間で町方・節級（軍官名）・捕り手を呼んでいいつける。かくかくしかじか、王招宣の屋敷の若旦那を廓に連れて行ったやつらは何者か、誰の家に出入りしていたか、その名前を調べ上げて、知らせて寄越せと命ずる。しかるのち夏提刑に

「王家の息子はひどく不勉強で、きのう母親が小生のところへ人を寄越して、本人の所為でそうなったのではなく、このごろつきどもに引っ張って行かれて、女遊びを覚えてしまったからで、いまきやつらを懲らしめておかないと、将来良家の子弟を堕落させてしまいかねませんからな」という。

するると夏提刑

「長官のお考え、ごもっともです。召し取らないといけませんな」と同意する。

節級や捕り手は西門慶の命令を受けると、その日のうちにごろつきどもの名前を調べ上げ、書類を作って、午後西門慶の屋敷にやってくる。報告書を手渡す。見ると、孫天化(そんてんか)、祝日念(しゅくじつねん)、小張閑(しょうちょうかん)、聶鉞(じょうえつ)、向三(こうさん)、于寛(うかん)、白回子(はくかいし)と書いてある。遊女は李桂姐(りけいそ)、秦玉芝(しんぎょくし)とある。西門慶筆をとって、李桂姐，秦玉芝ならびに孫天化、祝日念の名を消し、小張閑以下五人のごろつきだけを即刻捕えて、明朝役所へ連れて来るようにいいつける。下役たちは承知して引き下がったが、その晩王三官らが李桂姐の家で酒を飲み、蹴鞠屋たちが門口で待ちかまえていると聞き込み、夜更けに出てきた途端、小張閑、聶鉞、于寛、向三、白回子の五人はひっ捕えられ、孫天化、祝日念は李桂姐の家の奥座敷に逃げ込み、王三官は李桂姐の寝台の下にかくれて、震え上がっていた。

節級と捕り手は小張閑らを留置場に閉じ込めて、あくる朝西門慶は夏提刑といっしょに庁に登る。犯人たちは引き立てられて来て、それぞれ一挾み二十叩きを喰らわせ、皮は裂け、肉はほころび、鮮血は迸り、叫び声は天を震わせ、泣き声は地を動かした。

「お前ら、ごろつきども、良家の子弟を誘惑して、廓通いとは身の程知らぬ不届きもの。本来ならば厳罰に処するところであるが、こたびは寛大に扱い、これだけに留め置くが、今後再びワシの手に落ちたならば、首かせをはめて、廓の前にさらし置くぞ」と西門慶。

放逐された五人は口惜しさの余り、王招宣府に押しかけ、

「王三官を出せ、話をつける」と息巻いた。折からここには文嫂が居合わせ、五人に酒飯の接待で場をたぶらかし、その間に文嫂は王三官を連れだして裏門を出て、西門屋敷を訪れ、告訴に及んだ。再び一網打尽で、五人には前回に倍する残酷な刑が科せられた。

「仏の顔も三度までじゃぞ。今回までは容赦する」と半死半生で西門屋敷の外に叩きだされた。

この騒ぎの後、月娘が西門慶にいった。

「さっきの人が王三官ですか。あなたもおしっこをして、ご自分の姿を映してご覧になるといいわ。ご自身はちっとも清潔ではないのに、人には不正をするなと強制なさるのね」

二三日後になって、応伯爵が西門慶を訪れて、

「兄貴はこのごろわしになにも相談しなくなってしまったが、わしはちゃんと知っていますよ。こんどのこと。孫天化と祝日念と李桂姐は捕まらずに、ごろつき五人が二回拷問に掛けられたとか。むろんおん大将の王三官は召し捕りはしない…。兄貴なんでわしにも前もって知らせてくれなかったんですかい？」

西門慶はこのときから李桂姐と行き来を断ち、家で宴会をするときにも李銘に歌わせることはなく、すっかり疎遠の仲になってしまった。

第七十回

西門慶工事完了して昇進し、官僚ら朱大尉に謁見す

さて、西門慶がこれ以後、李桂姐とはぷっつり切れてしまった話はこれまでにして、時は歳の孝績による人事異動の時節、提刑院より発せられた使者が懐慶府の林千戸の元に至り、消息を問い合わせると、林千戸は使いの者に昇進の沙汰を載せた邸報（官報）の写しを与え、さらに銀子五銭をふるまった。

李瓶児の葬儀に香奠を送り届けてきた翟執事が香奠に添えた手紙に『安鳳山が運河修理の功により、昇進するであろう。ついては貴殿におかれても昇進これあるよう、当方において工作中である。また夏提刑におかれてもいずれどちらかの長官となられる模様』（第六十六回）と書かれていた。またこの話いっさい他言無用に願いたいとも書き添えてあった。

そこで飛脚は夜を日に継いで馳せ帰り、提刑院の二人の役人に邸報を手渡す。役所の広間で夏提刑が西門慶とともにこれを開封して、まず本衛の査察官の公文書を開いて見ると、おおよそこんなことが書かれている。

> 兵部の上申書。明旨を尊び、孝核（検査）を厳しくし、以って勧懲を昭かにし、以って聖治を輝かさんとする…、…。ただし、恩威賞罰は朝廷より出ず。まさに命下るの日を待ちて、一体に例に照らして施行すべし。
>
> ひそかに開けば、山東提刑所正千戸夏延齢、資望（資格および名望）すでに久しく、才練老成し、かつて畿内の治安を見るに坊隅（都会と田舎）ともに安静、いま山東の刑を司って政声ゆるやかたり。以って抜擢を冀うべく、鹵簿の選（天子の決済）に備うべき者なり。
>
> 理刑副千戸西門慶は才幹有為、精察素より著われ、家は殷

> 実（裕福）を称せられ、任に在りて貪らず、国事に克勤して、台工（艮嶽の造営）に績あり、神運を援けて（花石綱の運搬のこと）、分毫も求めず、法令を司って、斉民みな仰ぐ。宜しく転正を加えて、以って刑名を司らしむべき者なり。懐慶の提刑千戸所の正千戸林承勲は年清くして学に優れ、籍を武科に占めて、組織を継ぎ、抱負凡ならず、刑獄を司るや鮮明にして法あり。奨励し簡任を加うべき者なり。副千戸謝恩は年齢すでに衰え、むかし軍隊に在りてはなお見るべきものあるがごときも、いま理刑に任じては疲軟もっとも甚だしく、よろしく罷免すべき者なり。

西門慶これを見ると、正千戸掌刑に昇進するというので心中大いに喜んだが、夏提刑は鹵簿を管理する長官に栄転するのを見て、ながいこと物もいわず、顔を青くしている。なるほど鹵簿の長官は地位としては上位ではあるが、実際は下郎どもの取り締まりで、いまのいままでわが下役であった西門慶に提刑をさらい取られるわけであるから、事はおだやかではなかった。夏提刑と西門慶は読み終わると、無言のまま退庁して、おのおの自宅に引き上げた。

午後になると、王三官が召使いの永定と文嫂を使わしてきて、十一日に西門慶を招待したいといって、案内状を届けてきた。いささか謝意を表したいから、おいで願いたいという。西門慶これを受け取ると、うれしくてたまらない。近いうちにその美麗の細君を物にできると思ったからである。

ところが十日の晩になって、東京の本衛の経歴司から公文書が届き、各省の提刑官は急ぎ上京の上、冬至節に参内して、謝恩の上書を差し出すこと。遅れて罪を得るようなことのなきようにと書いてある。西門慶はそれを読むと、あくる日役所で夏提刑と会い、それぞれ家に帰って旅支度をして、土産物を用意し、さっそく出発することを約束し合った。

西門慶は玳安に文嫂を呼ばせ、文嫂から王三官に返事をさせて、きょうはお伺いできない、かくかくしかじか、上京して参内し、冬至節の当日に謝恩の上書を差し出さねばならなくなったから、といわせる。王三官はいう。

「おじさまにご用がおありならば、お帰りになってから、日を改めてお招きすることにしよう」

西門慶は片や賁四を呼んで来て、随行することを命じ、五両銀子を与えて生活費とさせ、春鴻を居残らせて留守番をさせ、玳安と王経を供として連れて行くこととし、さらに周守備に依頼して、巡捕の軍人を四名と小馬四頭を出してもらい、積み荷、駕籠、馬、駕籠担ぎの軍卒を用意した。夏提刑はといえば、家人の夏寿が随行するだけで、両家合わせて二十余人が同行する。十二日に出発して、清河県を離れたが、冬の日は暮れ易く、昼も夜も道を急ぎ、懐西の懐慶府に着いて、林千戸に会おうとしたところ、林千戸はもう東京に立ったとのこと、一路、寒ければ駕籠に乗り、暖かくば馬に乗り、あしたに紫陌（市街地）にのぼり、暮れれば紅塵（花街）を踏み、夜は駅亭や旅舎にとまって、ようやく東京に到着、万寿門をくぐる。西門慶は相国寺に落ち着くつもりであったが、夏提刑は肯んぜず、親戚の崔中書の家に泊まろうと頑張ってきかず、西門慶是非もなく、名刺を差し出して、会うことにする。

崔中書は在宅中で、さっそく出迎えて、広間に招じ入れ、あいさつをする。夏提刑と時候のあいさつをし、久闊の情を述べあった。ともに腰をおろし、茶をのむと、崔中書は手をすり合わせながら、西門慶に尋ねる。

「尊号はいかに？」

「賤号四泉と申します。で、老先生のご尊号は？」

「小生生来愚朴にして、ただ今は林下に閑居いたしおりまして、賤名は守愚、拙号孫斎と申します。舎親龍渓かねがねご盛得たたえておりまする。また何くれとなくご支援賜り、相携えて協力いたしおると申しております。こんなありがたいことはございません」

「いや、どういたしまして。当方こそいつもご指導いただいており、いままた堂官どのとしてお教えいただくこともますます多くなりましょう。まこと有難き幸せでござります」

「長官、なんでそんな堅苦しいお呼びかけを…。とても相見知った方とも思われませんが」と夏提刑口をはさめば，崔中書は

「いや、それは四泉どのの仰せの方がごもっともですな。名分がそうさせるのですから」といって、互に笑いあった。

しばらく荷物を片付けていると、時候は夜となり、崔中書が童僕に命じて、テーブルを拡げさせ、食事となった。果物、酒、種々のさかなが出されたが、仔細には述べない。

その日、二人は崔中書の家に宿泊し、あくる日になると、それぞれ贈り物や名刺を用意して、召使いを従え、早くから蔡太師の屋敷へ拝謁に向かう。この日、太師は閣議中で、まだ帰ってきていなかったので、屋敷の前には官吏らが蜂や蟻の群れのように押し寄せていて、とても近づけたものではなかった。西門慶と夏提刑は門番の役人に銀子二包みを与え、文書を取り次いでもらう。

翟執事はこれを見ると、さっそく姿を現し、二人を外側の私邸に案内する。まず夏提刑が初対面の挨拶をし、しかる後に西門慶が挨拶の言葉を述べ、主客分かれて、腰を下ろす。夏提刑が贈り物の目録を渡す。それには鶴と雲の描かれた金襴緞子が二匹、色緞子二匹と書かれており、翟執事に対しては銀子十両とある。西門慶からの贈り物の目録には緋の絹地に色糸で縫い取りを施した蟒衣一匹、黒の丸襟の服一匹、京緞子二匹とある。翟執事には別に黒の南京絹一匹と銀子三十両を贈る。翟執事は左右の者に、殿への贈り物をお屋敷へ運んで、帳簿に記載するよういいつける。そうして自分は西門慶の南京絹のみを受け取って、三十両の銀子と夏提刑の銀子十両は受け取らず、

「こんなことをしていただく理由がありません。これでは情誼にもとります」といいながら、左右の者にテーブルを出して、食事の用意をするよういいつける。

「きょうは聖上が艮嶽を奉じ、新築の上清宝籙宮に扁額を奉納する日で、殿はその祭事の音頭をとられることになっておりますので、午後にならぬとお戻りになりませんが、その後でまた李さまとごいっしょで鄭皇親家の宴会に出席されますので、あなたがたはお待ちになっているわけにも参りますまい。ご用事が滞りましょうから、のちほど殿のお暇なときに、私からお伝えしてもよろしいかと思いますが」という。

そこで西門慶が

「どうもご心配をかけます。なにとぞよろしくお願いいたします」というと、翟執事、話題を変えて、

「ところでただいまどちらにお泊りで？」

「夏龍慶どののご親戚のところにお世話になっております」

程なくテーブルが整然と配列され、大皿、大碗、お吸い物、飯、点心などが一斉に搬入される。いずれ入念に調理されていて、とびきり上等な料理である。おのおの金杯に三杯ずつ酒を飲み、暇を告げるべく腰を上げると、翟謙は鄭重に引きとめて、左右の者にさらにもう一杯注いで回らせる。

「私どもはいつ宮中に参内したらよろしいのでしょうか」と西門慶はすかさず尋ねてみる。

「西門どのは夏大人と同様にはまいりません。夏大人はただいまより都の堂官となられますので、お立居振舞いは別でありますが、本衛の新任の副千戸、何太監の甥の何永寿が理刑となり、西門どのは掌刑となられ、このお二人が同僚として共同作業をなさるわけです。この方はもう謝恩の上書を提出して、ただ今はあなたとごいっしょに参内して、陛下に拝謁を賜る日を待っております。そうすればいっしょに辞令をうけとることができるわけです。あなたはとにかくこの方とまずお会いなさい」

夏提刑はこの話を聞いていて、声にならない一声を発した。西門慶はさらに質問を続ける。

「そこで伺いますが、私は冬至の祭りが終わって、陛下がお戻りになるまで、参内を待てということなのでしょうか」

「西門どのはとてもそれまで待ってはいられないでしょう。

聖上が冬至のお祭りからお帰りになる日には、国中の役人が上書を奉り、参賀をいたします。それが終わると、祝賀の宴が張られます。あなたがたはとてもお待ちになるわけにはまいりますまい。だからしてあなたはきょうまず鴻臚寺(こうろじ)に名前を届けて置いて、明朝謝恩の上書を差し出せば、その日になれば堂上官が引率して、陛下の拝謁が叶うように手配してくれますから、それが終わったら、辞令を受け取って出発ということになすったらいかがでしょう」

西門慶謝意を述べて、

「ご教示賜り、お礼の申しようもございません」といいながら立ち上がりかけると、翟謙西門慶をもの陰に連れて行き、

「この前お手紙でいったでしょう、この話は誰にも秘密にしておいてくださいと。同僚たちに知らせては困りますと。なんであなたは夏大人にしゃべってしまったのですか。それだもんだから、あの人は林真人(りんしんじん)に手紙を出して頼み、林真人は朱大尉(しゅたいい)に迫り、朱大尉はうちの殿に、夏大人は鹵簿を受け持つことを望まない、指揮という肩書であと三年掌刑を勤めることを希望するといってきた。そこへ持って来て、何太監が陛下ご寵愛の安妃劉娘娘(あんきりゅうニャンニャン)を通じて、うちの殿と朱大尉に甥の何永寿を山東の理刑にしてくれと頼んできた。殿はたいへん困ってしまわれた。私が林真人の方はお断りくださいと何度も何度も頑張らなかったら、あなたの昇進はだめになるところだったんですよ」

西門慶慌てて腰をかがめながらいう。

「ご厚情に感謝いたします。私はだれにも話しませんでしたが、あの人はどうして知ってしまったのでしょうかねえ」

「むかしから人事機密は厳密に保たないと、災いが起こると申します。万事慎重になされますように」と西門慶、翟執事から大目玉を喰らう破目となる。

西門慶は千恩万謝して、すぐさま夏提刑とともに暇を告げて、門を出ると、崔中書の屋敷に引き返す。いっぽうでは賁四を使わして、鴻臚寺に西門慶の名前を登録させ、次の日には夏提刑といっしょに参内する。黒衣帯冠して、宮城の正門たる午門（ごもん）(南門）前で謝恩の上書を差し出して引き下がり、西闕門（せいけつもん）を通り向けた途端、一人の黒衣の男が近寄ってきて

「山東提刑の西門慶さまはお二人のどちらさまで…」

賁四がたずねて、

「あなたさまはどちらのお方で？」

「私は宮中の工事監督何公公（かゴンゴン）に仰せつかって、お宅の旦那さまをお招きに上がりました」とその言葉が終わらないうちに、身に緋の蟒衣をまとい、頭には三山帽を戴き、足に白底の黒長靴をはいた一人の太監（宦官）が宮中への通路から大声で呼びかける。

「西門大人、ごきげんよろしゅう！」

西門慶はそこで夏提刑に別れを告げ、何太監は西門慶の手を取って、傍らの当直房に連れて行き、初対面の挨拶をする。西門慶は慌てて、腰を深くかがめ、挨拶を返す。

「大人、あなたは私をご存じありますまいが、私は宮中で工事監督官をいたしております太監何沂（かぎ）と申す者にて、現在延寧（えんねい）第四宮、端妃馬娘娘（まニイアンニイアン）にお仕えしております。昨日工事が完了いたしまして、畏れながら万歳爺（へいか）の思し召しにより、甥の何永寿が吾衛（このえ）副千戸に昇進いたしまして、このたび御地の提刑所理刑として、大人の同僚として働かせていただくことと相成りました」と何太監。

「おやおや、何公公さまでいらっしゃいましたか。小生いっこうに存じ上げず、失礼いたしました。怒罪怒罪（ぬざいぬざい）。ここは内里

ゆえ、挨拶など申し上げる場ではございません。いずれ日を改めましてお宅へご挨拶に伺います」と西門慶。

こうして敍礼を終えると、たがいに腰をおろして、家人が盆に茶托と茶碗を載せて現れるのを待つ。お茶を飲み終えて、重箱のふたが開けられ、テーブルにたくさんの料理、食べ物が並べられ、盃と箸がそろう。そこで何太監は酒を勧めていう。

「小杯はご不要でしたろう。拝察いたしまするに、ご貴殿宮中よりご退出遊ばすご様子。天気寒冷ゆえ、大杯にてきこしめされよ。酒肴の乏しきはお許しくだされて、お手を煩わせますが、さあ、一杯」

「あまりお手を煩わせませぬよう」と西門慶。

ここにおいて何太監大杯に酒をなみなみと注ぎ、これを西門慶に差し出す。西門慶これを受けながら、

「せっかくでございますから、頂戴いたしますが、私はこれからまだ役人衆に会ったり、部に出頭したりしなければなりませんので、顔を赤くしてゆくわけにはまいりません」といえば、何太監すぐさま

「何の、燗酒の二杯や三杯、いっこうに差し支えはございますまい」と返して、さらに「私の舎甥（しゃせい）はいまだ年も若く、提刑（警察）のことはなにも存じませんゆえ、なにとぞ私に免じまして、同僚として何事によらず、お導きくださいますように」と付け加えれば、西門慶すかさず

「恐れ入ります。それはあまりにもご謙遜が過ぎます。甥御どのは年こそお若うございましょうが、居（きょ）気を移し、養（よう）体を移し、自然に福（ふく）心霊に至れば、お育ちがよろしゅうございますから、むろんご聡明でいられます」といえば、

「大人よくぞ仰せくださいました。諺にも申す通り、人は老年に至るまで学べども、老練にはなれませぬ。天下のことは牛毛の如しで、孔子といえどもご存じのことはその一脚にも満たずで、おそらくは至らぬことばかりでありましょうから、大人

よりよくよくいい聞かせておいてくださいますように」と何太監。

「謹んで拝承いたしました」と西門慶応え、さらに尋ねる。

「ところで老太監どの城外はどのあたりにお住まいでいられますか？小生長官のところへご挨拶に上がりたく存じます」

「わたくしは天漢橋東文華坊双獅馬台(てんかんきょうとうぶんかぼうそうしまたい)であります。ところで大人のお宿はどちらで？わたくしはうちの新参者にご挨拶に上がらせたいと思います」と何太監。

「小生ただいま崔中書どののお宅にお世話になっております」

二人は互に住所を尋ね合うと、西門慶大杯を飲み干して腰を上げ、陛下の拝謁と辞令の拝受をともにすることを約して、宮城の門を出て、兵部に向かう。ここでまた夏提刑に会ったので、いっしょに兵部の役人に挨拶をする。それから夏提刑はここで指揮服に着替えて、朱大尉に謁見し、吉日に南衙(なんが)（宮中の南寄りに在る役所）に赴いて任(にん)につくよう命ぜられ、役所の門を出、そこに待つ西門慶とふたたび会話を交わす。

「堂官どのはご昇進なさいましたから、もう山東にはお戻りにならないのであろうと思いますが、ご家族はいつお迎えになりますか？」

「さっそく迎えたいと思っておりますが、あちらの家に留守番がおりませんから、親戚の家に暫時滞在してから、年が明けたら、人をやって、家族を引き取るつもりです。そこで長官にお願いしたいのですが、留守宅の面倒を見てやってはくださいませんか。欲しい人がおりましたら、私に代わって長官がご処分なすってくださいませんか。もちろんお礼はいたしますから」

「かしこまりました。それであのお屋敷はいかほどなのでしょう？」

「あの屋敷は徐(じょ)太監から千三百両で買ったものです。のちほど裏に一区画建て増しをしましたが、それに二百両ほど使いましたか。だから原価で売ってくだされば結構です」

二人が崔家に帰って来ると、王経が進み寄って、

「新任の何さまがご挨拶に見えました。何さまは夏さまにも崔さまにもご挨拶申し上げたいとおっしゃって、名刺を置いて帰られました。昼ごろ使いの方が金襴緞子を二匹届けて見えました」という。

王経はこういうと。紅い名刺を西門慶に手渡す。

「謹んで緞帕二端を具え、初対面のご挨拶を申し上げ候。何永寿頓首拝」と書いてある。西門慶これを見ると、さっそく王経に五彩の獅子を縫い取った黒の丸襟の服二匹を包ませ、目録を書き、食事を済ませて、何家へ答礼にでかけさせる。

広間へゆくと、何千戸が急いで身なりを整えて迎えに出る。こうして西門慶と何千戸の付き合いが始まる。何千戸年は廿前の、色の白い、朱を塗ったような紅い唇の、物腰の柔らかな好青年である。

その晩は特段の話もなく、あくる朝、西門慶は何千戸の家へゆくと、何千戸はまた酒席を用意して、召使いらにまでもたらふく食べさせ、それより朱大尉の屋敷に向かった。賁四と何家の下男がもう贈り物の護送をすませて、控えている。

朱大尉は新しく太保に任ぜられ、徽宗皇帝の勅令により南壇へ祭天の指揮にでかけて、まだ帰らず、お祝いの品を届けにきた召使い連と謁見のために来た役人衆が門前に屯している。二人は馬からおりると、いったん近くの知り合いの家に身を寄せて、昼ごろまで待っていると、「お殿さまのお帰り！」との報せが入り、やがて重装備の騎馬隊が到着する。三縦隊の騎馬隊が通り過ぎると、先払いの声があたり一面に響き渡り、近衛兵の兵士ら身の丈七尺（二メートル十センチ）の大男らがそれぞれ桶型の黒頭巾をかぶり、黒靴を履いて通り過ぎると、その次に二列縦隊、二十名の黒衣の捕り手。みな体が大きく、無慈悲な顔つきの、貪欲残忍な虎に類するものばかり。その後に八人担ぎの、屋根のない駕籠に朱大尉が腰をおろしている。

駕籠は地を離れること三尺ばかり。その前面に黒装束の下男たちが角の帯を抱えて付き添い、駕籠の背後には六名の騎馬隊が令の字を書いた六竿の旗を持って警護し、命令に従って動く。その後ろに数十名の、美麗な鞍を置き、轡（くつわ）も鐙（あぶみ）も見事な駿馬（しゅんめ）に跨った一団が続く。これはお付きの書記などの役人ども。いずれなりあがりで、好色貪財の輩で、国家の典章・法制については何も知らない徒輩。

さまざまな儀式の行われた後で、程なく二人の名前が呼ばれる。二人は応えて、きざはしを登り、軒先で四度の礼を行い、跪いて指図を仰ぐ。朱大尉は

「その二人の千戸、太監を煩わして贈り物を届けてきたようであるが、なんの故あってかかる行為をなせるや？」といって、左右の者に贈り物を受け取らせると、さらに言葉を続けて、

「然らば、そちたちの任地において、神妙に奉公するがよいぞ。わしは公平に取り計らってつかわすによって、大朝の日に陛下の拝謁を賜ってのち、役所において辞令を受け取るがよいぞ」

二人は声を揃えて「はっはっ」と答え、左のくぐり門からでてゆく。

第七十一回

李瓶児何家にて夢に現われ、提刑官参内して朝見を賜わる

さて、朱勔府において朱大尉との拝謁がかなうと、西門慶は何千戸とともに帰路についた。大街にでると、何千戸はまず人を遣わして何太監と話をつけ、片や西門慶を家に招いて、食事をともにしようと願った。西門慶は再三固辞するが、何千戸が僕に馬の轡を押さえさせて、帰そうとしない。

「小生まだ長官どのにご相談申し上げたき儀がございますので、ぜひとも」という。馬を並べて進み、屋敷の前で馬から降りる。賁四は荷担ぎらといっしょに崔中書家に引き上げてゆく。そもそも何千戸の家では前から酒宴の準備を整えていて、広間にはいって行くと、獣炭が焚かれ、金の炉には香が立ち上り、真ん中に席が一つ設けられ、下手に一席お相伴用の席が設けられていて、その東側にもう一席酒席が用意されている。いずれの席にも珍しい果物の盛り上がった大皿が添えられている。金瓶には花が挿され、テーブルも椅子もぴかぴかにかがやいている。西門慶はたずねる。

「長官どの、きょうはどなたかお見えになるのですか」

「きょうはうちの叔父が非番の日でござりますので、敢えて長官どのに昼食を差し上げたく存じまして…」と何千戸。

「長官よりかかるお心遣いをいただきますと、これは到底同僚からのおもてなしとは思われませんが」と西門慶。

「ところがうちの叔父の考えるところは、かかる粗酒をもって旦那さまのお口汚しをし、お教えを請おうということでございます」と何千戸笑いながらいい、お茶を出させ、これを二人して飲む。そこで西門慶

「ではどうぞ老公公にお目通りさせてください」といえば、何千戸も「ただ今、出てまいります」という。

程なく後方より何太監が姿を現す。緑色の毛織の蟒衣(ぼうい)を着て、帽子をかぶり、黒長靴をはき、宝石をちりばめた飾り紐を垂らしている。西門慶四拝の礼をしようとして、

「どうぞ、ご老公、礼をお受けください」というと、太監これを断って、「いや、それはいけません」という。

「小生は天泉どのと同僚の若輩者であります。老公公は年功・徳行ともに兼ね供えた、宮中にお仕えの貴人にあらせられます。どうしても礼を受けていただきます」と西門慶。

押し問答の末、何太監四拝の礼のうち半礼を受け、西門慶を上席につけ、自分は主人の席に座を取り、何千戸は傍らの席に座る。

「老公公、これは断然よろしくありません。同僚の間がらで、どうして横手の座席などあり得ましょう。老公公は叔父・甥の間柄ゆえこれでよろしいでしょうが、小生は困ります」と西門慶。

これを聞くと、何太監おおいに歓んで、

「大人はなかなか礼儀をわきまえた立派な方であらせられる。結構です。ではわしは年長ということで、脇に座り、新参者は主人の席に座らせ、大人に酌をさせましょう」

「それなら私も穏やかな心持でいられます」と西門慶。

こうして各々挨拶をして、席につく。そこで何太監がいう。

「お前たち、もう少し炭をたせ！きょうは天気がいささか寒々しい」

そこで左右の者が火皿や火箸や磨いたきれいな炭を一袋持って来て、真鍮の火鉢の中にあける。広間の前に油紙でできた暖簾が降ろしてあるので、日の光もすき通って、中は十分に明るくなる。ここでふたたびお茶が出され、これを飲み終えると、何太監が左右の者に

「小者らを呼んでまいれ」と命ずる。

そもそもこの家には十二名の僕童がいて、何太監はこの僕童らに音楽を習わせて、鼓笛隊を編成していた。その鼓笛隊を二人の師範代が引き連れて現れると、一団はここで磕頭し、何太監はこれらの鼓笛隊に演奏を始めさせる。するとその声音(こわね)は天

を震わせ、楽曲は魚鳥を驚かせる。それが終わると、左右の者が控えて、いよいよ酒宴が始まる。しばらく酒杯のやり取りがつづき、やがて三人の僕童が師範代といっしょに琴や三弦や琵琶を取って、酒席の前で鑼貫中の戯曲『龍虎風雲会』の一節を唄い、踊って見せる。一節を演じ終える間に、酒や料理が運ばれ、やがて日も暮れ落ち、灯りがともされる。

西門慶玳安に鼓笛隊へ祝儀を出すようにいい、自らも立ち上がって

「小生終日手厚いおもてなしを受け、感激いたしております。このあたりでそろそろお暇仕ります」と挨拶の言葉を述べるが、老公はいっこうに西門慶を手離そうとしない。

「わたしはきょう非番でありまして、たまたま大人をお招きすることができました。大人には種々お教えを請わねばならないことがありますが、ただお座り願うばかりで、ひもじい思いをさせております」

「見事なご馳走をいただき、ひもじい思いなどするものですか。小生は明朝天泉どのと兵部に出頭し、辞令を受け取ろうと考えます」

「そういうことならば、せっかくわが家に留まられて、新参者といっしょにご準備をなされ、ご家人衆に荷物などこちらに運び込ませ、しばらくこちらにて過されてはいかが。わが家の裏庭には、いずれ新参者と仕事の打ち合わせなどするには最適の、甚だ閑静な場所がございますよ」というと、何太監左右の者に命じて、急いで奥の部屋にテーブルを拡げさせ、直ちに崔中書の家から行李などすべての荷物を搬送させるべく、幾人かの下僕を使いにだす。さらに裏庭の離れ、西の院を片付けさせて、火鉢に炭火を起こして見せる。

「老公公，お心遣いに感謝いたしますが、ただ小生夏公に相済まぬ心地がするのです」と西門慶。

「なんの、あのお方はすでに役所を去られた方。その位にあ

らざれば、その政(まつりごと)を謀らず。あの方は御発輦(ごはつれん)（天子の乗物）に関わることのみで、われらが提刑所に関わることには関与しません。あなたを怪しからん輩などとは決して思いません」と有無をいわせず、何太監玳安や馬丁に酒や飯をたべさせ、幾人かの軍牢に縄や天秤棒を担がせ、崔中書の家に荷物を受け取りにやらせる。

「大人どの、もう一つ大人をお煩わせしたき件がございます。つまりわが家の新参者が任所に到着いたしましたらば、望むらくは大人この子のために住むところを一軒お世話してやっていただきたいのです。そこで今般はまずこの子を大人といっしょに出発させ、住まいが見つかってから、家族を後発させたいと思うわけであります。多くはありません。召使いをいれて、二三十人であります」と何太監。

「で、ご老公はどれほどの値段の家を探せと仰せでしょう？」

「やはり千両を越えるくらいでなくては住めますまい」

「夏龍渓が都勤めとなり、山東へは帰れなくなりましたが、住まいを一つ持っておりますので、それを売り払いたいといっております。それをお買いになって、天泉どののお住まいになすってはいかがです？ 一挙両得というものかと思いますが…。この家は間口七部屋、奥行五棟、通用門をはいると大広間があって、両側には離れ、その奥は今や花壇の中に亭があり、そのまわりに部屋がたくさんあります。表通りは街道で広々としているので、天泉どののお住まいには恰好かと…」

「で、かれはいかほどがご所望か…」

「わたくしに語るところでは、そこはもともと千三百両。後になって増築したところが平屋一棟。花亭一つ。老公公もしご入用ならば、いくらか色をつけたらいかがでしょう」

「大人にお任せしたからには、大人のお考え通りで結構です。きょうはたまたま私が家におりますので、誰かにかれのところへいってもらって、もともとの書類を見せてもらいましょう。

こんな家が見つかろうとは思いも寄りませんでした。わが家はこの新参者をそちらへ行かせても、これで問題は片づきまして一安心です」と何太監。

しばらくすると玳安と家人衆らがいっしょに荷物を運んで戻ってくる。そこで西門慶は玳安に尋ねる。

「賁四と王経はまだ戻って来ないかい」

「王経は私と同じで衣裳箱や行李をおして先に来ましたが、まだ駕籠が残っておりますので、賁四を呼んで、あちらに荷物番をして残ってもらっています」と玳安が応ずる。西門慶はそこで耳に口を寄せて小さな声で、かくかくしかじかで、

「夏の旦那に申し上げて、山東の家の売買契約書を借りて来て欲しい。夏公公が見たいというので。ついでに賁四にも一口声をかけさせていっしょにもどっておいで」という。

玳安は承知して出て行く。しばらくすると賁四が黒衣に小帽をかぶって、玳安といっしょに戻って来ると、元の文書を西門慶に示して、

「夏老爺はいろいろおっしゃいましたが、夏公公が入用だというのに、どうしてもこちらからは値段を切りだしにくい。元の文書はみな持って来ているが、この他にも増築をしたりしてずいぶん金を使っている。それはそれ、旦那さまのお考え通りで結構であるとのことです」という。

西門慶は原契約書を受け取り、何太監に渡す。太監がこれをじっくり眺めると、紙面には千二百両と認められていることに気付く。

「この家はもうずいぶん前から人が住んでいて、ずいぶん傷もついているようで、改めて修理もする必要がありそうだ。大人の顔に免じて、原価で買い取りましょう」という。いわれて賁四も急いで跪き、

「何太監さまのおっしゃる通りで、死に金は使っちまえ、荘田は耕せ、家は千年主百人、洗い張りすりゃまた着れると申しますから」

これを聞いて、何太監大いに喜んで、
「そなたはどちらのお方じゃ？まことにうまいことをおいいじゃな。諺にも、大事をなさん者は小費を惜しまずというが、まことにその通り。この人はなんというお名前かな」
「これは私どもの番頭で、賁四と申します」と西門慶。
「ほほう、周旋人のいないところで、ちょうどいいから、お前さんが周旋人になって、わたしの代わりに出かけていって、契約書をつくってもらってきておくれ。きょうは日柄もよろしいことだし、お金をあちらさんに届けて来ておくれでないかい」と何太監。
「もう夜になってしまったし、待って明日になさいませ」と西門慶。
「五更（午前四時）にはわたしは早々に参内しなければなりません。あすは大朝（冬至の朝見）ゆえ、きょうのうちにお金をお渡しして、善は急げ、片をつけておきたい」と何太監。
「陛下はいつごろお出ましになられますか」
「子（ね）の刻に祭壇に出御（しゅつぎょ）あそばされ，三更に祭典が終わり、寅の正一刻に宮中へご帰還、そして膳を囲まれ、朝廷へお出ましになられ、大殿に登られ、朝賀をお受けになる。ここで天下国家の諸侯がみな冬至の上奏文を奉り、あくる日は文武百官を招いて祝賀の宴を張られますが、あなたがたは地方官ゆえ、もう特別の用事はありません」
何太監はこういうと、何千戸に奥から二十四錠の大元宝（五十両銀貨）を運んでこさせ、二人の家人にかつがせて、賁四・玳安を同行させ、崔中書の家まで届ける。夏公はこれを見ると、満心歓喜して、己の手で契約書を書きあげ、賁四に手渡す。何太監も大喜びで賁四に十両、玳安・王経に三両ずつ褒美を取らせた。
「こんなちびどもにそんなにたくさんのご褒美を頂戴して、こりゃうまくありませんな」と西門慶がいうと、何太監は
「なに、お八つ代にでもしてもらいましょう」と受け流す。
三人が磕頭して礼を述べると、何太監は酒や飯を出して歓待

するように命じ、また西門慶に対しては「これはみな大人のお陰です」と挨拶を繰り返しながら、手放しで喜んでみせる。

「いや、これは老公公のお顔のせいです」と西門慶。

すると何太監はさらにもう一つ注文をつけていう。

「早く家を開けるように、大人からもお口添え願いたいものです。そうすればこちら家族を出発させられますので」

「小生必ず口添えいたしますが、何長官がご出発なされましたら、しばらく役所にお住まいになり、夏龍慶どののご家族がこちらに越して来てから、長官のご家族がご出発になるがよろしかろうと存じます」

「先方が落ち着くのを待っていると、年を越してしまいます。どうしてもこちらの家族には早く出発させたいのです。役所の中に居通しはやはり不都合でしょう」

話しているうちに早くも二更となり、

「ご老公、どうぞお休みください。小生もご酒をもう受けつけなくなってまいりましたから」と西門慶。

何太監は挨拶の言葉を残して、奥へ引き籠るが、何千戸は屋敷お抱えの楽師らに弾き歌いをさせながら、なおも西門慶と投壺をしたりして、しばし飲み続け、ようやく立ち上がって奥庭の真北にある三部屋続きの書院へ西門慶を案内した。四方は白壁に囲まれ、座席や寝台には錦の帳や金模様の屏風がめぐらされ、琴や書籍や文机のたたずまいも奥ゆかしく、炉の上では茶瓶が煮え立ち、香炉では麝香が焚かれていた。西門慶はしばし火にあたってから、冠を解き、着物を脱いで床につく。王経と玳安は靴や靴下を脱がせてやり、ともし火の始末をして、下手の炕の上に布団を敷き、休んだ。

西門慶は深酒の余りすっかり酔っ払って、寝台に横たわったが、寒風に吹かれて窓紙がはたはたと音を立てる。家を離れてからすでに久しく、いささか感傷にふけっていると、窓の外からかすかに女の声が聞こえてくる。さっそく着物を引っ掛けて床におり、靴を引きずりながら、そっと外を見ると、李瓶児が美しい髷に薄化粧もゆかしく、白無地の古上着で雪の中に立っている。西門慶はそれを見ると、その手を取って部屋の中に引き入れ、互に抱き合ってさめざめと泣いた。

「どうしてこんなところに」

「こうしてこちらにお伺いしましたけれども、実は住まいが見つかりまして、それでわざわざあなたに会いに来たのです。近いうちに引っ越そうと思っていますの」

「それはいったいどこなんだい？」

「すぐ目と鼻の先のところで、大通りを東にいって、造釜巷の中ほどのところです」

李瓶児の説明が終わると、二人はしかと抱き合って雲雨に及ぶ。やがて二人は着物を整え、髷を直し、離れがたい心持をおして床を離れると、李瓶児は心をこめて懇願する。

「ねえあなた、どうか夜酒をあおることだけは慎んでくださいね。あの男があなたのお命を狙っておりますから。このことだけは決して忘れないように覚えておいてちょうだいな」

こういうと女は男の手を取って、部屋を出、女の家へ送らせる。大通りに出ると、月は真昼のように輝いている。東に向かって進む。くぐり門を通り過ぎると小路に入る。白い板の観音開きの門がある。

「これがあたしの新しい家ですの」と女が指さす。

こういって女は中にはいってゆく。西門慶も急いで後に続こうとした拍子に目が覚めた。南柯の夢であった。

西門慶はがっくりして空が白むまで寝込んでしまった。

翌朝、明日の参内を控えて、この日は特に訪問先が重なり合っていた。何永寿といっしょに礼服を着て、提刑所の元締めの兵部を訪ね、挨拶をし、何永寿とはここで別れ、西門慶は相国寺の智雲長老を訪ね、饗応にあずかり、その後昨日果たせなかった夏龍渓を訪ねることにした。歩を進めるうちに造釜巷に至る。

中程に白い板の観音開きの門があった。夕べの夢に見た光景である。隣の豆腐屋にどなたのお住まいかと玳安に尋ねさせる。豆腐屋のお上が

「袁さまのお屋敷ですよ」と教えてくれた。

このとき西門慶は心の底から驚いた。李瓶児絶命のとき、徐陰陽師が『彼女の魂は開封すなわち東京の袁家の娘として生まれ変わる』と予言したことが思い出されたからであった。

まもなく崔中書の家に来た。夏龍渓が家屋売却の件で大いに感謝した。西門慶も別れの挨拶を述べるとともに、家屋を速やかに明け渡してくれるように申し入れる。引き返して何太監の屋敷に帰ると、広間に座して、何千戸と将棋を打った。その将棋の最中に、蔡太師府の翟謙執事から別れの土産物がどっさり送り届けられて来た。西門慶は使いの者にこのたびは二両弾んでやるだけにとどめた。ところがこれを潮に王経がいっぺん翟執事の家を訪問したいと申し出た。

「愛姐に会ってきたいのです」という。

翟謙は西門慶の媒酌により韓道国・王六児夫妻の一人娘愛姐を妾に迎えていた。王経は王六児の弟、つまり愛姐の甥である。

「よし、いっておいで。持って行く土産物はあるのか」

「姉が縫った靴を二足持っています」

「それっきりしかないのか」

西門慶荷箱の一つを開けて、玫瑰餅（ビスケット）をとりだし、これを二缶持たせて、翟謙の使いの者といっしょに出かけさせた。

次の日は冬至―冬節の日であった。暗いうちから起き上がり、何永寿らの一行に加わり皇城に赴き、百官らとともに待漏院（待合いの間）に入って、東華門の開くのを待つ。

天子徽宗皇帝はこのとき城の南の郊外にある祭壇上に佇んでいた。祭火と篝火と松明の火が天子の横顔を照らしていた。儀式は夜明け前に終り、黎明とともに物々しい行列が聖駕を擁して帰路につく。警備隊の鞭の音が鳴り響く。東華門の巨大な

扉が厳かに開く。天子の行列が城内に入る。その後に夜の間ずっと祭りの檀下に整列していた大勢の権臣・大官が続く。待漏院の百官らはこの行列が通り過ぎたあとから雪崩を打って進んでゆく。

天子がこれらの役人の前に天顔を現したのは皇城の中枢『大殿（たいでん）』においてであった。西門慶と何永寿は各地方の提刑官ら二十六名と共に朱勔の先導で天子の前に平伏する。拝謁の儀式である。

あくる日は十一月二十日。両人が駕籠を並べて、都の門を出た。お供の人数は併せて二十人。山東への本街道をまっすぐ進む。折しも厳冬の季節で、見えるものは果てしなくひろがる黄土色の荒野、枯れ木のような木立のみである。山また山を越え、ようやく黄河の岸に出ると、にわかに激しい強風が吹き起こり、暖轎の二人は強風にあおられて寸歩も歩めず、日も暮れて、森の奥からよからぬ者どもがいつ飛び出して来ぬとも限らない。そこで何千戸は西門慶にいう。

「この先の村に一晩泊まって、あす風がやんでから、出かけましょう」

しばらく歩いてゆくと、かなたに柳の木が五六本、壁も半ば崩れ落ちた一軒の古寺が見えた。西門慶と何千戸はその寺に入って行って、一夜の宿りを請う。見れば黄龍寺（こうりゅうじ）と題額がかけられており、方丈では数人の坊主が座禅を組んでいるが、明かりはなく、建物は崩れ落ちている。

やがて長老が現れて、合掌しながら挨拶をすると、さっそく火を起こして、茶を入れてくれる。西門慶は旅嚢の中から、鶏の干し肉や果物入りの餅をとりだして、何千戸と二人してささやかな食事をした。長老は豆粥（まめがゆ）を煮て食している。一夜あけると、風はやみ、天気も回復していたので、一同老和尚に一両銀子を支払って礼を述べ、山東をさして道を急ぐ。

第七十二回

王三官西門慶を義父と仰ぎ、応伯爵李銘を庇う

　さて、西門慶と何千戸の帰路の旅は一先ずこれまでとして、こちらは西門府に残って留守を守っていた呉月娘の話。西門慶が東京の都に上っていて、留守宅にいるものはおおかた婦女子ばかりなので、だれを招待するでもなく、またたれのところへ遊びに行くでもなく、仮に兄や兄嫁が遊びに来たとしてもすぐに返すようにし向けて、ひたすらなにがしかの悶着が起きることを恐れ、平安に命じて、大門はしっかりと鍵をかけ、奥の通用門にも夜ごと鎖をかけて、何事も起こらないよう用心にこれつとめ、姉妹たちには外出をできるだけ控えて、各自自分の部屋に籠り、針仕事をするようにいいつけ、陳経済が奥の二階へ衣裳を捜しに来るような折りがあれば、月娘は往きも帰りも必ず春鴻か来安に同行させ、いつもきまって戸口を調べ、何事によらず、厳重に取り締まっていた。それがため藩金蓮は陳経済とちちくりあうこともできず、月娘は乳母の如意が告げ口をしてくれるのが頼りで、ただ如意とのみ心を通わしている。

　ある日、月娘は西門慶の着物や肌着や褲子（ズボン）を取り出して、これを如意につくろわせたり、韓の上さんといっしょに糊づけをして、李瓶児の部屋で乾燥させようと考えた。ところが金蓮のところの春梅も衣裳を洗って、裙子を槌打とうとして、秋菊を使いに出し、木槌を借りて来てくれろという。ところが如意はちょうど迎春と二人で衣類を叩いている最中であったので、貸すのを断って、

「この間お前は木槌を持っていって、使ったまままだ返さないのに、また来て貸せというのかい！こちとら韓ねえさんがここにいる間に、旦那さまの褲子や肌着を片付けようとしている最中なんだよ」という。

するど秋菊癇癪を起して、春梅の元へ勢い込んで駈け戻り、
「私に借りに行かせたって、私には貸さないんだってよ！迎春は持ってけっていうんだけど、如意が邪魔して駄目だって」
「やれやれ、何だってそんなに意地悪をするんだろ。それじゃまるで真昼間には用もない灯油皿も使わせてはやらないというのと同じようなもんじゃないか。ちょっと木槌を借りて使おうと思っても、貸してももらえないってわけか。そいじゃこの先奥さまの脚帯を洗おうと思っても、木槌は使わしてもらえないっていうのかい？ 秋菊、お前奥へ行って、奥さんたちに訊いておいで、どうしたら貸してもらえるかって」
ちょうどそのとき、藩金蓮は部屋の中にいて、炕の上で足に脚帯をまきながら、いつかの恨みを晴らしてやろうと秘かに思ってるところでもあったので、春梅のこのわめき声を聞きつけて、いい口実が見つかったとばかりに罵り始める。
「あのクソ女め！なんで貸さないんだ？ あいつも女中の一人だろう。お前自分で借りにいっておいで！貸してくれなかったら、あの淫売め、怒鳴りつけたって構やしないから」
そういわれると、春梅もすっかり癇癪を起こして、たちまちつむじ風となって李瓶児の部屋に吹っ飛んでゆき、
「秋菊は他所んちの子だとでもいうんかい？木槌を借りて使いたいというのに、貸してやらないってのは、この部屋には新しい主人ができたってことなのかい？」と皮肉をいう。
「おやおや、木槌はここに出してあるのに、持ってって使うんじゃないの？ だれがここに住み着いて、所有権を主張し始めたんですって？ 大奥さまがここにいる韓のお上さんの手を借りて、旦那さまの肌着や銘仙（めいせん）の褌子に糊づけをしてくれとおっしゃるので、槌を持ち出して来て洗おうとしたら、秋菊が来て要るというもんだから、私が先にお父さまのお着物を叩くから、その後で持ってってお使いといっているだけなのに、なんだか御託を並べたてて、貸してくれないなんて嘘っ八をでっ

ちあげる…。迎春だってここいて聞いていたんだから、嘘だと思うなら、訊いてごらんよ」と如意が説明していると、藩金蓮がいつの間にやら、横から口出しをする。

「お婆さんよ、ごちゃごちゃいいなさんな！お前さんとこのご主人さまは死んでしまったので、こんどはこの部屋もお前さんのものになったからって、お前さんの父さんの身の回りの着るものまで、お前さんの好き勝手にはさせられないよ。そんなことをされちゃ誰だって承知しないよ」

「五奥さま、なんでそんなことをおっしゃいますの？大奥さまのおいいつけがなかったら、あたしらが旦那さまのお着物なぞどうして片付けたりするもんですか」と如意。

「なに、このド助平女めが！まだそんなたわごとをぬかしゃがるのか。夜半、父さまにお茶を出したり、お布団を敷いてやったりしているのはいったいだれなんだ？ 皮襖（ピーアオ）（毛皮のマント）をおねだりして着ているやつはどこのどいつだ？陰でそんなうまい汁を啜っているのをあたしが知らないとでも思っているのか？ こっそり赤子を宿したって、わたしゃちっともこわかないよ」と金蓮。

「たとえ子供ができたとしても、やっぱりまた死んでしまいますわ。あたしらにはとうてい子供などはできませんから」

金蓮はその言葉を聞かなければよかったが、聞いてしまったので、心頭に火がつき、白粉を塗った白い顔を真っ赤にして進み出ると、片方の手で如意の頭髪をわしづかみにし、もういっぽうの手で如意の腹部をぐりぐり小突きまわす。韓の上さんが割って入ってようやく収まるが、金蓮さらに毒づき、

「この恥知らずの淫売め、男たらしのあばずれ女。お前さんはこの部屋ではなにさまだと思ってんだ。来旺の女房の生まれ変わりでも、あたしゃお前なんかちっとも怖くはないよ！」と藩金蓮わめき散らせば、如意の方は髪の乱れをなでつけながら、半泣きになって、

「あたしら後から来たもんだから、来旺のお上さんがどうしたか、こちとらいっこうに存じませんわ。あたしゃ旦那さまのお家の乳母でござんすよ！」

「乳母でござるんなら、その乳母の仕事をおやりよ。なんでこの家じゃ虎の威を借る女狐がこそこそと人聞きの悪いことをしやがんだい！ここの大奥さんはお前さんにすっかりたぶらかされて終って、年がら年中人を小突いてばかりいるよ！」

藩金蓮がこう毒づいているところへ、奥の方から孟玉楼(もうぎょくろう)がゆっくりした足取りでやってきて、

「六ねえさん、奥へ行って碁をやろうよ。あなた何だってちっとも来ないで、こんなところで愚図愚図いってるのよ？」

といいながら、金蓮の腕を取って、奥の部屋へ連れて行くと、座らせていう。

「なんでこんなことになったのよ、おっしゃいよ」

金蓮は落ち着きを取り戻し、春梅が茶を捧げれば、そのお茶をがぶりと一飲みしていう。

「ごらんな！わたしゃあの毒婦のお陰で腹が立って、指先まで冷たくなっちまった。お茶碗も持てやしないよ。あたしが部屋で靴の型取りをしていたら、あなたが小鸞(しょうらん)を使いに寄越し、私に来てくれというから、あたしゃ一休みしてから行くといって、寝台の上に横になってまだ寝つかないうちに、あの小娘のやつがせかせかと裙子を洗っているので、あたしが―お前あたしの脚帯を洗っておくれ―といったのよ。そしたらしばらくして辺りが急に騒々しくなったので、どうしたのかと思ったら、秋菊があの毒婦から木槌を借りようとして、断られたという。如意のやつ、木槌をふんだくって取り、『この間、持っていったまま、まだ返してこないのに、また貸せっていうのかい。こちらは旦那さまのお着物をいまから洗うところなんだよ』というんだってさ。これを聞いて私もむかっ腹を立て、春梅に『行って、あのクソ女をどなりつけておやり。いつからそんな口が利

けるようになったんだ。お前がそうならば、こちらだってお前にそんなでかい面はさせないよ。お前はこの部屋の何なんだ。駕籠に乗せて迎えられたわけじゃないんだし、お前なんざ来旺の上さんと大した違いはないじゃないか』って。私も後からついていったんだけど、あいつったら、それでもまだつべこべ抜かすので、あたしゃがんと一発怒鳴りつけてやったのさ。そしたら韓のお上さんが必死になって割って入って、止めようとするもんだから、果たさずに終わってしまったけれども、もう少しであの淫婦の口の中から内臓を引きずり出して、ネギとニラを入れて、この部屋で煮て食ってやるところだったのに」

「来旺の野郎の死んだクソ女房だって、あんな風に甘やかして、あたしとは仇同士になってしまったでしょう。あんな風に甘やかしたもんだから、すっかりのさばるようになってしまったんだわ。こんどの如意だって、あまり甘やかしたもんだから、あんなにのさばるようになったんだ。乳母なら乳母らしくしていればいいのよ。人の前で派手な真似をするのは許せない。あたしたちの目には砂は入れられないんだからね。あんた、まだ知らないでしょう。うちのあの恥知らずときたら、四十九日のその日のことだけど、外套が欲しいというもんだから、さっそく店から絹の反物を持って来て、こしらえてやったんだよ。ごらんなさい。このごろは人前であんなにきれいに着飾って、すっかり様子が変わっちゃったじゃないの。李瓶児の二代目がまた現われたのよ。大奥さんときたら一日中奥にいて、つんぼかおしの振りをして、人がなにかいえば、そりゃいけないねというだけで、注意もしてくれないんだから」

玉楼はこれを聞いてただニヤニヤ笑うばかり。

「考えてみれば、あいつが来たときには顔色も悪く、がりがりに痩せていたけれど、この頃じゃ腹いっぱい食べて、すっかり色気づきゃあがった。子供でもできたら、どうなるの」

玉楼笑いながら、連れだって奥へ碁を打ちにゆく。

さて、ある日の昼過ぎ、西門慶は清河県に到着すると、賁四と王経に命じて、旅の荷物を先に自宅へ持って帰らせ、自分は何千戸を提刑院の役所に送って行き、庁舎をきれいに片付けさせ、すっかり掃除もさせて、何千戸がここに宿泊できるように手筈を整えて、然る後に馬に乗って家に帰った。

奥の広間にはいると、呉月娘が出迎える。西門慶はまずほこりを払い落し、顔を洗い、それから女中に命じて中庭にテーブルを広げさせ、香炉に香を焚き、天地の神々に向かって何よりも先に願掛けを行った。すると月娘がたずねる。

「あなた願掛けなぞなんでなさいますの？」

「まあ、そんなことはいいなさるな。昨日十一月二十三日ようやっと黄河を渡り切って、沂水県八角鎮までやってくると、そこでいきなり大嵐に出会い、沙石の目くらましに会って、一歩も先へ進まなくなった。時刻は夜となり、百里人っ子一人見当たらなくなって、みんなすっかり慌てだした。いわんや荷物はこれまた多い。ひょっとして盗賊にでも襲われたら、どうしようかと心配になる。

そのうちやっと古寺が一つ見つかって、そこに投宿することに相成ったが、和尚はこれまた貧乏で、夜は明かり一つつかない始末。ただ豆粥を少し頂戴しただけで、一夜を過ごした。次の日は風もないで、和尚に一両差し出しただけで、みなさっそく出発することになった。しかし今回の苦しさは前回と比べて一段と辛いものであった。この前のときは熱くはあったが、もう少し楽であった。今回は寒い上にいろいろ恐ろしいことがたくさん起こった。幸い無事帰ることができたが、もし黄河の流れの上で、こんな風浪に襲われてごらん。どうなったことか。で、ワシャもう道中で、願を掛けたんだ。十二月一日には豚や羊を供えて、天地の神々をお祭りするんだと」と西門慶。

すると月娘はさらに尋ねる。

「あなたは当初まっすぐ家に来ないで、なにゆえ役所に足を運んだのですの？」

西門慶は応えた。

「それはだな、夏龍渓（かりゅうけい）がこのたび鹵簿（ろぼ）の指揮に昇進したため、もうこちらには帰ってくるわけにはゆかなくなった。そのかわりに新たに任命されたのが、工事監督の宦官何太監の甥の何千戸、名を何永寿（かえいじゅ）というんだが、歳まだ二十にも至らない、鼻たれ小僧がいっしょについてきて、仕事のことはまだ何も知らないというのに、あの何太監が何事によらず、面倒を見て、いろいろ教えてやってくれと再三ワシに頼むもんだから、ワシャやつを役所まで連れて行って、住まいの方もちゃんとしてやらないわけにはゆくまい。やつはたったいま、それもわしの口利きでだけれども、一千二百両銀子で夏龍渓のあの屋敷を買い取ったので、いましばらく役所に住んでもらって、夏大人が家族を引き取ってから、あやつの家族をこちらへ呼ぼうって寸法だ」と西門慶。「ところが問題がもう一つあって」と話を続ける。

「この間、夏大人は、だれがもらしたか知らないが、金を使って、朝廷の林真人（りんしんじん）に渡りをつけ、この人を通して、本部長官の朱（しゅ）太尉に、指揮という肩書であと三年提刑をやらせていただきたいと希望を述べたのだそうな。そこで朱太尉が直に殿下にその希望を伝えたので、殿下をひどく困らせたらしい。もしも翟（てき）執事が中にはいって頑張ってくれなかったら、ワシの昇進の方はお釈迦（しゃか）になっていたことだろうよ。向うで翟さんにさんざん油をしぼられたよ。それにしても誰がいったいあの人にしゃべったんだろうな」

「だからいわんこっちゃないじゃありませんか。なにをするにももっと慎重に事を運ぶようにと。人はこっそり裏でうまくやっているんですよ。気をつけなくちゃ」と月娘。

「帰りしなに、夏大人がちょいちょい家の面倒を見てくれるようにと、しきりに頼んできたので、そのうち手みやげでも買って、挨拶にいってやっておくれ」

「奥さんのお誕生日が来月初二日ですから、そのときいっしょにお祝いをしておきましょう」と月娘。

こんな話をしているところへ、李嬌児(りきょうじ)・孟玉楼(もうぎょくろう)・藩金蓮(はんきんれん)・孫雪娥(そんせつが)・西門大姐(せいもんたいそ)らがみんな揃って会いにやってくる。挨拶をし、側に腰を下ろす。西門慶はその場に李瓶児の姿が見当たらないことに気づき、急に彼女を思い出して、霊前にかしずき、ぽろぽろと涙を流す。如意・迎春・綉春(しゅうしゅん)らが揃って前に進み出て、磕頭する。月娘はただちに小玉(しょうぎょく)を呼びつけ、奥へ行って食卓の用意をするよう命ずる。

やがて奥から小玉が呼びに来たので、西門慶は奥へ行って食事を取ると、銀子四両を用意させ、小馬の世話についていった者たちに褒美を取らせ、お礼の手紙を持たせて、周守備の下へ帰す。来興には豚半匹、羊半匹を割かせ、小麦粉四十斤、白米一袋、酒一瓶、燻製の豚足二本、鵞鳥二羽、鶏十羽、薪、炭、油、塩、味噌、酢、醤油などをどっさり添えて、何千戸への贈り物として用意させ、玳安に送り届けさせようとしていると、琴童(きんどう)が入ってきて、

「温師父と応二の旦那が見えました」と伝える。

表からはいってきた二人に西門慶は挨拶がてら、

「留守中はご両公には色々とお世話になりました」という。

やがて周守備あての送り状も出来上がったので、玳安に贈り物を担ぎ出させて、届けさせると、西門慶は温秀才と応伯爵を離れの火のはいった炕に連れて行って、座らせる。そうして琴童を廓にへやって、呉恵(ごけい)、鄭春(ていしゅん)ら四名の歌い手に明日の予約を取りつけさせ、自分たちはテーブルを出して、三人で酒を飲むことにする。来安がテーブルを出して用意すると、

「杯に箸をもう一組揃えて、若旦那も呼んで来てくれ」

と西門慶がいいつける。

まもなく陳経済も現れ、四人はテーブルを囲みながら、話が

始まり、西門慶が黄河河畔の出来事を語って聞かせる。四人は火灯しごろまで話し込んで、挙句西門慶は月娘の部屋で一夜を明かす。次の日は新しい理刑の何永寿を屋敷に招待する日である。

西門慶と林夫人を引き合わせた文嫂も西門慶の帰郷を聞き知って、王三官の招待状を持ってやってきた。延期になっていたご来訪をこんどこそ実現していただきたいとの催促であった。西門慶は取り敢えず玳安に豚のモモ肉と鮮魚、焼鴨、紹興酒などを持参させ、先月十五日は林夫人の誕生日であったが、その日に伺えなかった非礼の詫びだといわせしめた。

座敷ではきのうのうちから何理刑の招待の用意ができていた。話し相手に呼ばれた呉大舅、応伯爵、温秀才や四人の唄歌いも揃っていた。午後になって何永寿がゆっくり出かけてきた。若い唄歌いらが銀箏（ぎんしょう）、琵琶、カスタネットなどで弾唱する間に杯のやり取りがあって、日暮前に散会となった。

西門慶は一同を帰したあと、その夜は金蓮の部屋を訪れた。女はすでに香料入りの湯で脂ぎった大腿をはじめ、全身をきれいに洗い清め、髪も解いて、思い切った厚化粧。金蓮としては長い寂寞（じゃくかん）の後である、なんとしても西門慶の心を奪い返したかった。全身全霊で挑みかからずにはおかなかった。

一夜が明ける。この日は早朝から提刑所で新任式が行われた。西門慶の提刑、何永寿の理刑が初めて公表された。やがて午後になり、屋敷に戻ると、王三官から使いがやってきて、

「きょうこそはぜひに」

と西門慶を迎えに来る。出かける支度をしていると、工部の安郎中（あんろうちゅう）の来訪である。西門慶丁重に広間に通して会ってみる。安郎中は挨拶のあと、こう切り出した。

「九江（きゅうこう）の府知事、蔡少塘（さいしょうとう）は蔡太師の九番目のご子息であられるが、このたび天子のご拝謁を給うべく上京され、程なくご帰任の途中にこちらをご通過なさるそうでありますが、ついては

私ども宋巡按使をはじめ、銭税関長らの発起で、一夕お迎えしたいと考えます。そこで甚だ身勝手なご相談ではありますが、こちらのお屋敷を会場として一日お貸し願えないものでしょうか。期日は二十七日ということにいたしまして…。小生明日分担金をお届けにあがりますから、ご面倒でもよろしくご用意をお願いいたします」

西門慶この押しつけがましい相談に一も二もなく承知して安郎中を帰し、己はすぐに門をで、王招宣の屋敷の宴会に赴く。王三官は西門慶が来たというので、急いで出迎え、広間に通し、互に礼を交わす。西門慶は引き続き、王三官の先導で、別棟の林夫人を訪ねる。傍らにはすでに文嫂が来ていて、口から出まかせのおべんちゃらをこぼちながら、

「さあ、林夫人ご誕生の寿酒でございますから」などといって、西門慶に杯を取らせる。

西門慶も玳安に用意させてきた金襴のはやりの着物一重ねを盆に載せて差し出す。林夫人はそれを一目見ると、目を丸くして大歓び。王三官はかたわらに起立して立っていたが、林夫人はこのとき西門慶に賢母顔をして、王三官の義父となり、厳しくしつけていただきたいといい始めた。そうして王三官を促して、西門慶の前で頭を下げさせた。こうして王三官は西門慶を父上と呼ぶようになった。

「書斎にご案内して、あちらで寛いでいただくように」と

応三官に指図をした。書斎には食卓が用意されていて、弾唱の若い芸人も呼ばれていた。壁の正面には『三泉詩舫』と読まれる横額が掲げられている。

「『三泉詩舫』………」と西門慶が読んでみて、「この三泉戸はどなたのことか？」と西門慶が尋ねた。

「私の号です」と王三官が躊躇して応える。

己を四泉と号する西門慶はとたんに黙り込んでしまった。

この日は林夫人ともこれ以上何の関わりもないまま西門慶はわ

が家に帰り、ゆうべの金蓮を思い出して、今宵もまた金蓮の部屋に潜り込んで、女キツネが月の夜に化けて出たような幽麗な金蓮との愛欲に狂った。

明けてその翌日は安郎中が宴会の発起人一同に拠出させた会費をとりまとめて届けに来たり、応伯爵が来る二十七日は生まれた赤子の満一カ月の祝いに月娘以下の夫人らに揃っておいでを願うという麗々しい招待状を持ってきたりした。また西門慶の不興を買って出入りのできなくなっていた李銘（りめい）を連れて来て、地面に頭を叩きつけて、詫びを入れさせた。

「二十七日はこちらもふさがっているんだ。孟玉楼の誕生日でもあるし…」と西門慶が口籠る。「このごろ孫天化（そんてんか）や祝日念（しゅくじつねん）は如何しているのかね？」と訊いてみる。

「だって王三官事件以来、あっちに物たかりにはゆけないようですよ」

「だったら、いってやれ。やつにいくらたかっても、ワシャなにもいわねえよ」

第七十三回

藩金蓮≪往しへ偲び簫を吹く≫に狂乱し、薛師父説話を施す

さて、応伯爵が家に帰ってゆくと、西門慶は花壇の中の蔵春塢に籠って、左官が炕の底を叩いて、これを修繕する様子をじっと眺めていた。壁の外で火を焚いても、うち側は春のごとくに暖かく、草花を置いても煙でいぶされることはない。とそこへ、平安が書状を持ってやってくる。

「守備府の周さまから使いの方がやってまいりまして、分担金を届けてきました」と平安は報告しながら、小箱を差し出す。箱の中には分担金が五袋に詰めて入れてある。周守備、荊都監、張団練、劉・薛両内相、おのおのが五十銭ずつ、それに布巾二枚を添えて、お祝いとしてお届けするとの添え書きがしてある。西門慶左右の者にこれを奥へ運ばせて納める傍ら、使者に礼状をもたせて帰す。

この日楊姑娘、呉大妗子、潘姥姥らがまず駕籠に乗ってやってきた。しかる後に薛尼、大師父、王尼らが二人の小尼妙趣と妙鳳を伴って、それに瞽女の郁大姐が重箱など買い揃えて、孟玉楼の誕生祝いにやってきた。呉月娘は奥の間に控えていて、茶を出し、姉妹らとともに相伴をする。やがて茶を飲み終えると、めいめい思い思いの座席に腰を降ろす。

藩金蓮は西門慶に白綸子の腰ひもを作ってやる約束なので、誰にも気づかれないように、自室に留まって、針箱を引き寄せ、白綸子の布を取りだし、しなやかな手つきで針と糸を上手に使って、腰ひもをぬい上げ、揪龍帯（性具）をつくり、その夜、西門慶との雲雨の歓びを高めようと夢を膨らませていた。すると思いもかけず、薛尼がこっそりと抜けだして来て、あたりに人気のないことを確認すると、子作りのための胞衣と符薬とを取り出し、これを潘金蓮に手渡しながら、そっと耳元でつぶや

く。潘金蓮は素早くそれを受け取って、薛尼の相手をする。薛尼は腰を下ろしながらいう。

「よろしいですか？ 壬子の日を選んで、空腹のときにお飲みください。そうして夜、旦那さまとごいっしょにお休みになれば、きっとお子ができますよ。奥の大菩薩さまをごらんなさいませ。貧僧が子供のできる段取りをして差し上げましたので、お子を宿して、もうお腹の中には半分ぐらいの大きさになったお子がおられるじゃありませんか。それからもう一ついいことをお教えいたします。錦の匂い袋をお縫いになり、私が朱砂で書いたお符を差し上げますから、それをその中に入れて、体につけておいでになれば、できるお子はかならず男の子です。とても効験あらたかなんですよ」

女はこれを聞くと、満心歓喜して、符薬を受け取り、小箱の中にしまいこむ。暦を開けて、二十九日が壬子の日であることを確かめ、お礼に三銭銀子を与え、

「これっぽちじゃ何にもならないだろうけど、うちに帰ったら、お茶でも買って飲んでちょうだい。ほんとに子供ができたら、絹の布地を一匹差し上げますから、それで着物をお作りなさい」

「菩薩さま、そんなお心遣いはご無用に願います。わたくしは王和尚のような欲張りではありません。いつでしたかこの前お亡くなりになられた菩薩さまのためにお経を読んで差し上げたときも、私が彼女のお得意さまを奪ったといって、私に当たり散らし、行く先々でわたしのことを悪くいっておりました。そういうわけですから、あんな人は仕事がなくなったらいいんですわ。私はあんな人とは関わり合って争いはしませんから。私はただ人さまのためによき行いをし、人さまの苦しみをお救いするだけですから」

「薛尼さん、あなたはただあなたのお仕事をなさればよろしいんだわ。人はそれぞれお心持ちが違いますからね。わたしの

こともあの方にはお話ししては駄目ですよ」と金蓮。

「法は六耳に伝えず（天機洩らすべからず）ですわ。あんな人になぞ話すものですか。去年、奥の大菩薩さまのおめでたのとき、あの方ときたら、私がいかに多くの儲けを手にしたことかなんていいふらすんですのよ。半分ほど分けてやったら、ようやく収まりましたけど、一人の僧家として、戒行することも知らず、利心にばかり心を砕いて、四方の施主さまから義糧を頂戴しながら、功徳もつまないようでは、やがて死しても畜生として再生するばかりでございましょう」

しばらくそんな話をしていると、金蓮は春梅を呼んで薛尼に茶をださせ、薛尼は茶を飲むと、金蓮といっしょに李瓶児の部屋に赴き、ここで霊にお参りをして、また奥座敷に戻る。午後になると、月娘は炕部屋にテーブルを二脚広げ、女性客らを招き入れ、次の間に八仙卓を広げ、火鉢を据え、酒の用意をして、孟玉楼の誕生祝いの酒宴を始める。

部屋は二つとも家族や来客や芸人らで埋まった。やがて俳優の舞台化粧か、若い女の嫁入り姿にもまがう厚化粧の孟玉楼が姿を現わし、一同に深々と頭を下げる。祝いの際に用いる玉杯に黄金色の酒がなみなみと注がれ、玉楼がこれを両の手で捧げ持ち、まず西門慶に手渡す。引き続いて月娘以下、互に「ねえさん」と呼び合う仲の女たち、来客一同、家族一同に酒が注がれる。一同揃って座席につく。誕生日に不可欠の『寿麺』が食卓に並べられ、人々がみな箸を取る。

西門慶は『寿麺』に箸をつけたその刹那、去年の玉楼の誕生祝いにはまだ李瓶児が生きていて、その美しい姿を見せてくれたのに、今年はその姿が欠けていることを思い起こし、俄かに寂しさを覚え、不覚の涙が指先をぬらしたが、じっと堪え忍ばざるをえなかった。

その日呼ばれた芸人の中には以前通り出入りを許されるようになった李銘のほかに、特に西門慶の指名で韓佐、邵謙という二人の新顔がいた。月娘が≪比翼（仲睦まじき）の鳥、連理（さし連ねた）の枝≫を一曲歌わせようとすると、西門慶が待ったをかけて、≪往しへ偲び簫を吹く≫の方をやってくれと注文する。その日のめでたい集まりにどこかしら陰りを添える曲の響きであった。

往しへ偲んで簫を吹く　玉人いまいづこ
今宵病はひときは辛く　白露冷秋蓮の香散りて
垣根に低く月傾きぬ　しばしのあひま佇めば
便りも途絶へて　幾とせぞ
西風受けて高楼に　寄りて空しく辺りを見れば
重なり合ふた山の木々　時の流れは奔走馬
空に長蛇の雁の叫びて　わびし飛び去りぬ

かの子わがため衣を脱ぎ 泣いて血をはくホトトギス

ところが藩金蓮はこの唄を聞いているうちに、これは西門慶が李瓶児のことを思い起こして、悲しんでいるのだということに気づき、チクリチクリ皮肉って、西門慶をいびりながら、

「ねえ、お前さん、これはまるで西游記の猪八戒が乞食のたむろす街はずれの番小屋に鎮座ましましているみたいな話だわ。何だってそんな不景気な顔をするのよ。生娘でもない出戻り女がなんで泣いて血をはくホトトギスなものか。まあ、なんと恥知らずな…」といって、西門慶を憤怒させる。

「なんだと？唄に聞き入っているだけのことだ。ワシがなにをどう承知したというんだ？」と西門慶藩金蓮に怒りを投げ返したあと、ふと見ると二人の若い唄歌いはさらにまた唄を歌い続けている。

一人は大臣の懐春（青春）むすめ

一人は不遇の君門（貴族）の武者
人生途上にふと巡り合ひ、値千金幾夜か重ね、
突き刺し入れてぷいと捨て、俄にどこかへ去ってゆく、
何でわたくしただひとり垣根のバラを摘まれうか

西門慶は深く頭を垂れて、耳を澄ませ、じっと唄に聴きいっている。唄が終わると、藩金蓮はふたたび果てしない怒気を西門慶に向けてあびせかける。二人は席についたまま、激しく口論を繰り返す。月娘はこれを見るに忍びず、ついに口をはさむ。

「六姐さん、あなたたちはほんとにうるさいわねえ。何だって互いにそんな強情を張り合うのよ。楊おばちゃまと呉の大おばちゃまが奥の部屋に置き去りにされて、話し相手に欠いているから、いってお相手をしてあげてちょうだい。わたしもすぐにゆきますから」

金蓮と李嬌児のふたりがさし当たって奥座敷に向かう。するとしばらくして来安が出先から戻ってきて西門慶に、

「応二の奥さまのところへ礼状をお届けしてまいりました。応二の旦那はもうお見えになっておりますが、呉大舅さまも間もなくお見えになるそうです」という。西門慶は来安に

「お前向かいへ行って、温師父を呼んで来てくれ」というと、ついで月娘に向かって、

「お前は調理場の連中に料理を表へ運ぶよういいつけてくれ。ワシはこれから表へ行って、酒の相手をするから」といい、李銘には

「お前は表へ行って、唄を続けるように」と命ずる。

李銘はさっそく西門慶の後について表へゆき、西の離れで腰を降し、伯爵の相手をする。西門慶は贈り物に謝意を述べ、

「あすは是が非でも奥さんにも来てもらいたい」という。

「やつはおそらく来られないと思いますよ。うち中、みな留守になってしまいますから」と応伯爵。

しばらくすると、温秀才が姿を現し、挨拶をして、腰を下ろす。伯爵は手をこまぬいていう。

「けさほどは先生にはいろいろとご面倒おかけしまして」

「いや、どうも」と温秀才。

そこへ呉大舅もやってきて、互に挨拶を交わし、席を定めて腰を下す。琴童に灯りをつけさせて、四人は暖炉を囲む。そこへ来安が料理や酒の肴を運んで来て、テーブルの上に並べる。灯りの下で見ると、西門慶は白綸子の上着の上に、あまり見かけたことのない、彩りもあざやかな紺碧の黒緞子の蟒衣をはおっている。伯爵はこれに驚いて、

「兄貴、その着物はいつどこで手に入れたんですか」

「これはな、都の何太監からもらったものだ。お屋敷で酒に呼ばれたとき、ひどく寒かったので、この着物を出して、ワシにきせてくれたんだが、太監どのは『他に龍の蟒衣と玉帯を賜ったので、こちらは不要につき、好かったら持って行け』というので頂戴してきたんだ」と西門慶。

「これはけっこう値打ものですぜ。これはそのうち兄貴が都督（軍政長官）にまで登るという前触れだな」と伯爵がさかんにほめたてて、西門慶をよろこばせる。

「やっぱり奥へ行って、孟ねえさんに一杯さしあげてこなくちゃなりませんかな」と伯爵がいえば、西門慶、

「おい、お前。そんな殊勝な気持ちがあるんなら、奥へ行って孟ねえさんに磕頭してきたらどうだ。ここにおいでの殿方たちにそんなことを漏らして、いったいどうする気だ」

「磕頭するのは構いませんが、私がしゃしゃり出るのは問題でしょう。あっしじゃなくて、やっぱり兄貴が磕頭してくるのが本筋そうでございますよ」という。

そういう伯爵の頭を西門慶力まかせにどやしつけて、

「この野郎は大人と子供の区別もできない野郎だ」という。

そのうちに来安がまたはいってきて、

「料理人たちが帰るそうです。あしたは幾人来たらよいかと聞いていますが…」と尋ねる。

「六人」と西門慶は応え、「ほかに茶と酒の番をする係を二人。食卓は五つ用意してくれ」という。

来安は戻って行く。

呉の大叔は巡按使の安鳳山らが明日西門屋敷にやってくると聞いて、いきなり拝むように西門慶に頼み込む。

「わたしが修理を承っている例の社倉の件でございますが、巡按使から一言おほめの言葉をいただくと、後ほど大変な違いが生ずるのでございますが、ついては明日わたしの履歴書等をお届けしますので、なにぶんよろしくご吹聴願えませんかな？」

西門慶はもちろん承知であった。

伯爵が口を添える。

「呉の旦那、ご安心なさい。総元締めのご主人なんですから、あなたのために口を利かないで、誰のために口を利きましょう。一発で決まりですよ」

表の宴会は二更（午後十時）ごろに終わって、応伯爵らはもちろん李銘らも家に帰ってゆく。西門慶は正門まで見送りに出て、あしたはみな早く来てくれるように申し渡す。召使いらが食器を奥へ下げると、奥座敷に集まっていた女性客らもそれぞれに自室に下がって行く。とりわけ金蓮は自分の部屋に戻りたくて苛々していたので、こうなると急ぎ外へ飛び出してゆく。ところがちょうどそこへ西門慶が通用門をくぐって入ってくるではないか。金蓮は暗闇の中に身を隠し、西門慶をやり過ごし、後をつけて、奥座敷の窓の下で中の様子を覗き見していると、入り口に玉簫（ぎょくしょう）が立っていて、

「五奥さま、なんでお入りになりませんの。旦那さまもお見えで、三奥さまたちと話しておいでですよ」という。

金蓮黙ってこれを聞き流して、月娘が座敷の中で正門慶に問いかける声に耳を澄ます。

「あなた、今日は何だってあんな小忘八（こワンパ）を二人もお呼びになったの。唄もろくに歌えないで、一日中ここでふざけてばかりいたじゃありませんか…。名前はなんていうんです？」

「一人は韓佐（かんさ）、一人は卲鎌（しょうけん）」と西門慶が応える。

金蓮は構わず抜き足差し脚で部屋の中に入っていって、炕の後ろに回り込んでいう。

「あんたったら、あの子らに大奥さまがお命じになった唄を歌わせないで、≪往しへ偲びて…≫なんてのを歌わせるもんだから、あの子らは慌ててしまって、どっちのいうことをきいたらいいんだかわからなくなってしまったじゃないの」

玉楼が振り向いてみると、それは金蓮であった。

「まあ、六ちゃんじゃないの。あなたどこにいたの。いきなり声をかけるもんだから、わたしびっくりしちゃった！」

金蓮は頷きながら、西門慶に向かっていう。

「あんちゃん、あんたはおつむが少々化膿してますわ。あんたはほんとにものを知らない人で、人はなんにも知らないと思っておいでのようだけど、あの人だって別にお大臣の箱入り娘であったわけでもなし、元をただせば、私と同じ出戻りのばばあだわ。それがなんであんたのために泣いて血などはくものか。でもあなたはいっているそうね。あの人が死んでからというもの、あなたの気にいる料理は一皿も出て来なくなったと。じゃあ、わたしらは物の数にもはいらないのか。大奥さまがこんなにも立派に家を切り盛りしておいでなのに、それも気に入らないのならば、あの人が死ぬとき、あなたはなんであの人をひきとめなかったのか。むかし、あの人がまだ来ていなかったころ、あなたはいったいどうやって暮らしていたというのか」

「六ねえさん、ことわざにもいうでしょう、『好人長寿あらず、禍害一千年』と。あなたもわたしも二級品、この人の気に入らないんだから、なにもいわずに、勝手にさせておくというものよ」と月娘が嘆きの一声。

「わたしらでなかったら、ほかに誰がいうもんですか。この人ときたら、誰も自分に注意できる者はいないと思い込んでいるんだから」

西門慶にやにや笑いながら聞いていたが、

「なにいってやがる。ワシがいつどこでそんなことをいったか」といいながら、急に苛立ち、立ち上がって、女を靴で蹴飛ばそうとする。女は素早く入り口の戸をすり抜けて、さっと外へ逃げ出す。西門慶後を追うが、女の姿は見えず、春梅が座敷の門口に立っているだけであった。西門慶は片手を春梅の肩にかけて、廊下の暗がりに身をひそめている金蓮には気付かず、泥酔した足取りでそのまま表の方へ進んでゆく。金蓮は少し距離を置いて、その後をつけて行く。

金蓮は部屋の門口まで来ると、そっと窓の隙間から中をのぞいてみる。すると西門慶は床の上に座って、春梅を抱きかかえながら、二人してふざけあっている。金蓮これには目をつぶって、また元の奥座敷に舞い戻る。するとそこでは月娘をはじめ、李嬌児、孟玉楼、西門大姐、呉大舅の奥方、楊叔母、それに三人の尼と二人の小尼妙趣（みょうしゅ）・妙鳳（みょうほう）が部屋いっぱいに広がって、座っている。

やがて月娘が手を洗って、香炉に香をくべると、月娘の求めに応じた薛尼が仏法の講釈を始める。講話はまず仏の功徳をたたえる偈（げ）（四句の詩）から始まった。

禅家法教豈非凡　禅家の法教は豈（あに）非凡ならんや
仏祖家伝在世間　仏祖の家伝は世間に在り
落葉風飄着地易　落葉は風に飄（ひるがえ）って地に着くは易く
等閑復上故枝難　等閑（なおざり）に復（また）故枝に上るは難し

この四句の詩の意味するところは、僧たる者の戒めの非常に難しいことを説いたもので、木の葉が風に散って地上に落ちることはたやすいが、それが元の枝に舞い戻ることは極めて困難であるように、刻苦勉励して築き上げた身代を一夜にして蕩尽することは極めて容易であるが、成仏して祖となることはなかなか難しいことなのだということであると前置きした後で、薛尼は五戒禅師が色戒を破って、寺の養女紅蓮（こうれん）をてごめにし、ついに遷化転世して生まれ変わって東坡（とうは）となった一節を語る。

その昔、宋の英宗皇帝の治平年間のこと、浙江（せつこう）省寧海軍（ねいかいぐん）に南山浄慈孝光（なんざんじょうじこうこう）禅寺という古寺があり、ここには悟りを開いた二人の高僧がおりました。一人は五戒（ごかい）禅師、一人は明悟（めいご）禅師と呼ばれておりました。なにゆえ五戒かというと、まず第一に生命をあやめず、第二に財物を掠めず、第三に淫声美色に染まらず、第四に酒を飲まず、生臭（なまぐさ）を食さず、第五に妄言綺語を慎むからであり、年は三十一歳、容貌すこぶる魁偉（かいい）、右目がない。身の丈五尺にも満たぬ。この人明悟とは兄弟弟子の間柄。ある日、二人はいっしょにこの寺を訪れ、大行（だいぎょう）禅師をたずねたところ、禅師は五戒が仏法に明るいことを知って、寺に留め、首座に据えました。大行禅師は程なく他界し、僧侶らは五戒を長老と定め、日々座禅に努めておりました。

もういっぽうの明悟は齢二十九歳、頭は丸く、耳が大きい。額がひろく、体はたいへん大きい。その姿は羅漢（らかん）の如くで、二人はまるで同腹の生まれのようで、説教の際には二人いっしょに法座に上るというありさま。冬も過ぎて春の初めのころのこと。その日は寒の戻りで、大雪が降り、二日降り続いてようやく晴れ上がって、一段と寒さの厳しい朝でありました。五戒禅師が禅座に座っていると、山門の方からしきりに赤子の泣き声がきこえてきます。禅師は気心の知れた寺男の清一を呼んで、様子を見にゆかせました。

すると松の根方、雪の積もった地面に破れ蓆が敷かれており、その上にぼろに包まれた、生後五六ヵ月の女の赤子が横たわっており、泣き腫らしていっこうに止まない。懐に生年月日時の八字が刻まれた紙切れを挿しはさんでおります。

「一命を救うは七階の仏塔を建つるに勝る」

というので、部屋に抱いて帰り、食べ物を与え、女の子の命は救われました。一年経つと、長老はこの子に紅蓮（こうれん）という名をつけ、その後長の月日を寺で育て、その存在も忘れかけておりました。

紅蓮はいつしか十六歳になり、とりわけ清一は紅蓮をわが子のようにいつくしみ、娘は着物も履物も沙弥（しゃみ）（仏門の女）の装いで、目鼻立ちも美しいので、清一はいずれ婿をもらって、老後を送りたいとひそかに願っていました。

六月のある暑い日のこと、五戒禅師はふと十数年前のことを思い出して、清一に尋ねました。

「紅蓮という娘はどこにいるのか」

清一は長老を紅蓮の部屋へ連れて行き、目通りをさせました。すると長老はこの美しく育った女を一目見るより、胸にはむらむらと邪な心が目覚め、これを抑えきれなくなって、

「お前、今晩あの娘をわしの部屋に送り届けておくれ。わしのいう通りにしてくれるならば、後日お前を引き立ててやる。決してご他言は無用ですぞ」といいました。

清一が返事をためらっていると、長老は清一を方丈へ呼び込んで、十両の白金を与え、度諜（どちょう）（免税特権）をもらってやるとまで約束をしました。清一は仕方なく銀子を受け取り、晩に紅蓮を方丈へ案内すると、長老はそこで娘を手込めにしてしまいました。

弟弟子の明悟禅師はその晩、座禅を組んで戻ると、五戒が誤った考えを起こし、色戒を犯して、紅蓮を汚し、多年の徳行を一朝にして擲（なげう）ってしまったことを知りました。

「わしが目を覚まさせてやろう。こんなことではいけない」

と考え、門前に蓮の花が咲いているのにこと寄せて、翌日

春来桃杏柳舒張　春来たれば桃・杏・柳舒張し、
千花万蕊斗芬芳　千花万蕊芬芳を斗ふ
夏賞芰荷如燦錦　夏は芰荷（蓮花）の燦錦のごときを賞す
紅蓮争似白蓮香　紅蓮争か白蓮の香りに似つらん

と紅蓮を讃美した四句をよんで、カラカラと大声で笑いながら、五戒に示すと、五戒は心中にわかに悟るところあって、顔に慚愧の色を浮かべながら、そのまま身を返して、方丈に戻ると、急ぎ湯を沸かさせ、入浴を済まして、新しい着物に着替え、筆と紙を取り、次のような頌句を書きました

吾年四十七　われ年四十七
万法本帰一　万法本一に帰す
只為念頭差　ただ念頭の差がため
今朝去得急　今朝急に去り行くを得

これを仏前に具え、座禅に戻ると、そのまま遷化（逝去）してしまいました。

この報せを受けた明悟禅師は仏前の辞世の句を読み、

「あなたはなかなかよいお方でしたが、惜しむらくはこのひとことだけお間違えをなさいました。あなたはこの世に男として生まれ、長じて仏・法・僧の三宝を信ぜず、仏を滅ぼし、僧をそしりましたので、後世は苦輪に堕落して、正道に帰依することができません。まことに痛ましい」と述べて、明悟は部屋に帰ると、身を清め、座禅に座り、

「わしはこれより、五戒和尚の後を追ってゆくから、二つの厨子に入れ、三日置いたら、焼去するように」というと、これもまた座禅を組んだまま、遷化してしまいました。

このうわさは四方に広がり、焼香拝礼するものが後を絶たず、

やがて門前に担ぎ出されて、焼去されました。寺男清一は紅蓮を一般のところへ嫁にやり、そこで老後を過ごしました。日ならずして、五戒は四川省西川眉州で蘇洵居士の息子として生まれ変わり、のちに春宵一刻値千金　花に清香あり　月に影あり… の詩人蘇東坡となり、明悟も同州謝道清という人の子に生まれ変わり、後に出家して僧となって、仏印と名乗りました。

薛尼の講話がおわると、玉楼の部屋から蘭香が手の込んだ精進料理や果物、茶菓子、点心などを重箱に詰めて持ってくる。香炉が片付けられ、料理がテーブルの上に並べられる。つづいてお茶が運び込まれる。お茶が終わると、こんどは瞽女の郁ねえやが月娘の求めに応えて、≪眠れぬ夜≫の弾き歌いを始める。みんなも麻姑酒を一壜開封して、酒宴は月も西に傾きかけた三更（午前零時）のごろまでも続いた。金蓮は孟玉楼と猜枚をして大負けをして、罰杯を大量に飲まされ、ほうほうの態で自室に逃げ帰る。すると寝室の寝台の上には大いびきで寝崩れている西門慶を見出す。金蓮は裙子を脱ぎ捨てて、西門慶のわきの布団の中に潜り込んで、東の空が白むのも知らず、眠りこけていた。

第七十四回

宗御史八仙の鼎を求め、呉月娘は黄氏の語り物を聞く

さて、西門慶は藩金蓮を抱いたまま、翌日の明け方までぐっすり寝込んでいた。ふと目を覚ますと、女が声をかける。

「二十八日、応二家からお呼ばれなのに、わたしら行くの、行かなくてもいいの？」

「行かないってことはあるまい」と西門慶。

「なにか特別なことがあるんなら、お願いなんだけど、聞いてくれる？」と女はいう。

「変なやつだな。なに用だ。いってみろよ」と西門慶。

「李瓶児ねえさんの毛皮裏の外套を持って来て、あたいに着させて。あした飲みにいって、あの人たちはみな皮の外套を着てくるというのに、あたいだけは着るものがないんだもん」

「ずうっとまえ、王招宣のところで質入れした皮の外套を出してきて、お前が勝手に着たらいいじゃないか」と西門慶。

「抵当品などあたしゃ着ませんよ。それは李嬌児にやって、李嬌児さんに着て行かせ、李嬌児の毛皮の外套は孫雪娥さんに着させ、李瓶児ねえさんの毛皮は私がもらう。そしたらあたしは真っ赤な金鶴袖を二つ縫い付けて、白綸子の上着の上に着ますから。だってわたしはあなたの女房役で、外の人にやるわけじゃないんだから」

「こいつめ、てめえの都合ばかり考えやがって。その毛皮の外套は六十両もしたんだゾ。お前はそいつを身につけさえすれば、もうこっちのもんだといいたいんだろうけど」

「変な人ね。それじゃ、あんたはその辺の張三や李四のお上さんにくれて、着せるつもりだったってわけ？ どうせみなあんたの女房で、あなたのために表を飾るんだから、目くじら立てることはないでしょう。いいでしょう？ だめなら、あたし

はゆきませんからね！」と女がいう。

「人にものを頼むというのにお前はいつも脅迫をする」

「変な人！　私はあなたのお部屋付きの下女よ。あなたの前ではいつもおとなしくお仕えしてるじゃありませんか」

この日は安鳳山郎中（郎中＝官職名）が西門慶の屋敷を借りて酒宴を開く日であった。西門慶は起床して、髪に櫛を入れ、顔を洗って、外へ出ようとすると、女はまだ布団の中に横になったままで、

「まだ忙しくならないうちに、探し出しておいてね。後回しにすると、探す暇がまたなくなってしまうから」という。

そこで西門慶は李瓶児の部屋に向かう。乳母の如意や下女らが早くも起き出していて、お茶の用意もできている。如意は薄化粧して、眉毛を長く画いている。にこにこ頬笑みながら、西門慶に茶をついで出す。傍らに控えながら、西門慶に話しかける。西門慶はいっぽう迎春に奥へ行って、寝室の鍵をもらってくるようにいいつける。そこで如意は問いかける。

「鍵など取りに行かせて、どうするおつもりですの？」

「毛皮裏の外套を出して、五奥に着させようと思うんだ」

「奥さまのあのテンの毛皮の外套ですか？」

「そう、やつが着たがっているから、着させてやるというもんさ」

迎春が取りに行くと、西門慶は女を懐に抱きしめて、女の胸に触る。すると女がいう。

「見たところ、お父さまはいつも五奥さまのおそばばかりで、ほかのお部屋にはゆかれないようですわね。あの方は外のことはいいとしても、人のことを認めるということは丸っきりできない人のようですわね。この間お父さまがお留守のとき、お洗濯用の木槌のことで私あの方といい合いになってしまいましたの。韓回子のお上さんやら三奥さまがなだめてくださったお陰で、収まりはしましたけれども、あとになって、旦那さまがお

帰りになったとき、旦那さまにも何かそのことをおっしゃいませんでしたか？どこのおしゃべりがいったのかわかりませんけど、お父さまが私に手をつけたとかいったらしいのですが、そんな話はしませんでしたか」

「そんなことをいっていたな。お前そのうち心付けでも彼女に届けて、謝っておけよ。あれでもちょっと鼻薬を嗅がせれば、けっこう効験あらたかな方なんだよ」

「ええ、私も先日、五奥さまとお話ししていて同じことを考えました」

「そうなら、みんな少しは調子をあわせて仲よくするというものさ」

そういってから、西門慶女と約束をする。

「今晩はワシャお前たちのところへ来て泊まるよ」

「ほんとうにお見えになりますか？騙しちゃ厭ですよ」と如意。

ちょうどそこへ迎春が鍵を持ってきたので、西門慶は寝室の戸を開けさせ、タンスの中から毛皮の外套を取り出し、袱紗(ふくさ)に包むと、如意を呼びつけて、衣裳箱の中から緞子の上着と黄木綿紬の裙子と潞州紬の褲子を取り出して、これを如意に与える。如意は磕頭して、礼を述べる。西門慶は毛皮裏の外套を如意に持たせて、金蓮の部屋に届けるようといいつける。

金蓮はようやく起きたばかりで、ちょうどそのとき寝床の上で脚帯を巻いていた。応答に出た春梅(しゅんばい)は毛皮の外套を持って如意が届けに来たことを金蓮に告げる。金蓮はすぐさま如意を部屋に呼び込むと、

「旦那さまがお前を寄越したのかい？」と尋ねる。

「はい、旦那さまが私をこちらへお遣わしになり、奥さまに着せてくれとのことでございますので」

「お前にもなにかくれなかったかい？」

「旦那さまは私に年末になったら着るようにと絹の紬を二着くださいました。そうして奥さまにもご挨拶をしてこいとおっ

しゃいました」

こういうと如意は金蓮の前に進み出て、磕頭を四回繰り返す。

「これじゃあおねえさん方がおもしろくないだろうけど、お前は主人にかわいがられているのだし、ことわざにも船は多くても港の邪魔にはならぬ、車は多くても道のじゃまにならぬというから、誰だって悪者にはなりたくはないよね。お前があたしの邪魔立てさえしなければ、あたしだってお前のことを邪魔立てするものか」

「わたしの瓶児奥さまはもうすでに亡くなられてしまいましたし、奥の大奥さまはわたしのことを一生面倒見てくださるとはおっしゃってくださいましたが、金蓮奥さまは表の方ではやはりわたしのご主人さま、どうぞ何分よろしくおねがいいたします」と如意が口上を述べる。

「それにしてもお前のそのお下がりの着物のことは大奥さまに一言お話ししておいたがいいよ」と金蓮が常にない忠告をする。

如意が部屋に戻ってみると、西門慶は大広間へ移動して、宴会場の設営具合を見て回っているところであった。海塩演技団（かいえんえんぎだん）の子弟、張美（ちょうび）・徐順（じょじゅん）・荀子孝（こうしこう）などが道具箱を担いでやってきている。李銘（りめい）ら四人の歌い手も朝早くから訪れて控えている。みな揃って西門慶に挨拶をすると、西門慶は芸人ら全員に食事を取らせ、李銘ら三人には表で唄を歌わせ、左順（さじゅん）には奥の女性客のお相手をするよういいつける。

この日、韓道国（かんどうこく）の上さんの王六児（おうろくじ）は姿をみせなかった。かわりに瞽女（ごぜ）の申二姐（しんじそ）が贈り物など買い整えて、自分の家の進財（しんざい）を従え、駕籠に乗って、玉楼（ぎょくろう）の誕生祝いにやってきた。王経（おうけい）がそれを奥へ届け、駕籠を返すと、やがて城外の韓大姨（かんだいい）、孟二舅（もうにきゅう）の上さんがやってくる。つづいて傅（ふ）番頭、甘（かん）番頭の上さん、崔本（さいほん）の嫁の段大姐（だんたいそ）、賁四（ほんし）の上さんなど全員が顔を揃える。

西門慶はそのときちょうど大広間にいたが、見れば、屋敷内の路地を小柄で、緑の緞子の上着に紅の裙子をはおった素面の女が玳安の案内で通り過ぎてゆく。目の細長いところは鄭愛香にそっくりだ。　西門慶は玳安に尋ねる。

「あの女は誰だい？」

「賁四の上さんですよ」が玳安の返答。西門慶は「ああ、そうか」ともいわなかった。

西門慶はそのまま奥の月娘の部屋へゆくと、月娘の差し出すお茶を飲んで、粥を食べ、鍵を返す。

「なんでそんなところを開けたの？」と月娘がいう。

「潘六児のやつがあす応二のところへ呼ばれてゆくのに、毛皮の外套がないから、李瓶児のなにをほしいっていうんだ」

月娘は西門慶をじろりとにらんでいう。

「あなたって人は手前の頭のハエも追われない人なんだねえ。人が彼女の部屋付きのお女中たちを分けようとすると、あんなに怒ったくせに、こんな風じゃ、話にもならないわ。ところであの人は自分の持っている毛皮は着ないで放っておくくせに、あの毛皮の外套だけは欲しくてしかたがないのね」

こういわれると西門慶返す言葉もなく黙り込んでしまう。そこへ劉学官が金子を返しにきたという報せ。西門慶は部屋を出て、大広間に戻り、話し相手をする。そこへ玳安が手紙を持って入ってくる。

「王招宣のお宅から贈り物が届きました」

「どんな贈り物か」と西門慶。

「お祝いの品と反物一匹、南酒一瓶、それにおかず四色です」

西門慶はすぐ王経を呼び、礼状を書かせ、使いの者に五銭の褒美をやって帰らせる。するとこんどは李桂姐が門口で駕籠を下りてくる。不興を買って、出入りのできなくなっていた女である。玳安が気を利かせて進物を受け取り、人目につかない路地を伝って、奥の月娘の部屋へ連れてゆく。すると月娘は、

「旦那さまはもうご覧になったの？」ときく。

「旦那さまはお客人の相手をしていて、まだご覧になって

いません」

「それじゃ入れ物ごと次の間に置いておきなさい」と月娘。

そのうちに客は帰り、西門慶が飯を食べに戻ってくると、

「李桂姐が贈り物を届けてきましたよ」と月娘はいう。

「ワシャ知らねえよ」と西門慶。

月娘は小玉(しょうぎょく)に命じて、岡持(おかも)ちを開けさせてみると、一つは果物餡のはいった寿菓子、一つはハマナスの実のはいった八仙菓子、一つは焼鴨二羽、さらに豚足一副。そこへ桂姐が奥の部屋から頭へ翡翠や真珠をいっぱいに挿しかざし、緋の対襟(ドゥイジン)の上着と緞子の裙子という出で立ちで姿を現し、西門慶に向かって四回磕頭を繰り返す。

「おい！こんなに贈り物を買ってきて、どうするんだ」と西門慶。

「さっき桂姐ちゃんがいうには、あなたが怒っておいでじゃないかと心配なんですって。でも、あれはみなこの子のお母さんが仕組んだことで、この子は一切かかわり知らぬことなんですって。あの日この子は頭痛がして、寝ていたのですってよ。そこへ王三官(おうさんかん)が悪餓鬼を連れて、秦玉芝(しんぎょくし)の家へ水揚げに行こうとして、門前を通りがかり、さそわれるまま上がり込んで、お茶を飲んでいるところを踏み込まれて、御用となっただけで、桂姐はまったくかかわりはなかったのですってよ」

「それはそうだろう。嘘はないだろう。一遍も会ってはいないってのは。まあいいさ。ワシだって客から絞らないで、麗(れい)院がたちゆかないことはちゃんとわかっている。いいよ。もう怒らないよ」と西門慶。桂姐は跪いたまま、

「でも、お父さまが許すといって、笑ってくださらなくちゃ、あたしいつまでも立ちません」といって、いっこうに立ち上がろうとしない。居合わせた女性陣がようやっと彼女をなだめて立ち上がらせる。

「表にお客さまがお見えです」と玳安が慌てて飛び込んで来

て、宗老爺と安老爺の到着を知らせる。西門慶は忙しく表に向かう。桂姐は西門慶がいなくなると、月娘に媚びを売っていう。

「お父さまがあんなに難しいのなら、あたい父さんなんかいらないわ。お母さまだけの娘であれば、それで充分」

「あなたのいうことはみな口先ばかりで…。それはそうと、うちの旦那はこの間、二度ばかり廓に出かけたようだけど、あんたのところへは行かなかったの？」と月娘。

「あら、とんでもない。あたしの家へはとんとご無沙汰ですわ。あたしのところではなくて、それは鄭愛月の家ですよ。こんどの災難も実はあの人が仕掛けたことなんですから」と桂姐。

「人それぞれに精いっぱいに生きているのに、なんであなたに災難などしかけるんでしょう」と金蓮が脇から口をはさむ。

「五奥さま、あなたはあたしら廓もののことはご存じないんですわ。一度怒ったら終い。残るは無限の仲違いだけ」と桂姐。

「それはなにも廓の中のことだけじゃないわ。外の世界だっておなじことよ」と月娘はつぶやき、みなに茶を出して飲ませる。

広間に急いだ西門慶は礼装に着換えて、宋御史と安郎中を迎え入れ、二人を大広間に案内すると、改めて挨拶を交わす。二人とも緞子一匹、書籍一部をお祝いとして西門慶にささげ、卓席相整っているところを見て、盛んにこれを称賛し、主客分かれて席を占めると、まずお茶を飲み交わす。宋御史はいう。

「本官は四泉どのに折入ってお願いがございます。巡撫の侯石泉先生新たに太常卿（皇室宗廟の長官）に昇進されましたので、小生布政司ならびに按察司両司の役人とともに世話役となり、三十日にこちらの尊府を拝借して、餞別の宴を張らせていただきとうございます。なお来月二日には都へ向けて出発されるわけでありますが、ご承知いただけましょうか？」

「先生のご要望とあれば、いかようにでもお引き受けいたします。してテーブルはいかほど…」と西門慶が問えば、宋御史は下役人を呼びつけて、毛氈包みの中から両司の分と自分の分

とをあわせて十二封取り出して、

「ここに一人一両ずつ、あわせて十二両の銀子がりますから、大テーブル一つ、小テーブル六つほどご用意していただきたい。それに役者を一組…」

西門慶が承知して、金子を受け取ると、宗御史は下手にまわって、手もみをしながら、謝意を表する。しばらくすると、そこへ銭主事も到着する。三人の役人らは茶を一杯飲むと、碁を打ち始める。

宗御史は西門慶の邸宅がひろびろとしていて、書画・置物がまことに豪勢で、正面に屏風があり、屏風の前には金をちりばめた鼎が置いてある。高さ数尺の巧妙な作りで、香炉の中では沈檀香がたかれており、近寄ってしみじみ眺めては、

「この香炉と八仙の鼎は実に見事な逸品ですなあ。これはいったいどちらの作品なのでしょう」と西門慶に問いかけるかたわらで、二人の役人に向かっていう。

「小生、淮安の劉年兄（科挙試験の同期合格者を年兄と呼ぶ）のところへ手紙を書いて、蔡先生に差し上げたいから、このような逸品の鼎を一つ送ってくれといってやったんだが、まだ届きませんな。四泉どのはいったいどこで手に入れたのでしょう」

「やはり淮河地方のさる知人が贈ってくれたのです」と西門慶。

話が終わると、しばらく碁を打ち、やがて西門慶はしもべの者に命じて、手の込んだ料理や果物餡を二箱運ばせるいっぽうで、芸人たちを呼んで、南曲を歌わせることにする。

「客人が揃わぬ先から、顔を赤くするのは申し訳が立ちますまい」と宗御史がいうと、安郎中が

「寒いから少しぐらい飲んでも差障りなしでしょう」

そもそも宋御史は下役人を遣わして船まで蔡府知事を迎えにやっていたが、使者は帰ってきて、

「迎えに行ってきましたが、蔡さまは煉瓦廠の黄老爺のところで碁を打っておりまして、じきにお見えになるそうです」と

伝える。そこで宗御史は碁を打ったり、酒を飲んだりする。安郎中は芸人を呼んで、

「お前たち≪宣春令（せんしゅんれい）≫を歌って、酒を注いでくれ」という。芸人たちの唄が終わらぬうちに、下役人が飛び込んできていう。

「蔡さまと黄さまがお見えになりました」

宗御史はいそぎテーブルを片付け、おのおの衣冠を整えて、主賓を出迎える。蔡九知府は白服に金帯といういでたちで、大勢の下役人を従えて現われる。下役人の一人に自分の侍生（じせい）蔡修と書かれた名刺を西門慶にさしださせ、そのまま大広間に向かう。

「こちら主人の西門大人、この地の千戸の職に在り、都の老先生の門下生であります」と安郎中が紹介する。蔡九知府は

「久しく拝眉の折りがありませなんだ」と親愛の情を示す。

「いずれお目にかかり、改めてご挨拶申し上げます」と西門慶。

挨拶が終わると、みな正装をくずしてくつろぎ、腰を下ろし、左右の者が茶を出して、よもやまの話をしばし交わす。蔡九知府が上席に着き、主人席に四人が座る。料理方が吸い物や飯を運んでくる。役者が出し物の目録を提示する。注文を受けて、芝居や曲目が演じられ、その合間に酒が数巡注ぎ回される。

いつしか日も西に沈む。蔡九知府は暗くなってきたことに気づき、左右の者に衣服を着替えさせ、暇を告げて、席を立つ。みなが表門まで送りだす。そしてその後から二人の下役人が料理や羊や酒や反物を新河口の宿所まで送り届ける。宗御史もまたそこで暇を告げ、

「きょうはこのまま挨拶もしないで、明後日またお邪魔にあがります」

といって、めいめい駕籠に乗って帰って行く。

西門慶は客を送って戻ると、芸人たちを帰らせながら、

「明後日また来ておくれ。唄のうまいのを幾人か連れて来て欲しいもんだ。宗さまが巡撫の侯（こう）閣下をお呼びになるのでな」といえば、

「小生拝承つかまつりました」

そこで西門慶はテーブルの上の残り物を寄せ集め、玳安をやって温秀才を呼んで来させ、また来安には応二おじを呼んで来させる。こうして三人残り物をつまみながら酒を飲む。

「あすは奥たちが揃って出かけるんだが、あんたが呼ぶのは歌い手かい、それとも雑芸人かい」と西門慶。

「貧乏人のことですから、間に合わせに芸者を二人呼んで歌わせます。あすは早目のお越しをおねえさま方にお願いしますよ」と伯爵。

月娘の部屋で催されていた孟玉楼の誕生祝いの宴会もほぼ同じころに来客が引き上げ始める。家内の者や瞽女の郁姐やや申二姐、芸者の李桂姐、尼僧らは今夜、西門屋敷に泊まるつもりでまだ居残って、三々五々飲んだり、話し込んだりしていた。やがて灯が灯ったころ、表の西門慶の方は散会した模様で、召使いらが食器類をとりこんでくる。すると金蓮はにわかに落ち着きがなくなり、慌てて奥座敷から抜け出すと、表の通用門の暗闇まで出ていって、あたりの様子をうかがっている。そこへ来安に導かれた西門慶がおぼつかない足取りで姿を現わすと、李瓶児の名残の部屋へ向かおうとするらしい。ところが門の前に立っている金蓮に気づき、こんどは金蓮の手を取って、そのまま彼女の部屋に入っていってしまう。来安はそのまま奥座敷に行って、杯や箸を手渡す。月娘は西門慶がくるであろうからというので、申二姐、李桂姐、郁大姐を李嬌児の部屋にやり、

「旦那さまは表で何をしているの」と来安に尋ねる。

「旦那さまは五奥さまのお部屋に行かれました」と来安。

月娘はこれをきくと、心中俄かに怒りが込上げて、玉楼に向かい、

「ご覧の通りよ。こんなでたらめな人なんだわ。今日くらいはあなたの部屋へやろうと思ったのに、いつの間にやらまたあの人の部屋に潜り込んでしまったんだとさ。このごろまた浮気

の虫が目をさまし、あの人のところにへばりついているらしい」

「おねえさま、勝手にへばりつかせておきましょうよ。こんなことをいうと、まるであたしらがあの人と争っているように聞こえますから。大師父が笑っておりますよ。こちらは六部屋があの人の意のままに串刺しだって。わたしら旦那さまの思い通りに関わってはいられませんよ」

「あの人ときたら、わたしらには一言の断りもなく、表が散会したと聞くや、とたんに表の方へ飛んで行っちまったわ」と月娘吐き捨てるようにいうと、小玉に「台所に誰もいなかったら、通用門を締めて来ておくれ。そうして奥から師父を三人呼んで来ておくれ。みんなで法話≪黄氏女巻（黄氏の娘の物語）≫をききましょう」という。李桂姐、申二姐、段大姐，郁大姐などみなが再び月娘の部屋に呼び戻される。

やがて炕卓が置かれ、三人の尼僧がやってきて、炕の上にあぐらをかく。部屋いっぱいに寄り集まった聴衆の前で薛尼が黄氏の娘の物語を拡げて、声高に読み始める。

—聞くならく、法は始めより不滅であるがゆえに、空に帰し、道はもとより生がないので、つねに生によって用いられず、法身よりもって八相を垂らし、八相よりもって法身を現す；朗々たる恵燈は世戸を通開し、明々たる仏鏡は闇路を照破する。百年の景は刹那の間に類し、四大幻身は泡影のごとし；毎日塵労碌々、終朝業試忙々たれども、あに一性の円明知らず、いたずらに六根の貪欲をたくましゅうし、功名は世を蓋い、大夢は一場にあらざるはなく、富貴は人を驚かすといえども、無常の二字を免れ難く、風火の散ずるとき老少なく、渓山磨り尽くせば、幾英雄…。

第七十五回

春梅申二姐をぼろ糞にいい、玉簫藩金蓮に告げ口をする

さて、古諺にいはく、善に善の報ひあり、悪に悪の報ひあり。あたかも影の形に従ふがごとく、谷の声に応ふるがごとし。人坐して参禅を打たば、みな正果をなす。いかなる愚夫、愚婦といへども、家に在りて修行せば，あに道をなさざらんや。仏を祀る者は仏の徳を得、仏を念ずる者は仏の恩を感じ、経を読む者は仏の理を明らかにし、座禅せる者はみ仏の境を踏み得て、悟りを得し者は仏の道を正しくす。

周祖文王の胎教法によれば、女性が身籠ったならば、俯せにならず、仰向けにならず、淫声をきかず、邪色を見ず、常に詞書・金玉の異物を愛で、常に瞽者（盲女）に古歌を唄わしめれば、後日端正・俊美なる子女を生み、体も大きく聡明な子に育つという。

いま呉月娘は身籠っており、尼僧に因果応報の宝巻を語らせて、その生死輪廻の説を聞きいったばかりに、これに感じて、後に一尊の古仏が世に現われ、月娘の腹を借りて、顕化したので、家禄を受け継ぐことができなくなり、まことに残念な結末とはなったのである。ただしこの話はしばし後に本書に於いて語られるので、いまはこれまでに留め置く。

さて、奥座敷では黄氏の宝巻を聞き終わると、みなそれぞれに部屋に戻って就寝したけれども、ただ藩金蓮のみは通用門わきの角で一人佇んでいた。そこへ西門慶がやってきて、二人は手を取り合って、部屋の中に入ってゆく。ところが西門慶は寝台の上に腰を下ろしたまま、じっとしているばかり。金蓮たまりかねて尋ねる。

「どうして着物を脱がないの？」

すると西門慶にやにや笑いながら、女をぎゅっと抱きしめて、

「ワシャきょうはお前さんに頼みたいことがあって、こうしてやってきたんだ。実はワシャあっちで一晩泊まることになっている。そこで例の道具の包みを貸してはくれまいか」といえば、女は驚いて大声をあげる。

「なに？このヤロウってば、お前はこの奥さんの目の前で、巧妙な手を使って、体裁のいいことをいい、あたしをだまくらかす気だな。もしあたしがさきほど通用門脇で立ちン坊をしていなかったら、お前は知らんぷりして、通り過ぎていってしまうつもりだったんだろ、お前は今朝早く、あの餓鬼と二人して口裏を合わせておいて、彼女とちちくりあうために、私を丸め込もうってわけか。道理でさっきはあいつに毛皮裏の外套をあたしのところへ届けさせて、私に磕頭の挨拶までさせたってわけか。あの餓鬼は、チキショウ、私をなにさまだと思っているんだ」

そこで西門慶笑いながらいう。

「そうはいうが、もしも彼女が詫びを入れて来なかったら、お前はまた彼女のことを悪しざまにいうんだろう」

女はしばらく考え込んでいたが、やがて

「じゃ、いいわ。お行きなさい」

西門慶はにやにや笑いながら、道具袋を持って、部屋から出て行こうとする。すると女は西門慶を呼びとめて、

「あなた向うへ行ったら、彼女といっしょにいつまでも寝ていては駄目よ。女中たちだって恥ずかしい思いをするから、一回だけちょっといっしょに寝て、あとは別れて寝るのよ」

「誰がそう長いこといっしょに寝るものか」といって、西門慶そそくさと立ち去ろうとすると、女は再び呼びとめて、

「あんた向うへ行ったら、わたしゃいっとくけど…」

「まだなにかいうことがあるのか」

「ちょっと寝るだけよ。要らない話はするんじゃないよ。わたしらの前で大きな顔でもするようになったら、お前はもうあ

たしの部屋へは入らせないからね。お前さんのなにを咬み切ってやるからな。いいかい今度だけだよ」

「変な女だな、しつこいったらありゃしない」

こういい残して、西門慶は李瓶児の部屋へ向って立ち去ってゆく。すると春梅が金蓮に向かっていう。

「勝手に行かせておやりなさいよ。なんでそんなに構うのよ。姑が口やかましくいっても、嫁は聞く耳持たぬ。あなたのことを仇と思うようになったら大変でしょう。それより二人で将棋でもさしましょうよ」といいながら、秋菊を呼んで、通用門に鍵を掛けさせ、テーブルを広げさせて将棋を始める。

「母さんはもう寝たのかい？」と金蓮。

「もうこんなに遅いんですもの、お部屋に帰って、すぐお休みになりましたわ」と春梅は軽く返事をする。

西門慶が簾をたぐり開けると、そこでは如意がちょうど迎春、綉春らといっしょに炕の上でご飯を食べていた。西門慶の姿を認めて、みないっせいにあわてて立ち上がる。

「飯を食っているところか。じゃ、おあがり」というと、西門慶は次の間に向かい、李瓶児の絵姿の前の据肘掛椅子に腰を下ろす。やがて如意が笑みを浮かべながら現われる。

「お父さま、ここはお寒うございますから、お部屋の方においでくださいませ」という。

そこで西門慶は部屋に移って、寝台の真向かいに腰を下ろす。火鉢の上では湯が沸いていて、迎春が手際よく茶を注ぐ。如意が炕の傍で火に当りながら、立ったままで、

「お父さま、きょうはご酒は召しあがっていないのでしょう？表の方はずいぶん早くお開きになったのですのね？ こちらではまず李瓶児奥さまのご供養のために一卓酒席を設けまして、みなで金華酒でもいただきましょう」という。

西門慶は綉春に蔵春塢書房から葡萄酒の残り物を運ばせ、奥

から届いていた食籠（じきろう）の中の凝った料理をつまみあう。

やがて迎春と綉春が時刻を見計らって出て行くと、西門慶は如意を膝の上に抱き寄せて、胸元を広げ、白い肌をさすりながら、乳房を軽くつまんで、

「この白い肌、李瓶児にそっくりだ」とつぶやく。

「父さま、それほどでもないでしょう。瓶児奥さまの方がずっと白かったわ。五奥さまは体の格好はいいけれども、余り白くはありませんわね。紅白の中くらい。玉楼奥さまの方がずっと白いわ。雪娥奥さまもずいぶん色白なのね」と如意は笑いながらいう。それから続けて、

「私、旦那さまにお願いがあるんですけど、じつは迎春姐さんが額にかける仙人飾りを持っているんですけど、それをわたしにくださって、そのかわりに瓶児奥さまが普段つけていらした金の赤虎飾りを旦那さまからいただいて、お正月にそれをつけたいといっておりますの。駄目かしら？」

「お前が額につける物がないのなら、そのうち銀細工師を呼んで、金の仙人飾りをこしらえさせてやるよ。瓶児の髪飾りの箱は大奥がみんな奥へ持っていってしまったから、そいつをくれとはいいにくいな」と西門慶。

如意はしばらく西門慶と二人で酒を飲んでいたが、やがて西門慶を寝台の上にあげると、着物を解かせ、靴下を脱がせて、自分は別室で腰湯をつかい、それがすむと、部屋の内側から鍵をかけ、灯りを寝台のそばまで持ってゆく。

「ワシャすっかり忘れちまったが、お前、今年いくつになるんだい。苗字もなんというんだっけな？確か熊（ゆう）といったと思うんだが…。兄弟順は何番目だい？」

「ええ、そうですの。亭主は熊旺（ゆうおう）と申しましたが、あたしの郷（さと）は章（しょう）といいます。兄弟順は四番目。今年三十二ですわ」

「するとワシの方が一つ年上なんだな」

西門慶は女の名を章四児（しょうしじ）と呼んでみた。

「お前よく気をつけて、ワシにかしずいてくれるなら、そのうち大奥が子供を産んだら，むろん乳母に頼みたいし、運よくお前にも赤ん坊ができたなら、お前を引き立ててやって、女房にし、お前の奥さんの後釜に据えてやろうと思うんだが、どうだろう？」

「私、亭主は亡くなりましたし、郷にも誰もおりませんので、一生懸命お父さまにお仕えすることばかり願っております。死んでも、この家からは出ないつもりですから、もしも哀れと思し召しでしたら、どうぞよろしくお願いいたします」

西門慶は女の言葉にそつがないので、すっかり嬉しくなり、あかず愛撫しつづけた。

あくる日、女は先に起きて、戸を開け、たらいに水の用意をして、西門慶に着物を着せ、顔を洗わせて、「あすの朝また船まで行って、蔡府知事に挨拶をしなくてはならないのだ」といっていた西門慶を部屋から送りだす。西門慶は表へ出ると、玳安に軍卒を二人呼んで、東屋に置いてある八仙鼎を持たせ、手紙を書いて、宗御史の察院へ届けるように命ずる。

「ちゃんと返事をもらってくるんだぜ」といいつけ、さらに陳経済に「金襴緞子一匹と色緞子一匹に封をして、琴童に毛氈包みに包んで持たせ、馬の用意をしておいてくれ。朝のうちに新河口の蔡府知事のところへ挨拶に行くから」といい置いて、月娘の部屋で粥を食べていると、ゆうべ泊まった李桂姐が挨拶をして帰ってゆく。粥を啜り終えると、荊都監が訪ねてくる。そこで座を大広間に移し、荊都監が

「表門の馬は何のご用で、いずこへお出かけで？」と聞く。

「東京の蔡太師さまの九番目の若君、九江の蔡府知事が見えておりまして、きのう巡按の宗公祖どのが工部の安鳳山・銭雲野・黄泰宇の諸侯とともに、小生宅にてご招待をされました。そのおり小生もご挨拶状をいただきましたので、これからその返礼に伺わなくてはならないのですが、もうお立ちになったか

も知れず、それが心配なのです」と西門慶。
「そのことで、私お邪魔に上がったのですが、巡按の宗公はこの正月で任期が満了のはず。年末に地方官の推挙や弾劾があると存じますので、一つ四泉どのにお力添えをいただきたいとお願いに上がりました。この際、厚かましくも四泉どののお力添えによりまして、昇進がかないますれば、そのご恩は決して忘れません」
「それは結構なこと。あなたとわたしの間柄ですから、ご命令をたがえるようなことはいたしません。書類を一通書いておいてください。宗御史は明後日またここで宴会をやるそうですから、そのとき会って、お話すればよろしいですから」
荊都監は急いで下手に回り、西門慶に一礼しながら、
「じつは履歴書を用意してきているのです」と、書記を呼んで、書類を取り出させ、自らの手でそれを西門慶に手渡す。ついで袂の中から贈り物の目録を取り出して差し出し、
「ほんのおしるしでございます、ご笑納ください」という。
見れば、それには「白米二百石」と書いてある。銀二百両の意である。西門慶、再三拒んだ挙句にようやく、
「ではしばらくお預かりいたします」といって、受け取る。
「これで安心いたしました」と荊都監腰を挙げて帰って行く。西門慶も琴童をお供に連れ、表門から馬で出かける。屋敷には春鴻のみが居残される。
月娘の部屋付き女中で、かつて書童との濡れ場を潘金蓮に見咎められ、以来つねに金蓮の間諜役を務めてきた玉簫は西門慶を送り出すと、金蓮の部屋を訪れ、さっそく注進に及ぶ。
「五奥さま夕べはなんで奥座敷にいらっしゃいませんでしたの。晩にはみんな揃って薛尼の黄氏の娘の法話を聞きながら、遅くまで起きていましたのよ。そのあと三奥さまのお部屋から酒や肴が出まして、みんなで桂姐さんと申ねえさんの喉比べを聞き、三更ころになってようやくお開きになりましたの。うち

の大奥さまは五奥さまのことを色々とおっしゃっていました。旦那さまの表の宴会が散会になったと聞くと、五奥さまはすぐにお部屋に帰り、きょうは三奥さまのお誕生日だというのに、自分の部屋に抱え込んでしまうって。三奥さまは、人に恥をかかせないで、あの人と争うなんて真平よ」

「それじゃなにかい。旦那さまは夕べ、あたしの部屋に泊まったとでも思っているのかい」

「それからうちの大奥さまがおっしゃるには、五奥さまは瓶児奥さまの毛皮裏の外套を旦那さまからもらっておきながら、私にはなんの断りもないと。よほどお腹立ちのご様子です。だけど、私が話に来たなどといわないでくださいましよ」と告げ口をしてから、奥へ戻って行く。

この日、呉月娘、李嬌児、孟玉楼、孫雪娥、藩金蓮の五人が揃ってケシの花の模様の着物を着て、自慢の毛皮の外套にくるまり、王経・棋童・来安を籠脇のお供につけ、軍卒に露払いをさせて、応伯爵家の赤子の出産祝いに出かける。

屋敷の主たちが出払った後には奥座敷に先日来の女性客、呉大妗子、三人の尼僧、潘姥姥（はんムームー）らが陣取って、世間話に余念がない。奥座敷にはまた常連の瞽女の郁大姐さらに王六児が遣わした、瞽女の申二姐が控えていた。いっぽう、乳母の如意、女中の迎春、綉春らは表の李瓶児の元居室で、前夜、西門慶が食べ残した料理をきちんと配膳し直して、昼食に金蓮の母親や女中の春梅を招待し、部屋には四五人が集うて、料理を肴に、金華酒や葡萄酒を飲みながら、賑わいを見せた。

飲むほどに勢いづいた春梅が声を荒立てて、大音声で

「瞽女の申二姐は唄がなかなかうまいのだそうだから、こちらへ呼んできて、歌わせてみましょうよ。誰か奥へ行って、彼女をつれて来てくれないか」という。そこで春鴻が申二姐を呼びに奥へ遣わされることとなった。その時、申二姐は呉大妗子の求めに応じて、≪山坡羊（さんぱよう）≫を弾唱中であった。

「そちらは郁ねえさんにしてよ」と申二姐が応える。「あたしはいま暇がないんですよ。こちらで呉大舅の奥さまにお聞かせしているところなんですから。だいたい春梅おばさんがどうして、いつから私を呼ぶようになったのかしら」

これを聞いた春梅はたちまち耳のあたりを真っ赤に染めて、風のごとくにさっと奥座敷に飛び込んでゆくと、申二姐を指さしながら、ひとしきりわめきたてる。

「お前さん、小間使いに向かって、私のことをなんとかいったんだって？あちらにまたひとり大おばさんができちゃった。珍しがって呼びに来た、だと？私たちがぬくぬくと毛皮の中にくるまっていられるのは、お前さんのお引き立てのおかげだってわけかい。お前さんなんかあちこちの家々をほっつき歩くめしいの淫売に過ぎないじゃないか。この屋敷にようやっと出入りし始めて、まだいくらもたたないうちに、もう人を秤にかけて見る気か。お前なんかにどれだけまともな唄が歌えるのか。どうせ東の溝の垣根がどうしたとか、西の溝の土手がどうだとか筆にも紙にも登らない、野蛮人の唄か、

小唄をちっとばかり知っているというだけのことだろう。いくら韓道国のうちでお前をおだてても。この家じゃ歯牙にもかけられないよ。このあばずれめ、さっさと出て行け！お前なんかに居座られてたまるもんか」と春梅。

「どうして私が居座るものか」と申二姐。

申二姐は泣く泣く炕から下りると、呉大妗子に暇の挨拶をして、衣装包みをまとめ、駕籠が来るのも待たず、画童を呼んで、これに手を引かれて、韓道国の家へ帰って行く。

こちら西門慶、蔡府知事に挨拶をして、新河口から戻り、馬を下りると、さっそく門番の平安が

「きょうは役所の何さまから、使いの者がやってまいりまして、旦那さまにあすは早々にご出勤ねがいたい。捕まえた悪者

どもの一味を取り調べるとのことでございます。それから府の胡さまが新しい暦を百冊ほど届けて寄越されました。荊都監さまのところからは、召使いが豚一匹、豆酒（とうしゅ）一壜、それに銀子四封届けてまいりましたので、若旦那さまが受け取られましたが、まだ礼状はお出しになっておりません。夜になったらまたその召使いが旦那さまにお目にかかりに来て、お話しするそうでございます。胡さまの方へは礼状を出し、使いの者に銀子を一銭ほどやっておきました。それから喬家の旦那さまからも案内状がまいりまして、あすいっぱい飲むからお越しくださいとのことでございます」

そこへ今度は玳安が宗御史からの返事を持って帰って来て、

「察院に品物をお届けいたしましたところ、宗さまはお代をあすお届けするとおっしゃって、私と荷担ぎに銀子五銭と暦百冊をくださいました」と報告する。

そこで西門慶は陳経済を呼び出して、四封の銀子のことを尋ね、もうとっくに奥へ渡したとの返事を得る。西門慶はそこで踵を大広間に向けると、そこには春梅の一味がとぐろを巻いてなにやらわめき合っているが、それには目もくれず、まっすぐ奥へ進む。奥の座敷では呉大妗子と三人の尼僧らが西門慶の姿を認めると、こそこそと別室に下がってしまう。玉簫のみが西門慶の着替えを手伝い、台所から食事を運んでくる。西門慶食事をしながら、来興を手元に呼んで、

「三十日には宋巡按が巡撫の侯さまの送別会をわが屋敷で開催される。一日には豚と羊をお供えして、願開きをする。そして三日には劉・薛両太監と守備府の周さまを招いて、任官祝いの酒宴を張ることになっている。だからちゃんとテーブルの用意をしておくように」といいつける。それが済むと玉簫がそばから、

「旦那さま、お酒を召し上がるのでしたら、どんなお酒をお付けいたしましょうか」と尋ねる。

「荊都監が送ってきた豆酒が口に合うかどうか試してみる」と西門慶。飲んでみると、とてもこくのある、いい味なので、豆酒を飲むことにする。豆酒をぐびぐびやっていると、やがて来安が月娘の一行を引き連れて、賑やかに戻ってきて、応伯爵家の貧相な祝い酒が話題となる。

「応二の嫂(ねえ)さんはわたしらがわんさと出かけて行ったので、とても喜んでおりました。応二兄さんのお妾さんの春花が前よりずっと瘠せて、色黒になっていたわ」と月娘。

「へえ、春花のあの化け者がやっぱり顔を出したのかい」

「出しましたとも。目も鼻もあるのかないのかというあの顔に白粉をどっさり塗りたくって、現われましたわ」と月娘。

月娘はそういう傍らで、申二姐がいないことに気づき、

「あの人どうしたの？」と訊いてみる。誰も急に口をつぐんで、黙り込んでしまう。結局は隠しきれずに、呉大妗子が事の顚末を話して聞かせる。すると月娘が血相を変えて金蓮にくってかかる。

「春梅を甘やかして、勝手放題にさせて置くから、こういうことになるじゃないの。お前さんが不都合だよ」

「すると目の見えない淫売女の方を大切にし、自分の女中は叩け、殴れとおっしゃるのか」と金蓮も開き直る。

ただならぬ二人の雰囲気に西門慶もあわてて口をはさむ。

「まあ、いいじゃないか。そのうち男の子に一両ほど持たせてやればすむことだろうから」

玉楼，李嬌児らは月娘の不機嫌をみて、先に部屋へ引き揚げてしまう。ところが金蓮には西門慶と月娘を残して自室に引き上げてしまうわけにはゆかないわけがある。この日は壬子(みずのえね)の日であって、金蓮が男児を身ごもるためにはこの日の夜を西門慶と同衾する必要がある。薛尼が揃えてくれた符薬と胞衣(えな)を服用して、西門慶と壬子の晩に一つ寝の必要がある。

「あたし先に行きますよ。待っていられないから」と金蓮。

「あいよ、わかった。ワシもすぐ行く」と西門慶。
ところがその晩、西門慶はついに金蓮の部屋には現れなかった。西門慶はその晩、月娘の差し金で誕生日の孟玉楼の部屋に泊まらざるをえないことになる。西門慶が金蓮の部屋に向けて立ち上がろうとすると、月娘が金切り声で叫んだ。
「なによ、一つ裙子を二人ではいたように、年柄年中食っついていて！誕生日ぐらいは玉楼ねえさんのところへいってあげるものですよ！まったく汚らしいったらありゃしない！わざわざこの部屋へやってきて、あなたをむりやり自分の部屋へつれてゆこうなんて、この恥知らずめ。手前だけがこの人の女房で、あとの者は女房じゃないってわけかい？あなたもあなたよ。一視同仁っていう言葉の通り、たれそれだけを特別扱いにしないがいいわよ。都から戻っても奥へは一晩も泊まりには来ず、どれくらい人を怒らせているか知れやしない。冷たい竈にも一くべ、熱い竈にも一くべっていうじゃないの。それをあなたときた日には、私はいいんです、普通の人とは違いますから。でも他の人たちは承知しません。口にこそださね、怒り心頭ですわ。きょうだって、孟ねえさんは応二嫂さんのところで、一日中、寒さに中ったのか、なにも喉を通らなかったのですよ。胸がむかむかするっていって、帰って来ました。お酒をさされても、みんな吐いてしまいました。早くあの人の部屋へ見にいってあげなさいよ」
西門慶それを聞くと、
「ほんとに具合が悪いのかい。じゃ、食器を片づけさせておくれ。もう飲まないから」といって、その足で玉楼の部屋へゆく。みれば女はすでに着物を脱ぎ、髪飾りを取り去って、下着のままで炕の上にうつ伏せになって横たわり、しきりに吐いている。西門慶、玉楼のうめき声を聞き、慌てて
「どうした。話してごらん。あした誰かを呼んで来て診てもらうから」と尋ねるが、女は一言も応えず、吐き続ける。

そこで西門慶は女を助け起こして坐らせながら、女が両手で胸元を揉みほぐすのをみて、

「具合はどうなんだ、ワシに話してごらんよ」という。

「胸元がむかむかするんですの。でもそれをきいて、どうなさるの。ご自分のお仕事をしにいらっしゃいませな」

「ワシャちっとも知らなんだ。大奥がいって初めて知った」

「それはそうでしょうよ。わたしらはあなたの女房じゃないんだから。あなたは好きな方んとこへいったらいいんだわ」

西門慶、女のうなじを抱き寄せるなり、口づけをして

「ワシに皮肉をいうのか！」といって、蘭香を呼び、

「早く濃いお茶を入れて来い。奥さんに飲ませるんだから」

「もうちゃんと用意ができておりますわ」

蘭香はそういいながら、茶を持って来る。西門慶はそれを女の口元まで持って行こうとすると、女が

「こっちへください。自分で飲みますから。急にそんなにされても、私はあなたを奪い合ったりはしませんから。きょうはお陽さまが西から出たんですわ。なんであたしの部屋へなんかおいでになったのでしょう。大奥さまがどうなすったのか知りませんが、取り繕いなどしたら、恨まれちゃうわ」

「近ごろワシもなにかと用事が多くて、ちっとも気持ちに余裕がないってことを、お前、知らないんだよ」

「そりゃお気持は休まらないでしょうよ。あの大好きな人がいつもあなたを引きずり込んで、独り占めにするので、わたしらのような時代遅れはみんな棚上げされてしまい、十年も経ってやっと思い出してもらえるという有様なんだから」

見れば西門慶は炕の上に並んで横たわっている。

「ああ、酒臭い！あっちへいって！ あたしはあなたといちゃつく気などまったくありませんからね」

「女の子を呼んで、飯を運んできてもらおう。ワシャまだ飯を食っていないんだからね。いっしょに食べようよ」

「何をいってるの、人が胸痛で苦しんでいるというのに、ご飯をいっしょに食べようだなんて！　食べたかったら、ご自分で行って、たべていらっしゃいよ」

「お前が食べたくないのなら、ワシも食べない。じゃ、片付けて、いっしょに寝よう。あすの朝、男の子にでも任医官を呼んで来させて診させるから」

「任医官でも、李医官でも勝手にお呼び下さい。あたしの方は劉婆さんの出す薬を飲んだら、すぐ治るんだから」

「横になってごらんよ。ワシがお前の心口（みぞおち）をもみもみしてやれば、すぐよくなるんだぜ。お前は知らないだろうが、ワシャ骨相みが得意なんだ。さわればすぐよくなっちまう」

西門慶はいつぞや劉学官がくれた広東の牛黄清心蝋丸を酒で飲めば非常によいということをふと思い出し、蘭香に

「奥座敷の蓋物入れに入れてあるから、大奥にそういって、それを出してもらって、酒といっしょにもってきてくれ」といいつけると、玉楼は反発していう。

「お酒なんか要りませんわ。この部屋にあるんですもの」

やがて蘭香が奥座敷から丸薬を二つもらってくると、西門慶は酒を温めて、丸薬を一つ玉楼に飲ませ、残った一錠を自分が飲もうとすると、玉楼はそれをぎょろりと睨んで、

「そんな嫌らしいことはお止めくださいよ。薬が飲みたかったら、ほかの人のところへ行って飲んでちょうだい。あなたいったいここでなにをしようっていうの。あなたは私が死にはしないと見てとったので、私をけしかけて、思う壺にはめようってわけなのね。人に痛い思いをさせ、魂も抜けてしまいそうだというのに、まだその上、人をいじくり回す。お陰で私までとんでもないことにされてしまいそうだ」

西門慶は笑いながら、

「じゃ、ワシャ薬は飲まないよ。もういっしょに寝ようよ」

女は西門慶と二人いっしょに着物を脱いで、床に上がる。西

門慶は布団の中で女の心口（みぞおち）をやさしくまさぐる。

「薬を飲んでいくらかよくなったかい」

「痛みは止まったけど、まだ胸元が少しむかむかするわ」

「大丈夫、そのうちよくなるからさ。あすにも任医官に体の温まる薬を持ってきてもらい、それを飲めばすぐに治るよ」

次の日、西門慶は朝早く起きると、役所に向けて出勤する。

藩金蓮は月娘によって西門慶を確保され、おまけに壬子の期日を台無しにされてしまい、心中はなはだ不悦につき、翌日は早朝に来安を呼んで、駕籠を用意させ、潘姥姥（ムームー）を実家に送り返してしまう。

呉月娘が早朝目を覚まして、起き上がると、三人の尼が帰ろうとして、暇を告げにくる。月娘は一人一人に茶菓子を一箱と銀子五銭を包み、さらに正月には薛尼に庵で法事を営んでもらう約束をとりつけ、とりあえず香や蝋燭や紙馬の代として一両を渡し、十二月にはまた香油や小麦粉、米、野菜を尼さんのお斎（とき）や仏の供物として届ける約束をする。

それからお茶を出して、呉大妗子や李嬌児・孟玉楼・西門大姐らを呼び集め、揃って奥座敷でもてなす。みなが腰を下ろすと、月娘は小玉に表へ行って、潘姥姥と金蓮を呼んでくるよういいつけようとすると、玉簫が

「小玉は奥で点心を蒸していますから、私が呼びにまいりましょう」といって、表の金蓮の部屋へ向う。金蓮の部屋に来て、母親がすでに帰宅してしまったことを知って驚く玉簫に、金蓮はこう応えた。

「泊まる方が乗り気でないんだから、そういつまでもいたってしょうがないさ。家に子供をほったらかしてあるのに、見る人がないので、返したのさ」

玉簫はこれを受けて、昨夜金蓮が自室に引き上げたあと、月娘奥さまは旦那さまに向かって、五奥さまのことをかくかくしかじかで、汚らしい、恥知らずだとずいぶんこき下ろしていた、

旦那さまを三奥さまの部屋へ無理矢理泊りに行かせると、こんどは呉大妗子さまや三師父さまに向かって、五奥さまが甘やかせるものだから、春梅が傍若無人に申二姐をやり込めたりして、困ったものだとか、旦那さまが申二姐に慰謝料を一両届けるそうだなどと一部始終を告げ口をする。

それから玉簫は奥に戻ってきて、月娘に母親はもう家に返したそうで、金蓮のみが程なくやってくると告げる。これを聞いた月娘は呉大妗子らに向かって愚痴をこぼす。

「ほうら、ごらんな、あの人はきのう私が二言三言意見をしたもんだから、腹を立てて、ご母堂を追い返してしまったんですってよ。あの人また何か企んで、波風を立てようって魂胆なのだわ、きっと」

このとき金蓮は奥の月娘の部屋の前まで来て、簾に手をかけたまま、部屋の中から漏れて来る会話に耳を傾けていたが、いきなり簾をたくしあげると、部屋の中に入り込んで、だし抜けに口を開く。

[それで、大奥さまはあたしがおっかさんを追い帰したのは男をくわえ込むためにだっていうのですね」

「ええ、その通りよ。だいたい亭主が都から戻ってきたのに、一日中自分の部屋にばかりくわえ込んでいて、奥の部屋には影も形も見させないではないの。あんた一人が女房で、外の人たちは女房じゃないっていうのかい。亭主の関わることは何事によらず、ほかの人は知らないけれども、自分だけは知っているって調子だ。そりゃあんたは一日中あの人のお守りをしているんだから、なんだって知らないはずはない」

「あの人はわたしの部屋になんかきませんよ。あたしだってあの人を豚の毛の縄で括りつけておくことはできません。いくらわたしだってそれほどでれでれしてはいませんわ」

「あんたはそれほど『媚（こび）』を売り歩いてはいないんですって？身分の上下をわきまえない卑しい人にはわたくしたちはなんに

も言いませんけれど、あなたは人の尻を追いかけまわしているだけよ。こんな調子じゃあ、私たちはこの部屋でアヒルをかっているようなもんだわ。養老院にだって上に立つ人はいるものよ。自分の使っている女中をあの人とまるで猫か犬みたいにいっしょに寝かせたり、甘やかしたりするもんだから、しまりがなくなって、あなたの口先を真似て、すぐに人を怒鳴り散らしたり、まくし立てたりするじゃないの」

「わたしの女中が何ですって？ 悪かったら、叩いたらどう」

呉月娘は両頬を真っ赤に染めて、断固としていう。

「あんたがなんといおうと、私は生娘のまま後妻として嫁いできたんだから、あとから追いかけてきたお上さんとは違いますよ。そういう恥知らずな男たらしはでれでれしていても、わたしたち正真正銘の本物は『媚』など売りません」

これを聞いた呉大妗子がそばから止めに入って、

「おねえさん、どうなすったの。お黙りなさいよ」という。

藩金蓮は月娘から激しく怒鳴りつけられると、ぺったり床面に座り込んで、ごろごろ転がりながら暴れだし、自分で頬面をビシビシと叩いたり、つけ髷もあたりに放り投げて、わあわあと泣き叫ぶ。

「わたし、そんなら死んでやる。こんな命なぞいるものか。あなたのご亭主が筋道を立てて話に来たから、あたしもそれに従ってこの家にきたんじゃないか。簡単なことだ。あの人が戻ってきたら、離縁状を書かせて頂戴よ。あたし出て行くから」と金蓮。

「ご覧な、このあばずれは。人が一言もいわないのに、まるで淮河（わいが）の洪水みたいに、転げ回って、止めどなくいいがかりをつける。旦那さまが戻ったら、あたしをどうにかしようってんじゃないでしょうね。あんたが何を企んで、どんなに暴れたって、あたしゃちっとも怖くはないからね」と月娘。

二人の喧嘩がますます激しくなってきたので、玉楼と玉簫が

両脇を抱えて、金蓮を引き起こしながら、
「さあ、表へゆきましょう。さっきから大騒ぎをしているけど、どうせちょっとした言葉の行き違いでしょう。師父さまに笑われますよ。さあお立ちな。表へゆきましょう」などといって、金蓮をなだめる。
三人の師父はいい合いが始まったので、小尼に点心を食べさせ、重箱を包んで月娘に挨拶をする。月娘はいう。
「師父さまがた、どうかお笑いにならないでくださいな」すると、薛尼が
「菩薩さま、なにをおっしゃいますの。どちらのご家庭の竈からも煙は立つものです。心の中の無明の火は少し触るとすぐさま煙を出します。みなさまでできるだけ譲り合うことがよろしゅうございます。仏法でも『冷心不動一孤舟、浄掃霊台正好修（冷心一弧舟も動かさず、霊台を浄掃すれば正に好く修まらん)』と申します。もしまた縄がとけ、錠前が緩めば、万の金剛をもってしてもこれを抑えることはできません。ただこの心の動揺だけはしっかりつなぎとめておかねばなりません。仏となり祖となるのも、すべてこれより始まります。貧僧、これよりお暇いたします。いろいろ菩薩さまにはお世話になりました。これにてお別れです」

さて、こちらは西門慶、役所で盗賊の取り調べを終えて、昼ごろようやく家に帰ってきたが、ちょうどそのとき荊都監の家から召使いが返事をもらいにきていた。
「お宅の旦那さまから結構な贈物を頂戴して、ありがたいことだが、どうしてこんなにご心配してくださるんだろう。お前さん、あの贈物を担いで帰っておくれよ。あす話がついたら、受け取りに行くから」というと、召使いは
「うちの旦那さまからそうことづかってきているならともかく、どうして私が勝手に持って帰られましょう。こちらに置い

ておいていただいても、同じことでございます」という。

「そういうことなら、承知したとお伝えしておくれ」

西門慶はそういうと、返事の手紙を渡し、召使いに一両の銀子をはずむために、奥座敷に入っていったが、見れば月娘は炕の上でぐっすり寝込んでいて、返答がない。女中らに尋ねても、要領を得ない。表の金蓮の部屋へ来て見ると、女は髪をザンバラにして、こちらも泣き寝入りをしている様子。

銀子を封じて、荊都監の召使いをかえすと、こんどは孟玉楼の部屋へ行って尋ねる。玉楼は隠しきれなくなって、一部始終を話して聞かせる。西門慶さすがに狼狽して、月娘の部屋に急いで舞い戻り、

「妊娠中の体であんな小女とやり合うとは何事か」と叱りつけてみる。

「まあよく話を聞いてからにしてください。私はあの人と喧嘩などしてはいません。あの人が私の部屋へやってきて、いきなりわめき立てるのです。私が何か一言いえば、あの人は十(と)もいい返してくる。まるで淮河(わいが)の洪水みたいにまくしたて、床の上を転がり回って、わめきたてる。頭をぶっつけ、つけ髷は弾き飛ばして泣きわめくという始末。あのあばずれに腹を立てたものだから、私も体がぐったりして、熱はでる、心口(みぞおち)は腫れ上がる、おなかがずり落ちて、痛みだすし、両腕はすっかり萎えてしまって、もう長いこと物が握れない」と月娘も半泣きになってわめきたてる。

西門慶これをきくと、立ったり坐ったりしながらいう。

「それはどうしたんだ。急いで召使いをやって、任医官を呼んでこよう。暗くなると、城門が閉って入れなくなるゾ」

「任医官でも何でも勝手にお呼びなさい。命があれば助かるし、駄目なら死なせてもらうわ。そうすればあの人の望み通りになるわ。どんなによくたって、女房なんてものは壁土みたいなもので、一皮むけたら、それまでよ。あたしが死んだら、あ

の人を正妻に抜擢したらいいでしょう。あんなに賢い人なんだから、家の中の切り盛りができないはずはなし」

「お前は我慢強いのが取り柄だ。あんな淫婦なぞうっちゃておけばいいんだ。急に息でも停まった日にはお腹の子は上がりも下がりもしなくなってしまう。どうするんだ」

「そんなら劉婆さんに診てもらいましょう。あの人の薬を飲んで、頭に針を打ってもらえば、すぐ治りますよ」

「あんな婆には任せられない。馬で任医官を呼んでこよう」

西門慶は月娘のいうことには耳も貸さず、表に行くと、琴童を呼んで、城外に住む任医官の家に迎えに行かせる。

「待ち構えていて、いっしょに連れてくるんだ」

琴童はハイと応えて、馬を走らせ、夕方ころ空手で戻って、

「任さまは役所にご当直で、今日は来られませんが、あすは一番でおいでくださるそうです」と報告する。

「太医さまはあす来られるというんですから、あなた、喬さんのところへいらっしゃいよ。こんなに遅くなってもあなたがいらっしゃらないと、喬家でも心配なさいますよ」

「ワシがでかけてしまったら、お前の面倒はだれがみる？」

「バカねえ、慌てふためいて、あんなことをいってるわ。あたしの方はもう少ししたら、なんとか起きて、呉のおねえさまといっしょにご飯をいただきますわ」

喬家を訪ねた西門慶は程なく引き返して来ると、月娘の容態を気にして部屋に入って行く。月娘に喬家の様子をきかれ、

「うん、そうなんだ。こんどお上が銀三十両を上納したものを義官に取り立てるというので、これに応募したいというから、お手伝いすることにした」と応える。

あくれば、山東巡撫、侯蒙（こうもう）を主賓とする送別会である。東平府役所から役人三十名、お抱え芸人六名が派遣されてきた。

第七十六回

孟玉楼呉月娘の怒りを解き、西門慶温葵軒を追放する

さて、西門慶は呉月娘がいっこうに姿を見せないので、自ら奥座敷に入って、早くするよう催促をし、月娘が衣裳を身につけるのを見届けると、任医官を客間に通して、次の間に腰を降ろさせる。そこは正面に金粉をまぶした屏風が立てかけてあり、その両脇には長椅子が置かれている。しばらくすると、月娘が部屋の中から伏目勝ちに姿を現わし、上目づかいに頭を垂れて、

「よろしくお願いいたします」と小声でつぶやく。

任医官、慌てて傍らに身を退け、深く腰をかがめて、挨拶を返す。月娘は向かいの椅子に腰を降ろす。琴童が持ち出したテーブルの上に錦の座布団を敷くと、月娘、袖口から玉の腕をそっと差し出し、白ネギのような手首をのぞかせる。任医官は脈を取る。しばらくして、診察は終わり、月娘はまた

「よろしく」とつぶやいて、目礼をし、そのまま自室に引き下がってゆく。

すると部屋の中から女中がお茶を用意して現われる。任医官はそれを飲みながら、

「おん奥さまは元来お体が弱くていられます。脈を取ると、不整脈が見え、妊娠中の症状とはいいながら、いささか栄養失調の気味があり、苛々しやすく、癇癪を起こします。ただいまのところ、頭も冴えず、心臓および脾臓の中膈にいささか障害が認められ、ご気分の勝れぬ原因となっております。四肢に血行少なく、気が多くなっております」と説明する。

月娘、琴童に命じて、己の体調を説明させる。

「奥さまはただいま少し頭痛があって、胸が張り、腕にしびれがあります。臓腑が下がり気味にて、これが痛み、腰が重く、

ご飯をいただいても味がないとおおせであります」
「承知しております。ただいま明白にそう申し上げたところです」と任医官は応える。
これに対して西門慶がいう。
「後渓(こうけい)先生、正直申せ、家内はただいま臨月の身重でございますが、腹を立てたためか、具合が悪くなり、胸がつかえておるのであります。先生のご配慮によりまして、少しくご加減をいただき、よろしくお願い申し上げます」
「ご心配戴かなくとも、小生十分に意を尽くしております。いまから帰りまして、胎児を安らかにし、気滞・気虚の理気を解き、痛みを止める薬を処方して，お届けいたしましょう。おん奥さまにはこれをご服用いただきまして、お腹立ちをお慎みいただきますよう、さらにおいしいものを少しだけご賞味いただきますように」と任医官がいえば、西門慶も
「先生、どうか胎児に間違いなきよう願いします」という。
「胎児は安定し、血行は良くなってまいります。ご心配のありませぬよう、小生自ら充分に斟酌いたします」と任医官。
「小生の三番目の妻がしばしば肚疼を訴えます。子宮を温める薬がありましたら、あわあせてこれも頂戴いたしたきものです」
「謹領いたしました。あわせてお届けいたします」
こういうと任医官は立ち上がって、表の大広間に出る。中庭には大勢の楽師らが控えているのが目に留まる。
「きょうは何かおめでたでもありますのかな」と任医官。
「巡按の宗(そう)公が両司官どのとごいっしょに巡撫の侯石泉(こうせきせん)先生をご招待して、拙宅にて宴会を開かれます」と西門慶。
任医官これを聞くと、心を驚かせ、恐縮して、門前でお辞儀をして、馬に飛び乗り、そそくさと立ち去る。西門慶は任医官を見送って戻ると、さっそく銀子一両と手布巾二枚を包み、琴童に持たせ、薬を受け取りに馬で後を追わせる。李嬌児(りきょうじ)、孟(もう)玉楼(ぎょくろう)およびその外の人々はみな揃って月娘の部屋に集まり、果

物の盛り合わせを用意したり、銀の食器を拭いたりして、
「大奥さま、先ほどはお医者さまの前にお出になるのを大分渋っておいでででしたが、診てもらったら、胸の病がすっきり晴れたじゃありませんか」と口を揃えていう。
「どうせよくなりっこない婆ちゃんなんだから、死ぬなら勝手に死んでしまったらいいのよ。あの女はなぜだか知らないけど、わたしらの行動を監視していて、あんたはわたしの姑なんだって？とんでもない。あるのは大老婆（正妻）と小老婆（妾）の違いだけじゃない。あたしは彼より八カ月歳上なのよ。男の子があたしに夢中になるんだから、あんたの方はちらっと見るだけで、諦めて我慢するよりしかたがないでしょうだってさ。あの子は旦那と何か口約束でも取りつけているに違いないわ。さもなければあの子は私に向かってあんな大口をたたくはずがないもの。
　もしもあんたたちがせっついて、行って診てもらえといわなかったら、あたしゃこの先十年たったって、出て行って診てもらったりはしなかったわ。死ぬものなら、勝手に死なせてくれればいいのよ。諺にも、鶏一羽死んで、鶏一羽鳴くって。新来の鶏はひときわ美しく鳴くっていうけど、私が死んだら、あの人をたてなさいよ。そうすれば、騒ぎもなく、喧嘩も起らない。大根を引っこ抜いたら、地面が広くなるってことよ」
「やれやれ、大奥さま。なんでこんな話になるんでしょう。あたしらあの人のことでは誓っていいますけど、あの六奥さんときた日には、人の心がからきしわからない人なんですわ。
　やることに無理筋なところがあって、たった一人で群れをなして襲いかかってくる。大奥さま、あんな人を相手に腹を立てたりしていては駄目ですわよ」と玉楼はいう。
「あの人は腹に一物もないんだって？腹に一物もない人がどうして人の話をこっそり立ち聞きしたりするの？人の話に口出しして、あてこすりをいうの？」

「奥さま、あなたは一家の大黒柱、汚水甕。あちこちから不平・不満が募ってきて当たり前。諺にもいうじゃありませんか、君子は一人で小人十人を相手にすると。あなたが少し高みに立って、あの人を許してやれば、あの人も立ち行きはしますけれども、あなたがあの人と同じ立場に立ったら、あの人はもうとても生きては行かれませんからね」と玉楼。

「亭主があの人の後ろ楯になっているもんだから、いくら私が大老婆だといっても、とうてい太刀打ちはできないのよ」

「もうこの話はこれくらいにして、奥さま、お気持ちをお静めなさいませ。私が今からあの人をここへ呼んで来て、奥さまに磕頭して謝らせますから、今のうちにお二人で仲直りをなさっておけば、旦那さまも板ばさみにならずにすみますから。旦那さまがあの人の部屋へ行ったら、奥さまはお怒りになるでしょうし、行かなければ、あちらが出て来ない。きょうだって、あたしらはみんなここに集まって、宴会の準備をしているのに、あの人だけは部屋に籠って、出て来ないで、じっとしてるなんて、わたしらだって許せないもの」と玉楼。

月娘が黙り込んでなにもいわないので、孟玉楼は立ち上がって、まっすぐ金蓮の部屋へ入って行く。見ると金蓮は髪もとかさず、顔は青ざめて、炕の上に座り込んでいる。

「金蓮ねえさん、あんたはなんて馬鹿な格好をしているの。さあ、早く髪を梳かして、奥へ来てよ。奥は宴会の準備で大変なんだから。どうしてそんなに脹れっ面ばかりしているの。実はさっきから、わたしたち大奥さんにあなたのことをいろいろと話しておいたから、気分の悪いところは腹の中にしまっておいて、明るい気持ちだけを表に出して、会ってみたらどう？大奥さまにお辞儀をして、お詫びをなさいな。あなたもわたしもどうせ低い軒下にこごんでいる身なんだから、無闇に突っ張っていないで、頭を低くした方が勝ちよ。甘い言葉は冬をもぬくめ、人の悪口夏なお寒いって諺もあるわ。あなたが謝れば、騒ぎも丸く収まるわ。さもないと、旦那さまも板ばさみで、立つ瀬がないじゃないの」と玉楼。

玉楼はむずがる金蓮をようやくすかして、藩金蓮を奥の部屋へ連れて行くことになり、金蓮はしばらく考え込んでいたが、やがて鏡台の前から櫛と鏡を取り上げ、ちょっと髪をなでただけで、つけ髷をのせ、着物を着て、玉楼といっしょに奥座敷に向かう。

玉楼は簾をまくって、先に入りながら、

「大奥さま、ご覧の通り、私がさっそく引っ張ってまいりましたよ」というと、金蓮に向かっていう。

「さあ、お前。早くこっちへ来て、奥さまにご挨拶なさい」

いっぽうで玉楼、月娘に向かっていう。

「お姑さま、この子は年端も行かなくて、善悪の見境もつかず、お姑さまに逆らってばかりいますが、どうぞ堪忍してやってくださいませ。このたびはお許しをいただき、こんどまたご無礼をいたしましたならば、どのように打たれようと、異存はございませんから」

藩金蓮は燭台に挿した蝋燭のように、月娘に対してだらりと四回磕頭を繰り返すと、すぐさま立ち上がって、玉楼を捕まえ、怒鳴りつけて、

「よくもまあこんなでたらめを、このあばずれめが！いったい、いつの間にお前はあたしのおっかさんになり下りゃあがったのか！」というので、居合わせた連中はみないっせいに噴き出して大笑いをする。月娘までもがたまらなくなって笑い出す。

「この悪党奴隷め、ご主人さまがちょっと好い顔すれば、すぐ調子に乗って、おっかさんを打とうっていうのかい？」

玉楼がそういうと、月娘も

「この人が黙っているなら、誰もこの人のことをとやかくいいやしないのにねえ」という。すると金蓮が口をきる。

「奥さまは天、あたしらは地。奥さまさえ認めてくだされば、

わたしらみたいな馬の骨は肝に銘じて口を慎みますわ」

玉楼も金蓮の背中を軽く叩いて、

「娘や、それでこそ私のお腹を痛めて生んだわが子ですよ。それはそうと、さあ、もうおしゃべりは止めにして、お仕事に取り掛かりましょう」という。そこで藩金蓮も手を洗い、爪を切り、孟玉楼とともに炕の上で果物の盛り付けを始める。

孫雪娥は家人の上さんたちに指図をしながら、竈の前で蔬菜の準備に忙しく、料理方は表側の調理場で羊や豚の煮焚きにいそしんでいた。そこへ琴童が城外の任医官の屋敷から薬をもらって帰ってくる。西門慶は丸薬を玉楼の部屋に届け、煎じ薬は月娘に手渡す。

さて、表の大広間に宋御史が宴席の様子見にやってくる。西門慶はその相手をする傍ら、宗御史を東屋に案内する。宋御史は鼎の礼を述べて、

「ただで頂戴するわけにはまいりません。いかほどお代を差し上げたらよろしいか…」と尋ねる。

「お納めいただくだけで、光栄に存じます」と西門慶。

「何をもってお返ししたら、よろしいのでしょうか。お礼の申し上げようもございませんが」と宋御史述べて、話は一段落し、お茶が終わると、この地方の人情や風俗の有様が問いかけられる。西門慶がそのあらましに応えると、話題の中心が役人たちの気質・人情に移ってゆく。西門慶が

「卑職の知るところははなはだ狭隘(きょうあい)なれども、本府の胡知事は日頃より人望厚く、当県の李知事も職務に精励していることは私も存じておりますが、その他の者についてはあまり深くは存じませんゆえ、お答を差し控えさせていただきます」

と応ずると、宋御史は西門慶の胸中を見透かしたような問いかけによって、さらに鎌をかける

「守備の周秀とは貴公もお付合いがおありのようですが、どのような人物でしょうか」

そこで西門慶は

「守備隊長の周は老錬とは申せ、済州の荊都監には及ばないでしょう。荊都監は若くして、武官試験に合格した人物、才勇兼備の士でございますから、どうかお目をかけてくださいますように」と、荊都監を持ちだして、前日預かった履歴書などを差し出し、同時に自分の妻の兄、呉鎧（ごがい）を社倉修理の後、しかるべくご推挙にあずかりたいと述べ、これまた書類を提出する。宋御史はどちらの人物にも愛想のいい返事を返し、随行の役人に書類を納めさせる。役人が書類を受け取って出て行くと、西門慶はそっと左右の者にいいつけて、三両の銀子をつかませる。

こうして高級官僚と俄か仕込みの地方官である西門慶との間で人事の闇取引が行われる中で、宴会に参加の人々が続々と集まってくる。その最後に正賓の侯巡撫がのりこんでくる。歓迎の吹奏楽が打ち鳴らされる。西門慶は大急ぎで、これを出迎えに顔をだす。宋御史の方はゆっくりと庭のくぐり門をくぐって出て行く。見ると、広間の真ん中に大きなテーブルが配されていて、テーブルの上には豪勢な料理品が並べられている。客人たちは心中大喜びで、

「こんなご馳走に預かっては、少し足し前をしなくては」などとささやき交わす。すると宗御史が

「分担金が足りなくなったら、四泉どのが私に義理だてしてくださいますから、心配ご無用。諸侯に足らず前をご負担願うことはありません」と釘をさす。

侯巡撫は日暮れ時まで、酒や舞踊隊（ぶようたい）の演舞を楽しみ、左右の者に命じて五両の銀子を持って来させ、料理方・給仕人・楽師・下働きなどに分け与えると、衣服をまとって立ち上がり、表門から駕籠に乗って帰って行く。引き続いて、宗御史も役人らとともに西門慶にお礼の挨拶をして帰って行く。西門慶はこの宴が果てたあと内輪の者たちで小宴を楽しんだ。

下手の方で芝居の銅鑼や太鼓が鳴り響き、『四節記冬景』の

一節が演じられ、その賑わいの最中に、喬家の旦那の使い、喬通がやってきて、献納金三十両を届けてきた。西門慶は

「あすの朝、胡知事のところへワシがこの包みを届ければ、すぐに辞令をよこすよ」とこたえて、玳安に台所から酒・飯・点心など書斎に運ばせて、喬通を接待してから帰すようにいいつけた。

夜になって、宴がひけると、西門慶は月娘の部屋に行って、昼間、宗巡按に呉大舅の昇格を依頼して、了承を取り付けた話を伝える。すると月娘は突然わめきだしていう。

「バカなことをいわないでください。あの人は貧乏千戸の跡取りですから、二三百両の献金などとてもできませんよ」

「なに、百文だって取られやしないよ。宋御史がそう約束したんだ。きっと義理立てしてくれるさ」と西門慶。

「どっちにしろ、あたしゃ知りませんからね」と呉月娘。

西門慶が、それではと表の金蓮の部屋へ向かおうとすると、月娘が声高に呼び戻す。

「どこ行くの。表に行くのなら、もっと遅くなってから行きなさい。あの人はさっきわたしのところへ謝りに来て、思いっきりしゃべって帰ったところで、もう残っていることはあなたに謝らせることだけなんだから。あんた、尻の穴の毛まで抜かれちまうよ。それともあのお上さんのところか」

「そんなところへ行ったって、しようがないじゃないか」

「だからわたしのいうことを聞いて、きょうは決して表へは行かないこと。下手の李嬌児さんのところへ行きなさい」

いわれて、西門慶しぶしぶ李嬌児の部屋で一夜を明かす。

次の日は十二月一日、喬大戸に代わって、東平府の胡府知事の元に、鄭重な土産物と銀子三十両を届ける日である。玳安が使いに出される。公文書をもらって帰ってくる。印鑑があちこちに押された辞令であった。『喬洪—喬大戸—を東平府の義官に任ず』と明記されている。西門慶が喬大戸にこれを知らせ、

十二月三日に祝宴を開いて差し上げたい。来駕を待つと伝える。
同じこの日、応伯爵が西門慶を訪ねてきた。
「遅れて申し訳なかったが、兄貴が理刑になられたので、みんなでご祝儀を集めて、持って上がった次第です」と、金包みを差し出す。金を拠出した者の顔触れは玉皇廟の呉道官・応伯爵・謝希大・祝日念・孫寡嘴・常時節・白来搶など全部で十人分のお祝い金。
「こっちには、その外親戚の呉二舅・沈姨夫・城外の任医官、それに番頭三人・温葵軒などに十人ばかり来ているので、みんないっしょ四日に招待しよう」と西門慶がいうと、左右の者に命じて、金包みを奥に運ばせ、琴童に
「馬を引いて、呉大舅さんをお呼びしておいで。喬大戸さんのお相手をしてもらうから」という。
やがて呉大舅がやってくると、陳経済を呼んで、五人で酒を飲み始める。その日、西門慶は呉大舅・応伯爵を相手にして一更（午後八時）ごろまで飲み続け、傍の者に
「明朝、馬の用意をして待つように。何(か)の旦那をお呼びして、侯(こう)さまを見送りに行くから。それに軍卒四名を後に残し、来安(らいあん)・春鴻(しゅんこう)の二人といっしょに大奥の駕籠について夏(か)家へゆくように」といいつける。
そうして金蓮(きんれん)の部屋に向かう。金蓮は冠を取り、黒髪をかき乱し、顔に紅・お白粉もつけず、着たまま寝台の上に横になっている。西門慶は部屋に入るなり、春梅(しゅんばい)を呼んでみるが、返事がない。
「おい、やかまし屋、どうした。なにを怒っているんだ」
みると、女は品をつくりながらも、涙が両頬をとめどなく流れ落ちる。
「どうしたんだ」ともう一度声をかける。
「つまらんことで、むやみ喧嘩をするもんじゃないよ」
「あの人と喧嘩をしたって？あの人がむやみあら探しをして、

人前であたしの悪口をいうのよ…」と金蓮の口からとめどない罵詈雑言が飛び出して、月娘に向けられる。

「もういい加減にしないか。そんなことをいっても、しかたがあるまい」

「こちとら、この二三日泣き通しで、ご飯も喉を通らないのよ。この下種女をいったいどうしようとお考えなのさ！」

西門慶、金蓮は一先ずこのまま放置して、別部屋の春梅に向かうと、こちらも金蓮同様に真珠の涙で回りをびしょ濡れに濡らして、

「あたしがあの淫売瞽女をやっつけたからといって、いったいどこが悪いのよ。事の起こりは韓道国のお上さん、王六児の蓮っ葉女めがあんな女をわたしらの目の前に送り込んできたからでしょう。こんど王六児がでてきたら、ただでおくものか。必ずヒイヒイ泣かしてやる」と意気込む。

西門慶はここへ来たばかりに、金蓮と春梅に詫びを入れさせられることとなり、秋菊に母屋の台所から料理を運んでこさせ、自らが二人に酌をして、機嫌を直させる破目となった。

あくる日、西門慶は朝早く起きると、約束の何千戸といっしょに城外まで侯巡撫の見送りに出かける。月娘もまた夏前提刑の留守宅へ軍卒に露払いをさせながら、駕籠に乗って出発する。家では玳安と王経が留守番をしていた。

昼下がり、県庁前で茶屋を営んでいる王婆が隠亡（検死人）の何九を連れて西門屋敷を訪れる。

「おや、王の婆さんに何さん。珍しいこともあったもんだ」

「きょうはこの何九さんが弟のことで旦那さまにお頼みしたいことがあるというんで、上ったのさ」

旦那さまも奥さまも今日は留守であるから、五奥さま声かけしてみようということで、錦繍の帳に金をちりばめた寝台、置物や器具は輝くばかり、衣裳箱や化粧道具はまぶしいほど。王婆は一しきり金蓮の栄耀栄華を口を極めてうらやむ。

「わたしの方はたいしたことはございません。南方に出かけていた倅の王潮（おうちょう）がようやく帰ってきたので、お金をためてロバを手に入れ、そいつに臼を引かせて、粉屋を遣っておりますのでさ。きょう出て来た用件は…」と語り始める。

隠亡の何九には何十という弟がいて、これがある盗難事件の巻き添えで、ただいま提刑院にあげられていて、旦那の手で訊問されることになっている。ところが何十はこの事件とは何の関わりもなく、罪を着せたのは泥棒宿の親爺で、己の身代わりに何十を巻き添えにしたのであるから、旦那さまのお取り調べにより、よろしく無罪放免にしてやっていただきたいというのであった。王婆はこういって訴状を金蓮に渡す。

晩になって、西門慶が帰宅すると、玳安がこの由を報せると、西門慶はさっそく金蓮の部屋へ行って、訴状に目を通し、それを下役に手渡し、

「あす役所にて申し立てを行うように」と指示し、それから陳経済に命じて、三日の案内状を出させ、春梅には内緒で、琴童に銀一両と点心一箱を韓道国の家まで届けさせ、

「これを申二姐さんにあげてください。どうか気を悪くなさらないようにお伝えください」といわせる。王六児はこれをにこにこ顔で受け取った。

月娘も夜になって帰ってきた。東京の夏延齢（かえんれい）が細君あてに手紙を寄越していた。『六日か七日に家を引き払って、上京せよ。上京の際には奔四（ほんし）に同行を依頼し、送って来てもらうこと』――という内容であった。

「わたし、ほんとうにおどろきました。賁四があちらに妾に出した長姐（ちょうそ）がなんと、いまじゃすっかりみちがえるよう。それに夏の奥さまからわが子のように可愛がられ、名前も瑞雲（ずいうん）と改められていますのよ」と月娘が報告する。西門慶その夜は一番奥の孫雪娥（そんせつが）の部屋に泊まった。

翌朝、西門慶が役所へ出かけたあと、何九がやって来て、玳

安に事の成り行きを尋ねる。何九はこれを聞くと大喜びで、役所の門前へと向かう。何十はすでに釈放されていた。その穴埋めとして、弘化寺の和尚が一名引っ捕えられた。強盗が一晩お寺に泊まったからという理由からであった。

世の中にはよくこんな不公平があるもので、これこそ「張さんが酒を飲んで、李さんが酔っ払い、桑の枝がおられて、柳の木が報いを受ける」というところ。

宗朝の気運すでにまさに終わらんとす
執掌（所轄官）の提刑はなはだ公平ならず
畢竟天下の眼は逃れ難し
なんぞ激濁と揚清に堪へんや

その日は東平府の義官となった喬大戸のために賀筵を催す日であった。西門慶の家では四人の芸妓、呉銀児・鄭愛月・洪四児・斉香児らを呼び、昼ごろにはみな集まって、衣装包みを持ちながら、揃って月娘の部屋に行き、月娘・呉大妗子をはじめ一同に挨拶をする。

そこへ西門慶が役所から帰ってくる。すると四人の芸妓たちは楽器を置き、にこにこ笑いながら、一斉に西門慶に挨拶をする。西門慶が腰を下ろすと、月娘が尋ねる。

「あなた、どうしてこんなに遅くまで役所にいたんです」

「きょうはいろいろと事件の審理があってね。きのう王婆が頼みに来た何九の弟はきょう釈放してやったよ。それからこんどは姦通事件で、母親が娘婿をくわえこんだという。その婿は若くて、二十歳ばかり。この家の入婿だった。後にこの母親が死んで、その後へ周氏という女が来た。ところが一年足らずで、こんどは親父が亡くなった。周氏という女は年が若くて、後家が通せず、その若い婿とできてしまった。その後、家で使っている下女を叱ったところ、その下女は腹いせに隣近所に触れまわり、それで告発されることになってしまった。きょう供述書を取ったので、みんな同じ日に送ってしまうよ。東平府に回れば、これは緦麻（死後三カ月間喪に服すべき）の親族と姦通したわけだから、二人とも絞首刑だな。その奴隷女が軽はずみなことをしたばかりに二人とも命を落としてしまうんだから、全く可哀想な話だ」と西門慶。

そこへ荊都監が人より早めに入ってきた。西門慶がこれを出迎え、宗巡按が履歴書を納めたし、自分の口添えをしておいたので、心配はないはずと語ってきかせる。程なく喬大戸も顔を出す。例によって例のごとき宴会が真夜中まで続く。その夜は西門慶、李瓶児の部屋で、如意を抱いて寝た。

あくる日、西門慶は朝、役所へゆき、例の二組の犯人たちを東平府へ送ると、家に帰って酒の用意をし、呉道官・呉二舅・花大舅・沈姨夫・韓姨夫・任医官・温秀才・応伯爵らの盟友ならびに家の番頭三人を呼んだ。全部で十二テーブル、席上、李桂姐・呉銀児・鄭愛月の三芸妓が酌をして回り、李銘・呉恵・鄭奉の三人が楽器を奏でながら、唄を歌う。酒が始まったところへ平安がやってきて、

「雲離守さまがこのたび官職をお継ぎになり、土産物を持って、お見えになりました」と知らせる。

やがて雲離守が紋の入った黒繻子の丸襟服を着て、腰に金帯といういでたちで、従者に土産物を担がせて現われ、まず西門慶に書付けをだしてみせる。

『新任山東清河右衛指揮補佐、門下生雲離守頓首百拝、謹んで土産物、海魚一尾、乾し海老一包み、鵞鳥塩漬け四羽、いささか微意を表し奉る』と書いてある。

「小生、きのう帰ってまいりまして、きょうはこうしてご挨拶に参上した次第です」

雲理守はそういって、四双八拝の礼を行う。

その日、宴席は注しつ、注されつの大賑わいで、しばらくす

ると、雲離守はぐでんぐでんに酔っぱらってしまう。花は集まり、錦は群がり、杯は入り乱れて、一同楽しく遊び戯れ、二更（十時）ごろになってようやくお開きとなった。西門慶は三人の芸妓をかえすと、奥座敷で休んだ。

かくて西門慶はあくる日、答礼のため雲離守を訪ねようとしていると、折から賁四が入ってきて、東京の夏延齢から届いた手紙を見せ、どうしたものでしょうかと相談する。

「出発は六日の予定ですが、往復に半月はかかりましょう。その間、お店の方はどうしたら、いいものでしょう」という。

賁四、店の鍵を差し出しながら、聞いてみる。

「構わないよ。留守中は呉の二番目の叔父さんを頼むことにする」と西門慶応え、鍵を受け取り、雲離守のところへ向う。

この日はまたずっと泊まっていた呉大妗子がいよいよ帰るといいだした。迎えに駕籠が表門に到着する。月娘は料理や菓子を二箱つめて土産に持たせ、見送りに門まで出る。駕籠が去る。月娘が引き返す。ふと見ると、画童（がどう）が門の内側で大声をあげて泣いている。西門慶が温秀才に付けて置いた小間使いの画童である。平安が

「早く行かねえかよ！」と責め立てている。

「平安、なぜその子をいじめているの？」と月娘が尋ねる。

「温先生が呼んでらっしゃるのに、こいつどうしても嫌だって、いうことをきかないんですよ」

「お前、どうしてゆかないというの？」

月娘が訊いても、小僧は返事をしない。

「この悪党め、大奥さまがお訊きなのに、なぜ黙っているんだ」と金蓮が横から怒鳴る。それをきっかけに、平安が進み出て、頬にピシャリと平手打ちをかます。小僧は一段と声を震わせて、大声で泣きわめく。

「お前、本当のことをおいいよ。あの人はお前を呼んで、何をしているの。いわなかったら、大奥さまに叩いてもらうから」

と金蓮。小僧は急にじゃべり出す。

「あの人、僕を騙して、僕の尻を突くんです。もう腫れ上がって痛くて仕方がありません。『早くどけてください』といってもどうしてもやめません。しょうがないから、僕が引っ張り出して、逃げて来ましたが、また呼びに来るんです」

「あの南者は女房がいるのに、なんでそんな恥知らずなの」

月娘はじめ一同は打つ手もなく、奥へ入って行く。

西門慶が日暮れ時になって帰ってくると、奥座敷に腰をおろす。そこで月娘が口をきく。

「雲離守に引き留められたんですって？」

「ああ、わざわざ出向いたもんだから、すっかり上機嫌で、酒を一瓶も飲まされた。温葵軒（おんきけん）に掛軸の一本も画いてもらってお礼に贈ろうかと思っているところだ」と西門慶。

「いつまでも温葵軒とやらを抱えておくのですか。あんな恥知らずをむやみに家に抱えて置くと、いずれ人に知られた日には恥さらしですよ」と月娘。

西門慶、聞いてびっくり、画童を呼び、仔細を問うてみる。

「そればかりじゃありません。いつだったか旦那さまが書かせたお手紙の下書きを倪鵬（げいほう）に見せ、倪鵬がまた夏延齢に話していました」と画童がいう。西門慶は東京で翟（てき）執事に忠告されたことがあった。夏提刑に手紙の内容が漏れているよと。西門慶一大決心をして、温秀才を追放した。

第七十七回

西門慶雪を踏んで愛月を訪ね、賁四嫂窓に凭れ佳き日を望む

さて、温秀才は赦免を求めたが、果たされず、自らも慙愧の念にさいなまれ、妻子を連れて、元の住まいに移り住んだ。西門慶はこれまで彼に住まわせていた、向かいの呉服屋の書斎を客間に改装したまでは良かったが、温秀才に代わる文字や文章の書き手がいなくなってしまい、差し当たり喬大戸と雲理守が出世したので、この地方の名士である西門慶はお祝いにせめて達筆でしたためた名文句の掛け軸ぐらいは送ろうと思うのだが、肝心の書の書き手がいないというわけであった。

ある日のこと、尚挙人（郷試合格者）がしばらく旅に出るからといって、挨拶にやってきた。上京して進士の試験を受けるので、皮の旅行鞄と毛織の上着を貸してはもらえまいかという。西門慶、茶を出しながら、親戚筋の喬大戸が義官になり、雲離守が家代々の職を継いで、実務を引き継ぐことになったので、お祝いに軸文を贈りたいと思うのだが、どなたか書の書ける知りあいはいないかと尋ねる。

「現に武官候補生で、同窓の聶両湖と申すものあり、子供たちに塾を開いておりますが、多方面にわたって本領極めて豊かでありますので、この男に話しておきますゆえ、お小僧衆にでも軸を私のところへ届けさせてください」と尚挙人。

西門慶喜び勇んで、手布巾二枚と白銀五銭を包んで渡し、琴童に軸と手織りの上着と皮鞄とを尚挙人の家まで届けさせる。

その二日後、掛軸が出来上がってきた。壁にかけて眺めると、ピカピカの金文字で、非の打ちどころがない。西門慶、心中大喜びしていると、そこへ応伯爵がやってきていう。

「喬大戸と雲二兄の祝賀会のことはどうなっていますか。掛軸はまだ出来上らんのですか。そういってみれば、このところ

温先生の姿が見えませんが、どうかしたんですか」

「温先生のことか、やつは犬畜生の類だよ」と西門慶かくかくしかじかだからと、事の次第を話して聞かせる。すると

「兄貴、やつは言葉は巧みだけれども、その実はなはだしく軽佻浮薄。兄貴は早く気づいたからよかったものの、然らずんばお宅の子供衆はみなすっかり堕落させられちまうところでしたよ。それではそのご両人さまのお祝い軸はどなたがお書きになりましたのです？」

「先日、尚小塘（しょうしょうとう）が挨拶に来ていうには、朋友の聶両湖（しょうりょうこ）が達意の文章を書くというので、頼んで書いてもらったというわけさ。見るかい？」と西門慶いって、伯爵を大広間に招じ入れると、伯爵はつくづく眺め、しきりにほめそやす。

「これでお祝いの品は全部そろった。兄貴、早く先方に送り届けて、用意をさせましょうよ」

「あすは日柄もよろしいから、羊、酒、果物など人に届けさせよう」と西門慶はいう。

そんな話をしているところへ、

「夏（か）のご子息が挨拶に見えまして、あす八日の朝、出発すると仰せなので、私旦那さまはただいま留守にしておりますと申しますと、息子さんは、何（か）の旦那にお話しして、明朝、留守番の人をお寄越しくださるように、とのことです」と門衛が報せてくる。届いた書面を見ると、「寅家（いんけ）晩生（後輩）、夏承恩（かしょうおん）頓首拝」として謝辞が書かれている。西門慶

「尚挙人のところとそこと、餞別を二つ用意しなくちゃならないな」とつぶやいて、琴童に急ぎ品物を買って来させ、若旦那に包ませると、目録をつけて届けさせる。

書斎に伯爵を引き留めて、飯を食べていると、また平安があたふたと三枚の名刺を持って飛び込んでくる。

「参議の汪（おう）さま、兵備の雷（らい）さま、郎中の安（あん）さまがお見えになりました」

西門慶、名刺を見ると、汪伯元（おうはくげん）、雷啓元（らいけいげん）、安忱（あんしん）の三人で、大急ぎ衣を身に付け、帯を締めていると、

「兄貴、お忙しいようだから、わしゃ帰りますよ」と伯爵。

「じゃ、明日会おう」と西門慶。

西門慶は身なりを整えて出迎える。三人の役人たちは互に譲りあいながら入ってくる。大広間に通されると、挨拶を交わし、それから先般は種々ご厄介になりましたと礼を述べる。腰を下し、時候の挨拶をしながら茶を飲んでいると、安郎中が口を切る。

「雷東谷（らいとうこく）、汪少華（おうしょうか）ならびに小生またしてもやって参って、ご迷惑をおかけしますが、実は浙江（せつこう）の本府趙（ちょう）知事がこのたび大理寺（大審院）丞（じょう）（次官）に昇進なされましたので、私ども三人でこちらのおん屋敷お貸し願ってお祝いをと願い、日取りは九日、すでに案内状は発してありますが、貴殿を含めて五人ということで、ご承知いただけませんか、いかがです？」

「先生のおいいつけですから、小生門戸を掃き清めて、お待ち申し上げております」と西門慶、快諾する。

安郎中、下役人に命じて三両の分担金を呈上する。西門慶、左右の者に命じて納めさせ、三人を門前まで送りだすと、雷東谷、西門慶に向かっていう。

「先日、銭龍野（せんりゅうや）より書が届きまして、黄四（こうし）の妻の弟、孫文相（そんぶんしょう）、つまりお宅の番頭ですが、あれをもう釈放したいと申しておりましたが、未だそんな話はこちらに届いておりませんか」

「まことにそのこと。先生にはいろいろご心配いただきまして、お礼の申し上げようもございません」

「あなたと私の間柄です。そんなお心遣いはいりません」

そういって頭を垂れ、駕籠に乗り込んで、帰ってゆく。

ところで李嬌児に代わって、これまで金の出し入れを管理してきた孟玉楼がその役目を藩金蓮に譲ることにした。すると藩金蓮は新しい秤を用意して、毎日、小間使いたちが野菜など買ってくると、自分の前に持って来させ、厳しく調べたうえ、春梅

にその秤を使って厳格に量らせ、怒鳴りつけたり、小突いたりするので、

「三奥さんの方がどれほど金がつかいやすかったか知れやしない。五奥さんときた日には何かっていうと、まずどやしつけて、それから話が始まるんで…」と一同泣きっ面であった。

さて、次の日、西門慶早々と役所に向かい、役所が引けると、何千戸に向かって尋ねる。

「夏龍渓の家族はすでに立ってしまったので、長官どのは誰かに頼んで留守番をさせ、門戸を閉じておられますかな？」

「ええ、きのうあちらから申し出がありましたので、もう下男を行かせております」と何千戸。

「今日はご一緒に様子を見に参りましょう」と西門慶。

そこで二人は役所を出て、馬を並べて、夏一家の住んでいた屋敷に到着する。家族はすでに引っ越してしまって、下僕が一人門口に控えているのみ。二人は馬から降りると、広間に入り、西門慶が何千戸を案内して、表や裏を見て回る。

表側の東屋に来て見ると、あたりはがらんとした空き地で、草花の一つも見当たらない。

「長官越して来て、そのうちあちこちのがらくたがかたづいたら、まず草花をお植えなさいよ。この東屋も修理しなくちゃなりませんな」と西門慶。

「それはもう是非とも。小生、春になったら、新しくやりなおしましょう。煉瓦や木や石を持って来て、三部屋続きの東屋を増築して、いずれ長官においで願って、骨休みでもしていただきましょう」と何千戸。

一通りみてまわると、家人らにいいつけて、綺麗に掃除をさせ、戸口を固く閉ざし、さっそく東京に手紙を書き、年寄りから返事が届き、何千戸は年内には家族を引き取ることにする。その日は別れて、西門慶は家に帰る。何千戸の方はまた役所に戻り、あくる日、行李や荷物を運んで、この家に移り住む。

西門慶がちょうど家に帰りついて、馬から降りると、何九が反物一匹・おかず四種類・鶏と鵞鳥・酒一瓶などを買い揃えて、お礼をいいにやってきた。続いて劉内相のところから使いの者が蝋燭一箱、テーブルかけ二十枚、香八十本、沈速料香一箱、どぶろく一瓶、豚肉一頭を届けて来ていた。西門慶が門をくぐって、入って行くと、劉太監の家人は磕頭して、

「うちの公公(ゴンゴン)がくれぐれもよろしく、ほんの粗品なれど、みなさまにお振舞い下されば、ありがたいと申しております」

「先日はなんのお構いもできませんでしたのに、こんなに多くの贈り物を頂戴して、はなはだ恐縮に存じます」と西門慶いうと、左右の者に命ずる。

「お受け取りして、お使いの方に一服していただくように」

しばらくすると、画童が茶を運んでくる、西門慶は銀子五銭を包んで駄賃とし、さらに礼状を添えて帰す。それから何九を呼び入れる。西門慶広間に立って、何九が贈り物の荷物を運び入れるのを見届ける。広間に通ると、何九は素早く頭を地にこすりつけて、

「こたびは旦那さまのお情けにより、何十の命を助けていただき、感恩の限りに存じます」というと、西門慶に「礼を受けてくださいますように」と願い上げる。西門慶これを聞き入れず、何九を立ち上がらせて、

「九さん、あなたとわたしは古いなじみではないか。それはやめよう」という。

「でも旦那さまは昔とは違って、今や天上の人。私の方はおん前で、とても椅子に腰を掛けられるような身分ではありません」と何九いって、傍らに立ったままで、腰を下ろそうともしない。西門慶も立ったままで、お茶を飲みながら、

「九さん、なんで気を使って、贈り物など持って来るんだ。ワシャ断固うけとらないよ。もしお前さんをいじめるやつがいたら、すぐにワシのところにきていっておくれ。ワシが意趣返

しをしてやるから。もし県の方からなにか因縁でもつけられたら、いってくれ、ワシが李知事に手紙を書いてやるから」

「旦那さまにはまことに恩に着ますが、私はもう歳を取ってしまいまして、県の方のことは息子の何欽（かきん）に任せておりますので」と何九。

「それもそうだな。その方がお前さんも気が楽だもんな。で、お前さんが承知しないんなら、この酒肴だけお礼に貰って置くことにしよう。反物は持って帰ってくれ。これ以上引き留めるわけにもゆかないから」と西門慶。何九千恩万謝して去って行く。

西門慶は大広間に腰を降ろして、お礼品として届けられた果物、羊、酒、掛け軸やら、祝賀会の分担金の額など細々と調べたうえで、まず喬大戸の家へ玳安を使いに出し、ついで王経を呼び、雲離守の家へ向かわせる。間もなく玳安が帰って来て、喬家から五銭銀子を頂戴しましたと報告する。王経は雲離守家でお茶や食べ物をご馳走になり、青木綿（あおもめん）一匹、靴一足を返礼としてもらいうけたといって帰ってきた。

「旦那さまにくれぐれよろしく、いずれ当方よりご招待申し上げるとお伝えください」

西門慶は満心歓喜して上機嫌で奥の月娘の部屋へ飯を食べに入り、月娘に向かっていう。

「賁四が旅立って、呉二舅が獅子街の店の商売を継いでいるが、ワシャ今日暇があるので、様子を見に行ってこよう」

「それがいいわ。お酒や肴が要るようだったら、すぐに男の子を寄越してくださいな」

「わかっておる」と西門慶いうと、馬の用意をいいつけて、毛の頭巾に耳覆いをして、紋付の緑の毛織の上着に、黒長靴といういでたちで、琴童・玳安を供に連れ、まっすぐ獅子街へ。店では呉二舅と来昭が看板をぶら下げて、絹物や毛糸や絹糸を売り出している最中で、店中総出でもさばききれないという有様。西門慶、馬から下りて、眺めていたが、やがて奥の暖房の間に腰をかけると、呉二舅が挨拶していう。

「たった一日で二三十両の売り上げです」

西門慶、来昭の女房一丈青にいう。

「二舅の食事は毎日こちらでいままで通りに出してやってくれ。手落ちのないようにな」

「はい、毎日おいしい酒とご飯を出しております。全部わたしの手作りの品ばかりです」と一丈青。

外が次第に暗くなって来て、灰色の雲が一面に広がり、冷気が侵入して、雪が降り始めそうな空模様。西門慶、ふと想い起して、花街の鄭愛月の家へ行きたくなる。そこでさっそく琴童に乗馬を命ずる。

「うちからワシの毛皮の上着を取って来てくれ。大奥に酒菜があるか聴いて、一箱もらってきてくれ。二舅と飲むから」

琴童は家に帰ると、西門慶の丈の長い毛皮の外套を手に、酒と肴を一箱抱えた軍卒を従えて、戻ってくる。西門慶、二舅の相手をして、二三杯飲むと、

「晩はここで泊まってもらいますから、ゆっくりしてください。ワシャこれで帰ります」といい残して、眼隠しを垂らし、馬に乗り、玳安・琴童を従えて、花街に運び、鄭愛月の家へ向う。東街口を曲がるころから空全体を雪が舞い降りて来た。西門慶、乱れ降る雪道を踏み分けながら、鄭愛月の家の門前に到ると、馬を下りる。女中がこれを認めて、奥へ飛び込んでゆき、

「旦那さまがお見えになりました」と知らせる。

鄭婆やが出て来て、広間に迎え入れ、挨拶をする。

「先日はどっさり頂戴物をいたしまして、まことにありがとうございました。それに娘がお邪魔して、大奥さまや三奥さまから花かんざしや手布巾をいただきまして…」

「いやいや、あの日はすっかり無駄足を踏ませてしまった」と西門慶いいながら、腰を降ろし、玳安に命じて馬を裏庭に連れて行かせる。すると老婆がまた口を開く。

「どうぞ、父さま、奥の次の間でおくつろぎくださいまし。月姐はたったいま起きたばかりで、髪を梳かしております。旦那さまが昨日お見えになっていたならば、一日中お相手できましたのに、きょうはあの子、なにやら少し気分が進まず、起きるのが遅くなったなどと申しております」

西門慶が奥の客間に通されてみると、窓は半開きになっている。毛氈の幕が低くたれさがっている。床には真鍮の大火鉢が置かれていて、炭火がいっぱいにくべてある。正面の椅子に腰を降ろしていると、まず鄭愛香がでてきて、挨拶をし、茶を出す。そのあとようやく鄭愛月が現れる。にこにこ顔で西門慶に挨拶をしてから、

「父さま、あの日はずいぶん遅くなりましたのよ。表のお客さまたちがいつまでも粘っているので、奥へ引っ込んだら、こんどは大奥さまがなかなかわたしらをかえしてはくださらず、家に帰ったのはもう三更でしたの」などと、しばしの間、世間話をしてから、

「父さま、お寒くはございませんか。お部屋へ参りましょうよ」と鄭愛月がいう。

そこで西門慶は部屋に入り、貂（てん）の皮衣を脱ぎ、芸妓といっしょに炉のそばに腰を降ろす。そこへ女中が現われて、テーブルを拡げ、料理を四皿並べる。さらに肉饅頭と水餃子入りの小鉢が三つ出され、姉妹二人が西門慶の相手をする。

「父さまはこないだお約束なさいましたでしょう。きのうは私一日中お待ちしておりましたのに、姿も見せないで、きょうになってお見えになるなんて…」と愛月。

「きのうはお偉方が二人見えたんで、ごたごたして来られなかった」と西門慶。

「約束違えた詫びのしるしにあたしらに貂を買ってくださらない？ 襟巻を作りますから」

「よし来た。ワシのところへ今いい貂がどっさり届いている

から、そのうち作らせて持ってこよう。ただし桂姐や銀姐に話すんじゃないよ」と西門慶。

やがて女中がテーブルを片付けると、女は三十二枚の象牙のカルタを取り出して、絨毯の上でカルタ遊びを始める。外では雪が風に乗って梨の花のように舞い踊っている。三人はカルタの勝負を楽しんでいたが、そのうち酒の用意ができると、姉妹は琴を並べて弾きながら、『青衲襖』の組唄をうたう。

青き雲間に道もあり、必ず終にはいたるべし
生きて分は拙くも、消へ行くことのなかりせば
くれぐれもいふ、忘れたまひそ佳き日々を、

唄が済むと、三人は盛んに杯をやり取りし、いい気分になったころ、西門慶がふと見やると、鄭愛月の寝台の前の屏風に『愛月美人図』という軸が掛っているのが目に留まる。

美人ありて、はるかに群をぬきんず
軽風斜めに石榴の裙を払ふ
花開きて金谷に春三月、月夜更けて花隠に轉ず
玉雪の心は清らけく、世に稀なる才貌は文君を過ぐ
少年の思情はすべからく慕わしむべし、
無心をして白雲にたくせしむるなかれ
三泉主人酔筆

西門慶これをみて、

「三泉主人というのは王三官の号であろう」と考え、鄭愛月に問いかける。鄭愛月、問われて、泡を食い、西門慶をさえぎって、「これは昔に書いたものでして、王三官はいまでは三泉とはいわず、小軒と号しております。父さまの号が四泉であるのに、やつはなんで三泉などという号をつけやがるんだと父さまが怒りだしたら、大変だといって、小軒と変えるんですって」

といいながら、屏風に近寄ると、筆をとって、三の字を塗りつぶしてしまう。鄭愛月、西門慶の顔色が落ち着くのを待って、言葉を継ぐ。

「あの方の亡くなったお父さまが逸軒(いつけん)と号されていたのだそうで、それで小軒と改めることにしたのですって」

鄭愛香が時刻を見計らって席をはずす。愛月は白魚のような指で西門慶の着衣の紐をほどく。戸外ではしんしんと雪が降り積もっていた。部屋の中では夜の一更ごろまでつづいた雲雨が治まると、玳安と琴童が提灯を下げる。雪中行軍で帰路に着く。

「店で話が弾んでね。酔うた、酔うた」と西門慶が月娘の前でとぼけてみせる。

あくる日は十二月八日。何千戸の荷物もどうやら元の夏家へ搬入されたようなので、西門家は茶請け四箱と引越し祝いの袱紗代五銭を届けてやった。そこへ応伯爵が倅の応宝(おうほう)といっしょに訪ねてきた。応宝は自分の親友だというおとこをつれてきていた。

「名前を来友(らいゆう)といいまして、とっくに両親と死に別れ、王さまのお屋敷につとめ、女房ももっております。普段は王さまのご料地に働いており、このたび仲間と仲違い、飛び出して来て弱音を挙げているのですが、こちらさまでなんとかなりませんでしょうか」

応宝が父親に促されて、西門慶に相談してみる。男を呼び入れて、廉外に立たせてみる。年頃ははたちばかり。丑のような力持ちと見えた。西門慶はすぐさま雇うことにした。琴童に奥へ連れて行かれた。月娘は縊死した惠蓮とその夫の来旺が住んでいた部屋へ入れてやることにした。西門慶はこの一対の夫婦に身売りの証文を書かせるとき、名を来爵と付け替えた。女房の方はまだやっと十九歳，炊事や針仕事が達者であった。月娘はこの女房が小綺麗にしているのが気に入った。惠元(けいげん)と名前をつけた。今までいた惠秀，惠祥といっしょに炊事専門の下働きとした。

九日の日に安，汪、雷らの三人の趙府知事の歓迎の宴が盛大に行われた。ところがその後、城外に住む楊の伯母さんが―孟玉楼の嫁してきた際に、ひとり力こぶを入れてくれた楊のおばさんが、あっけなく死亡した。西門慶はその葬式に応分の務めを果たした。西門慶はそうしたあいだにも、玳安を使い、賁四が留守中の、賁四の家内の気を引かせて見る。

「いいか、あの女がワシになびくようだったら、その印にあいつの手布巾をもらってきてみせよ」といいつけた。

いっぽうでは、王径を銀細工師に遣わし、いつか如意にねだられていた簪を二組打たせ、一組を如意に一組を迎春に送らせた。玳安が賁四の留守宅からかえってきて、

「どうぞ、今晩にでも」と紅い手布巾を出してみせた。薄い綿紙に包まれ、頭の芯まで通るにおいがあった。西門慶は急いで袖の中に納めた。

するとそこへ突然、死んだ李瓶児にもっとも近い縁故の花大哥―花子由（かしゆう）がたずねてきた。

「じつはうまい商売があるんです。城外に旅商人が五百俵米を運んで来ています。河が凍ったので、たたき売りして、帰りたがっているんです」

「なんだと思ったらそんな話か。いま買うという手はないぞ。放っておけばまだまだ下がるはずだ」

間もなく日が暮れる。玳安が「どうぞ今晩」という。西門慶が夕やみに出る蝙蝠のようにわが部屋をそっと出た。賁四嫂が心配して門口に立っている。蝙蝠がパッと飛びこむ。

さて、こちらは崔本、二千両で湖州絹を仕入れると、十二月初旬に出立、船を雇って、臨清の波止場に着き、お付きの小僧に荷物を見させておいて、自分は通関税の金を取りに早馬で帰って来て、西門慶と面談しようとするが、いるはずの姿が見当らない。玳安が表の正門の前で大声で叫ぶ。

「人をおどかさないでくれよ。旦那はどこへ行っちまった？崔兄さんが帰ってきたというのに、一日中待たせておくのか」

するとそこへひょっこり西門慶が表の方から入ってきた。崔本は挨拶をし、帳簿を渡していう。

「船は波止場に着きましたが、通関税が足りません」

西門慶は崔本といっしょに食事をし、通関税として、五十両の銀子を渡してやる。銭税関宛によろしく頼むという意味の手紙も書いて渡す。

船から荷揚して獅子街に降ろしたのは十二月も下旬のころで、西門慶は家にいて、あちこちに歳暮を届けさせたり、年越しの準備のための指示を与えたりするのに多忙であった。

そこへ荊都監から、宗御史の上書が都に届いてもう数日が過ぎる頃なので、お上からそろそろ令旨が下ってもよい頃かと思われるから、都察院の役所に様子を探ってはくれまいかとの手紙が届いた。そこで人を遣って、様子を探らせると、果たして今日東京から邸報（官報）が届いたので、それを写してきたという。

西門慶はこれを見ると、大喜びで月娘に向かって、

「宗道長の上書がご裁可になって、お前の兄さんは指揮検事に昇進し、屯田を管理することになった。周守備も荊都監もともに副参統制の職に推奨されて栄転することになった」と伝え、急いで呉大舅を呼んで祝宴を張ることにした。

第七十八回

西門慶林夫人に再び挑み、呉月娘灯籠祭りに藍氏を招く

さて、西門慶は呉大舅の相手をして、夕方まで酒を飲み、呉大舅は夜になって帰宅する。次の日は早々に荊都監が馬で礼をいいにやってきて、報告をする。

「昨日ご意向が下知されましたそうで、下官は歓喜に堪えません。これは貴殿の一方ならぬご厚愛とご厚志の賜物と、ご恩のほどは決して忘れはいたしません！」と述べ、お茶を二杯ほど飲むと、さて帰ろうという矢先になって、

「ところで雲大人はいつごろわれらを誘いに来てくださるおつもりでしょうか？」といいだした。

「近節ゆえ、この二三日のお誘いはないでしょう。年明けになってからであろうかと思われます」と西門慶、応えて、荊都監を表門まで送りだし、馬に乗って去るのを見届けると、豚一頭、浙江酒二瓶、緋の毛織物の丸襟服一匹、黒繻子の丸襟服一匹、果物の餡餅百個を包み、春鴻に手紙を添えて、都察院の宗御史の元に感謝の印として送り届けさせる。

門吏人が奥に知らせると、宗御史は奥の暖炉のある客室に春鴻を呼び入れて、茶を勧め、返事を書いて持たせ、駄賃として三銭を取らせる。春鴻が帰って、封書をみせると、次のような文言が記されている。

> 再三にわたり、尊家を煩わせ、まこと慙愧に堪へ候らはず、今また豪勢なる賜物、頂戴いたし、何を以ってお返しの印とすべきや、苦慮いたし居り候ふ。ご親族ならびに荊氏の件、すでに諸手続き終了いたし居り候へば、あるは仔細存知かとおぼし候ふ。いづれ拝眉の上面談いたしたく、一先ず使者に託して、謹謝申し上げ候ふ。

侍生宋喬年拝

大錦衣西門先生大人門下。

宋御史さっそく人を送って、暦百本、紙四万枚、豚一頭を返礼として届けた。

ある日、指令書が回送されて来て、呉大舅に本衛所へ着任せよとのこと。西門慶、この指令承諾のため出かけて行き、呉大舅に三十両銀子、京緞子四匹を与え、各所への進物として用立たせ、二十四日には仕事納めで役所を閉じて家に帰ると、羊や酒や賞与品の掛軸などを用意して、親戚・朋友をたって招待し、とりわけ呉大舅が役所の就任式を終え、戻るのを待って、大宴会を催して祝ってやることになった。また何千戸の家族が東京から越してきたとの報せを受けて、西門慶は月娘の名でお茶を届けさせる。

二十六日になると、玉皇廟の呉道官が十二人の道士をつれて、李瓶児の百か日の経を挙げ、法事を営むべく、笛や太鼓を鳴らし、香を焚いたりする。親戚・朋友はみな茶を送り届けてきて、斎の接待を受け、晩方ようやく散じて帰った。

あくれば二十七日。西門慶は各家庭に礼物を届けさせる。応伯爵、謝希大、常時節、傅番頭、甘番頭、韓道国、賁地伝、崔本などの家には豚半頭、羊半匹、酒一本、米一包み、銀子一両、花街の李桂姐、呉銀児、鄭愛月には杭州絹の着物一着、銀子三両ずつ。呉月娘はまた尼庵の薛尼に法事を営んでもらうこととし、来安に命じて、香・油・米・麺などを届けさせる。

見る見るうちに年除の日となる。窓辺の梅は月に影を忍ばせ、軒端の雪は風に舞い、いずこの家でも爆竹が鳴り響き、家々には華かずらが飾られ、そちこちの門口に門神像が立てかけられる。西門慶は紙銭を焼き、李瓶児の部屋で霊前祭を取り行い、奥の広間に酒果を置いて、家中上下総出の歓楽を催す。月娘をはじめ、李嬌児、孟玉楼、藩金蓮、孫雪娥、西門大姐、ならびに女婿の陳経済らがみな二列に向き合って並び、酒を受ける。身分の下の家人、小間使い、並びに女中、家人の女房らがつぎつぎと磕頭をする。西門慶と呉月娘は手布巾と小銭をいくばくかずつ褒美として手渡す。

明けて重和元年新正月元旦。西門慶は朝早く起きて、式帽に深紅の式服で身をかため、天地の神々に香を焚き、紙銭を燃やし、点心を食してのち、馬に乗って、巡按のところへ年始の挨拶に出かける。月娘ならびに奥方衆も早くから起床して、紅白粉をたっぷりと塗って、花簪を差し、錦の裙子に縫い取りの上着、薄衣の靴下に弓なりの靴、晴れやかな装いで、みないそいそと月娘の部屋に集まり、互に挨拶を交わす。

平安と日直の兵卒が門口で年賀の名刺を受け取り、名簿に記入して、やってきた役人連の世話をする。玳安と王経は新しい晴れ着を着て、門首あたりで蹴鞠をしたり、花火をあげたり、スイカの種をかんだりしている。番頭らで新年の挨拶に来る者はその数知れず、それらは陳経済が表の客間でただ一人もてなす。

昼ごろ、府県の役人たちのところへ挨拶に出かけて、戻ってくると、馬からまさに下りようとするところで、招宣府の王三官が身なりを整えてやってきて、広間で西門慶に三跪九拝(さんききゅうはい)の最敬礼をすると、呉月娘にも挨拶がしたいと願い出るので、西門慶は奥へ案内して、月娘に会わせ、表側の広間に戻って、腰を降ろす。酒が出て来て、一杯のみほしたところへ、こんどは何千戸が年始の挨拶にやってくる。そこで西門慶は王三官を陳経済に任せ、自分は東屋で何千戸の相伴をすることにする。王三官はしばし飲むと、暇を告げて立ち上がる。陳経済は表門まで送りだし、王三官は馬に乗り、去って行く。その後からまた荊都監・雲指揮・喬大戸など次々と挨拶にやってくる。西門慶は一日中人の接待にくれたので、夜になって人が帰ると奥座敷に戻って、ここで一夜を過ごした。

あくる朝になると、また年賀にでかけ、夜になって帰宅したときには、家にはすでに韓姨夫・応伯爵・謝希大・常時節・花子由らが集まっていて、陳経済が広間で相手をしながら、西門慶の帰りを待っていた。帰って来て、挨拶が終わると、改めて酒が搬入され、飲み始まる。

韓姨夫と花子由は城門外に住んでいるので、先に引き上げたが、伯爵・希大・常時節の三人は根が生えたように長尻で、腰を上げようともしない。そこへばったり呉二舅がやってきて、年始の挨拶をすませると、奥へ進んで月娘に同じく年始の挨拶をして、出て来ると一座に加わり、そのまま飲み続け、火灯しごろになってようやく解散した。

西門慶は朝から飲み続け、すっかり酩酊大酔、それでも伯爵を門首まで送りだしてかえす。ふと見ると玳安が傍らに立っているので、その手を取ってつねると、玳安はすぐさまその意を悟り、

「あそこはいまだれもいませんよ」と告げる。

そこで西門慶まっしぐらに賁四嫂の家に飛び込む。上さんは早々と門の内側で待っていて、西門慶を抱えるようにして迎え入れ、二人は余計なことばなど交わす間もなく、そのまま奥の間に入って、旧歓を重ねた。

「お前子供の時の呼び名はなんというんだい」

「里の姓は葉で、兄弟順は五番目の子供」と応える。

西門慶、口中で彼女のことを『葉五児』と呼んでみる。

この女はそもそも乳母の出で，賁四と私通して、駆け落ちしてから本妻におさまった女。今年三十二歳、なんでも知っている。そこで西門慶に問いただす。

「うちの人、彼なんでいつまでも帰って来ないのでしょう」

「ワシの方でも気にしているんだよ。都の夏大人が引き留めて使っているんじゃないかな」と西門慶いうと、お上さんに二三両の銀子を小遣いとして与え、

「ワシャお前に着物を一着こさえてやるつもりだったが、賁

四に知られると、具合が悪かろうから、お金を少しやるからお前自分でお買いなさい」という。

上さんが門を開けて送り出すと、玳安がもう前から店の戸を閉めて待っていて、西門慶を奥の方へやってしまう。

そもそもこの賁四の上さんというのは、前から玳安といい仲になっていて、玳安が西門慶を奥へやってしまうと、傅番頭も店舗に泊まり込んでいるわけではないので、平安と二人で、酒を大徳利に二本ほど買い求めて来て、賁四の上さんの家で、二更ごろまで飲み続け、平安は店舗へ寝に帰り、自分はそのままお上と一夜を共にしたのであった。

賁四嫂はその玳安に向かってこぼす。

「あたしゃこのところ旦那さまのおいいつけを守って、口を拭って黙ってはいるけれども、隣家の韓道国嫂の王六児がいいふらして、奥に知れやしないかと、気が気じゃないよ」

「いま家じゃ、大奥さんと五奥さんを除けば、ほかの人はなにもいわないから、別に構いはしないよ。大奥さまはいいとしても、五奥さんはたちまちしゃしゃり出て来るから、危ないね。で、わしにまかしておきな。お正月だから、大奥さんには、あの人はバター菓子が好きだから、果物餡のバター菓子を一銭ほど届けておきなさい。それからこの九日は五奥さんの誕生日。内緒でスイカの種を一箱届けておいて、そのうち挨拶をしに行けば、あの口はふたげられるよ」

賁四嫂は玳安の意見に従うことにして、その翌日、西門慶の留守に乗じて、玳安にバター菓子の重箱詰めを買って来させ、これを奥の月娘の部屋まで届けさせる。

「これ、どこからなの？」と月娘。

「これは奔四嫂が奥さまに召し上がっていただこうって、この点心を寄越したんです」と玳安。

「亭主も留守のはずなのに、どこからお金をもらったんだろうね。まただれにこんな気遣いをさせられたんだろう」

月娘は急いで受け取ると、お返しに饅頭一箱を出して渡し、
「よろしくいっておくれ。どうもありがとうって」
その日、西門慶は年始回りをして、家に帰ると、早くもまた玉皇廟の呉道官が挨拶に来たので、広間に上げて酒を飲む。呉道官をかえすと、西門慶着衣を脱いで、玳安を呼び、
「お前、馬に乗っていって、文嫂のところで様子を聞いて来ておくれ。うちの父ちゃんはきょうこちらに伺って、林太太（リンタイタイ）に新年のご挨拶を申し上げたいっていっているが、ご都合はいかがかって」
「旦那さま、その必要はありませんよ。だって、先ほど彼女がロバに乗って門前を通りかかり、あす初四日は王三官が東京に向けて出立し、都の六黄公公に挨拶をして来るから、太太のいうには、旦那さまには初六日にお出かけ願いたい、あちらでお待ちしているそうですから、と」
「本当にそんなことをいったのかい」と西門慶。
「うそのはずがありませんよ」と玳安。
そこで西門慶、奥座敷に入って腰を降ろすとたちまち来安がやって来て、呉大舅が来たと報せる。
やがて呉大舅が冠をかぶり、正装をして、奥の広間に入り、まず西門慶に深々と挨拶して、
「不肖呉鎧（ごがい）は姐夫どのに種々ご愛顧・お引き立てを賜り、またご散財をお掛けいたしまして、厚くおん礼申し上げます。
遅ればせながら、今日こうしてご挨拶に上がった仕儀ながら、怠惰の罪は曲げてお許しくださいますように」といいながら、ひざまずいて磕頭する。西門慶、慌てて最敬礼をかえし、
「お兄さん、おめでとうございます。親しい親戚同士のことゆえ、ご心配はご無用です」と応える。
西門慶は月娘も仲間にいれて、呉大舅が屯田の指揮検事となったので、戸籍台帳を整備しなければならないこと、秋・冬の税を徴収しなければならぬこと、その余得が年百両ほどは出

ることなど、三人で酒を酌み交わしながら、火灯しごろまで語り合った。

翌朝は役所のご用始め、庁に登って取り調べ、下役に指図などして、次に雲離守のところから案内状がきているので、見ると五日に西門慶並びに衛の役人を進級祝いに招待したいとのこと。そのあくる日、六日は何千戸の奥方の藍氏から手紙が届いていて、月娘たちを呼んで面談したいとのこと。

そこでこの日、応伯爵・呉大舅を呼んで、西門慶は三人で雲離守の家へ出かけ、そのまま夜まで飲み続けて家に帰った。

いよいよそのあくる日、六日は月娘らが何千戸の家へよばれてでかけたので、西門慶はきちんと身なりを整えて、昼下がり、王招宣の屋敷に向かう。座敷には周旋人の文嫂がいて、

「どうぞ、奥の方へ」

と西門慶を案内する。大広間を過ぎて奥へ行き、通用門を通ると、そこには居間があり、美しく着飾って、厚化粧をした林夫人が奥から現われ、西門慶と挨拶を交わし、席を勧めて、お茶を出す。西門慶のお供の若者たちに、馬を裏の厩へ引いていって飼葉を与えるようにいいつける。

お茶が終わると、林夫人、西門慶に着物を脱いで寛ぐようにすすめて、

「せがれは嫁の叔父にあたる六黄大尉に挨拶のため、四日に東京に立ち、元宵を過ぎなければ帰ってきません」という。

西門慶は玳安を呼んで、外套を脱がせ、女は部屋にテーブルを拡げる。真鍮の火鉢には炭火がいけてある。やがて女中が酒肴を持って現れると、杯盤がずらりと並び、肴は皿にうず高く盛られている。女は玉のような手で杯を差し、秋波に意中を託しながら、サイコロ遊びにうち興じ、盛んに春をかきたてる。

酒もまわってきたころ、二人は手に手を取って、奥の間に入り、窓の戸を閉め、衣服を脱いで横になる。女は足を洗って、床に上がる。西門慶は家で槍剣の手入れをし、七つ道具を用意

し、梵僧の媚薬を酒とともに腹中に収め、托子を身に付け、戦場に臨む。下なる者はしきりに敵の名を呼び求めて泣き叫ぶ。

西門慶は二更ごろになって、馬を裏門から引き出し、別れを告げて家に帰った。屋敷には一足遅れて、呉月娘の一行が帰って来て、何千戸家の宴会の話を始める。

「何千戸家の奥さまはまだお若いのよ。結婚してまだやっと二年、今年十八ですって。絵の中から抜け出してきたような美人。非常な物知りで、とても気立てのよい方。女中が四人、乳母が二人、下男の女房が二人、家で使われているのよ」

「宮中の藍太監の姪で，輿入れの持参金が大変なものだったと聞いているよ」と西門慶が付け加えて、月娘を黙らせた。

玳安が賁四嫂からだといって、月娘にバター菓子を届けたあと、金蓮にはスイカの種を持ち込んだ。

「賁四の上さんあたしにだけ寄越したの？」と金蓮が訊く。

「いえ、違います。月娘奥さまにも届けました」

「そう、分かったわ。でも玳安、お前もずいぶん気を利かせたものだね。賁四の上さんが西門の旦那とどんな関係か、知らないお前ではないんだろう？」と金蓮。

「いいえ、なんにも」と白を切って、うつむく玳安に、

［旦那の陰でこっそり賁四嫂とお前だってできているそうじゃないか。でもスイカの種はありがとうよ。もらっとくよ」と金蓮は冷笑でその場を切りあげた。

やがて正月五日。この日は金蓮の誕生日である。郊外に侘び住まいの金蓮の母親もいつものように駕籠に乗ってやってきた。一銭の駕籠代も持ち合わせていなかった。

「お前すまないが、駕籠代をやってはくれまいか」という。

「だめよ。あたしが預かっているのはみんなお屋敷のお金よ。だいたい一銭の端金もない人がなんででてきたのよ」

見るに見かねた月娘が

「帳面につけておけばすむことだから、一銭ぐらいは出して

あげなさいよ」と口をはさむ。

「そんな陰日向はあたしにはできません」と金蓮。

駕籠代一銭は結局月娘が払ってやって、けりがついたが、潘姥姥はその晩、李瓶児の部屋に泊められ、如意や迎春を相手に老いの繰り言をさんざん聞かせる破目になった。

月娘らが雲離守のところへよばれていった日のこと。西門慶はこのところ体の調子がおもわしくないので、あまり屋敷を出ないようにして、体調を整えることに専念していた。この日は孫雪娥が留守番をして家に残っているので、西門慶は彼女の部屋に入り浸って、体の隅々をマッサージさせる。また任医官が処方してくれた延寿丹を持って、李瓶児の部屋に入り、延寿丹は若い女の乳で飲むようにとの指示をうけているので、如意を炕の上に寝かせて、延寿丹を一錠口に含むと、一口如意の乳を吸って、丸薬をのみくだした。こうして幾錠か延寿丹も服用した。

月娘はそんなことを知る由もなく、雲離守家から戻ると、

「雲離守の奥方も大きなお腹でしたよ。それで私約束してきましたの。生まれた子が男と女でしたら夫婦に、女同士でしたら姉妹に、男と男でしたら同じ学校に入れましょうって」と、そんな報告をするが、西門慶はなんの反応も示さない。

このように不明朗な西門慶も、若い女の前では、時と所を選ばず、衝動にかられて不意に精気を発する。灯籠祭りの夜のこと、月娘の発案で何永寿の若い細君、藍氏を屋敷にまねいた際など、客一同が引き上げるとき、西門慶は特にこの藍氏を間近に覗き見ようと、正門に近い、狭い横道にひそんで、出歯亀を決め込んだ。そうしてその帰り道、同じ横道伝いに足を運んでいた来爵（らいしゃく）の若妻、月娘が恵元（けいげん）と名づけ、屋敷にはまだ馴染みの薄い女の子を傍らの離れに引き入れて手込めにしてしまう。西門慶はその夜またしても延寿丹を飲み、やたらに如意の乳房を口に含んだ。

そのうち応伯爵が李三といっしょに訪ねてくる。

「じつは李三がこんどどえらい仕事を見つけて来まして、東京で今大評判です」と応伯爵が口を切る。そこで李三が

「じつはいま、東京から公文書が回って来まして、天下十三省の各省から、何万両という骨董品を徴集するそうで、この東平府には二万両が割り当てられ、その書類が巡按のところに来たまま、まだ下に回って来ないのです。ところで大街（だいがい）の張二官の宅では二百両を使って、この仕事に手を出し、今から一万両工面しようというところなんですって。私は応二さんと会って、こうして旦那さまのところへお話に上がったのですが、旦那さまがおやりになるようでしたら、張二官の方で五千両出してもらい、旦那さまの方で五千両だしていただいて、両家合同でこの商売をやろうってわけなんです。どのみちほかには人がいないわけで、こちらは応二さんと私と黄四、あちらに番頭二人、儲けは二分八分でわけようというんです」

「どんな骨董なんだ」

「宮城内にある艮嶽（こんがく）を寿岳（じゅがく）と改めまして、頂上に殿閣や亭台をたくさんお作りになり、そのほか世にも稀なる骨董や玩器をならべたてるってことです。とてつもない大工事で、徴集品も相当な分量になるでしょう」

西門慶これをきくと、即断する。

「それなら人といっしょにやるよりも、ワシ一人でやるよ。ワシに一万や二万の金が出せないと思うのか。巡按にいって、張二官は取り消させよう。よし、それでは李三に兗州（えんしゅう）まで行ってもらうよ。ワシからは春鴻と来爵に手紙を持たせてやる」

賁四が東京から戻ったのもこのころであった。

第七十九回

西門慶淫欲により病を得、呉月娘遺腹の子を産む

天道は善を祝福し、鬼神は満つるを憎み、
善をなせば百福降り、不善をなせば百禍降る。

さて、西門慶は人の妻子を淫することを知っていても、死がまさに至らんとしていることを感知することはできなかった。その日、西門慶は屋敷内の狭道で来爵の若妻を手込めにすると、東屋に戻って、呉大舅、応伯爵、謝希大、常時節らを相手にして、また酒を飲みなおした。荊都監の細君、張団練の女房、喬親家の母堂、崔親家の母親、孟大姨、呉大妗子、段大姐らはしばらく座って話し込んでいたが、やがて元宵団子をいただくと、ついに腰を上げて、暇を告げ、駕籠で帰っていった。呉大妗子はその日は呉瞬臣（呉大舅の息子）のお嫁さんと連れだって家に帰っていった。

陳経済は王皇親の役者に二両の祝儀を与え、酒食をふるまってかえしたが、四人の芸妓と歌い手らは東屋で唄を歌ったり、酌をしたりしてまだ居残っていた。そこで応伯爵が西門慶に尋ねる。

「あすは花大兄のお誕生日ですが、兄貴はもうお祝いの品を届けましたか？」

「ワシャ今朝もう送ったよ」と西門慶。

すると玳安が、

「花大舅さまから先ほど招待状が届きました」と口をだす。

「兄貴、あすはゆきますか？おいでなら、わたしがお迎えに上がりますけれども…」と伯爵。

「あしたになってから考えよう。それとも、お前先に行っとくれよ」

少しすると、四人の唄歌いが奥へ入って行き、代わりに李銘らがやって来て、弾き歌いを始める。その間、西門慶は椅子にかけたまま、しきりに居眠りを繰り返す。呉大舅が

「お兄さんは連日でお疲れなんでしょう。ぼつぼつ、わしらもお暇しましょうかな」

そういって立ち上がると、西門慶はなかなか承知せず、しきりに引き留めるので、二更ごろまで飲み続け、ようやく解散。

西門慶は四人の芸妓を先に駕籠で帰すと、大杯を取って李銘ら三人にそれぞれ二杯づつ酒を褒美に取らせて、祝儀を六銭づつ与え、表門前まで送りだす。そこで李銘を呼びとめて、

「ワシャ、十五日、周の親父と荊の親父、何の旦那らを招かなくちゃならんから、お前さん、はやばやと芸妓を四人ばかり予約しておいておくれ、忘れちゃ困るからな」という。

李銘跪いて、

「どの四人にいたしましょう？」と尋ねれば、西門慶、

「樊百家奴に、秦玉芝に、この前、何の旦那んちで歌った馮金宝というのと、もう一人呂賽児をどうしても呼んでおいてくれ」といえば、李銘応諾して、

「かしこまりました」と述べると、磕頭して去ってゆく。

西門慶、屋敷に戻って、奥の月娘の部屋に入ってゆくと、月娘はさっそく西門慶に報告する。

「きょうは林太太さまも荊大人の奥さんもとてもよろこんでくださって、こんなに遅くまで話していらっしたのよ。荊都監の奥さんなどはお酒の席で『畏れながらこちらのご尊父さまのお陰で、よい地位に着くことができまして、ご恩は決して忘れません。来月になりますと、淮河の方へ米の運送を催促に出かけます』などと何回もお礼を述べていられました」

「また何大人の奥さまも、今日はかなりご酒を召し上がっていらしたわ。六ねえさんがたいへん気にいったらしく庭の築山までついていって、ご覧になったりしていました。歌い手たち

にもいろいろなお花をくださいましたのよ」などと話し終えると、西門慶はそのまま奥座敷で寝込んでしまう。

夜半に月娘は夢を見たので、夜が明けると、西門慶にその話をする。

「きのう昼間、林太太さんが真っ赤な毛織の長上着を着ていらっしたので、きっとそのせいなんでしょうけど、あたし夜中にあなたが李瓶児さんの衣裳箱の中から緋の毛織の長上着を選りだして、それをあたしに着せてくれようとしたら、側にいた藩六ねえさんが横から手を出して、奪い取り、自分で着込んでしまう夢を見ましたの。だからあたしはむっとして『あなたは前に貰った彼女の毛皮の外套、あれが欲しくてもらって着たというのに、この長上着までもふんだくって着ようっていうの』といいますと、あの人ずいぶん怒りだして長上着の上半身をびりびり引きちぎってしまうもんだから、あたしが大声で怒鳴りつけると、二人は大喧嘩になってしまい、その声で目が覚めたんですけど、思いがけず、南柯の一夢でしたわ」

「大丈夫だよ。ワシがそのうち一着誂えてやるよ。むかしから夢は心頭の想いというからな」と西門慶。

次の日、起きてみると、頭は重く、役所へ出かける気にもならない。髪を梳かし、顔を洗い、衣服を身にまとい、表の書斎に入って、腰を降ろしていると、そこへ玉簫が早朝如意の部屋にいって、如意の乳液を碗に半分ほどしぼりだしてもらい、西門慶に薬を飲ませるべく、書斎に運んできた。西門慶はちょうど寝台の上に横になって、王経を呼びつけ、足の脛（すね）あたりを叩かせていたが、王経は玉簫の姿を認めると、気を利かせ、座をはずして、出て行ってしまう。玉簫が西門慶に薬を飲ませると、西門慶は玉簫に金冠の簪を一対といぶし銀の指輪四個を来爵の媳婦、恵元（けいげん）のところへ届けるようにいいつける。玉簫は主人がこんなことをやらせるのは、来旺の自害して果てた女房の宋恵蓮（そうけいれん）とまったく同じ手口だなとおもいながらも、仰せ

に従って、急いで袂に入れてでてゆく。品物を届けると、また戻って来て、

「あの人受け取りましたが、また日を改めて旦那さまにご挨拶に上がるそうです」と報告し、空になった碗を持って、奥座敷に向かう。

「旦那さまはお薬をちゃんと飲んだかい？ 書斎で何をしているの？」と月娘。

「横になって、なにもおっしゃいません」と玉簫。

「お前、旦那さまにお粥を用意しておきなさい」

と月娘はいって、飯時まで待つが、西門慶はなかなか姿を現わさない。それは王経が姉の王六児から頼まれ物を預かって来ていて、西門慶に見せ、姉はぜひ家までお越しくださいますようにと申しておりますと伝えたからであった。西門慶が紙包みを開けてみると、それは同心結びの托子であって、王六児がつやつや光る自らの黒髪を切り取って、五色の毛糸をぐるぐる巻きつけてこしらえてあった。錦の紐が二本ついていて、根元に据え付ける道具で、手の込んだ見事な出来栄えの逸品であった。さらに口が二つ付いたオシドリ型の手提袋が入っていて、中にはスイカの種がどっさり詰めてあった。

これを見ると西門慶すっかり嬉しくなって、しばらく眺めていたが、やがて手提袋は本棚の中に、錦の托子は袂に中にしまい込む。そうしてじっと考え込んでいると、呉月娘が勢い良く飛び込んで来て、簾を引き上げて、部屋の中を覗き込む。西門慶は寝台の上に寝そべり、王経がその上に乗りかかるようにして太腿をマッサージしているところであった。そこで月娘は尋ねる。

「あなたはなんで表の方にばかりいて、奥にはいらっしゃいませんの？ 奥にはお粥が用意してありますのに…。で、具合はどうなの？ ちっとも元気がないわね」

「どういうわけか、心持が晴れなくて。おまけに足が痛むん

だよ」と西門慶。

「きっと、春の陽気当りよね。お薬は飲んだのなら、もうそろそろおいでなさいよ」といいながら、月娘は西門慶を奥座敷に連れてゆき、粥を食べさせる。そうして

「お正月だから、元気を出してくださらなくては。きょうは城外の花大舅の誕生日。そちらにでもいらっしゃるか、さもなければ、応伯爵さんにでも来てもらい、ごいっしょにお話しなさったら？」

「やつも不在なんだよ。花大舅の誕生祝いにでかけちまったよ。お前、酒菜の用意をしておくれよ。そうしたら灯籠市に出かけて行って、店でいっしょに呉二舅たちと飲むからさ」

と西門慶いえば、月娘も

「では馬に乗っていらっしゃいな。私は女の子を呼んで、支度をさせますから」などという。

そこで西門慶玳安（だいあん）に馬の準備をさせ、王経を付き人に、衣裳を着込んで、獅子街の灯籠市に向かう。灯籠市の賑わいは車馬の響きが雷鳴のごとく、飾り灯籠は燦爛たり、遊人は蟻の如く黒山で、大変な賑わい！

西門慶は灯籠市を見て回り、獅子街の家の門前に馬を止め、裏口から中に入って腰を降ろす。すると呉二舅も賁四も慌てて挨拶に飛んでくる。門前の商売はたいへんな盛況ぶりで、来昭の妻、一丈青はさっそく書斎に火を入れ、お茶を出す。しばらくすると、屋敷の呉月娘のところから琴童と来安が点心や料理など四角い箱に二つほど届けて来る。店にあった南方由来の豆酒を一瓶開けて、二階に並べ、呉二舅と賁四を順繰りに呼んで、酒を酌み交わす。二階の窓からは灯籠市が目の下にながめられ、往き来する人烟（ひとけぶり）は引きも切らず、昼も過ぎたころまで飲み続けると、やがて西門慶は王経にいいつけて、王六児に知らしめる。

王六児は西門慶が来ると聞くと、慌ててテーブルをひろげ、果物や酒肴を用意して待つ。西門慶は来招にテーブルの酒肴は

そのままにして、晩夕、呉二舅と賁四用に残し、家に持ち帰るようなことのなきようにといいつけ、さらに琴童を呼んで、酒を一瓶、王六児の元に届けさせ、自身は馬に乗って、かの家に向かう。女は着飾って出迎え、次の間に迎え入れ、燭台に立てた蝋燭のように四回磕頭を繰り返す。

「たびたび結構な品物を頂戴してありがとう。ところで二度も呼んだのに、どうしてお前は来なかったんだ」と西門慶。

「せっかくお呼び下さったのに、うちには行かれる人がいなくて。なぜだか、この二三日気持ちが落ち着かなくて、お食事ものどを通らず、仕事をしても気持ちがのらないのですのよ」と王六児。

「きっと亭主のことでも考えているんだろう」と西門慶。

「だれがあんな者のことなぞ想うものですか。だけど、父さまがこのところちっとも来てくれないところをみると、なぜだか知らないけど、父さまを大切にしなかったので、外に意中の人ができて、あたしのことを袖にしてしまったのではないかと心配していましたんですわ！」と王六児。

「そんなことがあるものか。うちでは正月の宴会が続き、このところ幾日も忙しかったんだ」と西門慶笑いながら応える。

「聞けば、きのうは女性客をお呼びになったそうですね」

「そうなんだ。うちの大奥が人んちに二席ほど年始の酒に呼ばれたもんだから、どうしてもそのお返しをしなくちゃならなかった」と西門慶。

「女性客、何人ほどお呼びになったの？」と王六児。

西門慶、だれそれと名を挙げて、当初から逐一説明してきかせると、王六児はいう。

「灯籠市の宴会は大事なお客さまばかりを呼んで、あたしらは呼んでは頂けませんのね？」

「仕様がないさ。あす正月十六日にはもう一度酒席を設けるから、あんたら番頭のお上さんはみなきておくれ。でもその場になると、なんだかだといって、来なくなるんだろう」

「もし奥さまがお礼だからといって、ご招待状をくだされば、行かないはずはないでしょう。ところでこの間はおねえさまたちが、申二姐を叱りつけたりしたもんだから、とてもわたしらを恨んでいましたよ。彼女あの日はもともと行きたくなかったのに、あたしらが無理に行かせて、挙句の果てに怒鳴られたりしたもんだから、こちらに帰って来てから、ずいぶん泣かれましたよ。そんなわけでわたしらもすっかり嫌な思いをさせられましたわ。でもその後奥さまがいろいろ気を使ってくださって、点心のほか一両銀子をお届けくださったので、彼女の気持ちもおさまって、けりがつきました。もともとあのおねえさんは粗っぽい気性の人なんでしょうけど、いずれ犬を打つにも、主人の顔色を見てから、やれってことでしょう」と王六児がいえば、西門慶

「お前は知らんだろうけれども、あの子はずいぶん勝気の女で、向きになると、このワシにだって目をむいてかかってくるんだ。ああいうのは滅多にはいないね。唄でも歌ってやればよかったんだ。唄も歌わせないで、説教を垂れさせたやつはだれなんだ？」

「やれやれ、彼女の話だと、あの子の話など何もしていなかったそうよ。やってくるなり、彼女の顔を指さして、怒鳴り始めたそうですよ。うちへ帰ってくるなり、鼻水三筋、涙二筋で大泣きをして、ひどい顔をしていました。一晩泊めて、ようやく帰したんですよ」と、王六児しばらく話していると、女中がお茶を持って来る。馮婆さんが台所で料理を作って持って来て、西門慶に挨拶をする。西門慶は三四銭銀子を婆さんに与える。

「奥が亡くなってから、ワシのところに来なくなったな」

「主人がいなくなれば、行き先がないじゃありませんか。あたしのところで、手伝ってくれているんです」と王六児。

やがて部屋がきれいに片付き、女は西門慶を奥に通す。女は

王経に豆酒の封を切り、燗をして持って来させ、西門慶の脇に座って、いっしょに飲み始める。

「あたしがお届けしたあの品、ご覧になりました。あたしの頭から切り取った髪の毛で、この手でこしらえたものなのよ。父さまが喜ぶだろうと思って…」

飲んで酔いが回ってくると、西門慶は袂の中から件（くだん）の托子を取り出して、腰にゆわえつけ、梵僧のくれた薬を酒で飲む。

「やあ、いろいろ気を使ってくれて、ありがとう」

ここに至ると、西門慶自分の腰が痛むのもすっかり忘れてしまい、二人は食事を二度するほどの長時間に亘ってもがき続け、ようやく精が漏れ出て、そのまま布団の中に潜り込んで、たちまち寝込んでしまう。ようやく三更（真夜中）ごろに目を覚まし、女を手放すと、衣服をまとい、手を洗って部屋から出て行こうとする。そこで急に振り向いて、袖の中から名刺を一枚取り出し、これを女に手渡して、

「甘番頭の店にいって、好きな柄の着物を一着もらっておいで」という。

女が万福の礼を口にしながら西門慶を送りだすと、王経は提灯を下げ、玳安と琴童が両側から馬の轡（くつわ）をとり、西門慶は馬の背によじ登る。時はすでに深更、空に黒雲かかり、辺りは真っ暗闇。途中、西口の石橋の袂にさしかかると、突然一陣の旋風が巻き起こり、黒いもの影が西門慶めがけて飛びかかってくる。馬がこれに驚き、玳安・琴童をふりきって疾走し始める。西門慶は馬上に伏して、馬の鬣（たてがみ）にしがみついたまま、馬はようやく屋敷の門前で止まった。西門慶辛うじて馬から滑り降りたが、足は萎えて、動くことができない。召使いらに助けられて、表の藩金蓮の部屋に担ぎこまれる。

金蓮は奥から戻って、衣服を身に付けたまま、炕の上に横になり、西門慶の帰りを心待ちにしているところであった。西門慶の一行がどさどさと部屋の中へなだれ込んでくると、金蓮い

そいで身を起こし、西門慶の着物を脱がせて、なにも口を利かずに寝台の上に寝かせる。

「お前、お父さまはな、きょうはすっかり酔っ払ってしまった。布団をかけておくれ。ワシャ寝るからな！」

西門慶は頭を枕の上に載せたかと思うと、たちまち雷のような鼾をかき始める。そこで女も布団の中に潜り込んで、男を揺り起こそうとする。

「ねえ、どうして起きないの？」

すると西門慶一瞬目を覚まして、

「なぜか知らんが、頭がじんじんするんだ」とつぶやく。

古に曰く、一己の精神に限りあり。天下の色欲に限りなし！嗜欲深き者はその生機浅し！ただ淫をむさぼり、色を楽しむことを知るのみの者は、油枯れなば灯尽き、髄尽きなば、人亡ぶことを知らず。

金蓮はふと思い立って、西門慶の着物の袂の中から金の小箱にはいった、インド人の生ぐさ坊主から貰い受けた媚薬を四錠とりだして、一錠は自分で、残る三錠は西門慶に酒で一気に飲み込ませた。するとお茶を一杯飲む暇もかからぬうちに、たちまち勇みだって、管中の精は猛然と噴出し、はじめはまだ純液であったものが、やがて血水となってとめどなく流れ出す。西門慶はすでに気が遠くなり、四肢もだらりと伸びて、噴き出す血もやがて尽きて、止まってしまう。

あくる日の朝、西門慶は起きて、髪を梳こうとすると、不意に目がくらみ、前につんのめって、顔を打ち、怪我をしてしまう。春梅がこれを両手で抱きとめて、椅子にかけさせる。

「あなた、お腹が空で、力が出ないのでしょう。しばらく休んで、なにか食べてから、おでかけになったら」と金蓮。

「お前、奥へいって、お粥をもらっておいで、お父さまにたべていただくんだから」と秋菊にいいつける。

秋菊、台所にきて雪娥に

「お粥はないかしら。旦那さまが今朝起きると、眩暈を起こして、倒れられまして、いまお粥が欲しいと仰せです」と話しているところが図らずも月娘の目にとまる。月娘、秋菊を呼びつけて、その次第をただす。月娘聞いて魂は天外に飛び、雪娥に急ぎ粥を作るよう命じて、金蓮の部屋に来て見ると、西門慶は椅子に座って、じっと目をふしている。

「あなた今日は何だって眩暈などするのですか」

「何だかわからんが、さっき眩暈がしてな」と西門慶。

「あたしと春梅がそばで支えてやったから、まだ良かったものの、さもなければこんなに体の重たい人が転倒して、たいへんなことになるところだったわ」と金蓮。

「きっと夕べは帰りが遅くなり、お酒を飲み過ぎて、頭が重いのでしょう」と月娘。

「きのうはどこで飲んだのか、ずいぶん遅かったのよ」

「この人夕べは二舅とお店で飲んだはずなのよ」と月娘。

しばらくすると雪娥が粥を作って、秋菊に持たせて寄越したので、西門慶に食べさせようとするが、西門慶はそれをはんぶんほどたべると、箸を置いてしまう。

「ご気分はいかが？」と月娘が尋ねる。

「どうしたわけか、体がふわふわして、動くのが辛いんだ」

「今日は役所はおやすみになるのがいいでしょう」

「ああ、行かないことにした。もう少ししたら、経済に案内状を書かせて、十五日には周菊軒（しゅうきくけん）・荊南崗（けいなんこう）・何大人などの男性客を呼ぶことになっているから」

「あなた、今日はまだお薬を飲んでいないでしょう。如意からお乳をもらって来て、あのお薬を一服お飲みなさいよ。このところ毎日ご苦労が続いたんだから」と月娘。

月娘は春梅に乳をもらって来させ、西門慶に薬を飲ませる。

西門慶は薬を飲むと立ち上がり、春梅に付き添われて、庭の通用門のところまでやってくると、また目の前が真っ暗になり、いまにも倒れそうになる。春梅が金蓮の部屋に連れ戻す。

「だから二日ばかりお休みなさいっていうんですよ。しばらくは家にいて、外へは出ない方がいいですよ」と月娘。

月娘は奥へ戻って、また金蓮を問い詰める。

「きのう帰って来た時は酔っていたの？ それからまた飲みはしなかったの？ であんたとなにかしたの？」

金蓮これを聞くと、いいえなんにもと、口ごもりながら、酔って帰ってくると、まだ飲みたいというので、代わりにお茶を飲ませ、うまく寝かしつけたのであると、必死になって弁解する。それでも媚薬を三錠飲ませたことには口を閉ざす。月娘はこんど玳安と琴童を呼びつけて、厳しく訊問する。二人は終いには韓道国の女房のところへ移動して、そこで酒を飲んで云々と白状する。

月娘は西門慶が先ほどはお粥をあまり食べなかったので、同じく雪娥に水餃子を作らせて、これを勧めてみる。しかし西門慶はこれにも食欲を示さない。

折から李銘が訪ねて来て、芸者衆四名を揃えたが、十五日の宴会はどうなっておりますかという。月娘はこれを取り継いだ平安を怒鳴り返して

「うるさいわねえ。この取り込んだときに、何が宴会だ。そんな忘八(ワンパ)は追い返しておしまい！」という。

「一両日すれば…」と西門慶は考えた。家の者たちも「二三日もすれば、何とかなるであろう」と考えた。

一夜明けて次の日になると、下腹にさっぱり力がはいらなくなり、陽物が膨れ上がり、赤い斑点が生じ、陰嚢までが腫れ上がり、排尿をするにも尿道が削り取られるような激しい痛み。外では軍卒や下僕らが馬を用意して控え、西門慶の出勤を待っているが、事態は図らずもかかる状態になっていた。西門慶は使いの者に名刺を持たせて、役所に業務命令書を届けさせる。そうして西門慶は琴童を城外に遣わし、任医官を呼んで来させ

る。任医官は部屋に入るとまず脈を取って見る。

「先生のこのご病気は虚火が上がって燃え、腎水が下がって尽き、用をなさなくなったもの。すなわち陽の脱ける病でありまして、何とかしてその陰虚を補わねば快癒叶いませぬ」

そういうと、暇を告げて帰ってしまう。処方された薬を飲むと眩暈だけは治まったが、他に何の変化も現れない。

次に応伯爵の勧めで、大街の胡太医が呼ばれる。胡太医は脈を取って、呉大舅と陳経済に、

「旦那さまは下の方に毒がたまっております。もしいつまでも治らなければ、ついには血尿症となり、便や行房（夫婦の房事）も難しくなります」と語る。

そこで五銭の薬代を包んで、薬をもらい、これを飲み下したが、こんどはなんの効能も現れず、帰って小便がまったくでなくなってしまった。そこでこんどは何老人の息子、何春泉を呼ぶことになった。

「これは便毒が凝り固まって、膀胱の邪熱が下がり、四肢の経絡中に湿痰が流れ、ために心腎交わらざる有様」との見立て。五銭包んで、薬をもらい、服用するもますます虚陽が漏れ出るばかりで、麈柄（陰茎）は鉄のごとく昼夜倒れない。

あくる日は提刑所副官の何千戸が見舞いにやってきて、

「私の知人で、東昌府の親戚を見舞い、ついきのう拙宅に到着したばかりの者があり、山西省汾州の人で、姓は劉、号を橘斎と申す、五十歳の、腫れもの治療の名手がおりますので、さっそく長官のご病気を診させましょう。役所のことは私がいっさいお引き受けいたしますので、ご心配なさいませぬよう」という。

劉橘斎（りゅうきっさい）の診察を受けるが、こちらも何の薬効なし。夕方ごろ、劉橘斎のくれた薬の二服目を飲むと、体中が痛みだし、明け方ころに陰嚢がやぶれて、鮮血が流れ出し、亀頭の吹き出物からも黄色い膿が流れ出始めた。

そこで月娘おおあわてで、あやしげな祈祷師の劉婆さんを呼

んだ。劉婆さんがやって来て、祈りをささげ、夢中で踊ってくれるが、皆目効果なし。

呉月娘、周守備のところへ使いを出して呉神仙（ごしんせん）の住所を聞き出して、これを呼びだし、診てもらうことになった。呉神仙はもと、西門慶が今年は血を吐き、膿を出す災いに会い、肉体がやせ衰える病にかかると予言していたのであった。呉神仙は西門慶の脈を取ってみただけで、こう述べた。

「旦那さまは酒色の度を過ごされたため、腎水がかれて、太極の邪火が慾海に集い、病は膏肓に入り、もはや治療はおぼつきませぬ」

薬石効なくば、しからばと月娘懇願する。

「どうぞ運勢の方を見ていただきとうございます」

呉神仙指をつまみ、紋を調べ、生年月日時の八字を計算し、

「寅（とら）の年で、丙寅（ひのえとら）の年、戊申（つちのえさる）の月、壬午（みずのえうま）の日、丙辰（ひのえたつ）の時のお生まれ、今年は戊戌（つちのえいぬ）の年回り、三十三歳の算命ということになりますが、いまは癸亥（みずのとい）の運が働いております。そこで三つの戊（つちのえ）が運気に突き当りますので、とてもたまりません。寿命は保ちかねます」

西門慶はそれでも頑張り続けて、そのうちふとうとうとと眠ったとき、花子虚の姿が目に見えた。武大の姿も目にとまった。そして二人は償いをつけよと迫ってきた。はっと驚き、ぞっとする。人には洩らさなかったが、「いよいよ末期だな！」と悟ったのであった。涙が止めどなくこぼれ落ちた。折から傍らに藩金蓮がいた。金蓮の手をとり、

「みなに逆らうんじゃないよ。仲良くするんだよ。ワシの位牌を守っておくれよ」と涙ながらに頼み込む。

金蓮は珍しく従順であった。

「でもみなさんがあたしを除けものになさいますから」

やがて月娘が入ってきた。

「お前もワシがじきに死出の旅路だと気づいているだろう。

後に残ったお前たちは—この金蓮も同じこと—みんな仲睦まじく暮らしておくれ。とりわけお前には産み月が近づいている。みんなの子として育ててもらいたい。決して散り散りになり、世間の笑いものにならぬように」

月娘が目をふせて、わっと泣き出す。

西門慶、間もなく陳経済を枕元に呼び寄せ、遺言をする。

「経済よ、ワシに子があれば、子に頼るところなんだが、子がないので、婿に頼ることになる。お前さんはワシの本当の子も同然だ。ワシにもしもの事があったら、お前がワシを土に葬ってくれ。どのみち一家なんだから、奥たちを助けて、仲良く暮らし、人から笑われないように」さらに続けて、

「向かいの呉服店には五万両の資本が使われている。喬家の旦那が出した分もいくらかあるので、それは急いで返却せよ。あとは傅番頭に任せて、在庫を払い、店を閉じること。賁四の糸屋は元金六千五百両で、呉二舅の絹物屋は五千両だ。品物を全部売りつくしたら、これも閉じること。それから李三が命令書をもらって来ても、これには手を出さないで、応二の叔父さんに頼んで、話を他所へ持って行くこと。李三と黄四には五百両の元手と百五十両の利息が貸しになっている。これを返してもらって、わしの野辺送りに当ててくれ。質屋には二万両、薬屋には五千両の金をかけている。来保と韓道国の松江船には四千両の品が積んである。河の氷がとけたら、船を取りに行き、品物を受け取り、家で売り払って、その金は奥たちの費用として渡すんだ。それから表の劉学官に二百両の貸しがある。華主簿に五十両、城外の徐四の店に元利合わせて、三百四十両貸している。すべて証文があるから、至急に人をやって、催促するがいい。それから向かいの家と獅子街の家はいずれ売却する。奥たちの手には余るから」

陳経済は応じた。

「お父さまのお言葉はよくわかりました」

まもなく傅番頭、甘番頭、呉二舅、賁四、崔本らが見舞いの挨拶をしにやってくる。西門慶は一人一人に後事をいい渡し、みんなも口々に応えた。

「大丈夫です。どうかご安心ください」

この遺言のあと、程なく西門慶は昏睡状態に陥り、二三日すると小刻みの呼吸を始め、いきなり大量の泡を吹き、体ががくりと動いて、息が止まった。これが稀代の西門慶の最期であった。重和元年正月二十一日未明。享年三十三歳。

人となりては多く善を積み、多く財を積むべからず、
善を積まば好人となり、財を積まば禍胎を招く
今の人、財を積むを好として、善を積むの愚を笑ふも、
金持ちの多くはいざとなりて棺材なし

まず棺桶の用意であった。呉月娘が自室の衣裳箱の中に入れておいた四錠の元宝（一錠五十両）を取り出すと、呉二舅と賁四に渡し、棺にする良材を探しにやった。そのあと月娘はにわかに腹痛を起こし、卒倒した。臨月である。家中大騒ぎの間に李嬌児が月娘の部屋に忍び込んで、五錠の元宝を盗み出し、これをこっそり自室に移した。月娘の方は寝台の上に運ばれ、産婆の蔡婆さんが呼ばれた。男の子が生まれる。

良質の棺桶材が屋敷の庭に運び込まれ、大工がさっそく鋸を入れる。陰陽師の徐先生が西門慶の手を取って見て、三日目が入棺、二月十六日が破土、三十日が埋葬日と定めた。噂が清河の城内に知れ渡った。

いっぽう旅先にあった李三、来爵、春鴻の一行は兗州（えんしゅう）に来て、巡按御史の宋喬年と面会が叶った。受け取った手紙の封の中には金の延べ板が入っていた。宋喬年は急使を送って、東平府から骨董買いの委任状を取り寄せ、彼ら三人に渡してやった。三人が勇躍帰って来て、清河の城内に入る。ここは西門大官人が

死んだという話題で持ちきりであった。

李三が二人にささやきかける。

「委任状をお屋敷へ持って帰るバカはいねえ。おいら三人が御史さまから頂いたことにして、大街の張二官のお宅にこのまま届けた方がよかろうよ。それともお前ら嫌だというなら、十両ずつくれてやるから、その委任状をこっちに渡せ」

来爵は「なるほど」とうなずいたが、

春鴻は「さあ、どうしたものか…」とはっきりしない。

三人は縁日のような法事のまっただなかの西門屋敷に戻ってきた。李三は一先ず自分の家に戻ってゆく。春鴻は来爵が口を利く前に呉大舅や陳経済に李三の奸計をばらしてしまう。

「あたくしにはそんな忘恩行為はできませんので」

呉大舅は月娘と相談のうえ、まず李三・黄四の借金を清算させ、引き続き東平府の委任状を証拠品として提刑所に提出し、すこし李三を痛めつけてやることにする。応伯爵がそばでこの話を漏れ聞いた。

「李三にはその手は無駄ですぜ。わしが質してみましょう」

李三と黄四は委任状をだしに、張二官にどう持ちこむか話し合いの真最中であった。応伯爵がいう。

「バカだなあ，てめえらは。だいたいあんな青二才に秘密をばらすたあ、なにごとだ！ このままじゃお前らは首に縄がかかるぞ。悪いこたあいわねえ、こうしたらどうか…」と応伯爵が計略を伝える。二十両で呉大舅を買収することで衆議一決し、三人揃って呉大舅を訪ねる。

第八十回

陳経済秘かに女と情を結び、李嬌児財をくすねて妓院に帰る

さて、西門慶が死んで、この日が初七日。玉皇廟の呉道官がやって来て、斎を受け、初七日の経をあげる。同じ日、報恩寺から朗僧官と十六人の僧がやって来て、施餓鬼を行うことになった。応伯爵も友人いく人かと約束して、斎祷に参加することになり、かつて死ぬ時もいっしょと硬い契りを交わして義兄弟となった十人組が霊前の法要に集まることとなった。応伯爵を筆頭にして、謝希大、花子由、祝日念、孫天化、常時節、白来創の合わせて七人が一つところに腰を降ろす。西門慶は仏となってしまったし、雲離守は軍官吏となり、呉展恩は駅丞となって、高い地位を得たので、集まった七人のような下等の輩とはもう付き合わなくなっていた。応伯爵がまず口を切る。

「大官人が突然亡くなってしまった。今日が初七日だが、互によくお付き合いをして、時に飲ませてもらったり、喰わせてもらったり、時に稼がせてもらったり、貸してもらったりしたが、今では兄貴は亡くなってしまい、こうなるってえと、知らん顔もできないから、何とかしないと、旦那が後に閻魔さまの前へ行ったとき、閻魔さまがおれたちを許さなかろうから、各自一銭ずつ金子を出し合って、霊前のお供え物一卓を用意し、酒を一本、掛軸を一本買って来て、水先生に祭文を一篇お願いし、旦那の霊前にみんなで手向けたいもんだ。これでもおれたちはお返しをもらえるから、得をするんだよ。だってお返しに銀七分ぐらいの白絹はもらえるから、帰って裙子ぐらいは作ってやれるし、それにおれたちはしこたま飲み食いできる。いずれ出棺のときには墓所で食い放題だ。そのうえ料理の残りをもらって帰って、女房子供を二三日は食わせられるから、焼餅代がうくというもんだ。どうだこういう考えは？」

「兄貴のいう通りだ」とみなが口を揃えて応伯爵の提案に賛成する。そういうわけで、各々一銭ずつ金子を出し合って、伯爵に渡し、伯爵はその金で供物を買い揃え、軸を買って、城外に住む水秀才に祭文を書いてくれるよう依頼する。水秀才は古くから応伯爵ら発起人と西門慶とがやくざ仲間であることを知っているので、諷刺を織り込んだ祭文一篇を作り、掛軸を書き上げ、西門慶の霊前に供物といっしょに並べる。陳経済が喪服を着てそばで礼を返すと、伯爵を先頭にめいめい焼香を済ませ、酒を地に注いで、故錦衣西門大官人の霊に謹んで清酌美味の供物を以って祭を致し、追悼文を声高らかに読み上げる。

—これ，霊は生前硬直にして、天性堅剛、柔らなるものを怖れず、硬きものに降らず、常に人を救うに水を点ずるを以ってし、気概軒昂にして、陰（女）に遭うて伏降す。恩を受くる小子、常に股下に在りて随幇し、またかつて章台（廓）に在りて宿柳せるに、なんすれぞ一疾不起の禍に遇える。いまやきみは長く脚を伸ばして去り、あとに残されし我ら、いずかたにか身を寄すべき。いま特にこの白濁（どぶろく）を薦む。請い願わくは受けよ。

祭奠が終わると、陳経済が下手に回って、礼を返し、一同を東屋に招く。吸い物が三碗、料理が五皿の馳走。その日、妓院の李家のやりて婆は西門慶の死去の報に接して、一計をめぐらせ、供物の料理を用意すると、李桂卿、李桂姐を駕籠に乗せて、弔問に向かわせる。月娘は顔を出さず、李嬌児と孟玉楼が奥座敷で接待にあたる。李家の桂卿と桂姐が李嬌児にこっそりと告げる。

「うちの母さまのいうことにやあ、人が死んでしまえば、わたしら廓の者は貞節なんぞは考えちゃいられない。むかしから千里の宴席もお開きにならない宴席はないというから、手元になにかあったら、李銘にそっと頼んで、家に持って帰らせ、あとあとのことを考えなさいって。諺にも『揚州よいとこというけれど、名残惜しがる家じゃなし』というとおり、永いことお世話にはなったけれども、いずれは出なければならなくなるんだからって」

李嬌児は聞いて深く心にとどめた。

その日図らずも韓道国(かんどうこく)の妻王六児(おうろくじ)もまたお供え物を用意して、綺麗に着飾って、駕籠に乗ってやってきた。西門慶のために紙銭を焼き、霊前に供物をそなえ、立っていたが、いつまでたっても、誰も姿を現さず、話し相手が見つからない。というのも、この初七日を限りに王経が暇を出されたからであり、召使たちも王六児が来ても奥へ取り継ごうとしなかった。ところが来安(らいあん)だけはそうとも知らず、月娘(げつじょう)に知らせる。

「韓おばさんが見えて、旦那さまに紙を焼いてお参りをしてくださいましたが、表でもう長いこと立って待っておいでです。呉大舅さまが大奥さまに報せよと仰せですので…」

呉月娘これを聞いても心中の怒りはいっこうに治まらず、

「あのクソ女め、あたしゃあ知らないよ。韓のおばなんぞがなにしに来やがったんだ。あの間男女めが、人んちをめちゃめちゃにしやがったくせに！夫婦、親子の仲を散り散りにして置きながら、いまさら何で紙なぞ焼きにくるんだ！」

どっさり怒鳴りつけられて、来安は出口もわからなくなるほど、慌てふためいて、霊前に舞い戻ると、呉大舅が問う。

「奥に報せてきたのかい？」

来安は口をもぐもぐさせるばかりで、何も応えない。しつこく問い詰められて、ようやく口を開く。

「こっぴどい四馬児(おおめだま)（罵りの隠語）を頂戴しました」

呉大舅は急いで奥へ行くと、呉月娘に、

「どうしちまったんだ。お前、そんな口幅ったいことをいうのはよろしくないよ。あの人の亭主はこの家の元手を一杯預かっているんだよ。だから気をつけた方がいいよ。あまりあこぎなことをすると、しっぺ返しを食わされるよ。人は憎んでも、礼は憎まずというものさ。あんたが出たくなければ、二ねえさんや三ねえさんに相手をしてもらえばいいんだ」

しばらくして、孟玉楼が顔を出して、挨拶を返すが、王六児はお茶を一杯飲んだだけで、言葉が途切れがち、いたたまれなくなって、暇を告げ、引き上げてしまう。

李桂卿、李桂姐、呉銀児(ごぎんじ)の三人はみな奥座敷に腰を降ろしていたが、月娘が韓道国の女房のことをあれこれとこき下ろすのを聞いて、いささか居心地が悪くなり、日暮には間があるのに帰りたいといいだす。月娘はしきりに引き留めて、

「晩には番頭たちが通夜をするから、人形芝居でも見て、あすお帰りなさい」とあまり勧めるので、桂姐と銀児は帰らないことにして、桂卿のみが帰ることになった。

夜になって坊さんたちが帰ると、街坊の人々、番頭に手代、喬大戸、呉大舅、呉二舅、沈姨夫、花子由、応伯爵、謝希大、常時節といった面々が合わせて二十人余り、人形芝居の一座を呼び、東屋に宴席を設けて、通夜をおこなう。人々が全員揃ったところで、法事をすませ、東屋に灯りをともして、それぞれ着席する。鼓楽が鳴り響いて、芝居が始まり、三更（深更）ごろまで通夜の宴がつづく。

ところで、陳経済は西門慶が死してのち、一日たりいえども帳の陰はいうに及ばず、霊前をも厭わず、藩金蓮に色目を使う。この晩も人々がてんでにひきあげてゆく混雑の中、女性客らは奥へ去ってしまい、召使いらが後片付けにせわしない中を金蓮は人目のないのを幸いと、経済の背中をつねって、

「ねえ、坊や、二人でお前の部屋へ行きましょう」とばかりに目配せをする。二人はそのまま部屋の中に潜り込むと、女は裙子をはぎ取って、炕の上へ仰向けになる。とっさの合間に雲雨が通り過ぎ、女は人目を恐れ、部屋をでて奥へゆく。

次の日、ゆうべの甘美な味をかみしめながら、経済、朝早くから金蓮の部屋へやって来て、窓の穴から、真っ赤な布団にく

るまってまだ起きていない金蓮の横顔を覗き見ながら、

「お蔵番さま、きょうは喬家の旦那がお参りに来るので、きのうお供えした李三と黄四のあの料理を下げておいてもらいたいと大奥さんがいってますよ。早く起きて、倉庫の鍵を貸してくださいよ」

金蓮は大急ぎで春梅に倉庫の鍵を出させ、二階へ行って戸を開けるようにいいつけると、その隙に窓の穴から舌を出し、経済と啜りあう。しばらくすると、春梅が二階の戸をあけたので、経済は祭器の搬入の監督をしに表に向かう。

やがて喬大戸の一家がお参りに来て、供え物の料理が並べられる。喬大戸夫妻をはじめ、親戚の者たちが大勢お参りをすませると、呉大舅、呉二舅、甘番頭らがそのお相手をして、東屋へ案内してもてなす。李銘、呉恵の唄も加わる。

この日、鄭愛月も弔問に訪れる、月娘は玉楼に命じて奥で他の女性客らに引き合わせる。鄭愛月は呉銀児も李桂姐もその場にいることに気づいて、二人が彼女にこの訃報を知らせてくれなかったことに憤慨して、

「あなたがたってずいぶん意地が悪いのね、あたしに黙って来るなんて」といってたしなめるいっぽうで、月娘が子供を産んだことを知って、

「奥さま、一喜一憂ってところですわね。旦那さまがお亡くなりになったことは早過ぎましたけど、新しい主人ができたんですから、張り合いができましたわね」

月娘はみなをいつまでも引き留め、この日も夜遅くなってようやく散会した。

二月三日は西門慶の二七日（ふたなぬか）であった。玉皇廟の呉道官が十六名の道士をつれてやって来て、経を上げ、法事を営んだ。

同じ日、役所の何千戸の呼びかけで、劉・薛の二内相、周守備、荊都監、張団練、雲離守ら武官数名が揃って二七日の法事に参列したので、月娘は喬大戸、呉大舅、応伯爵に接待を頼み、李

銘・呉恵の二小優に唄を歌わせて、客人の労をねぎらった。

夜になって読経が終わると、月娘は李瓶児の位牌壇と絵姿を運びだして焼却させ、衣裳やつづらは奥座敷に運び込み、迎春と乳母の如意は奥に引き取って、自室で使うことにした。

綉春は李嬌児の部屋にやり、李瓶児の部屋には鍵をかけてしまった。

二月九日には三七日の経をあげ、月娘が産室をでた。四七日にはいっさい法事はおこなわず、経もあげなかった。十六日には陳経済が独り穴掘りをして戻り、二月二十三日は西門慶の五七日で、月娘は薛尼・王尼の大師父をはじめ、十二人の尼僧を招き、家で経をあげ、夫の昇天を祈った。

三十日の朝はいよいよ出棺となった。副葬品や紙細工の装飾品も数多く、野辺送りの人も数多かったが、李瓶児の埋葬時のにぎわいはなかった。報恩寺の朗僧官が偈文を高く捧げ持って読み上げる。偈文を読み終わると、陳経済が紙の皿を地べたに投げ付けて壊し、棺がいよいよ出発する。一家親族が天をどよもすほどの大声で泣きだす。呉月娘が霊匛轎に乗ると、女性客らがそのあとに続き、南門外の五里原まで行き、先祖の墓地に埋葬される。

出棺の日、李桂卿・桂姐の姉妹は墓地でそっと李嬌児に、

「お母さんがいうには、手元にもう金目の物が亡くなったなら、いつまでもあの家にいることはない。一つ騒ぎでも起こして、もう飛び出してしまいなさいってことですよ。きのうも応二さんが来ていうことには大街坊の張二官が五百両粉茇してあなたを二号にしたいといって頑張っているから、あなたそちらでご奉公することを考えたがいいわ。わたしたち廓者は没落することのわかっている古き社に連綿とするよりも羽振りのいいところになびいたが勝ちよ」

李嬌児はうなづいたまま、無言を続けた。ところが図らずも藩金蓮が孫雪娥をつかまえて、

「葬儀の時に墓地で李嬌児と呉二舅が物陰に隠れてなにやらひそひそ話をしていたわ。春梅も李嬌児が帳の向こうで、李銘になにか品物の包みを渡し、李銘はそれを懐の中に押し込むところを見たといっているよ。『人に見られぬうちに早くお帰り』といっていたそうよ」とこぼした。

どちらの話も間もなく月娘の耳に入った。呉二舅は月娘に油をしぼられ、「早くお店へ行って、商売をなさい。もう奥へ来ちゃだめですよ」と怒鳴られる。それから門番の平安に李銘を今後出入りさせぬようにといいつける。

ある日、月娘は奥座敷で呉大妗子と茶を飲みながら、その場へ孟玉楼を呼んだが、李嬌児は呼ばれなかった。李嬌児はそれに腹を立て、月娘を相手に大喧嘩が始まり、西門慶の位牌壇を叩いて、遅くまで泣きわめいていたが、三更になると、部屋に帰って首をつろうとする。女中がそれを知らせたので、月娘は慌てて呉大舅と相談したうえ、李家のやりて婆を呼んで、李嬌児を妓院に返すことにした。部屋の着物や髪飾り、箱つづらから寝台・帳に至るまでの家財道具をすっかり渡すことになった。ただ元宵と綉春の二人の女中は渡さなかった。

李嬌児を返してしまうと、月娘は大声をあげて泣き出した。周囲の者らが必死になって慰めようともがいていると、

「巡塩の蔡さまがお見えになって、旦那さまの位牌を拝ませてもらいたいとおおせです」と平安が知らせる。

蔡御史は挨拶に現れた月娘を排して、

「ほんのおしるしですが、香典代わりにお収めください」と、五十両の銀子一包みと杭州絹二匹と果物の蜜漬け四瓶を差し出し、「先ごろ四泉先生から拝借した物の返却です」といって、茶を一杯所望しただけで、駕籠に乗って帰ってしまう。

いっぽう、応伯爵は骨董集めの委任状を持ち込んでこの方、蛭のように張二官に吸いついて、これまで食いものにしてきた西門慶家をきれいさっぱりと見限ってしまった。李嬌児が西門

慶の屋敷を出たと聞くと、時を移さず、彼女を張二官に売り込み、とうとう張二官の二号に納めてしまった。

応伯爵、李三、黄四は宦官の徐内相から五千両を借り受け、張二官もまた己の懐から五千両を拠出して、さっそく古器物の収集に着手した。祝日念と孫天化は今や誰憚ることなく、王三官の腰巾着となってついて回り、李桂姐らと懇ろになる。

張二官はさらに西門慶の後釜を狙い、運動に使う資金千両を用意し、東京に上り、枢密院の鄭皇親に伝手を求め、宮中の朱太尉らに接触する。応伯爵は今や八方手を尽くして、この張二官にとりいった。

「あの家にはまだ第五夫人の藩金蓮というのがおりまして、兄弟順は六番目、まことに器量よしで、絵から抜け出してきたような美人。詩詞歌賦、諸子百家、双六・将棋に通じ、字は達者だし、琵琶も弾ける、まだ三十にならない若さ、芸者などよりずっとましですぜ」

「以前、蒸しパンを売っていた武太郎の女房じゃないか」

「いかにもその女ですよ。あの家に嫁いで、もう五六年になりますが、案外嫁に行くきがあるかもしれません」

「では、面倒ながら。探りを入れてみておくれよ。もし嫁に行くような口ぶりでも見せたら、私に知らせておくれ」

「あっしの子分で、来爵ってのがあちらに奉公していますから、様子を探らせましょう。金蓮もあちらを出るようでしたら、すぐお知らせいたします」

第八十一回

韓道国財を掠め威勢を張り、湯(来)保主人を欺き恩に背く

さて、韓道国(かんどうこく)と来保(らいほ)は西門慶(せいもんけい)より四千両の銀子を預かって江南(こうなん)に渡り、商品の買い付けを行うべく一路風を食らい、露に宿し、夜は泊まり、明くれば行き、揚州(ようしゅう)に至り、西門慶の指示に従って苗青(びょうせい)の居所を探しだして尋ね、そこに滞在することとなった。

苗青は西門慶の手紙を見ると、命の恩人であることを思い起こし、力を尽くして二人をもてなし、さらに見目麗しき乙女を探し求め、身代金を払って買い受け、その少女を楚雲(そうん)と名づけ、当面家に置いて養育することとして、いずれ西門慶の元に送り届け、以って往時の恩に報いんと考えていた。

韓道国と来保の二人はしばし商品の買い付けは中断して、終日花柳界をさまよい歩き、酒を食らい、遊びほうけていたが、やがて、はやくも初冬とはなり、寒天に淡い千切れ雲が漂い、雁(かりがね)の鋭い響きが物哀しく響き渡り、木の葉も枯れ落ちて、景物蕭蕭として、旅愁に堪え難く、二人は急いで布地を買い集め、それを苗青の家に運び込んでは積み上げ、いずれ仕入れが完了すれば、出発という手筈にしていた。

これより先、韓道国は馴染みの芸妓をひとり買い上げた。揚州旧院の王玉枝(おうぎょくし)と称する女郎で、いっぽうの来保は林彩紅(りんさいこう)の妹の小紅(しょうこう)という芸妓と懇意になった。ある日のこと、二人は揚州の塩商人王海峰(おうかいほう)と苗青を招待して，宝応湖(ほうおうこ)に終日遊び、妓院に戻ると、その日はちょうどこの旧院の王玉枝の母親王一媽(おういつま)の誕生日であった。

そこで韓道国は人々を呼び集めて、宴会を開き、やりて婆の王一媽(おういつま)の誕生日を祝うことになった。同伴していた小僧の胡秀に酒肴果菜を用意させ、さらに商人の汪東橋(おうとうきょう)と銭晴川(せんせいせん)を呼び

に行かせたが、当の案内役、胡秀が戻って来ないうちに、客人二人は王海峰（おうかいほう）をともなって、宴会場に姿を現わした。

夕暮れ時になって、胡秀がようやく戻ってきたので、すでに一杯機嫌になっていた韓道国はこの少年を怒鳴りつけた。

「この小僧め、いったいどこをほっつき回っていやがった。酒の匂いがぷんぷんしているぞ。酒など飲んで、いまごろ帰って来やがる！お客さんの方が先に来てしまって、もう半日にもなるじゃないか！いったいどこをほっつき回っていやがったんだ。この落とし前はいずれつけてやるからな」

胡秀、横眼で韓道国を睨め、口中ぶつぶついいながら、下手に下がってゆく。

「おめえさん、わしのことを怒ってるけど、うちにいってみな。おめえのかあちゃんは仰向けになってばたばたしてるぜ。おめえがこっちでデレデレしている間に、うちじゃ旦那がおめえのかあちゃんを抱っこして、いじくりまわしているんだぜ。だからおめえに銭子持たして追い出し、商売やらせているんだぜ。おめえさんはこっちにいて悦に入っているが、おめえのかあちゃんはどれほど苦しんでいることか。人は大事にしねえと、一回りしててめえの顔が丸つぶれになるぜ」などと玉枝の母親に向かって、聞こえよかしにつぶやいていると、やりて婆は胡秀を中庭に連れだして、

「胡官人、あんたは酔っているんだから、部屋へいってお休みよ」という。

すると胡秀はますます大きな声でわめきだし、なかなか部屋へ入って休もうとしない。ところが図らずも客人の相手をしながら酒を飲んでいた韓道国が胡秀の放庇辣騒を耳にして心中大いに怒り、外に飛び出すと、いきなり胡秀を足蹴にし、

「このクソ野郎、お前はわしに一日五分で雇われている身だぞ。他に人がいないとでも思っているのか」と、その場で胡秀を追い出そうとする。

ところが胡秀はいっこうに出て行こうとはしないで、

「どうして私を追い出すのですか。私はなにも帳尻の合わないことはしていませんよ。いずれ家に帰ったら、私がなんというか見ていてご覧なさい」などと、いい合いをしていると、来保が出て来て韓道国をなだめ、胡秀を引っ張ってゆき、

「お前はなんだってそんなに酒癖が悪いんだ」

「来保のおじさん、わたしゃ酒など飲んじゃいませんよ。だけど、わたしゃどうしてもあの人とはけりをつけなくちゃならないんだ。さもないと男がすたるんだ！」

来保は胡秀を無理矢理部屋に押し込め、寝かしつけてしまう。韓道国は客人たちから嘲笑をかうのを恐れ、来保とともに席に戻って、みなと酒を酌み交わし、高笑いをしては調子を合わせ、林彩虹・小紅の姉妹と王玉枝の三芸妓は踊ったり歌ったりして、華やかな雰囲気を醸し出そうとする。こうして三更過ぎまで飲み続け、宴はお開きとなった。

次の日、韓道国は胡秀をひっぱたこうとしたが、本人は「私全く覚えがありません」と白を切る。来保と苗青にさんざんなだめすかされて、韓道国もようやくおさまった。

こうしてある日、品物の買い付けも終わり、これを包装して船に積み込むと、苗青が贈り物を揃え、手紙を書いて、二人を旅立たせる。図らずも、苗青が西門慶の元に送る予定であった女の子楚雲はたまたま病を起こし、身動きを得ず、

「病気が治るのを待って、後ほどだれかに届けさせますから」と苗青がいう。王玉枝と林姉妹が波止場に酒を用意して、別れの餞（はなむけ）とした。

正月十日に揚州を起つ。一路何事も起こらず、船旅は続き、ある日、臨清（りんせい）の水門にさしかかったとき、韓道国が船の舳先に立っていると、清河の町の同じ通りに住む厳四朗（げんしろう）という男が上流から船で河を下ってきた。臨清へ役人を迎えにゆくところであった。この男、韓道国を見かけると、

「西橋さん、あんたんとこの旦那はこの正月に亡くなりましたぜ」と、大声で怒鳴った。船は脚が早く、韓道国が応答する間もなく、両者はすれ違ってしまった。韓道国はこれを聞くと、胸の奥に畳み込んで、来保には伝えなかった。

そのころ河南・山東地域は希代の大干魃で、千里四方地肌は赤くむき出して、田圃も桑畑も乾上がって、綿花も絹も値段が一気に跳ね上がり、綿・絹織物いずれも三割方高騰し、各地の郷商たちはこぞって銀両をかき集め、遠く臨清一帯の波止場に押しかけ、貨客船の到着を待って、綿布を買い漁っていた。韓道国も来保に相談を持ちかけていう。

「船上の布貨およそ四千余両、目下三割方値上がりしているので、一部を売却するに越したことはなかろう。そうすれば関税納付にも好都合。家に帰ってから売却してもとてもこれ以上の儲けにはなるまいから、相場に遇わせて売らないのはまことに口惜しい！」

「番頭さんのいうところはご尤もではありますが、売ってしまってから、うちに帰って、うちの財主に嫌疑をかけられたら、どうなりますかな、それが恐ろしい」と来保。

「旦那に怪しまれたら、わしが全責任を負うから」と道国。

来保、これには強いて反対もせず、波止場で布地を一千両分売却することになった。韓道国はいう。

「双橋どの、お前さんと胡秀は船に残って、納税に備えておくれ。わしゃ小僧の王漢を連れて、この一千両を荷駄にして陸路で一足先に帰り、旦那に知らせるからな」

「あなたがうちに着いたら、是非とも旦那と話し合いのうえ、旦那に手紙を一筆書いてもらって、税金を少し安くしてもらうように税関の銭の旦那宛に届けてもらい、船から早く出られるようにしてくださいよ」と来保。韓道国応諾して、銀子を駄馬に積み、小僧の王漢とともに清河県の家をさして帰ってゆく。

清河県の外城壁南門前に到着したある日、すでに陽は暮れかかり、暮色の迫ってきたときのこと、韓道国はたまたま西門慶家の墓守りの張安（ちょうあん）と出会った。張安は酒や米などの食料品をどっさり詰め込んだ車を押して、南門を出ようとするところであった。張安は韓道国に気づくと、大声でさけんだ。

「おや、韓の大叔父さん、お帰りになったのですか？」

韓道国は張安が喪服を着ているのを見て、そのわけを問う。

「旦那さまがお亡くなりになったんですよ。明日三月九日は四十九日なので、大奥さまのおいいつけで、私がこの酒やお米の箱をお墓まで運んで行くところです。あすはお墓で紙を焼いて旦那さまの供養をするんですわ」と張安は応える。

韓道国これを聞くと、

「それは、それはなんともおいたわしい。やはり道行く人の話は碑文のようなもので、虚伝ではなかったんだ」とつぶやいた。馬を歩かせながら、真っすぐ城内に入り、十字街に到着すると、九曜廟の鐘の音がそこはかとなく悲しげに鳴り響く。韓道国は心中いろいろと考えを巡らせた。

「待てよ。まず西門慶の家に行こうとは思ったが、あの人は死んでしまったのだし、時刻はもう夜だ。これはいったんわが家に帰って、上さんとよく相談をして、それからあしたまたでかけてみても遅くはあるまいて」

こうして、韓道国は王漢とともに馬を進め、獅子街の家に帰り着いた。二人は馬の背から降り立つと、馬子を返し、門を開けさせ、王漢が行李や荷物を家の中へ運び込む。上さんは韓道国を迎え入れると、線香を焚いて仏祖を拝み、夫の衣服を脱がせて腰を降ろさせる。女中がお茶を入れて来る。韓道国はまず往復一路のことを話して聞かせながら尋ねる。

［途中で厳四児と張安に出会ったら、旦那が死んだっていうんだが、よくぞまあ、何だって死んじまったんだ？」

「天に不測の風雲あり、人に旦夕（たんせき）の禍福ありで、常に無事でいられる人なぞだれもいませんよ」と王六児。

韓道国、荷駄を解いて、江南で買い集めた数多くの衣裳や金目の品物を広げて見せる。さらに荷袋の中から雪のように真白に光る銀塊一千両をとりだして、炕の上に並べながら、「途中でこの報せを受けたので、一先ず一千両分の品物を売却して、その一千両を持って、先に帰ってきたんだが、きょうはもう遅いから、あすの朝、これを旦那の家に届けることにしよう。ところでわしの留守中、旦那はお前の面倒をよく見てくれたかい？」

「あの人が生きている時ならいざ知らず、死んでしまった今、この金子をあの家へ丸ごと届けるの？」

「そこだよ、今お前と相談しようっていうのは…。少し残しておいて、半分ぐらい持って行くってのはどうだろう？」

「へっ！何いってるのよ、お前さんは。そんなバカなことはしないでよ。あの人はもう死んでしまったのよ。あとに誰がいる。赤の他人ばかりじゃないか。半分でも持っていってごらん、その金の出所を根掘り、葉掘り突かれて、お前さんなど丸裸にされ、ケツの穴の毛まで抜かれてしまうゾ。そんなことをするよりも、馬を雇って、この一千両、この織物、なにもかも積み込み、東京の娘のところに逃げ込んで、かくまってもらうってもんさ」

「でも、旦那にはずいぶん世話になったのだからな。それを仇で返すわけにはいかないよ。人の道に外れるんでな」

「お前さんはお世話にもなったろうが、あたしはこの身を切り売りだよ。どんなにかいびられ、さげすまれ、もてあそばれたことか。あの人、人の女房をものにしてたんだから、これくらいの金は出したって、損はないよ。あたしゃこの間、あの人の喪中だと思ったからこそ、お供え物を用意して、紙を焼きにいったのに、あの大女房ったら半日も顔を出さずに、挨拶もない。部屋ん中に籠ってさんざんあたしの悪口をいい、お陰でわたしゃ帰るに帰られず、大恥をかかされたんだよ。お前さんそれでもまだ天理にもとるなどとお思いか。それよりかこの一千両、その他いっさいを荷物にして、急いで夜逃げしちゃうのよ。娘の愛姐(あいそ)が翟(てき)さんのところにいるんだから、東京(とうけい)に出て、そこに転がり込むんさ。天下の太師府だ、蔡京(さいきょう)さまのお膝元だ。よしんば誰かが追っかけて来たって、門内に一歩だって入れるものか」

二人は徹夜で相談をした。夜明け前に弟の韓二を呼び寄せ、取り敢えず二十両ばかりを恵んでやり、合意が成立した。二人は後のことは韓二まかせて、段取りをつけ、小僧の王漢、ならびに女中二人を連れ、荷車二台を擁し、三月九日の未明、開いたばかりの西の門を出て、東京に向かった。

いっぽう、呉月娘はこの日、嬰児の孝哥(こうか)を連れ、孟玉楼、潘金蓮、西門大姐、乳母の如意、娘婿の陳経済らとともに墓地に赴き、西門慶のために紙を焼く。すると墓守りの張安が前日の夕方、南門で韓道国と会い、言葉を交わしたという。

「戻って来たのなら、なぜ家へ来ないのだろう。ひょっとすると今日来るのかもしれないわ」

月娘は墓地で紙を焼くと、寛ぐ間もなく急ぎで家に戻り、陳経済を韓番頭の家にやり、船はどこに着いたか尋ねさせる。

「姪に呼ばれて、兄も嫂も東京へ出かけましたよ。船はどこにいるか知りません」との返事が韓二の口から聞かれる。

陳経済が帰って、月娘にこの報告をすると、月娘は心配になり、経済を馬に乗せて河下の臨清波止場へ船を探しに行かせる。するとそこに来保の船が見つかり、経済は来保にわけを話す。来保は腹の中で「道国のやつめ、わしまでも出し抜きゃがって！」と腹を立てるが、とっさの悪だくみで、経済を波止場の芸者屋の二階に誘って、酒をたっぷり飲ませ、経済が女郎に浮かれている間に、船から八百両のばかりの品物を運びだして宿屋の部屋に移し替えるかたわら、かけずり回って税金を工面し、船荷の陸揚げを急ぎ、西門慶の屋敷の離れに放り込んだ。

西門慶が死んでから、獅子街の糸屋は店を閉め、屋敷の向かいの呉服店も処分を終え、建物も他人の名義になっていた。残っているのは門前の質屋と薬種問屋だけで、これは陳経済と傅番頭とがそれぞれ商っていた。

ところで来保と韓道国とは実は親戚の間柄であった。来保の妻恵祥には僧実（そうじつ）という五歳の男の子がいた。韓道国の妻、王六児の里の実母は王母猪といい、この王母猪のところには四つになる王六児の姪がいて、二人を許婚にして、両家は親戚の間柄になっていた。月娘はそんなことは全く知らなかった。来保は荷物を降ろすと、金も荷物も韓道国が残らずさらっていったと告げる。

「東京へ人をやって調べさせます」と月娘がいえば、

「だれをやったって、太師府にはとても脚を踏み込めるもんじゃない。下手をすれば、反ってこちらがお縄を頂戴することになりかねない。韓道国の娘はいまあちらでは羽振りが良くて、翟執事も娘の親を庇うばかりですよ」と来保。

月娘は打つ手もないまま、来保が離れに持ち込んだ船荷を陳経済に売却させようとする。仕入れ商らが集められ、陳経済が品物の値を吹っ掛ける。買主らは値段が折り合わないといって、手を引いてしまう。来保これを見ていう。

「若旦那、あなたは商売のコツをご存知ない。わたしゃこう見えて、世間をけっこう広く渡り歩いておりますから、商売のコツは心得ているつもり。売りて悔ゆるより、売り惜しむべからず。ここにある品物はこの値で売れば損はありません。あなたは弓をいっぱいに曳いて買い手にあたるもんだから、相手が引いてしまう。こんなものは一遍に売っちまうのが一番です」

こういうと来保は月娘の許可も得ずに、経済の手から算盤を奪い取り、買主を呼びもどして、たちまち在庫を一掃し、二千両余りを売り上げる。月娘は来保が先に手をまわして一儲けしていることには気付かなかった。

そこへ東京の翟執事から手紙が届く。『蔡太師のご母堂が老いて日々を退屈しておられる。お宅の芸達者な若い女性を至急当方にご派遣願いたい』という。月娘は思い悩んだ末、琴と三味の達者な玉簫と迎春を派遣することにして、来保に東京まで送り届けさせる。

来保は東京から戻って復命する。韓道国夫妻は太師府内に立派な邸宅をあてがわれて、大勢の使用人を顎で使っている。翟執事でさえ韓道国を『韓の旦那』とあがめている等々と大ボラを吹く。

来保はある日、女房の弟の劉倉(りゅうそう)とともに臨清の波止場に向かい、宿屋に預け置いた布地を全部売り払って、八百両の銀子をこしらえ、ひそかに家を一軒購入すると、門口で劉倉に雑貨店を開かせ、自分は毎日のように友達を集めては茶会を開いて遊び暮らし、女房の恵祥は里へ行くとの名目で、新居に出かけると、ここで化粧をし、着飾って、王六児の里の王母猪(おうぼちょ)の家へ親戚付き合いのため駕籠に乗って出かけ、その家の幼い娘のご機嫌取りをして、新居に戻るとまたここで着替えをし、元のみすぼらしい使用人の姿で西門慶の屋敷に帰る。月娘はなんの疑念も抱かない。

金蓮や玉楼がこの変貌ぶりに気づいて、月娘に進言する。

「下男の女房のくせに、あの女、近ごろこれこれしかじか」

月娘俄かには信じられなかったが、来保が酒に酔って、月娘と孝哥の寝室に忍び込み、炕に寄りかかって、月娘にいい寄るに及び、決然と来保夫妻を放逐することにした。

「後になって『右や左の旦那さま』なんてことになりませんように」これが恵祥の捨て台詞であった。

第八十二回

藩金蓮月夜に密会し、　陳経済画楼にて両手に花

さて、藩金蓮と陳経済は西門慶が納棺された直後から、まるで待ちかねていたかのように、離れの一室で首尾よく通じ合うと、これを潮に二人は甘い蜜を啜りながら、昼日中に情を交わしたり、黄昏に密通して、肩を寄せ合って笑ったり、あるいは並んで坐り、ふざけ合ったりして、まったく忌憚なく通じ合うという日々を過ごしていた。近くに人がいて口を利くのは具合が悪いときには、紙切れに思いの丈を書き込んで、地面に落とし、互に思いを伝え合った。

四月のある日、藩金蓮は己の袖に入っていた銀糸の手布巾で玉色の紗の匂い袋を包み、陳経済に渡そうとして、離れに向かったが、経済は留守であった。そこで匂い袋の包みを窓の隙間から中に投げ込んでおいた。後刻、経済が戻って来てみれば、部厚い封書が床の上に転がっている。開けてみると、中は手布巾と匂い袋、紙切れに「寄生草」の小唄が一首書かれている。

銀糸の布巾、匂ひ嚢、吾はかの君に寄せむとす。
中に結びし黒髪と松と柏はいつまでも
肌身に負ふてあらせませ。
涙の露に書き添へし想ひの丈よ、小夜更けて
灯りの照らすもの影は己が姿の悲しさよ
忘れめさるな、深更には忍びて茨の下に待つ。

陳経済、小唄の文言に目をやると、金蓮は茨の茂みの奥で待っていると書いてある。経済はさっそく竹の扇子に小唄を一首書きこんで、袂に入れると、庭の花壇にむかう。ところがこのとき月娘がたまたま金蓮の部屋に入り込んで、立ち話をしている

ところであった。陳経済そんなこととはつゆ知らず、通用門をくぐって金蓮の部屋に近づき、大声で呼びかける。

「僕のいい人いるかいな？」

声の主が経済と悟った金蓮は月娘に気づかれては大変と、急いで簾をあげて、

「誰かと思ったら、陳兄さんがおねえさんを捜しているのかい。おねえさんならさっきまでここにいたけれども、みんな揃って東屋へ花摘みに出かけたわよ」という。

経済は部屋に月娘がいることに気付き、件の品をそっと金蓮の袂に押し込み、立ち去ってゆく。

「陳姐夫がなにをしに来たの？」と月娘。

「大姐を捜しにきましたの。花壇にいってるって教えてあげましたわ」といって、金蓮月娘をうまくだましてしまう。

やがて月娘が奥へ引き揚げてしまうと、金蓮は袂の中から件の品を取り出して見ると、それは斑竹（はんちく）の白紗の扇で、蒲（がま）と谷川の水の絵が画かれ、小唄が一首添えてある。

妙なる人の用ふれば、炎天遮へぎり風招く
人あるときは袖（そで）の中、人なきときはゆるゆる揺らし、
俗人に盗らるることのなきやうに。

女はこの唄を見ると、晩になって月のでるころを見計らって、さっそく春梅と秋菊の二人には酒を飲ませて、炕部屋に休ませ、然るのち自分は部屋に籠って、緑の窓を半開きにし、深紅の灯りを高々とともしてから、ひとりバラ棚の下に立って、今宵経済との逢う瀬を待ちわびていた。

西門大姐はその夜たまたま月娘に呼ばれて、王尼の説教を聞くべく奥座敷にいたので、部屋には元宵がただ一人居残っていた。経済はこの女に手布巾を一枚与えて、留守番をするよういいつけ、

「わしは五奥さんに呼ばれて、将棋を指しに行くから、奥が戻ったら、すぐに呼びに来ておくれ」といいつける。元宵が承知すると、経済は得たりとばかり、庭の花園に飛び出して、花が月影を浴びて相映じあっている中をバラの棚の下までやって来ると、かなたに女が被り物もつけず、黒髪をなすりつけたままで木香棚の下にしょんぼり佇んでいる姿が目に留まる。

陳経済バラの棚の下から勢いよく飛び出して、いきなり女を両の手で抱きしめる。女が驚いて、

「まあ、この人ったら、出抜けに飛び出して来て、人をびっくりさせる。わたしだから、これですんだものの、他の人だったら、大変なことになるわよ」という。経済は少し酒が入っているので、笑いながらいう。

「あなただとわかっているから、脅しただけですよ。間違って他の人を脅したりしたら、お陀仏ですよ」

二人はそこで手に手を取って、部屋の中に入る。部屋の中は灯りが煌々と輝き、テーブルの下には酒肴がどっさり用意されている。通用門に錠を降ろし、二人は肩を並べて、酒を酌み交わす。そこで女が問う。

「あなたはここにきているんだけど、大姐はどこにいるの」

「大姐は奥座敷で王尼の説教を大奥さんといっしょに聞いていますよ。元宵に用事があったら呼びに来るようにいいつけてありますから。ここで将棋をしていることになっているんです」

永いこと酒を飲んで、二人の雲雨もようやく終わったころ、戸口で元宵の呼ぶ声がする。

「若奥さまのお帰りです」

陳経済は大慌てで着物を着て、飛んで帰る。

ところで藩金蓮の家の二階には部屋が三間あって、真ん中は仏間、両脇が生薬や香料などを保管する物置であった。それからというもの、二人の情は肺腑に沁み渡り、心意は膠のごとく密となり、一日として相会してことをなさざる日はなく、ある

朝、藩金蓮が化粧をすませ、身づくろいをして、二階に上がり、観音さまに線香をあげていると、薬材や香料を取り出そうとして、鍵を持って二階に上がって来た陳経済と鉢合わせをすることになった。二階に人のいないのを幸い、女は香を焚く手を休め、二人はがっちり抱き合ってしまった。そこへ春梅が偶然に茶の葉を取りに入れ物を持ってやってきた。二人のあられもない姿を見ると、春梅は急いで身をひるがえし、階段を駆け降りた。女はようやく裙子を身につけると、春梅を呼びとめていう。

「ねえ、おねえちゃん、上っておいで。あたしあなたに話したいことがあるの」 それを聞いて、春梅が上がってくる。

「おねえちゃん、この姐夫はもう他人じゃないの。いまから話して聞かせるけど、あたしら二人はもうできてしまったの。もう離れられないの。人には絶対にいわないでね。ただ自分の心の中にしまっておいてね！」

「奥さま、誰に向かって話したりするものですか！あたしゃ奥さまにこの何年もお仕えしてまいりました。かりに奥さまのお心の中を存じ上げなくっても、ぜったい人に話したりはいたしません」と春梅。

「もしあたしらのことを庇ってくれるなら、あなたにこの姐夫を貸してあげるから、いまちょっと二号さんになんなさい。そしたらあなたのいうことも信用できるから。もし嫌なら、あなたはわたしらのことを可哀そうだとは思っていないというだけのこと」

春梅ははずかしそうに顔を赤らめたり、青ざめたりしながらも、あえて拒絶はしなかった。これ以後、藩金蓮と春梅は堅固な一家を形成し、この若造とひそかに逢引きを重ねあったことは一度や二度ではなく、知らぬは秋菊ばかりであった。

六月一日、金蓮の母親の藩婆さんが老衰で死去した。報せた人があり、呉月娘は牛・羊・豚の肉や冥紙などの供え物を一卓分用意して、金蓮を駕籠で城外までやり、悔やみや祭りを行わせた。

その後、六月三日、金蓮は葬儀から帰ってくる早々、月娘の部屋に出向いて、しばらく世間話をして出て来ると、東の離れに寝起きしている陳経済がようやく起きて来て、誰かが大広間に入ってゆく足音を聞きつけ、そっと窓の隙間から覗くと、それは思いがけず金蓮であった。そこで

「そこにいるのは誰？」と声をかける。金蓮は急いで窓の下に寄ってゆき、

「だいたいあんたは部屋にいて、いまごろ起きるのかい？ ずいぶん気ままな暮らしだね。嬢さんは部屋にはいないの？」

「奥座敷にいて、いつ帰ってくるのかねえ。昨夜は三更になってやっと寝たんですよ。奥座敷に来て≪紅羅宝巻（説教小話）≫を聞けって大奥さんがいうもんだから、夜そんな遅くまで付き合わされて、腰が抜けそうになって、きょうはなかなか起きられませんでした」と経済。

「ずいぶん面の皮が厚いんだねえ。あたしをだまそうったって駄目よ。きのうはあたしゃ家にいなかったけど、あんたは奥座敷へ行って『宝巻』をどれくらい聞かされてきたのよ？ 女の子の話だと、あんたはきのう孟三ちゃんのところでご飯をごちそうになっていたんだっていうじゃないの」

「とっくにお嬢に知れてますよ。わたしら二人揃って奥座敷にいて、孟さんのところになんかいってません！」と経済。

二人の会話に熱が入り始めたとき、不意に人の足音が聞こえてきたので、女は急いで物陰に身を隠す。来たのは小使の来安であった。来安はいう。

「番頭の傅さんが若旦那をお食事にどうぞといってます」

「食べてててくれるようにいっとくれ。髪を梳かしたらすぐ行くからってね」と経済。来安は帰ってゆく。女は経済に向かってこっそり告げる。

「夜はどこにもゆかないでね。部屋にいるのよ。春梅を呼び

にやるからね。必ず待っているのよ。話があるんだから」
「はいはい、御命お待ちしてます」と経済。
やがて日も暮れて、その日は月の出ない、星の密な夜で、大変な暑さ。女は春梅に湯を沸かすようういつけ、湯あみをし、足の爪を研ぎ、寝台の上の布団や枕を整え、蚊を追い払って、蚊帳を張り、香を焚く。すると春梅が声をかける。
「奥さま、きょうは土曜の丑の日じゃありませんか。鳳仙花(ほうせんか)で指の爪を染めなくてよろしいの？ 少し捜して来ましょう」
「お前が捜しに行くの？」
「ええ、大広間へ行く途中に咲いてますわ。わたくし行って、何本か抜いてきますわ。秋菊に臼でつかせてください」
女は春梅の耳元に口をつけて、小声でいう。
「ついでに離れの姐夫に、今晩、話があるから、来てねっていっとくれ」
女は部屋で白ネギのような手で爪を切る。ややあって、春梅が鳳仙花を摘んで戻ると、それを秋菊につかせる。それが済むと、秋菊に酒を飲ませ、台所で先に休ませる。やがて牽牛と織女が天の川をはさんで、まばたき合うころとなり、蛍の光がちらほらとかがやく。すると庭のムクゲの木がゆらゆらと揺れる。これは経済がやってきたときの合図である。女が咳払いでこれに応えると、経済が戸を開けて入ってくる。二人は肩すりよせて、腰を降ろす。
「お部屋に誰かいるの？」と金蓮。
「お嬢はさっぱり姿を見せません。元宵に留守番を頼んであります。それはそうと、秋菊はもう寝ましたか」と経済。
「もう、ぐっすり寝ているわ」
話が済むと、二人は抱き合い、なかなか離れがたい思い。雲雨が済むと、女は小粒銀を五両、取りだし、経済に渡して、
「城外の母が死んだんだけど、棺桶は旦那が生前に用意してくれたので、三日目の入棺のときは、大奥さんが私をお弔いに

出してくれたんだけど、あすの出棺にはゆかせてくれないので、この五両で私の代わって母の野辺送りをして頂戴な。旦那の喪中だから外出は控えるようにだってさ」

「大丈夫。わたしがあしたものすごく早く出かけて行って、用事を済ませ、戻ったら、報告しますよ」と経済。

西門大姐が部屋に戻ってくることを恐れて、陳経済、早々に引き上げて離れに帰ってゆく。

次の日、陳経済は食事時にはもう埋葬から帰って来た。そのとき金蓮はようやく起きたばかりで、ちょうど部屋で髪を梳かしているところであった。経済がやって来て、弔いの次第を報告すると、城外の昭化寺で摘んできた茉莉花の小枝を二本、女の頭に挿してやる。

「もう埋葬は終わったの？」と女が訊くと、経済は

「そのための僕が出かけたんだから、お母さんを立派に埋葬してからでなくては、報告には来られませんよ。なお残りの二両六七銭はあなたの妹さんに生活費として渡しておきましたからね。妹さんはたいへん喜んで、あなたによろしくとのことでしたよ」

女は母親が無事地下の人となったことを知って、ポロポロッと涙を流したが、春梅をよんで、神妙に口を切る。

「お花を鉢にひたしておいてちょうだい。それから経済兄さんにお茶を差し上げてくださいね」

しばらくして、蒸しパン二箱とお茶漬け四皿が出されたが、陳経済はお茶を飲むと、早々に引き上げて、外へ出て行く。

それからこの若者との間柄は日に日にますます親しくなってゆくが、そんな七月のある日、女は朝のうちに男と約束を交わした。

「きょうはどこにも行かないで、お部屋で待っててね。あたしがあなたの部屋へ遊びに行くから」

陳経済も承諾していたが、この日、図らずも崔本に誘われ

て、何人かの友人たちといっしょに城外に遊びに行くことになり、出かけて一日、大酒を食らって、へべれけになって帰ってくると、寝台の上に倒れ込んで、前後不覚となって寝込んでしまった。黄昏になって、金蓮が部屋に来てみると、経済は白川夜船。押せども引けども、目を覚まさない。ところが不思議なことに、ふと経済の袂の中に手を入れてみると、中から蓮の花の形をした金簪がでてくる。見るとその簪には『金勒馬嘶芳草地、玉楼人酔杏花天（金の勒、馬嘶きて、芳草の地、玉の楼、人酔ひて、杏花の天）』と文字が二行にわたって刻み込んである。かざして見る。これは孟玉楼の簪である。なんでこれが経済の袂の中にあるのか！ 想うにこれはきっとこの男が玉楼とも首尾したにちがいないのだ。しからずんば、かの女の簪がこの男の懐中に転がっているはずがない。金蓮はたちまち悋気嫉妬の塊となり、女は筆を取ると壁に四句の詩を書きつける。

独歩書斎睡未醒、（独り書斎に眠り込み）
空労神女下青雲、（むなしく女神青雲下り）
襄王自是無情緒、（襄王自ら気のない風情）
辜負朝朝暮暮情。（切ない想い袖にされ）

書き終わって、女は部屋に引き上げる。

経済、真夜中に目覚めて、灯りをつけると、壁に四句の恨み節。慌ててムクゲの花の下までやって来て、枝をゆすぶって合図をするが、中からは何の音沙汰もない。庭の太湖石を踏み台にして壁を乗り越え、金蓮の部屋に忍び込む。

金蓮は経済のいい訳には耳を貸さず、ひたすら簪と玉楼の由来を問い詰めて止まず、経済を受け入れようとはしない。

第八十三回

秋菊恨みを含み心情を漏し、春梅便りを届け逢瀬を楽しむ

さて、潘金蓮は陳経済が明け方垣根を乗り越えて去ってゆくのを横目で見ながら、心中、経済をまた邪険に扱ってしまったことを後悔するのであった。次の日、七月十五日は呉月娘が西門慶の盂蘭盆の紙衣裳櫃を焼きに地蔵庵の薛尼のところへ駕籠で出かけるので、金蓮らはみんなで月娘を表門まで見送って戻ってきた。孟玉楼、孫雪娥、西門大姐は奥へ行ってしまい、金蓮だけがただ一人遅れて後から表の広間の通用門のところまでやってくると、そこで経済とばったり出会った。陳経済はそのときちょうど李瓶児の住まいの二階に質草の衣類を探しに来て、これを抱きかかえて下りてきたところであった。金蓮は経済を呼びとめて、

「きのうはあたしがちょっと文句をいったくらいで、お前はなんでご機嫌を損ねてしまったの？ 今朝なんか早々に垣根を乗り越えて逃げて行っちまったじゃないか。あんた本気であたしと切れる気か？」

「奥さんはまたそんなことをおっしゃっている。一晩中眠れないで、一晩中思い悩んで、もうすんでのところで死んで果てるところだった。ごらんなさい、このわたしの顔を。肉までかきむしられてしまった！」と経済。

「何いってんだ、この死に損ないめ！ 孟玉楼と首尾したことがないんなら、この盗人野郎め、なにも怖気づいて、一目散に逃げ出すこたあないじゃないか」と金蓮。

陳経済が袂の中から紙片を取り出すと、女はそれを取り上げて開いてみる。それは「寄生草」の中の一節であった。

たちまち人をどなりだし、いきなり顔を掻きむしる。

小さくなって、背を落とし、腰を低くしているに、
話は厳しくなるばかり、どうじゃこうじゃと脅し立て、
人の情けを忘れさる。君の眉(まゆ)をうっすらと
画いてあげたはどこのだれ。

金蓮一目見るなり、笑いだしていう。
「なんでもなかったというのなら、今晩また奥へいらっしゃい。あたしがようく訊いてあげるから」
「ぐずぐずいってこれ以上人を困らせないでくださいよ。こちとら一晩中一睡もできなかったんだから、真っ昼間一眠りしてから行くことにしますので」と経済。
「まあいいや、来なかったら、落とし前をつけさせてもらうからね」といい残して、女は部屋に戻ってゆく。
陳経済は衣服を抱えて、店舗に戻り、商売に一仕事をすませ、寝台の上に横になって一眠りする。金蓮のところへ行こうと、日の暮れるのを待ちかまえていると、黄昏時になって俄かに空が曇って来て、窓の外でぱらぱらと雨が降りはじめた。雨脚が次第に激しくなるのを見てつぶやく。
「天気はなかなかうまく行かんもんだ。彼女がようやくこっちの話を聞いてくれることになったというのに、きょうはまた思いがけなく雨など降ってきやあがって、よくぞまあ人の気を腐らせてくれるものだよ」
そこで長いこと待っていたが、雨はなかなか止まず、一更ごろになると、雨水が軒を流れ落ちるほどになり、この若者はついに雨の止むのを待ちきれなくなって、赤毛氈の敷布を引っ被って、—ちょうどそのとき呉月娘が家に帰って来て、西門(せいもん)大姐(たいそ)も元宵(げんしょう)も部屋には戻って来ていなかったので、戸に鍵をかけると、西の通用門から庭にとびだし、花壇の金蓮のところのくぐり門を押して中へ入り込んだ。女は今晩経済がやってくることはわかっているので、春梅に命じて、秋菊に酒をたっぷり

飲ませ、二人を炕部屋で一足先に休ませる。

くぐり門にも鍵はかけていないので、経済は易々と中に入り込み、女の寝室に辿り着く。見ると紗の窓は半開きで、灯は高々と灯り、卓上には食い物がどっさり並べられている。

「お前、孟三ちゃんとはできていないというのだね」と早くも女が詰め寄ってくる。「それならなんだってこの簪がお前の手の中にあるんだい？」

「これはきのう私が花壇のバラ棚の下で拾ったのです。私が嘘をついてあなたをだましたりするというのならば、私は即刻死んで、塵芥と化して見せますよ」と陳経済。

「なんでもないんなら、この簪はちゃんとあなたに返します。私はあんたのものなぞ欲しくはありませんから。でもわたしがあなたにあげた簪や匂い袋や手布巾なんかは大事にしまっておいてちょうだいよ。一つでもなくしたら、私から返答がゆくからね。ただではおかないよ」と金蓮。

二人は酒を飲み、駒をさし、一更ごろようやく床に上がって横になる。そうしてそのまま夜更けまで荒れ狂い、女はむかし西門慶と枕元で過ごした風月を一夜にしてこの新しい情夫の身に植え付けてしまった。

ところで秋菊（しゅうきく）は近くの部屋にいて、こちらの部屋から男の声が聞こえてくるが、誰の声なのかよくわからない。明け方に鶏の鳴き声が聞こえ始める時分になって、秋菊は小用を足そうとして起き上がると、こちらの部屋で戸のあく音がする。月は朦朧として雨まだ降り止まぬ中を少し開いた窓の隙間から覗いていると、赤毛氈の敷布をかぶった男が部屋の中から抜け出して行く。秋菊は考えた。

「どうやら陳姐夫（ちんそふ）らしい。だいたい夜な夜なあたしの奥さまといっしょに寝ている様子だ。うちの奥さまは人前では澄ました顔をしているが、裏では女婿を囲っているってことだ」

次の日、奥座敷へ行って、小玉（しょうぎょく）にこれこれしかじかと話してきかせる。秋菊は小玉が春梅となかよしで、すぐ春梅に話してしまうなどとは思いも寄らなかった。

「あなたんところの秋菊がいうには、あなたんとこのお母さんは陳姐夫とできているってよ。きのう五奥さんの部屋で一夜を過ごし、今朝早く帰っていったそうよ。お嬢さまと元宵も表には帰って来てはいないんだっていうのよ」

春梅は部屋に戻ると、金蓮に初めから終りまで細々と話して聞かせる。

「奥さま、あの子を少し締め上げてやらないと、つまらないことをぺらぺらふれ回って歩き、主人を葬るようなことをしでかしませんよ」

金蓮はそこで秋菊を呼びつけて、

「お粥を作ろうとしたら、鍋をぶち壊してしまう。ケツがでかいから、知恵が回りかねるのか。このところ締め方が足りないから、骨が痒くなるのかな」といって叱りだす。

そういって叱りつけると、棍棒を持って、背中を力いっぱい三十回ほど叩く。秋菊は打たれて、豚のような悲鳴をあげ、体中傷だらけになる。すると春梅が近寄ってきていう。

「奥さま、これっぽちじゃ、こいつの痒いところを掻いてやった程度ですわ。丸裸にして、小僧さんを呼んで来て、大きな竹板で二三十回ひっぱたかせ、こいつがどんな顔をするか見てあげましょうよ。こいつはとても厚かましいんだから、これっぽちじゃあちっとも怖がりませんから。―秋菊、いいかい、奴隷ってものはな、裏言は決して外に出さず、外言は内に入れないものなんだよ。これじゃまるでほら吹きラッパを養成しているようなもんじゃないか」

「だれがなにをしゃべったっていうの？」と秋菊。

「まだつべこべぬかすのか！ この家つぶしの、主殺しめ、まだそんなことをいう気か！」と金蓮。

厳しい叱責を受け、秋菊は厨房に逃げ込んでしまう。

八月中秋（旧暦８月 15 日）のころのある日、金蓮は夜になったら、経済とこっそり月見酒をしようと約束をかわし、遅くまで春梅ともいっしょで碁並べなどをして遊んでいたので、その夜はぐっすり寝込んでしまい、明け方になっても目を覚まさず、お茶の時間になってもまだ起き上がらず、すっかりボロを出してしまうことになった。図らずも秋菊にみやぶられて、秋菊は急ぎ奥座敷に出向いて、月娘に告げようとすると、月娘は髪を梳かしている最中で、秋菊は戸口にいた小玉に捕まってしまい、まず小玉に告げることになる。

「うちの姐夫ときたらきのうもまたうちのかかさまのお部屋に泊まり込んだままで、いまだに起きて来ないのよ。こないだもあたしがあなたに教えたばかりに、あたしはこっぴどく打たれてしまったんだけど、きょうはほんとにこの目で見てきたんだから、大奥さまに早く行って確かめてもらいたいのよ。あたしは嘘をいっているんじゃないんだから」と秋菊。

「ウの目タカに目であら探しをしているんだな。どうしても主を野辺送りにしたいのか。うちの大奥さまはただいまおぐしを梳かしておいでだ。すぐには行かれないよ！」と小玉が秋菊を怒鳴りつけていると、月娘が聞きつけて、

「あの子がどうしたっていうの？」と問いかける。

小玉は隠してはいられなくなり、

「五奥さまが大奥さまに訊いていただきたいことがあるとかで、秋菊を使いに寄越しましたんです」と作り話をする。

月娘は髪を梳き終えると、しなやかな蓮の花のような足取りで、表の金蓮の部屋に赴く。するとたちまち春梅に見破られ、春梅は慌てて金蓮に報せる。金蓮も経済もまだ布団の中にくるまって寝ている。月娘が来ると聞いて、二人は慌てて飛び起きると、経済を寝台の下に隠して、上から錦の掛け布団をかぶせ、春梅に小机を持って来させ、これを寝台の上に乗せると、花簪を持ってきて、これに玉通しをはじめる。

程なく月娘が部屋に入って来て腰を降ろし、

「六ねえさん、このごろなかなかお部屋から出て見えないので、なにをしているのかと思ったら、花簪をこしらえているところなの？」といいながら、手に取ってみる。

「それにしてもうまく出来上がりましたわね。正面がゴマの花、両脇は菊の花に群らがる蜂なのね。まあきれいだこと。そのうち、私にもこんな鉢巻を一つつくってちょうだいよ」

金蓮は月娘が上機嫌に話すのを見て、胸のときめきも収まり、春梅に茶を出すよういいつけ、お茶を飲み終わると、じきに月娘は帰ってゆくが、帰りがけに、

「六ねえさん、早く髪を梳かして、奥へ話しにいらっしゃいよ」といって出て行く。金蓮は

「承知しました」と応え、月娘をかえすと、あたふたと経済を寝台の下から連れだし、表に出てゆかせるが、両の手は冷汗でぐっしょり濡れていた。

月娘は秋菊のいうことを真に受けたわけではなかったが、それにしても金蓮はまだ若いし、亭主を亡くしてかなりの日時を過ごしていることでもあり、ふと邪心を起こさないとも限らない。そうなると噂はたちまち広がって、世間から辱めを受け、家中の女たちがもみくちゃにされることになり、自分が産んだ男の子さえもだれの子だか知れたものではないなどということにもなりかねない。

そこで月娘はいろいろ考えを巡らせた挙句に、西門大姐を門外遠くには出さないように、李嬌児のいた離れに移り住ませ、彼ら二人を奥の通用門の中に引っ越させ、傅番頭が家に帰るときだけ、経済に店番として泊まり込ませることにし、着物や薬材を運びだすときにはいつも玳安を付き添わせ、あちこちの戸口には頑丈な鍵を掛けさせ、女中や上さん連もよほどのことがなければ外へはでられないようにした。

かくて潘金蓮と陳経済の仲も引き裂かれることとなった。

藩金蓮と陳経済の情事が秋菊にばらされてから一月余り、二人は互に顔を合わせることもなく、金蓮は閨房の寂しさをいかんともしがたく、木扁に目、田の下に心（想思）の病を患う身となって、化粧も物憂く、食事もすすまずなり、帯も緩んで痩せ衰え、鈍い眠気におそわれる日々であった。

春梅が見かねて口をはさむ。

「奥さま、近ごろは奥にも見えず、庭の散歩もなさらず、毎日溜息ばかり。いったいどうなさいましたの？」

「お前には解るまいけど、若旦那が恋しくてたまらないの」

「奥さま、そんなに力を落すことはご無用よ。きのう大奥さまは尼さん二人をお泊めになって、今晩宣巻（かたりもの）を聞かせてもらうそうで、奥の通用門は早目にお閉めになるそうで、あたくし馬小屋へ枕の詰め藁を取りにゆきますので、ついでにお店から陳姐夫を呼んで来てさしあげますわ」

「お前はほんとにいい子だねえ。同情して、あの人を連れて来てくれたら、必ず、どっさりお礼をするわ」

女は筆をつまんで、模様入りの便箋を広げ、手紙を一本書き上げて、これを封印する。晩になると、奥の月娘の部屋にちょっとだけ顔を出して、気分が悪いといって座をはずし、自室に戻ると、春梅に手紙を渡して、

「ねえ、お前、早くあの人を呼んで来ておくれ」と金蓮。

そこで春梅は大きな碗に二杯ばかり酒を注いで、秋菊に飲ませ、厨房に押し込んでしまうと、手紙を持って戸口を出る。籠を持って、馬小屋に来ると、藁切れをつまんで籠に入れ、傅番頭は家に帰っていて、店には経済が独りで炕の上に寝そべっているにすぎない。春梅は経済に向かって声高にいう。

「前世のお母さま、恋患いを取り除く縁結びの女神さまよ」

「なんだ、誰かと思ったら、小ちゃなおねえちゃまか。中へお入りよ」と経済。

「男衆はどこにいるんですの？」と春梅。

「玳安と平安は薬局の裏で寝ているよ。ぼくはただ一人、こんなところで侘びしい想いをしているのさ」と経済。

「奥さまがおっしゃるには、あなたってお人はこのごろ門口にも寄りつかず、きっとお向かいにお得意さんができて、あたしなんか構ってはいられないんだろうってよ」と春梅。

「とんでもない。あの日、こちとら、とんでもないことをいわれたもんだから、大奥さまが戸締りを厳重にするようになってしまって、行くに行かれなくなっちまったんですよ」

経済、手紙を受け取ると、封を切って読む。大急ぎで、春梅に礼を述べ、

「ぼく、奥さんの具合が悪いなんて、ちっとも知らなかった。だからお見舞いにもあがらなかった。お二人ともお咎めのありませんように。それではあなたは一足先に帰っていてください。わたしは支度をして、すぐ後を追いますから」

そういうと戸棚を開けて、白綸子の手布巾一枚、銀の小楊枝（こようじ）などを取り出して、春梅にあたえ、二人は当然のごとくに抱き合って、炕の上に転がって横になり、愛撫をする。

しばらく愛撫を続けたのち、春梅は藁を持ってひとあしさきに部屋に帰り、女に一部始終を語り聞かせる。女は春梅に

「じゃ、お前、外で見ていておくれ。あの人が来て、犬が吠えたりしたらいけないから」という。

「犬はもう脇にとめて押し込めてあります」

その日は九月十三日、月の明るい夜であった。ムクゲの花の枝が揺れる。春梅が咳払いでこれに応える。経済は戸を押し開けて、中に入る。二人が腰を降ろすと、春梅がくぐり戸をしめ、部屋にテーブルを広げ、酒肴（しゅこう）を並べる。そこで女は経済と肩を並べて座り、杯はゆきかい、しばし飲酒が続く。

ところで秋菊は奥の厨房で眠りこけていたが、夜半に目を覚まし、小用を足しにでようとすると、部屋の戸には外から錠がおりている。そこで手をのばして錠をはずし、月明かりの中を

抜き足差し足で表の部屋の間近まで進み、窓の隙間から中をのぞき見ると、赤々と灯りの灯った部屋の中で三人が一糸まとわず、もつれあっている最中である。三人とも泥酔している。三人の狂乱は三更ごろまで続き、ようやく寝に就いた。秋菊はこのありさまをつぶさに覗き見てしまった。

朝まだき、春梅がまず目を覚まし、厨房にいってみると、戸はあけっぱなしで、秋菊が中で寝乱れて鼾をかいている。春梅がわけを訪ねると、夜中に尿意をもよおし、手水場に向かおうとすると、鍵がかかっていて出られないので、苦心して錠前をはずしたのだと二人で小競り合いをしている間に、経済はさっさと外へ出て行ってしまう。

秋菊は夜が明けると早々に奥へ行って月娘に注進に及ぶ。ところが秋菊は月娘に「主人を葬り去ろうと目論む卑しい奴隷女め」と一喝される。

「西門慶が死んでから、お前は主人の悪口ばかりあたりにふれ回って歩くから、まだいくらも日が経たないうちに、女房たちはもみくちゃにされて、名だたる西門屋敷は今や崩壊の危機に瀕しているではないか」

月娘はこういって怒鳴りつけると、秋菊を引っぱたこうとするが、肝をつぶした秋菊は表の方に飛んで逃げ、二度と奥へ告げ口には行かなくなる。月娘は金蓮と経済の仲を本当にしなかったと聞いて、金蓮ますます図太く経済の尻を追い漁り、これを聞き知った西門大姐は陳経済をなじって、

「この悪党め、事が起きれば、いずれあたしの耳に達するし、お母さまがあたしに愚痴ることにもなるので、もうこの部屋にいようなどとは思わないで、きれいさっぱりと出て行くように」と申し渡した。

第八十四回

呉月娘碧霞宮を騒がせ、雪洞禅師雪澗洞に月娘を救う

さて、ある日、呉月娘（ごげつじょう）は実兄の呉大舅（ごたいきゅう）に頼みを聞いてもらえまいかと相談を持ちかける。泰安州（たいあんしゅう）の泰山（たいざん）の頂に登って、女神娘娘（ニャンニャン）に香を捧げてお参りをし、西門慶（せいもんけい）重病の折り願掛けをしたのに、敢なく身まかってしまったので、願解（がんほど）きをして置かねばならなかろうというのであった。呉大舅は

「それは是非ともやっておかねばなるまいから、わしも同行することにしよう」といって、香・蝋燭・仏像の紙馬など、祭りに必要な品々を買い整えると、玳安、来安を供に、乗馬三頭を雇って、月娘のみは暖轎（だんきょう）に乗り、出発とはなった。

月娘は孟玉楼（もうぎょくろう）・藩金蓮（はんきんれん）・孫雪娥（そんせつが）・西門大姐（せいもんたいそ）らに

「家のことはよろしくお願いしますよ。同じく乳母の如意（にょい）や女子衆のこと、孝哥（こうか）のこともよろしくね。奥の通用門も用事がなければ、早々に鍵を掛け、〆切って外へは出ないように」

また陳経済（ちんけいざい）には

「どこかへ出かけることは控えること。また傅（ふ）番頭と共同で表門はよく見張るようにしてください。わたしは月末ころには戻ってきますから」といいつけた。

十五日早朝、真心込めて紙を焼き、夜になると西門慶の霊に別れを告げ、姉妹連と別れの酒を酌み交わし、部屋や倉庫の鍵束を小玉に渡し、翌日早朝五更に起床し、門口を後にした。一行は馬に乗り、これを姉妹連は表の正門で送り出した。ちょうど秋深い時節で、天候は寒く、日は短く、一日の行程は六七十里（三十～三十五キロ）というところで、暗くなる前に宿屋や村里に泊まり込み、あくる日また出かける。一路、秋空に雲淡く、寒空を雁が侘びしく北に向かって飛び去り、樹木は凋落し、景色は一面荒涼として悲愴の限り。道中、特段事もなく、行く

こと数日にして、泰安州に到着する。遥かに泰山を眺む。ここは天下第一の名山で、麓は大地にどっしりと腰を降ろしている。頂きは天空に接し、斉・魯の両国に連なり、まことに雄大な気配を有する。

呉大舅は日が暮れたのを見て、宿を取り、一宵を宿すことにして、次の日、早く起きると、山に登り、岱岳廟をめざして進む。この岱岳廟は山の前面にあって、累代の朝廷がここで祭典を営み、歴代の皇帝は天下第一の廟貌であるこの地で天地をまつる慣わしであった。

呉大舅は月娘を連れて岱岳廟につくと、正殿に香を進ぜ、聖像に礼拝する。香火を管理する道士が傍らで祈祷文を読み上げる。それがすむと、両側の廊下で紙を焼き払い、斎を少し食して、二人は山頂に登ることになった。四十九枚の岩畳を攀じ登ってゆくと、娘娘の黄金殿がおよそ四五十里先、風雲雷雨の雲海の中から中空に突き出して見える。月娘たちは辰の刻に岱岳廟より出で立ち、山を登り、申の刻を過ぎてようやく娘娘の黄金殿に辿り着いた。朱色の横額に金文字で『碧霞宮』の三文字が書かれている。宮殿内に入って、娘娘の黄金の神体に拝礼する。

月娘が娘娘のご神体を拝んでいると、香台のそばに立っていた四十がらみの生来の小男で、ひげを三点たくわえ、頭には簪と冠を戴き、身には赤い服、足に白靴といういでたちの、明眸皓歯の一人の道士が前に進み出て、願解きの祈祷文を読み上げ、金の炉に香を焚き、紙を焼き払い、左右の童子に命じて供物を下げさせる。

ところがこの廟祝道士なかなか本分を守るまともな男ではなく、岱岳廟の金住職の大徒弟で、姓を石、二字の名は伯才、これがまたきわめて貪財好色の輩、機を見てしこたまかすめ取る。この土地に殷太歳なる男がいて—姓を殷、二字の名は天錫、これが泰安州の太守高廉の妻の弟で、いつも大勢のやくざ者の手下を引き連れて、弓矢を携え、鷹や犬を連れ回して、この上下二宮を足場に四方から焼香にやってくる婦女子に目をつけていたので、誰もこの男には関わり合おうとしなかった。

ところがこの石伯才（せきはくさい）はいつも胸に一物を貯えていて、殷天錫（いんてんしゃく）のために婦女子を方丈に誘いこんでは姦淫を働かせ、殷天錫の機嫌を取っていた。月娘はなかなか気品があり、器量よしでもある。頭に喪の冠をいただいているところを見ると、役人の奥方か、金持ちの後室に違いないと考えた。それに胡麻塩の髭を生やした初老の男が召使いを二人引き連れている。そこでいきなり前に進み出て、お辞儀をし、挨拶を述べ、

「どうぞ、方丈でお茶はいかがでしょう」と誘いかける。

「いや、どうぞ、お構いなく。これから山を下りねばなりませんので…」と呉大舅。

「お下りになるとしても、まだ早うございます」

こういうと、伯才はやがて二人を方丈に招き入れる。そこは奥に紙が貼られていて、雪のように白く、正面には胡麻の花の模様のある長椅子が一張据えてある。伯才が呉大舅の姓を尋ねる。

「当方の姓は呉。こちらは舎妹の呉氏、夫の願解きにこうしてお宮に参上つかまつりました」と呉大舅。

「はてさてお身内でいられましたか」と伯才。

二人を上座に据え、自らは主人の席に着き、弟子を呼んで、茶を用意させる。

そもそも石伯才には二人の手下がいて、二人はまた徒弟でもあった。一人を郭守清（かくしゅせい）といい、もう一人は郭守礼といった。

いずれも十六歳で、生まれつきの美少年、頭に黒緞子の道髻を結い、身には黒絹の道服を着け、全身の香気が鼻をつく。

客人至れば、すなわち茶をだし、酒肴を差し出す。夜になるとこっそり鶏奸（けいかん）をささげ、伯才の渇きを癒やす。表に向かっては兄弟子と弟弟子の関係をみせる。

やがて守清と守礼がテーブルを広げ、その上に斎を並べる。

それはみなおいしそうできれいな食べ物ばかりで、それを食

膳いっぱいに並べ、上等の芳茶も出される。お茶がすむと、食器が下げられ、こんどは酒の肴が大皿に山盛りとなって運ばれてくる。呉月娘は酒がはこばれて来るのをみて、さっそく立ち上がって、玳安を呼び寄せ、布一匹・銀二両を朱塗りの盆に載せて出させ、石道士への謝礼とし、呉大舅が続いて、

「どうも宮をお騒がせして、申し訳ありませぬ。これは仙長への薇礼の印であります。酒食のおもてなしにあずかりましたが、日も暮れてまいり、これにて山を下りたく存じます」と礼を述べると、石伯才慌てて、頻りに礼を述べ、

「小道非才の身ながら、娘娘のお陰をもちまして、本山碧霞宮の住職となり、各方面からのお布施におすがりして糊口をしのいでおります。それら諸方の財主をおもてなしいたさずして、いったい何用にこれらのお布施を使ったらよろしいでしょうか？ ただいまつまらない食事を用意いたしましたところ、反ってご丁重なる頂戴物、お返しするは非礼にして、さりとてお受けするのも気が咎めますし…」

再三謝辞を表して、ようやくそれを徒弟に受け取らせると、月娘と呉大舅を引き留めて、

「それはともかく、もうしばらくお掛けになって、ほんの二三杯でもお干しくださいまし。私めのほんの寸志をお受けください」とあまりの念の入れように、呉大舅も月娘も止むなく腰を降ろす。間もなく暖かい酒菜が届けられる。すると石伯才が徒弟にいいつける。

「この酒はこちらの殿方のお口には合いますまいから、きのう府知事の徐さまから頂戴した蓮花酒の瓶を開けて、香りのよろしいところをお持ちしなさい」

やがて徒弟は別の銚子に燗酒を注いで現われ、月娘に一杯を勧めるが、月娘はこれを肯んじない。呉大舅が口を添える。

「妹は生まれつき、酒を受けつけない体質ですので…」

「奥さま、この寒空の下の長旅、一杯や二杯の酒をたしなん

だところで、何ほどの害が及びましょう」と石伯才いいながら、盃に半杯ほどの酒を注いで、これを月娘に受けさせる。それから呉大舅にはたっぷり一杯を注いで、

「呉の旦那さま、この酒をお試しになって見てください。いかがでしょう、この味は」と熱心にすすめる。

呉大舅、一口飲んでみると、その香りはまことに天にも昇らんばかり、口中より腹臓にかけてじんと旨味が沁み渡る。

「実はこの酒は青州府の府知事の徐さまからいただいたもの。奥さま・お嬢さま・若さまが毎年この岱岳廟にご祈祷・ご焼香に参られますので、小道も親しくお付き合いを願っております。本来ならば、この岱岳廟上下二宮へのお布施の半分は国庫におさめらるべきものでありますが、近年この恩主徐知事さまのお取り計らいで、お上にご奏上いただいたおかげで、全額上下二宮に於いて日常の費用・参詣者の接待に使用されることになっております」

二人がこんなはなしをきいているあいだに、玳安・来安・轎屋らは下手で供せられる飯や吸い物や点心から酒に至るまでたらふく平らげて悦に入っていた。

呉大舅は何杯か杯を傾けたのち、日が暮れてきたのを見て、立ち上がろうとすると、石伯才

「日はまさに暮れなんとしておりますが、夜に急いで山を下る必要はありますまい。お止めになるおつもりならば、小道のこの方丈にて一宵を宿され、明朝早めに下山なさるのも一法かと…」

「いかんせん、私ども宿にいささか荷物を残してありまして、ひょっとして何か面倒が起こるといけませんから」

伯才笑いながら、

「そのようなご心配ならばご無用に。糸くず一本といえども、それがしのところの参拝者の物と聞けば、村の者であれ、宿屋の者であれ、みんな怖がって、よかれあしかれ宿の者を州役所

に引っ張っていって、痛い目に合わせ、盗人を洗いださせますから」という。

呉大舅それを聞くと、また腰を降ろして座り込み、伯才は大杯を用意して酒を注ぐ。呉大舅はそれがずいぶん強い酒と見て、酔いにかまけて用便に立ち、さらに奥の六角堂を参観させてもらうことにした。月娘の方はいささか体に疲労をおぼえ、寝台の上に身を横たえようとすると、石伯才はいきなり戸を閉めて、部屋の外へ出て行ってしまう。月娘が寝台の上に横になった途端、部屋の奥で物音がして、寝台の奥の障子戸が開き、三十がらみの赤ら顔で、ひげを三本はやした男が飛び出してくる。黒い頭巾をかぶり、紫色の錦の上着とズボンを着込んだ男がもろ手で月娘を抱きしめ、

「小生は殷天錫と申し、高太守の妻の弟に当ります。奥さまは金持ちのお役人さまのご内室で、生まれついての美人であるとかねて伺い、長いあいだこがれておりました。なんとかして一目お目にかかりたいと願いながら、そのすべもなく、うち過ごして参りましたが、これすなわち、三世にわたる幸運。もしも哀れと思し召さば、死してなお忘れ難く存じます」

こういいながら、月娘を掻き抱き続ける。驚いた月娘は慌てふためいて、大声をあげる。

「この平清の世、朗々の乾坤、なんで良人ある妻室を手ごめにしようなどとするか、これはいったい何事ですか！」とわめきながら、戸を破って、逃げ出そうとする月娘を天錫は必死になって押さえ込みながら、跪いていう。

「奥さま、大きな声をたてませぬように。どうか、私を憐れと思し召して…」

ところが月娘はますます大声で、助けを求めて泣き叫ぶ。

玳安と来安が月娘の叫び声に気付いて、大慌てで六角堂に登って行き、呉大舅を呼びだす。

「おじさん、早く来てください。うちの奥さんが方丈で誰か

さんと大げんかをしております。早く助けなくちゃ！」

呉大舅は大急ぎの一足跳びで方丈に駆けつけ、戸を押し開けようとするが、押せども引けども戸は開こうとしない。ただ月娘の甲高い叫び声が聞こえて来るばかり。

「この太平の世の中にお焼香にきた婦女をこんなところに閉じ込めて、いったいどうしようっていうのです？」

「ねえさん、あわてるんじゃないよ。わしがきたからな！」と呉大舅は部屋の中に向かってどなると、石を持ってきて戸をたたきこわす。殷天錫はだれか人が来たと見るや、月娘から手を離し、寝台の背後からさっと逃げだして、姿を消してしまう。

そもそもこの石道士の寝台の背後には抜け道が作られていて、ここからみな逃げてしまうのであった。呉大舅は方丈の入り口を叩き壊して中に入ると、月娘に問う。

「おねえちゃん、まさかそのならずもんに手えつけられちゃいねえだろうな？」

「わたしゃ大丈夫よ。あいつったら寝台の裏から逃げて行っちまったわ」と月娘。呉大舅は道士を捜しまわるが、石道士はどこにも見当らない。ただ徒弟らのみが現われて、四の五のい い訳をする。呉大舅は怒り狂って、その手下どもに玳安・来安を呼んで来させて、道士の部屋の門戸といわず、窓や壁を片っ端から叩き壊させた上で、月娘を支えながら碧霞宮を抜けだし、月娘を轎に載せて、一気に泰山を降り下った。時に黄昏の時分に出発し、夜半まで走り抜いて、ようやく山麓の宿屋に辿り着き、これこれしかじかと宿屋の番台に告げる。ところが番台は苦りきった顔をしてぼやく。

「そいつぁ拙いことになりましたな。あの方はこの州の太守さまの奥方の弟さんで、有名な殷太歳。あなた方はいなくなるからよろしいでしょうが、わたしらはこの地で宿屋を開業しておりますので、きっとあの人の意趣がえしに逢いますよ。このままじゃ済みません」

呉大舅はそこで宿賃を一両余分に払い、荷物をまとめて、月娘の轎を守りながら、道を急ぐ。あとから殷天錫が鬱憤を晴らすべく、二三十人の名あらずものを連れて、おのおの腰に青竜刀をたばさみ、棍棒を手にして、山を駈け下ってくる。呉大舅の一行は一足飛びで山道を駆け降りると、四更ごろ、とある山間の窪地にやってくる。かなたの樹木の合間から灯火がこぼれて来る。近づいて見ると、そこには石洞があって、灯りはその中から漏れて来る。中に一人の老僧がいて、しきりに経文を読んでいる。

「もし、お坊さま。私どもは山の頂きの岱岳廟にお焼香のためやって参りましたが、悪者に追われて、暗闇の中、道に迷い、いったいここはどちらなのか、途方にくれております。どの道を行けば、清河県に行かれましょうか？」と呉大舅。

「ここは泰山の東峰、この洞は雪澗洞（せつかんどう）と呼ばれ、拙僧は雪洞禅師と申し、法名は普静。この地に修行すること三十余年、今あなたとお目にかかるのもまことにご縁と申すもの。これより先は行かれぬがよい。麓には虎や狼がたくさんおりますからな。あすの朝立って、街道をまっすぐにゆけば、清河県に行かれます」と雪洞禅師。

「しかし、追われる身が心配で…」と呉大舅。

老僧は呉大舅の目をじっと見つめながら、

「心配はご無用。悪者どもは山の途中まで来て、すでに引き返しました」と老師。

そういってから、月娘の姓氏を尋ねる。

「これはわが妹で、西門慶の妻にござります。夫のため、こちらにお参りにあがったような次第ですが、幸いお坊さまのお助けにより、事なきを得ました。このご恩は決して忘れはいたしません」と呉大舅。

ここにおいてこの洞内に一夜の明かしを求むることとなる。

次の日、まだ夜が明けきらぬうちに、月娘は布を一匹取り出

して、老僧へのお礼にしようとしたところ、老僧はようとしてこれを受け取らず、

「拙僧はただあなたの産みの子をもらいうけ、徒弟にいたしたい所存にございますが、いかがなものでございましょう」

「妹には一人しか子供がありませず、これに財産を継がせとう存じます。もし余分が出来ますれば、お坊さまの徒弟として出家させることもできますのですが…」

呉大舅がそういうと、月娘も

「子供はまだ小さくて、丸一歳にも到りません。これではどうにも間にはあわないでしょう」

「いや、ただお約束くだされば、よろしいのです。今欲しいというのではなく、十五年立ってから貰い受けたいのです」

月娘口にはださね、十五年立ってからなんとかしようと、あまり深くは考えないままに、とうとう約束を交わしてしまった。そうして老師に暇を告げ、清河県目指して大道を帰路についた。

第八十五回

呉月娘金蓮の邪恋を見破り、春梅別離の涙も見せず

さて、呉大舅は月娘を護りながら、幾日かを要して、無事清河の西門屋敷に帰り着いた。いっぽう藩金蓮は月娘が旅に出て、屋敷を留守にしているあいだ、陳経済と二人で、まるで鶏のつがいが連れ立ってあたりを飛び跳ねて歩くように、表側の花壇の中や奥の裏庭を毎日のようにぴたりと寄り添って徘徊したり、それにも飽きると、昼日中からこっそり寝室に忍び込み、たがいに愛撫に耽っては時を忘れていた。

そんなある日、金蓮は終日うつらうつらと居眠りをしながら、眉を八の字に垂れて、浮かぬ顔で、茶も飯も喉を通らぬ風情。腰回りが日に日に目に見えて大きくなり、気だるさがついて回る。経済を部屋に呼びつけて、

「ちょっと話があるの。この二三日、瞼を開けるのも大儀で、腰回りが次第に大きくなるようだし、お腹の中でなにかぴくぴく動いているし、食事も喉を通らない。体がだるくってかなわないわ。お父さまが生きていたころは、あれほど子供のできるのを待ち望んで、薛尼から符薬や胞衣をもらって飲んでも、さっぱり効き目がなかったのに、いまごろになって、お前とちょっと交わしたくらいで、もう子供ができてしまうなんて。あたし三月に体がきれいになったから、これで六ヵ月。もうお腹の子も半分くらいにはなったんだろ。いつもならあたしがああだこうだいって、相手をやりこめるんだけれども、こんどばかりはあたしがやっつけられる番になってしまったわ。お前さん、知らぬ存ぜぬでは通らないよ。大奥さんが戻って来ないうちに、どこかから堕胎薬をもらって来て、お腹の子供を降ろしておくれ。さもなくて変なものでも産み落とした日には、あたしゃあの世へいっちまうからね」

経済、これを聞くと、

「うちの店にもいろいろ薬はあるけれども、わたしにはどれが堕胎薬だかわからないし…。そうだ大丈夫だ。大街坊の胡太医、あの人ならどんな病気でも治してくれるし、婦人科もよく手懸ける。この家にもよく出入りしているので、あの人からよい薬を二三服もらってきてあげるよ」

「じゃお兄ちゃん、早くいって、あたしを助けて頂戴な」

胡太医は宮廷の医療所、太医院の出身だと自称する医師で、李瓶児の入り婿となり、たたきだされた蔣竹山が『脈も取れない藪医者』とこき下ろした町医者である。経済があらかじめ銀子三銭を包んで、胡太医の家を訪れる。

「これで堕胎の薬を一二服いただけませんでしょうか」

「わが家の医術は婦人科、小児科、内科、外科の各方面にわたっており、諸般難病の治療に通暁せざるはなく、また婦人の産前、産後をもっぱら治療しておりもする。婦人は血をもって本となす。肝に蔵し、臓に流し、上がっては乳汁となし、下っては月水となる。女子十四歳にして天癸至り、常に三旬をもって一度現るれば、無病なれども、時として血気不調ならば陰陽失調し、陽に過ぐれば、経水。期に先んじて来たり、陰に過ぐれば、経水、期に後れて至る。産前はすべからく胎を安んずるをもって本となすべし。もし他に病なくば、みだりに薬餌を服すべからず。慎むべきことですぞ」

経済笑いながらいう。

「いや、安産する必要はないんです。私が今欲しいのは堕胎薬なんです」

「天地のあいだ、生を好むことをもって本となす。十中九まで安産の薬を求めるに、あなたは如何にして胎児をおろそうとなさるか。だめです。だめです」

経済、太医から出鼻をくじかれ、薬代を二銭追加していう。

「この婦子女は生落が不順なので、降ろしたいのです」

そういうと、胡太医は銀子を受け取って、

「よろしい。では紅花一掃光というのを一服差し上げましょう。これを飲んで、五里も歩めば、胎児はおのずと降りてしまいますよ」と応える。

陳経済、紅花一掃光二袋をもらい受け家に帰ると、さっそく女に一部始終を話して聞かせる。やがて夜になると、女は紅花一掃湯を煎じて飲み下す。するとにわかに腹が痛みだしたので、炕の上に身を横たえ、春梅にも炕に登って体をさすったり、もみほぐしたりしてくれるよう頼むのであった。しばらくしておまるに腰を下ろすと、不思議なことに、赤子が押し出されてきた。それをただおりものがあったと説明して、秋菊にちり紙にくるんで厠に捨てさせる。

次の日汲み取り職人が汲みだして見ると、それは色白のよく肥えた男の子であった。諺に『好事門を出でず、悪事千里を走る』というがごとく、このことがあって幾日もしないうちに、金蓮が女婿を囲って、私生児を生んだという噂が屋敷中をかけめぐった。

そんなある日、呉月娘が戻ってきた。泰安州への往き帰りにおよそ半月を要し、戻ってきたときにはもう十月の天候であった。屋敷中は総出で月娘を迎え、あたかも天上が転がり落ちてきたかのような大騒ぎ。月娘は家に到着すると、まず天地仏前に香を焚き、西門慶の霊前に拝礼し、孟玉楼ら姉妹に岱岳廟での出来事を一遍り語って聞かせ、一場大泣きをしてこれに耳を傾けた。家中の大小がみな集まってきて、月娘に拝礼し、乳母が孝哥を抱いて現われると、母子の対面を果たし、紙を焼き、酒の用意をし、呉大舅をもてなして帰す。晩には姉妹らが月娘のために歓迎会を催した。

次の日になると、旅の路上風霜の中をぐぐり抜けた辛苦や生命の恐怖のため、疲れがどっと襲いかかり、両三日の休養を要した。ところが、金蓮の召使いの秋菊は、金蓮と経済の二人がなした不義の数々を見聞きしているので、是非とも奥座敷に出向いて、月娘に報告しなくては気がすまない。なぜなら秋菊はその都度、金蓮からひどい仕打ちを受けて、恨み骨髄であったからである。

奥座敷の門口まで来ると、小玉から顔にぺっと唾を吹きかけられ、さらに頬をぴしゃっとひっぱたかれて、

「バカだね、お前は。とっととお帰り。うちの奥さまはね、遠路はるばるの旅路のお帰りで、お具合がよろしくない。ただいままだお休み中なのよ。だからさっさと帰りな。奥さまを怒らせてなにになるのよ」と怒鳴られる。秋菊黙って、怒りを忍んで引き下がる。

ところがある日、経済が衣裳を捜しにはいってきて、金蓮と経済の二人でまた翫花楼(がんかろう)の二階へ上がり、二人一つになっているところを秋菊にみつかってしまう。秋菊は奥へ行くと、月娘を呼びだしていう。

「わたし二度も三度も大奥さまに申し上げましたのに、信じてもらえませんけど、奥さまご不在のときも、二人は家にいて、明るいうちからいっしょに寝て、夜になるとまたいっしょになって、夜が明けるまで寝ていて、私生児をこしらえながら、春梅ともぐるになっているんです。きょうも二人はまた二階に登ってなにかやっております。嘘じゃありません、奥さま早く見に来てください」

月娘急いで表に向かう。春梅が部屋の中にいて、これに気付き、両人がまだ二階から下りて来ないので、おおいそぎで二階に登り、大声で叫ぶ、

「大変だよ、大奥さまがくるよ！」

二人は慌てて手足をばたつかせるが、身を隠す場所がない。経済は衣服を抱えて、階下に飛び下り、そのまま外へ逃げだそうとする。そこを月娘に挙げられてしまう。

「この子は物覚えが悪いね。用もないのにこんなところへな

にしに来たのよ」
「店でお客さんが待っているんです。衣裳を捜しに来てくれるものがいませんでしたので…」と経済虚言を並べる。
「使用人に取りに来させるようにって、あれほどいったじゃないの。どうしてやもめの部屋にはいったりするの」
怒鳴られて、経済外へ逃げ出していってしまう。
金蓮の方は恥ずかしくて、しばし言葉も出ない。やがて階下に降りて来ると、こんどは金蓮が説諭される
「六姐さん、今後もう二度と再びこんな恥知らずな真似はしないでね。わたしもあなたもいまではもうやもめなんですから、亭主の匂いを家の中や外でぷんぷんさせているなんてわけにはいかない身なのよ。瓶にも缶にも耳がついているの。必要もないのに、なんであんなやつといちゃつくのよ？ そんなことをするから、召使いらに陰で悪口をいわれたりして、みっともないったらありゃしない。諺にもいうように、『その身正しければ、令せずして行なわれ、その身正しからざれば、令すといえども行なわれず』で、あなたがたいへん賢くて、節度のある人だったら、使用人たちに悪口などいわれるはずがないんだから。秋菊だってわたしにこれまで何回かいってきたんだけど、私は本気にしなかった。でもきょうはこの目で見てしまったんだから、もう弁解は利きませんよ。わたしはあなたが気持ちをしっかり持って、亭主のために頑張ってもらいたいから、こんな文句をいうのです。私などお参りにいって二度も三度も強盗に襲われたのよ。もしあの時、気をしっかり持っていなかったら、わたしは家へ生きては戻れなかったでしょうよ」
金蓮は月娘に叱られて、恥ずかしさに赤くなったり、青くなったりしながらも、口ではことごとく反論をし、
「あたし二階でお焼香をしていたら、陳兄さんが着物を取りにきたのです。なにも口を利いていません」というばかり。
経済はこの日、西門大姐から激しくこき下ろされる。

「お前は本当に悪だねえ。これでも現場は抑えられていないといい張るの？ きょうお前は翫花楼の二階でなにをしたの？ 恥ずかしいったらありゃしない。だいたいお前はあたしのことを何だと思っているの？ 台所の水瓶の底のアブラムシとでも思っているのか。あたしのところで三度三度飯を食らっている身でありながら、この先もまだこの部屋でご飯を食べるつもりなの？」

「何を小癪な！お前の家じゃわしの金をどこかにしまい込んでいるくせに、わしはお前んちのものを食わしてもらっているとでもいうのか？」と経済。

これ以来、陳経済は屋敷の中へは足を踏み入れなくなって、門前の店舗で寝泊まりし、屋敷の奥にある質草や薬種類の出し入れは玳安・来安にまかせ、奥では対抗策として三度の食事を店に届けなくなった。古い使用人の傅番頭は巻き添えで、身銭切って外のものを取り寄せて食べなければならなかった。

陳経済はそもそも清河の街中に住まっていた。揚戩（ようせん）の汚職事件のとき、父の陳洪（ちんこう）の勧めで、経済夫婦は官憲の追跡を逃れるため西門家に匿われ、陳洪がそのあと東京に去った。空き家には経済の母方の叔父にあたる軍事教官の張（ちょう）がすみついていた。そこで経済はこの古巣に引っ越して棲むことになった。こうすれば西門大姐や月娘には会わずに済むことにはなったが、いとしい金蓮との逢う瀬も断たれることになった。

そこで考えついたのが、薛嫂（せつそう）の存在である。花簪の行商が表看板で、あちこちの屋敷に出入りしては人身売買の斡旋をして歩く周旋屋である。この女に頼んで、金蓮に渡りをつけてもらおうという設計であった。

何食わぬ顔で西門屋敷を訪ねた薛嫂を意外にも月娘は厳しく攻めたてた。当家の女中春梅を西門屋敷に最初連れて来たのは外ならぬ薛嫂である。ところがこの女、金蓮と経済の仲を取り持ち、とうとうこの家庭を崩壊寸前の混乱に陥れた。まことに迷惑千万である。よってこの女を当屋敷より追放したい。さっそく保証人である薛嫂にこの女を引き取ってもらいたい。はじめに払った金が十六両であるから、売却して十六両を当方に戻してもらいたいという。

「今晩もう一度お屋敷に上がって、春梅を連れ戻さねばならないのさ」と西門屋敷を訪ね、追い返された薛嫂がぼやく。

「いずれわしが薛おばさんちへ行くから、春梅を当分預かってもらいたい。話したいことがあるの」と経済の思案顔。

薛嫂はその夜、月が昇るころに、月娘を訪ねた。月娘がまず小玉を表の見張り番に立たせた。

「春梅がなにも持ち出せないように、しっかり見張るのよ」

春梅と仲良しの小玉が黙って表に出ていった。

月娘はそのあとで薛嫂を金蓮の部屋にやり、春梅に『お払い箱』を伝えさせた。金蓮と経済の邪恋の後始末のための一手であると説明させる。薛嫂はさらに着物一つ、行李一つ持たすな。裸にしてお出しと月娘から念を押された話をした。

「その証拠に小玉が表に張り番に出ていますよ」と薛嫂。

春梅はこれを聞いて口を真一文字に結んで黙っていた。代わりに金蓮が側で聞いていて、わっと泣き出した。

「金蓮ねえさん、あたしら人にお金で買われた奴隷ですから上は騙しても、下は騙しません。春梅ねえさんに行李を上げてください。衣裳もうんときれいなのを二三枚あげてくださいまし」と外から入ってきて、小玉がいった。

金蓮は春梅の衣裳箱を取り出し、中にあった簪も、指輪も帯も着物もすっかりそのまましまい込み、さらにいくつかの品を加え、小玉も自分の髪に挿した二本の簪を差し出した。

第八十六回

雪娥唆して陳経済を打ち、王婆金蓮を嫁がせ利を得んとす

さて、藩金蓮は春梅を他所に出してからというもの、部屋に籠ったまま鬱を散じていたことはさておき、いっぽうの陳経済は次の日、売掛けをでっち上げ、これを口実に早飯を喰って、馬に乗り、出かけて行った。行き先は薛嫂の家で、薛嫂はちょうど在宅中。さっそく経済を招じ入れる。経済、馬をつなぐと、中に入って腰を降ろす。お茶が出るので、これを飲む。そこで薛嫂知らばくれて尋ねる。

「若旦那、今日は何のご用で？」

「この近くに売掛けがあったので、取りに来たついでにこちらへ回りました。昨晩うちのねえさんがこちらに出てきたはずなんだけども、いますかな？」

「いるけれど、まだ買上げてくれる人が見つからなくてね」

「ここにいるんなら、わしはちょっと会って話したい事があるんだけど…」と経済。薛嫂大げさに体裁を作っていう。

「これはこれは、若旦那さま、昨日お宅さまの大奥さまが私めによくよくおいい付けになられましたんでございますのよ。あの人たちが示し合わせて、こんなみっともないことをしてくれたので、この子を出さなければならなくなったんだから、この人たちにはよく注意して、この子とは絶対に面会させないようにしてくださいよって。ですから若旦那さまには一刻も早くお引上げになりませんと、大奥さまがどなたかお小僧さんを偵察にお寄越しになって、帰って報告でもされたら、それはまた一大波乱になり、私なぞはもうお屋敷に出入り禁止となるかもしれませんもの…。はい」

すると陳経済にやにやしながら、袂から一両銀を取り出し、

「これお茶代にでも取っておいてください！　また日を改めて

お礼をしますから」
　薛嫂、金を見ると目を輝かせていう。
「まあ、ご親切な若旦那さま、ちょうどお金がなくなっているところへ、持ってきてお礼をしてくださる。去年の十二月、あなたのお店に他所んちの花柄の枕を二つ質入れしたのが、ちょうど丸一年になるので、元利合計して八銭になるから、それをわたしに請け出しさせて頂戴よ」
「そんなことはお易いご用だ。あす引き出して持って来ますよ」
　そこで薛嫂は経済を奥の間に招き入れ、春梅に会わせるいっぽうで、息子薛紀(せつき)の嫁の金大姐(きんたいそ)に料理を作らせ、自分からは茶請けや点心などを買い揃えに出かけ、また酒一本、肉、魚などを仕入れて来て、二人に食べさせる。
　春梅は陳経済を見かけると、
「お婿さん、あんたはいい人だわね。人を弄ぶことに長けた首切り役人だわ。あたしと金蓮母さまとの二人をいいように弄んで、袋小路に追い込み、逃げられなくしてしまい、わたしら二人は恥はかかされるわ、人からは嫌われるわで、その挙句に泥んこ道を歩かされることになってしまったわ」
「おねえちゃん、あなたがあの家を出されたからには、私もあの家にはいつまでもいるわけにはいきません。妻子もそのうちどこかへ消えていって、思い勝手に春を迎えることだろうから、あんたも薛婆さんにいい人を見つけてもらって、そっちへ行くというもんだね。わしゃ塩漬けのニラで元の畑には戻れないから、東京の父のところへ行って、相談してくるよ。うちのあの女とはもうおしまいさ。ただうちに預けてあるつづらや財産はどうしても取り返さなくっちゃ」と経済いいおえて、しばらくすると、薛嫂が買って来た食料や酒や惣菜類を炕の上に並べたので、二人はすり寄って酒を飲み、語り合い始める。薛嫂も相伴で、二杯ほど傾けると、話がはずみ、月娘はひどい女だという悪口が飛び交い始める。

酒も大分回ったころ、薛嫂は嫁の金大姐に子供を抱いて、他所の家に行かせ、春梅と経済を奥の間で二人きりで楽しませたが、月娘が様子を探りに人を寄越すのではないかということが心配になり、経済をせき立てて外へ送り出してしまう。

二日もしないうちに、陳経済は手布巾二枚と巻脚絆二組を用意して、春梅に届けるべく、また薛嫂には件の枕を手渡すべくやってくる。金を出して酒を買って来させ、薛嫂の家に上がり込んで、春梅を相手に酒を飲んでいると、想いもかけず、月娘のところから来安がやってきて、春梅にはまだ買い手が見つからないのか、原価の十六両はまだかと薛嫂に催促する。いっぽうで門口に馬が繋がれているのを見かけたものだから、来安は家に帰ると、このことを報告する。

「姐夫も行っておりましたよ」

月娘それをきくと、心中大いに怒り、人を取り替え引き替え使いにだして、薛嫂を呼びつけ、さんざん叱りつけた。

「お前さんはあやつを連れて行ったきり、今日は明日にも、明日になれば明後日にもというだけで、一向に売り払う気がないようだ。それどころか男を忍ばせておいて、お金を自分ちのために使わせているようだ。売る気がないんなら、あの子をうちに連れ戻して来ておくれ。代わりに馮婆やに売ってもらうから。そうしてお前さんはもう二度と再びうちの門はくぐらないように」

薛嫂これを聞くと、そこはやっぱり仲人の口先、

「ありゃまあ、これは桑原、桑原！ お宅さまが私めをお咎めになるのは筋が違いましてよ。お宅さまからお目を掛けていただいておりますのに、売ろうとしないなんてことがあるものですか。きのうもあの子を連れて、あの子を購入しそうな殿方のところを二三軒回って歩きましたんですが、どこも駄目なんでございます。大奥さまは十六両の原価をくれよとおしゃいますが、わたくしども媒人にはとてもそんなに多くの上前をつけて

売り上げることは無理でございます」
　すると月娘がいう。
「来安の話だと、陳家の跡取り息子がきょうお前さんちで春梅といっしょに酒を飲んでたというじゃないか」
「やれやれ、そりゃまた大事で。去年十二月、他所んちの枕を一組獅子街の質店に質入れいたしましたが、借り受けたお金をきのう返しましたので、本日お婿さんがその枕を私のところへ届けてくださったというわけなんです。私がお茶を差し出しますと、あの人はお茶も飲まずに、馬を引いてきてとっとと帰ってしまいましたよ。ちょっとでも上がって酒など飲む暇があるもんですか。さてはこちらのお使いの旦那はそんな途方もない大嘘っぱちを奥さまになさったというわけなのですね」と薛嫂。
　月娘はこう薛嫂にまくし立てられると、返す言葉もない。
「あたしゃあの跡取り息子がひょっとして妙な下心を抱いたんではないかと勘違いをしてしまったのさ」
「三つ子じゃあるまいし、わたしにだってそれぐらいのことはわかっておりますよ。奥さまがあれほどまでに仰せになったんですもの、奥さまの意に反するようなことはいたしませんよ。跡取り息子さんにせよ、あたしんちで長居などなさいませんで、私に枕を下さると、お茶も飲まずにお帰りになりました。いわんやあのおねえさんと口をきいている暇などはありゃしません。何事によらず、真相をちゃんと確かめてからおっしゃっていただきませんと…。奥さまにそんなにまでお叱りをちょうだいするのでしたら、申し上げますけど、ただいまもう周守備さまのお屋敷でもらって育てて見たい、でも出すのは十二両までとのこと。十三両ぐらいまで奮発してくれるかどうか見まして、お金をもらってまいりますよ。これも周老爺がお宅のご宴会に招かれた際におねえさんにお会いしたことがあって、唄いも上手、器量もいいことを知っていたからなんですのよ」
と薛嫂たちまち月娘のいい値を値切ってしまう。

あくる日の朝、薛嫂は春梅に身支度をさせ、しっかり化粧もさせ、髪飾りやつけ髷を結わせて、紅緞子の上着に藍緞子の裙子、脚には先端が曲がった小さな靴という格好で、轎に乗せ、周守備府に送り届けた。

周守備は春梅を見ると、その生まれついての美貌とむかしと比べると一段と鮮やかな紅と白さ、身の丈も高からず低からずで、その下から小さな足がのぞいている。満心歓喜してさっそく五十両の元宝を一錠差し出して渡してしまう。薛嫂はこれを家に持ち帰ると、十三両分だけ削り取り、西門慶家に向かい、月娘に渡した上、さらにまた一両を取り出して、

「これは周さまから私が頂戴したご祝儀なんですのよ。奥さまの方からもなにか少しお与え願えませんかしら？」

と謝礼をいくばくか要求して止まぬ。月娘やむなく銀子五銭をはかって、これを薛嫂に渡す。かくて薛嫂は三十七両五銭の金子を儲けたことになる。

さて、陳経済、春梅は売り払われてしまう、金蓮の元にはゆけない、月娘は何事によらず不条理である、戸口は厳重に施錠され、夜になると提灯を下げて、あたりを見て回られる、奥の通用門は〆切って鍵が掛けられ、それからようやく月娘は眠りにつくという有様で、まったく手も足も出ない。むかむかして腹を立て、西門大姐を相手にいい合いを始める。

「わしゃお前の家の入り婿だというのに、飯もろくに食わせてもらえない。お前んちじゃわしが持ってきた金銀財宝のどっさりはいったつづらをどこかにしまいこんでしまって、わしには使いようがない。お前はわしの女房だというのに、わしのことなど一切構いもしない。それどころかわしはお前んちの飯をくわしてもらっているんだなどとぬかしゃあがる」

こういわれると、西門大姐も返す言葉もなく、ただ泣きの涙を流すばかり。

十一月二十七日は孟玉楼の誕生日である。玉楼は酒の肴や点

心を幾皿か用意して、好意で春鴻を呼び、表の店舗に届けさせ、経済と傅番頭に食べさせようとすると、月娘から横槍が出た。

「あんなろくでなしは構わないでよ。傅番頭に食べさせたいんなら、傅番頭の家で食べさせなさいよ。経済など呼ぶ必要はないわ」

ところが、玉楼はこれを聞き入れず、春鴻に酒や料理を帳場の番台の上にならべさせる。経済は大徳利を一本すっかり平らげたが、まだ足りず、来安にいいつけて奥へ取りにやらせようとすると、傅番頭がこれを制する。

「わたしゃもう飲めませんから、これで沢山です」

しかし経済は承知せず、来安に無理強いをして取りに行かせる。しばらくすると、来安は戻ってきて、

「酒はもうないそうです」という返事。

ところが陳経済はもうかなり酔いが回っていて、もう一遍来安を使いに出そうとするが、来安は動かない。そこで経済、帳場の小銭をわしづかみにして、酒を買って来て、それを飲みながら来安を怒鳴りつける。

「なんだ、この餓鬼め！ うろたえるな！ 主人がこのおれを相手にしないからといって、お前ら下郎どもまでもおれさまを無視しやあがる。使いにやろうとしても、動かない。わしゃこの家の女婿だぞ。それでもおれは酒飯を食い飽きるほど食わせてもらってはいないんだ。旦那がいなくなった途端に気が変わって、おれのことを邪魔もの扱いにしやあがる。よってたかって、小突きまわしゃがる。うちの大姑ときたら、使用人のいうことは本当にするくせに、おれのいうことは一向にきこうとしない。もう勝手にしろだい！おれはびくともしねえよ」

傅番頭がこれをなだめていう。

「若旦那、もうお止めなさい、そんな風にいうのは。若旦那を大事にしないで、外に誰を大事にするもんですか。奥さまはきっとお忙しいのですよ。若旦那に飲ませないなんてことがあ

るもんですか。若旦那はもうだいぶ酔っておいでだから、そんなふうにお考えになるんですよ」

「傅番頭どん、あんたはものを知らないね。わしの飲む酒は腹にたまっているが、わしの想いは心頭にたまっておる。わしの姑はだな、小もののいうことは聞くが、わしのことになるとああだこうだとぬかしおって、意にも介さない。いいかい、いまにわしは家中の女房どもを片っ端から引っ掛けてやるからな。お上の前へ出たって、後家の姑との姦通なんざ不応の罪、つまり不作為犯の軽犯罪だ。まずわしはやつの娘を離縁してやる。それからお上へ訴状をもって訴え出る。さもなければ、東京の万寿門へ直訴する。やつの家にはおれんところの金銀のつづらがどっさりしまいこんである。ありゃみんな揚戩の贓物だ。そうなりゃこんな屋敷など全部お上に没収されちまう。女房どもはお上の命令でみんな売り飛ばされてしまうんだぜ。わしゃただ水をバシャバシャ掻きまわして遊びたいだけだ。わかったらこのお婿さんをちゃんと大事にして、元通りもてなした方がみんなの為だぜ」

話がしだいに剣呑になってきたので、傅番頭は

「若旦那、あなたはだいぶ酔っておいでだ。朝寝、朝酒、朝湯が大好きでだ、そんな眉唾ものの話はもうこの辺で止めにしましょうよ」といって、経済を諫める。すると陳経済、傅番頭を睨みつけていう。

「なに、このクソ老いぼれめ！ 何が眉唾だ。おれが酔っているだと。てめえの酒でも飲んだというのか！ ふつつかながら、わしゃこの家の婿どのだ。おぬしなんざ、何のゆかりもない番頭手代の類じゃないか、あまりにも口幅ったいぞ。お前なんざこの幾年か飯も腹いっぱい食らやがって、挙句の果てには親父の金をしこたまくすね取って、ためこみゃあがった。そのうち家でも興そうって魂胆だな。そうはさせねえ。そのうち訴状にてめえの名前も書き連ね、やつらといっしょに地獄へ送り込ん

でやらあ」

とりわけ小心で、正直者の傅番頭はその翌日、朝から奥の月娘に会い、昨夜の出来事をつぶさに語り、べそをかきながら、「お暇を頂戴したいです。ついては商売をやめるので、帳簿をお返しいたします」といいだした。

「番頭さん、あなたは家のごたごたには関係ないのだから、あなたは心を安らかにして、これまで通り、うちの商売を続けてくだされぱいいのよ。元はといえば、お上のことでこの家に逃げて来て、仮の間の居候をしているだけのことなのに、金銀財宝なんてあるものですか。あの子が家へ逃げ込んできたとき、あの子はようやく十六七。お嬢の化粧道具と身の回り品のつづら箱ぐらいのもんでしたよ。まだ産毛も取れないこどもだったのが、舅の家でこの数年暮らしたおかげで、いろんな商売もできるようにしてもらったじゃないか。それが羽根が丈夫になったからって、恩を仇で返し、根こそぎふんだくろうってのか。あんなやつにはお前さんは関わらず、自分の商売をやってくれればいいんですよ」と月娘いって、傅番頭をやさしく慰める。傅番頭、月娘にこういって慰められると、ようやく涙を打ち払い、門前の店舗に戻ってゆく。

こんな事件が起こって、二三日後のこと、乳母の如意が孝哥を抱いて、店舗に顔を出し、傅番頭用にお茶をつめた瓶を届けにきた。すると経済があたりにいた店の常連客や店員たちの前でわめき始める。

「おい、みんなよく見てごらん。この子の顔、これが西門の旦那に似た顔なもんかい。それどころか、わしの顔に生き写しじゃあないか！」

これを聞いて、周りの人々は一瞬息をのんで、口をつぐんでしまう。如意が目を吊り上げて叫ぶ。

「この人ったら、なにをいうのよ、失礼な！いっていいことと悪いことがあるんですよ！」

如意がこう叫んで、きびすを返して、奥に引き上げようとすると、経済がうしろから追いかけて来て、如意の尻を足蹴りにする。如意は悲鳴を上げて、月娘の部屋に逃げ込む。月娘は鏡の前に座り、髪を梳いているところであった。月娘は如意の話を聞くと、激怒して口もきけず、口元をわなわなと震わして、悶絶してしまう。大勢の人が駈けよって、月娘を炕の上に抱き上げて横にする。しばらくして蘇生はしたが、月娘は息が詰まって、すすり泣くばかり。

やがてその日、みなが立ち去ったあとで、雪娥は月娘を抱き起しながらいう。

「こういうことになってくると、もう仕方がないから、今のうちにあの男は離縁して、出してしまいなさいませ。西門大姐はあの男の上さんでも、奥さまが腹を痛めた実子ではなし、あまりこだわることはございませんでしょう。とにかく陳経済はこの際、叩きだしてしまい、それから王婆を呼んで来て、祟りの大本、藩金蓮を引き取らせ、他所へ売り飛ばしてもらうのです。それ以外にもう手はありませんでしょう」

月娘、雪娥の入れ知恵に心を動かした。翌日、女中、家人の女房ら全員が鞭や麺棒などをもって物陰に伏せ、経済を呼びにやる。顔を出したところを一斉に打ったり、たたいたり、蹴りつけたり。時を見計らって、月娘が現われ、

「きのうお前は何をいったの？ 土下座して謝りなさい！」

経済は土下座もせず、謝りもしない。女たちの第二弾の攻勢が始まる。たまりかねた経済、いきなり下半身を剥き出しにして裸になり、仁王立ちをする。女たちは悲鳴を上げて、四散する。経済も褌子をぶら下げて、その場を立ち去る。月娘はその日のうちに店舗を傅銘に引き渡すよう経済に命じた。経済も断念して、清算をすませ、自分の持家に引き上げた。

月娘はまたその翌日、雪娥の勧めた通りに、玳安を使いにだして王婆を連れてきた。王婆はかつて営んでいた水茶屋を廃業

し、南方の旅商人に付き従って出かけていた倅の王潮が荷車代の百両をくすねて戻ってきたので、その百両を元手にロバ二頭と挽き臼を入手し、今では粉屋を営んでいた。玳安から月娘奥さんがお呼びだと聞かされ、王婆は不思議がった。

「あたしをかい？ 何のご用だろうね。あの子が赤ちゃんを産むので手伝いに来い、とでもいうのかい？」

「赤ん坊は産まないが、男をこしらえちゃってね。しかもそれがうちのお嬢さんのお婿さんてなわけだ。そこでうちの奥さんはカンカンになり、こちらへ戻すってな話さ」

「おやまあ、やっぱりそうかい。西門の旦那が亡くなったあと、あの子がどうしておとなしく貞女でいられるものか」

「そうなんだ。まったくひどい女だ。西門家のお嬢さんのお婿さんとできやがった。とうとう月娘奥さんがきのうまずお婿さんの陳経済を追い出して、次が金蓮てなわけですな」

王婆がやがて玳安の先導で月娘の前にくる。玳安から聞いた通りの話を月娘からも聞かされる。

「…と、そういうわけで、初めにお前さんの世話で家に入ってきた女だから、お前さんに返すのが筋道だと思ってね。もっともうちの仏があの女のためにどれほどお金を使ったことか。お前さんこんどあの女を売り飛ばしたら、身代金ぐらいは寄越しなさいよ。お経をあげてもらうお布施にするから」

王婆はこの要求には正面から応えないで、

「お宅では銭金より、まず厄介者をお祓いになることでしょう」と混ぜ返した。その上「話がそうと決まったら、今日は日がいいから、いますぐもらい下げましょう」ともいう。

「それにしてもこちらに上がるときには駕籠できたんですから、お出しになるにしても、駕籠のご用意は願いますよ」

月娘はこれを拒否し、「行李の一つぐらいは見て見ぬふりもしようが、駕籠には乗せてやれません」と突っぱねた。すると脇から小玉が口をはさむ。

「でも奥さま、駕籠くらいはよろしいんじゃありませんか。駕籠にも乗せず、顔丸出しでは世間の物笑いになりますから」

月娘は黙ってしまう。なにしろ小玉は月娘の大の気に入りで、家中の鍵を預けるほど信頼しているのであるから。綉春がいいつかって、金蓮を呼んできた。王婆が部屋にいるのを見て、金蓮は愕然として立ちすくむ。王婆が催促する。

「さあ、お前さん、もうこちらにはご用はないんだから、急いで支度をなさい」

「旦那が先だって亡くなったばかり、出し抜けに放り出すなんて、あたしがどんな悪さをしたというの？」と金蓮。

「お前さんは三度の食事よりも男の方が好きだってことがもうはっきりしたんだから、それでもまだぐずぐずいうようなら、いいかい、淫売屋か地獄宿に叩き売るよ」と王婆。

月娘自ら、金蓮の部屋に出向いて、行李二つ、引き出しつきの机一つ、着物を四組だけ持って行かせることにする。

金蓮が西門慶の位牌を拝んで別れを告げた。続いて屋敷中で一番仲良しだった孟玉楼の部屋に向かう。無言のまま二人はそろって涙をこぼした。玉楼が月娘に知れないように金の簪、緑色の上着、紅い裙子を送った。金蓮が表門をでるとき、小玉が金の簪をそっと差し出した。王婆は既に人足に荷物を運ばせ、一足先に出かけていた。玉楼と小玉の見送るなか、金蓮が駕籠に乗り込む。

第八十七回

王婆財を貪って報いを受け、武都頭嫂を殺して兄を祭る

さて、陳経済、馬を借り、張団練の召使いを一人連れて、朝早く東京の都に向かったことはさておき、呉月娘は藩金蓮を追い出した次の日、春鴻を薛嫂のもとにやって、今度は秋菊を売ろうとする。春鴻がちょうど大街までやって来たとき、ばったり応伯爵と出会い、呼び止められる。

「どこへ行くんだい？」

「大奥さまのお使いで、薛嫂を呼びに行くところです…」

「媒人など呼んでどうするんだい？」と伯爵。

「五奥さま部屋付き女中の秋菊を手放すんだそうです」

「五奥さんはなんで出ていっちまったんだい？いま王婆のうちに住みついていて、どこか嫁入り先を探しているというじゃないか。その話は本当か」と伯爵はさらに問いただす。

春鴻、それはつまりこれこれしかじかで、「うちのお婿さんとちょっとしたいざこざがあって、大奥さまの知るところとなり、まず最初に春梅が出され、続いて若旦那さまが一斉に叩かれて、自分のうちへ帰って行っちまいました。きのうになると、今度は五奥さまが出されてしまいました」

伯爵これを聞くと、一々頷きながらつぶやく。

「だいたい五奥さんと若旦那はいつも問題を起こしていたんだが、人には気付かれなかったんだな」

それから春鴻に向っていう。

「兄ちゃん、親父さんは死んじまったんだから、この先あの家にいてどうする気なんだい。もうすることはないだろう。内心じゃ南部の郷里に帰らなくちゃと思っているんじゃないのかい？ それともここでほかの家を探すとか…」

「おっしゃる通りで、旦那さまはもう居なくなってしまった

し、お屋敷の中は大奥さまがよくもまああんなに厳しくなって、あちこちで商売は畳んでしまう、家は売却してしまう。琴童も画童もいなくなってしまいました。あれだけ大勢の人がいてはとても請け負いきれなくなったんでしょう。私も南方へ帰ろうかと思っても、連れて行ってくれる人もいませんし、この城内には頼れる人もいません。また伝手もなしです」

「しょうがねえ奴だな。人は将来の展望がなくちゃ、身は落ち着かねえってもんだ。幾山河を越えて、南方へいったところで、そこでなにをする？ お前は喉がいいから、この城内にも抱えてくれる主は見つかると思うよ。わしゃいまからお前さんのために手蔓を一つさぐってみよう。いま大街坊の張二官(ちょうにかん)の旦那は何万貫という家財があって、何百間もある家を持っている。現にお前の旦那の跡をついでいて、提刑院の掌刑千戸なんだが、お前さんところの二奥さん、李嬌児は今張の旦那の二号におさまっているよ。お前をあの屋敷に雇ってもらおう。お前が南曲を歌うところを見たら、きっと図に当たり、いっそお前を大官の側仕えにしてくださるよ。そうなったら今のうちなんか比べ物にならないよ。あの方は人柄もよろしいし、歳は若い、勝手気ままで、物好きで、お前もきっと幸せになれるよ」と伯爵。

春鴻、地べたに這いつくばって、磕頭をする。

「応二おじさん、あたしがもし張の旦那のお目通りが叶って、なにか地位につくことができましたならば、きっとおみやげを持ってお礼に上がりますよ」と春鴻。

応伯爵、手で春鴻を引き起こすと、

「しょうのねえやつだ。まあ、お立ち。わしは人の世話をするのが商売だ。お礼など要らねえよ。第一お前銭っ子があるのかい」と伯爵。

「私がいってしまったら、家じゃ大奥さまが大騒ぎをして探すかも知れませんが、どうしましょう」と春鴻。

「そりゃだいじょうぶだよ。わしが張の旦那に一筆書いてもらって、一両銀子を包んで出してもらうから。あの家じゃ銀子は受け取らず、諸手でお前を差し出すと思うよ」

話が終わると、春鴻は薛嫂を呼びに行く。薛嫂は月娘にあって、秋菊をたったの五両で買い取ることにする。そこで応伯爵は春鴻を連れて、張二官の屋敷を訪ねる。張二官は春鴻を生まれつき清秀で、南曲ができるので、さっそく手元に置くことに決め、礼状に銀一両を添え、春鴻の衣裳箱をお譲り願いたいといって、西門慶家に使いを出す。その日、呉月娘は雲離守の女房の范氏と酒を飲んでいた。これより先、雲離守は清河左衛の佐官に補されていたが、西門慶が死んで、呉月娘が後家となり、その手に多くの資産を握っているものと見て、垂涎してそれを物にしようとの魂胆を抱いていて、そこでこの日、奥方が料理や果物を八皿買い整えて、月娘に会いに来たのであった。月娘が孝哥を生み、范氏にも生後二カ月の娘が一人いるので、月娘と縁組をしようかとのたくらみで、その日酒を飲むと、両家は下着の襟を切って許婚の約束をし、金の輪一対を結納とした。ちょうどそこへ玳安が張二官の屋敷から手紙と一両の銀子を持ってはいってきて、春鴻があの家に使われることになったので、あの子の箱や着物を使いの者が取りに来たという。月娘は相手が現に提刑官なので、むげに断るわけにもゆかず、銀子も受け取らないで、やむなく箱を持たせてやることにする。

当初、応伯爵は張二官に向かって、

「西門慶の第五夫人藩金蓮は、生まれつき大変な美人で、琵琶を片手に百家詞曲を歌いこなすし、双六、将棋は通暁せざるはなしで、おまけに字も書けるが、まだ若くて後家を通せず、かてて加えて大奥さんと折り合いがわるい。いまは出されて王婆さんの家で嫁ぎ先の現われるのを待っているという次第」と語って聞かせる。

張二官は一も二もなく召使に銀子を持たせ、王婆の家に品定めにむかわせたが、王婆は大奥さんの言いつけだからといって、どうしても百両銀子以下では承知できないといいはり、使いの者は幾度となく往き来してかけあい八十両まで上げたが、それでも王婆は承知しなかった。

その後、春鴻が張二官邸にくることになり、その春鴻から「あの人は家で女婿をくわえ込んだため、追い出されることになったのです」と聞かされ、張二官も熱が冷めて伯爵に、

「わが家にもまだ十五にならない、未成年の男の子がいて、今学校に入って書物を学んでいるところだ。だからそんな女が家に入ってきたら、どういうことになるか？」といい始めた。

また李嬌児から金蓮は当初毒薬を用いて自分の亭主を殺し、西門慶にかこわれることになったわけで、住まいの使用人とは不義をするし、第六夫人が子供を産めば、夫人とその子をいじめ殺したような人であると聞かされ、いよいよ張二官嫁にする気をなくしてしまった。

これより話は二手に分かれる。いっぽうの春梅は周守備の屋敷に売られてきたが、周守備は春梅を生まれつきの美麗で頭もよく、立居振舞も人目を引くので、心中大いに喜んで、三部屋一棟の住まいを提供し、手元に一人女の子をあてがい、三晩続けてその部屋に泊まり、三日目には春梅に着物二着をこしらえてやり、薛嫂が行けば、これに五銭の祝儀を与えて、新たに女中を一人買ってかしずかせ、春梅を第二夫人にしたてた。第一夫人は片目の女性で、年中精進料理を食べ、念仏を唱えるばかりで、下らぬことには一切口出しをしない。

他に子供を産んだ孫二娘がいた。東の廂房（離れ）に住まわされている。春梅は西の廂房に住んでいて、しかも第二号とされ、孫二娘より上におかれた。あちこちの鍵はすべて春梅の手にゆだねられ、大変な寵愛ぶり。

ある日、薛嫂の口から金蓮が追い出されて、王婆のところにいると聞かされると、春梅はその晩しくしくと泣きながら、周守備に向かって、

「あたしら二人は何年も前からずっと一緒に暮らしてきたんです。あの人はとても気持ちがおおらかな人で、あたしのことを叱ったこともなく、実の子供のようにみてくれました。それが思いがけなく別れ別れになりましたが、今度はその人まで追い出されてしまいました。あなたがもしあの人をめとってくださるならば、あたしたちはまたいっしょになって、幸せな日が送れるんですけど…」さらに続けて、

「それは綺麗な人で、唄はなんでもできますし、琵琶は弾ける。頭がよくて気が利いていて、辰年の生まれで、今年三十二歳。あの人がくるなら、あたしは三号でも構いません」

そこで周守備も気が動き、気に入りの部下、張勝（ちょうしょう）と李安（りあん）に手布巾二枚・銀子二銭を包ませて、金蓮を見にやった。果たせるかな、世にも稀な美女であるが、王婆は口を開けば、大奥さんが百両欲しいといっているを盾にとる。張勝と李安はしばらく談判して、八十両を提示するが、婆さんは頑として承服しない。そこで戻って、この旨を報告すると周守備は五両を加えて、また二人を使いに出す。王婆は大奥の不承知を口実に、相変わらず百両を主張し、さらに周旋料は別で、お天道さまだって人をただでは使わないなどといいだす始末。

周守備は二日ばかり放置しておいたが、春梅が夜になるとまた泣きながらいう。

「ぜひあと何両かたして、めとってくださいますように」

そこで大執事の周忠（しゅうちゅう）に張勝と李安を同行させて、交渉させる。毛氈包みを開けて、中の銀子を数えてみると、九十両になってはいたが、老婆はますますもったいぶって、

「九十では駄目です。それではこれより提刑の張二さまのところへ連れてまいるといたしましょう」という。

これを聞いて周忠も腹を立て、李安に銀子をしまわせると、

「三本足のガマは探しても見つかるまいが、二本足の女ならどこにでも転がっている。この老いぼれには人の見境すらつか

ないと見える。張二官がなんだ。うちの旦那さまがお前ぐらいを取り締まれないと思うのか。今度来た妾があの人をもらってくれと、旦那さまの前で再三口説くから、こうして礼を尽くしているんだ。これほど銀子を積んでなんになる」と腹の虫が治まらない。李安は周忠のそでをひきながらいう。

「執事さん、さあ帰りましょう。帰って旦那さまにご報告して、一度牢役人にしょっ引かせ、指責めにあわせましょう」

王婆はどこまでも陳経済のいった餌をよくばっているので、いくら怒鳴られてもただ黙っている。二人は屋敷に帰ると、

「九十まで増やしたのに、やっぱり承知しません」

「ではあす百両くれてやり、駕籠で担いで引っ張ってこい」

守備がそういうと、周忠は

「旦那さま、たとえ百両お出しになっても、王婆のやつ、まだ五両の周旋料が不足だといいだしますよ。まあ、二三日ほっておいて、あくまでもったいをつけるようなら、役所へしょっ引いて、指責めにあわせてやりましょう。そうすれば少しは怖がって身の振りを変えるでしょうから」

さて、これより冒頭で人喰い虎を素手でぶち殺した武松（ぶしょう）の話。兄の仇、西門慶（せいもんけい）に誤って、李外伝を殺害し、西門慶に謀られ、孟州（もうしゅう）の牢獄に送られて、兵役に服すことになった武松が牢獄の副管理人で、小隊長の施恩（しおん）にかわいがられて、意外や意外、快適な生活を送っていた。施恩はその後、並び立つことのできない蔣門神（しょうもんしん）と快活林（かいかつりん）酒店の奪い合いをして、蔣門神から重傷を負わせられ、武松が施恩を救出して、仇を打ってやった。ところが思いがけないことに蔣門神の妹、玉蘭（ぎょくらん）は張都監（ちょうとかん）に嫁いで、その妾となっていたので、張都監が武松に賊の罪を着せ、武松を拷問した上、安平寨（あんぺいさい）に回し、兵役に服させることにした。

武松は護送されて飛雲浦（ひうんぽ）まできたとき、二人の護送役人を殺し、ここでまた身をひるがえし、張都監や蔣門神の一家老小を

皆殺しにして、施恩の屋敷に逃げ込んだ。施恩は一通の封書をしたため、皮鞄に百両を詰めて、安平寨へやり、寨の知事、劉高(りゅうこう)によろしく頼むことにしたが、図らずもその途中、皇太子が東宮に立ち、大赦令が下ったとの噂を耳にし、武松もその恩赦に浴して、家に帰ることができる身となった。清河県に着くと、文書が下り、元通り県庁で隊長の職に復した。

家に戻ると、隣の姚二郎(ようじろう)を訪ね、迎児(げいじ)を渡されたが、迎児も早十九歳、引き取って二人でいっしょに住むことになった。すると人あり、武松に告げて語る。

「西門慶はもう死んでしまったし、あんたの嫂(あによめ)も家を出て、いま王婆の家にいるが、いずれ近いうちに嫁に行くんだろう」

それを聞いて、この男、復讐心がむらむらと燃え上がる。

あくる日、頭巾をかぶり着物を着て、王婆の家を訪れる。

「王のお上さんは居るかね」と武松が呼びかける。

王婆は石臼についた粉をはき集めているところであった。

「どなた？ 私を呼んでいるのは…」

見れば、それは武松なので、王婆深々と頭を垂れて、挨拶をし、家の中に招き入れる。武松は尋ねられるままに、恩赦にあって、ようやく前の日に清河に戻ったばかりであり、噂に西門慶が亡くなり、金蓮あねが家を出て、王婆のところに住んでいるらしいというので、挨拶に伺った旨を述べる。

「迎児も大きくなったので、もし金蓮ねえさんにその気があるならば、私がねえさんを嫁にし、迎児の面倒を見てもらい、そのうち婿をもらって、一家仲良く暮らし、人から笑われないようにしたいものだと思っているので、王おばさんにもいっしょに相談に乗ってもらいたいのです」

金蓮は簾の内側にいて、武松が自分をめとって、迎児の面倒を見させたいという発言を漏れ聞き、しかも武松は外に出ている間に体も太ってどっしりしたし、以前よりもずっとはっきり物がいえるようになったことを見てとると、昔の気持ちがまたぶり返し、心ひそかに考えた。

「あたしはやっぱりこの人と結婚する運命なのだわ」

そこで王婆が呼びに来るのも待ち切れず、自ら出ていって挨拶をし、すっかりその気になっていた。すると王婆が

「一つ問題があってね、あの家の大奥さんが百両出さなくては嫁にはやらぬといって頑張っているのでね」

「それなら大丈夫だ。わしがねえさんを家に呼びたいといったからには、たとえ百両であろうとも結構です。外に五両奮発して、お上さんにもお礼をしますよ」と武松。

あくる日になると、武松は皮鞄を開けて、施恩が劉高に贈ろうとした件の百両を取り出し、さらに別に五両の小粒銀を包んで王婆の家に行き、婆さんはテーブルの上にならんだ白光りの銀子を見ると、急ぎこれを受け取って、お辞儀を重ね、

「やっぱり武二兄さんは礼儀を弁(わきま)えていなさる」という

「お金を受け取ったからには今日のうちにねえさんを輿入れさせてくださいよ」と武松。

「まあ、武二にいさんたら、なんてせっかちな」といいながら、王婆は内心で考えた。

「待てよ、あの大奥さんは嫁に出してくれとはいったが、値段はまだ決めてない。十両か二十両やればたくさんだろう」

そこで二十両ほど削って、月娘のところへ持って行くと、

「だれのところへお嫁に行くの」と月娘は尋ねる。

「兎は山野を駈け廻って、もとの古巣に戻ります」と王婆。

王婆は銀子を渡して戻ると、昼過ぎころ王潮にいいつけて、金蓮の箱やテーブルをまず武松の家に届けさせる。武松の方も早くから家をちゃんと片付け、酒や肉を買って来て、料理を用意しておく。晩になって王婆に連れられた金蓮が輿入れしてくる。すでに喪服は捨て去って、頭に新しいつけ髷を乗せ、婚礼の被り物をして門を入ってくる。見れば、中の間に灯りが煌々と輝き、武大の位牌が正面に安置されている。門を入って部屋

に通ると、武松は迎児にいいつけて、表門に錠を降ろし、裏門にもつっかい棒をさせる。王婆はこれを見て、一瞬怪訝な思いに襲われる。

「わたしゃこれで帰りますよ。家に誰もいませんから」

「お上さん、せっかくですから、一杯やってからにしてくださいよ」と武松、王婆と金蓮をテーブルに着け、迎児に料理を運ばせ、やがて酒に燗もついたので、

「さあ、先ず一杯！」と二人に酒を勧める。

みなたてつづけに四五杯ずつ酒を飲み干す。見ると武松の飲み方がよろしくないので、王婆は

「武二にいさん、わたしゃ酒はもうたくさんだから、後は二人でゆっくりお飲みなさい」といって、立ち去ろうとする。

「お上さん、まあぐずぐずいいなさるな。この武松はちょっと聞きたいことがあるんだよ」

武松はそういったかと思うと、着物の下からさっと刃渡り二尺ばかりの刀を取り出し、片手で柄をとり、片手で鍔元（つばもと）を抑えると、かっと目をむき、髭を逆立たせて、

「婆あ、驚くことはない、昔から仇敵には相手がおり、借金には貸主がいるたあ当たり前。わしの兄の命はすべて貴様の身に覚えのあること。この武二はな死んだって怖くはないんだ。待っていろ。こっちの女に聞いてから、そのあとでこの老いぼれに聞いてやろう。一歩でも動いてみろ。その前にこの三十五斤の業物（わざもの）がお見舞いするぜ」

武松そういいながら金蓮の方に顔を向け、

「こら、女め、よく聞け。わしの兄をなぜ、どうやって殺したんだ。有り体に白状しろ」

「それはご無理というもんですわ。あなたのお兄さんは胸痛をわずらってなくなったんですもの。あたしの知ったことじゃありませんわ」

その言葉も終わらないうちに、武松はぐさっとテーブルの上

に刀を突き立てると、左手で女の髻をつかみ、右手を胸にかけて、足でぱっとテーブルを蹴倒したので、皿も盃も地面に飛んで木っ葉微塵に砕け散った。女はテーブル越しに男に軽々と持ち上げられ、表の間の霊卓の前に連れ出される。老婆は形勢不利と見るや、表門めがけてかけ出したが逃げられない。武松が大股に追い掛けて、地べたにひっくり返し、腰帯で両手足を縛りあげてしまった。

「隊長さん、それはみんな奥さんが自分でしたことで、わたしゃ何も知らないんです」と老婆はしきりにわめく。

「おいぼれめ、おれは何もかも知っているんだ。ぐずぐずいい逃れを抜かすな。貴様は西門慶のやつをそそのかして、おれを流罪にしたじゃないか。今日おれがどうして戻って来たのかって？ 西門慶のやつはどこにいる？ 正直にいわないと、まずこの女からえぐり殺しておいて、貴様という老いぼれも生かしてはおかぬぞ」

「あなた、ちょっと待って、あたしを起こしてください。何もかもお話ししますから」と金蓮。

武松は女を引き起こすと、着ていた着物をはぎ取り、丸裸にして武大の霊前に跪かせる。

「さあ、早くいってみろ」

女は武松の剣幕におびえ上がって、魂も抜け去った心地。今は仕方なくありのままを白状する。——暖簾を巻き上げたはずみに、竿が手から抜け落ちて、西門慶の額にぶつかったことが事の始まりで、着物の仕立てをして、ついには私通に及んだこと、そののち武大の胸元を足蹴にして、重傷を負わせ、王婆が毒を盛ることをそそのかし、死体の焼却の段取りをつけたこと、さらに西門慶の家にめとられていったこと等一部始終を洗いざらい話して聞かせる。

武松は片手で女を武大の霊前に引きずり出すと、

「兄貴、あなたのみ魂もよもや遠くにはありますまい。きょうこそ武二が兄貴の仇を打ち、恨みを晴らしますぞ！」と大声でわめく。女が大声を挙げそうになったその刹那、武松は香炉の灰をすくい取って、女の口をふさぎ、声を出せなくしてしまう。武松は女がもがくのを止めるために、長靴で女の脇腹を数回蹴上げ、両脚で女の両腕を踏みつけながら、

「女よ、お前は賢そうな口利きをしていたが、本当かどうかこの胸を掻っ捌いてよーく調べてやるぜ」

そういったかと思うと、匂うばかりの雪白の胸元をぐさりと一突きして，まず心臓をえぐり取る。次いで刀を口にくわえ、両手で女の胸をバリバリと引き裂いて、心肝五臓を引きずり出し、血の垂れるのを霊前にたむけてから、振り向きざまに女の首を切り落とす。武松が金蓮を殺したのを見て、

「人殺し！」と王婆は悲鳴を上げる。武松は叫び声を聞くと、一刀のもとに老婆の首をはねた。

時刻は初更のころであった。迎児は部屋に立ちすくんで、

「おじさん、あたし、怖い！」と泣きべそをかいている。

「わしはお前のことに関わってはいられないんだ。許せ」

武松は王婆の家におどりこんで、息子の王潮を始末しようとするが、王潮は老婆の悲鳴に武松の凶行を悟り、あわてて街に飛び出して、保甲（自衛組織）を呼びに走る。武松は人影のない王婆の家の中で例の百両銀子の残り八十五両をそっくり包み込むと、刀をぶら下げて、裏塀を乗り越えて五更を待ち、城門をくぐり抜けて、十字坡（十文字坂）の張青夫妻をたよって身をひそめていたが、のち行脚僧となって梁山に登り、盗賊の群れに身を投じた。

第八十八回

藩金蓮周守備府で夢枕に立ち、龐大姐張勝に屍の埋葬を託す

さて、武松が藩金蓮と老婆を殺害して、財物を奪い取ると、梁山泊の寨をさして逃走したことはさておき、王潮が街路に飛び出して、保甲を呼びに行き、帰って見ると、武松の家は表も裏も施錠されていて中に入れない。王婆の家は財物をすっかり持ち去られてしまって、家の中は床の上に衣服が撒き散らされている。武松が二人の命を奪い、金品を掠め取って逃げてしまったことは明白であった。武松の家の裏表の門戸を叩き壊して中へ入って見ると、血まみれの二人の遺体が床の上に転がっている。金蓮の心肝五臓は小刀に突き刺さって、裏二階の軒下にぶら下がっている。迎児一人が室内に閉じ込められていて、わけを聞いても泣きじゃくるばかり。

次の日早々に提刑所より県庁本部に第一報が届き、殺人に用いられた凶器などが全部提出される。新任の県知事はこれも姓は陳、二字名は昌期。河北真定府棗強県の人。殺人事件と聞いて、さっそく担当の役人に当らせ、近隣の住民・町方・保甲に招集をかけ、さらに両家の遺族、王潮並びに迎児、事件の目撃者などを集め、型どおりの検証をし、生前武松によって恨みを買い、藩氏及び王婆の二名が殺害せられたとの文書が作成され、町方・保甲に遺体を埋めて監視する任務を委ね、高札を立て、周辺に監視人を配し、凶悪犯武松の行方を探させ、犯人の所在を報せし者、賞金五十両を官給すとした。

守備府の張勝と李安は百両の結納金を用意して、王婆の家にやってきたが、王婆も女もともに武松によってすでに殺害され、県より検死役人が来て、凶悪犯人を捕らえようとしていることを知り、二人はそのまま屋敷に引き返し、その旨報告する。春梅は金蓮が殺害されたと聞くと、まる三日、泣き崩れて、飯

も喉を通らぬ有様。慌てたのは周守備で、人をやって、様々な芸当をして見せる百戯団を門前から呼び込ませ、春梅に見せるが、いっこうに楽しまないどころか、毎日張勝と李安に犯人武松の逮捕を探らせ、屋敷にいち早く報せるようにいいつける。

ところで、陳経済は金蓮を買い取って夫婦になりたい一心で、百両の金子を用意するために一路東京に向かって馬を進めていた。ところが、道半ばで思いもかけず、老父の重病を陳経済に伝えるべく、東京を発って清河に向っていた家人の陳定と出会うことになった。

「奥さまの申しつけにより、私は大叔さまを東京へお連れ戻しするために出かけてまいりました。ご母堂が今後のことをご相談いたしたいご様子であります」

これを聞くと、陳経済俄かに道を急ぎ、幾日かすると東京の叔父の張青廉の家に到着した。ところが張青廉はすでに亡くなっていて、叔母が一人残っている。父親の陳洪も亡くなってすでに三日が過ぎていた。一族挙げて喪に服している次第。陳経済は父の霊前に参拝すると、母親の張氏並びにおばの前で磕頭して挨拶する。張氏は息子の成長ぶりを見て、涙を流しながら息子を抱きしめた。やがてみんなで相談を始める。

「急にお父さまが病気になって死んでしまったし、わたしのお姉さんも寡婦になってしまった。これは普通ではないことなので、陳定をやって、お前に来てもらったんだけれども、これからお前と二人でお父さまの柩を送り出して、故郷の土に葬るのがよいと私は考えるのよ」と母親の張氏がいう。

陳経済これを聞くと、心の中でひそかに、—霊柩や家財・小物などを車に詰め込んでみんないっしょに出かけると、少なく見積もってもかなりの日数がかかる。そうすると藩金蓮をもらい損ねてしまうかも知れない。それを避けるにはこの際、金目の物だけを先に清河の実家に運んでおいて、まず金蓮をもらい受け、次に父の柩や母親らを引き取りにまた戻って来るという

のが上策だと考え、
「近ごろは道中追いはぎや強盗など多くて物騒ゆえ、霊柩とつづらなどの家財を家族といっしょに送るとなると、人目にもつき易い、身の危険も多くなるので、この際私一人で金目のものを運んでゆき、家を片付けておきますから、お母さんは陳定や家族の者たちといっしょにお父さんの柩について後から来るようにしてはどうです？ 年を越して正月になってからお帰りになって、城外のお寺に柩を預けておき、法事をし、経を挙げてもらって、お墓に葬っても遅くはなかろう…」
母親の張氏は経済の巧みな誘導に同意して、経済がまず金目の物やつづらなどを台車二台に積み込み、寺詣りを装って旗印を立て、十二月一日東京を出発、数日を経ずに山東清河県の家にたどり着き、叔父の張団練（ちょうだんれん）に向っていう。
「父が亡くなってしまったので、そのうち母が父の霊柩を伴ってやって来ます。私は荷物を持って先に帰り、部屋を片付けておくことになりました」
「そういうことなら、わしはもとの家に戻らなくちゃなるまいな」と張団練はいって、召使に命じ、家財を運び出し、家を開けわたす。
陳経済は母親の兄張団練が荷物を搬出して家の中を空にしてくれたので、すっかり上機嫌になって、
「これで邪魔ものがいなくなった。金蓮を連れてきても気ままに暮らせる。親父は死んだし、母親はわしのいうことを聞いてくれる。あのかかあと縁切りをして、姑の月娘を訴え出て、預けておいた品物を返却させさえすれば、わしのことを流罪にするなどとうそぶくわけにはゆくまい」と考えた。
陳経済は叔父を追い出してしまうと、百両の銀子をこしらえて、これを腰に着け、さらに王婆への謝礼のつもりで、十両を包んで袖にしまい、紫石街の王婆の家へと向かう。不思議なことに門前の街路脇に死体が二つ埋められていて、その上に槍が

二本交差して突き刺してあり、提灯もぶら下がっている。さらに門口には貼紙がしてあり、

「本県における殺人事件、凶犯者武松は藩氏・王婆の二名を殺害せり。これを捕獲して届け出たるもの、賞金五十両を給す」と書かれている。あっけにとられて、その貼紙を見詰めていると、隣の詰所から二人の男が顔をだして

「誰だ。貴様いったい何者だ」と大声で怒鳴る。

経済慌てて逃げ出し、石橋の袂の料理屋までくると、頭巾をおき、黒の上着を着た一人の男が後から追いかけて来て、

「兄貴、あんたもずいぶん大胆なやつだな。なんであんなものに見入っているんだ」と話しかける。陳経済振り返って見ると、鉄の爪の異名を持つ古くからの友人の楊大郎（ようたろう）であった。互に挨拶を交わして、楊大郎が問いかける。

「兄貴、しばらく会わなんだが、どうしていたんだ」

経済は東京の父が亡くなったので行ったり来たりしていたのだと応えると、さらに続ける。

「さきほどの、殺された女というのはわしの舅（しゅうと）の妾さんだった藩氏なんだが、その女が人に殺されたなんてことは全然思いもしなかった。たったいま碑文を見て、知ったばかりなんだよ」

「その彼女の義弟の武松てのは外地にながされていたのが、恩赦で戻ってきたというのに、なんだってその女性を殺したのか知らねえんだけれども、ついでに王婆までいっしょにやっつけちまった。武松の家には女の子が一人いて、うちの叔の姚二郎（ようじろう）のところでここ三四年ばかり預かっていたんだが、この間自分の叔さんが人殺しをして、どこかへ逃げてしまったので、おれの叔がその子を県から貰い下げて来て、すぐ他所の家へ嫁にやっちまったよ。あの二つの死体はあのままあそこに長いこと埋めておかれるんだろうが、町方や保甲が見張りに往生（おうじょう）するんだろう。それにしても武松はいつ捕まるんだろう」と楊大郎いい終わると、経済を料理屋の二階に案内して、兄貴に旅の垢

を落とさせる。

ところが陳経済は金蓮に死なれてしまったので、心中の苦痛は治まらず、どうして酒など飲んでいられよう、三杯ばかり飲むと、席を立って、下に降り、別れを告げて家に帰ってしまう。夜になると銭紙百文を買って、紫石街の老婆の家の門口から程遠からぬ石橋のほとりで銭紙を焼きながら、

「藩六姐さん、弟の陳経済があなたを弔いに参りました。私の帰りが一足遅かったばかりに、あなたは命を落としてしまわれました。あなたのご加護により、一日も早く仇の武松をとりおさえ、お恨みを晴らしたいと思います。法廷でなぶり殺しにされるのを見るまでは私の願いは遂げられません」と大声をあげて泣きわめき、家に戻って、ようやく横になって寝たかと思うと、夢かうつつか、白い着物を着て全身血だらけの金蓮が現われ、

「お兄ちゃん、あたしは死んでもなんと苦しいことか。あなたといっしょに暮らしたいと願って、あなたが来るのを待っていたのに、思いもかけず、武松がやって来て、命を奪われてしまいました。いまは冥土の役人もあたしを受け入れてくれないので、昼間はふらふらさまよい歩き、夜になればあちこちへ水を探しにいっております。先ほどはわざわざ銭紙を届けてくれたのに、まだ仇は捕まらない。あたしの死体はあの街に埋められたまま。昔のよしみだから、棺桶を買ってちゃんと埋葬してちょうだいな。そうすれば、いつまでもさらしものにされなくてすむんだから」

「おねえさん、わたしだってちゃんと埋葬してあげたいんだけれど、あの無仁義な姑の呉月娘がそれを嗅ぎつけて、私にきっといいがかりをつけて、反ってつけこまれる心配があるんです。守備府へいって春梅に頼んでください」と経済。

「あそこへはさっき行ったんだけれども、門神が邪魔をして、あたしを通してくれないんだよ。まあいいわ。またゆっくりあ

の人に頼んでみるから」というと、女の体からさっと血なまぐさい気が噴き出してきて、女はするっとすり抜けるように消えていってしまう。

ところで目を武松に向けてみよう。県庁が武松を捕まえようとしてすでに二カ月あまりが過ぎるも、武松はいっこうに捕まらない。そのころにはすでに武松は梁山泊へ落ち延びて、盗賊の仲間に入ったということが知れ渡った。保甲や隣近所の者たちは二つの死体をそれぞれ家族の者に引き取らせて埋葬させるようにと役所に願い出た。王婆の死体は息子の王潮が引き取って埋葬したが、金蓮の方は誰も引き取り手がない。

守備府の春梅は二三日に一回は張勝・李安を県庁にやって、様子を探らせていたが、犯人は見つからず、死体はまだ埋めたままで町方が見張っていて、誰も動かそうとしない。そのうちに年も明けて、正月上旬のころのある晩、春梅は夢を見た。夢の中に髪を振り乱し、全身血まみれの金蓮が現われて、春梅に語りかける。春梅は西門家では身分が女奴隷であったので、苗字の使用は許されなかったが、周守備の妾になってからは苗字で呼びかけられた。

「龐（ほう）ねえさん、あたしのおねえちゃん、あたしは死んでもまだ苦しいの。なんとかして一目会いたいと思ってきて見れば、門神に阻まれて、どうしてもはいって来られなかったのよ。ところで仇の武松はもう逃げ延びてしまって、あたしの死体だけがもう長いこと街中にさらされていて、誰も引き取って埋葬してくれる人がいないの。どちらを見ても身寄りのないあたし。ねえ、あなた、昔の母子のよしみに棺桶を用意して、あたしをどこかに埋めてちょうだいな。そうすればあの世へ行って、安心して目や口を閉じられるから」

そういって金蓮は大声で泣き続ける。春梅が袖をつかんで、さらに話を聞こうとすると、金蓮に振りほどかれて、目が覚める。春梅は夢の中で泣いて目をさましたのであった。

あくる日、張勝と李安にこっそりお金を与えて、夫に知れないように、金蓮の屍を引き取らせ、えぐり取られた金蓮の心肝五臓を元に戻して、裂けた胸を縫合すると、棺に納めて、城外の永福寺にある周菊軒の先祖累代の墓地まではこばせる。

永福寺の長老道賢（どうけん）は張勝・李安の二人から警備隊長、周閣下の夫人の縁者だときかされて、威儀を正して畏まり、滅多なところに埋めてはなるまいと思案の末、本殿の後ろの、幹が空洞になっている白楊の大木に思いが至った。金蓮の棺はその大木の根元に埋葬された。

東京に残された陳経済の母の張氏は正月が過ぎると、夫の棺を擁して清河まで下って来て、柩を取り敢えず永福寺に預けた。陳経済はこの筋から金蓮の墓の所在を聞き知ることになり、長老の道賢に頼み、こっそり追善供養をおこなった。その後引き続いて、母親から急きたてられ、父のため読経を依頼して、これもやはり永福寺の境内に葬り終えた。

さて、簪売りを表看板にし、周旋屋を専らにする薛嫂は陳経済と西門大姐の縁談に初めから関わってきたが、たまたまある日、月娘を訪ねて、奥に招じ入れられ、雪娥も交えて、盛んに話し込む。

「ご存じないようにお見受けしますので、お知らせいたしますが、東京の陳洪さまがご病気で亡くなり、奥さまの張氏が戻って見え、このあいだ葬式をすましたのでございます」と報告する。月娘が寝耳に水で、びっくりしてたずねる。

「知らせもないのに、どうしてそんなことがわかるの？ こちらはただ経済と通じていた藩金蓮が王婆といっしょに殺され、お上の手で埋められて、槍が立てられているとは聞いているけれど、その話はその後どうなったの？」

「さて、そこですよ。金蓮ねえさんもお宅から出されなかったら、あんな恐ろしい死に方はしなかったでしょうに、やっぱり身から出た錆でした。でもさいわい春梅ねえさんが丁寧に葬ってやりました。さもなければいつまでも紫石街の街中に埋もれて、人の足で踏んづけられるとこでした」と薛嫂。

薛嫂はさらに春梅の昨今についてその栄耀栄華ぶりを月娘の耳に痛いほど吹き込む。すでに妊娠数カ月。周閣下が大変なお喜びだという。薛嫂にまくし立てられて、月娘も雪娥も黙り込んでしまう。やがて薛嫂が腰を上げると、

「あしたまた来てちょうだいね。お供物を一卓と反物一匹、それに冥紙を十匁用意しておくから、うちのお嬢を連れて陳さんのところへお弔いにいってもらいたいの」と月娘。

「大奥さまはいらっしゃらないのですか」

「わたしは気分がのらないから、そのうちご挨拶に伺うといっておくれ」と月娘。

「じゃあお嬢さまによろしくお伝えくださいましな。お食事の終わるころにまいりますから」

薛嫂はそういうと、簪箱を下げて帰ってゆく。

「あの老いぼれのいうことは全く筋が通らないわ。あの子が守備のところへ売られていってから、まだいくらも経たないのに、もうお腹(なか)が半分大きくなったなんて。守備の身の回りにはお部屋さまが何人もいるはずだから、あの子に血道を上げるなんて、そんなうまい話があるもんですか」と雪娥。

「守備府にはれっきとした大奥がいるし、お嬢さんを産んだもう一人の奥さまもいるものねえ」と月娘。

「そうですとも、つまるところ仲人口は水一尺に、波十丈ってところよね」と雪娥。ところが雪娥のこの一言が後に災いを招くことになる。

第八十九回

清明節に寡婦新墓を詣で、呉月娘誤って永福寺に入る

さて、そのあくる日、呉月娘（ごげつじょう）は牛、羊、豚の三牲の供物を添えた祭壇一張り、冥紙、反物一匹などを調達し、西門大姐（せいもんたいそ）には白絹の喪服を着せて駕籠に乗せ、薛嫂（せつそう）には祭壇を担がせて先を行かせる。陳家（ちんけ）に到着すると、そこには陳経済（ちんけいざい）が門前に立っていた。薛嫂が祭壇を担ぎ込ませようとすると、

「どこから来たんだ？」と気色ばんで経済がいう。

薛嫂が万福の挨拶をして、

「お婿さん、知らんふりをなすっちゃいけませんわ。あなたのお姑さんのお宅からお届物、お父さまのお弔いにお嬢さまをお寄越しになられたんですのよ」という。

「なにが姑なもんか！ そんなものはクソ喰らえだ。正月も十六日になって門松を飾るようなもんだ。半月おくれだ！ 人が土の中に入ってから、ようやく線香あげにくるのか！」

「まあ、若旦那ったら、あなたのお姑さんはいってますよ、やもめってものは、足をもぎ取られた蟹のようなもんで、お宅のお父さまの霊柩がいつ戻ったのか、まるっきり知らなかったんです。怒ったりしてはいけませんよ」と、薛嫂がいい訳をしているところへ、西門大姐の駕籠が門首に到着する。

「こりゃあ誰だ」と経済。

「また誰だっていうんですか。大奥さまはお体の具合がよろしくないので、まずお嬢さまをこちらにお寄越しになり、それからこちらのお父さまに紙を焼かせていただこうということなんですよ」と薛嫂。

「すぐさまその女を担いで帰らせろ。そんなものを受け取るくらいなら、万々死んだ方がましだ。わしにどうしろというんだ！」と経済。

「諺にもいう通り、嫁せば夫が主です。どうしてそんなご無理をおっしゃるんです？」と薛嫂。

「わしゃこんな女はいらん。わしとは関わらせないでくれ」

駕籠屋は突っ立ったまま動こうとしない。経済は近寄ると、二つばかり駕籠屋の脚を蹴飛ばして、怒鳴りつける。

「さっさと担いで帰れというのに。さもないと、この乞食め、わしに股ぐらへし折られ、こっちの夜鷹は髪の毛をみんな引っこ抜かれるゾ」

駕籠屋は男が暴れ出したのを見て、駕籠をかついで帰らざるを得なくなる。薛嫂が大声をあげて、経済の母親張氏（ちょうし）を呼び出したころには、駕籠はすでに担ぎ出されてしまっていた。薛嫂はなすすべもなく、張氏に祭壇を渡すと、呉月娘のもとに引き返して報告する。呉月娘は際限もなく気を荒立てて、

「天理に背くこんな非常識者は早死にするに決ってるよ。はじめこいつんちは公職についていたのに、悪いことをしでかして、姑のこの家に逃げ込んで来て、この何年も匿（かくま）ってくわせてもらってきたくせに、今では恩を仇で返しゃがるんだよ。悔しいけれど、あの死んだ人があのとき品物をどっさりこの家に取りこんで自分の物にしてしまったので、いまごろになってわたしが臭いどぶ鼠役を演じることになってしまった」

と泣きごとを一くさり述べると、次いで西門大姐に向かって、

「ねえ、お前も見ての通り、舅（しゅうと）も姑（しゅうとめ）もあの男にはちっともわるいことをした覚えがないんだけど、お前は生きてはあの男の家の人とならねばならぬ、死してはあの家の鬼、わたしの家にいつまでも留めて置くわけにはゆかないんだ。だからあなたは明日にもここを去らねばならない。あの男を怖がることはないからね。まさかお前を井戸の中へ放り込みはしなかろう。まさか人殺しはしなかろう。世間にはああいう輩を取り締まる法律がないわけじゃないからね」と月娘。

次の日になると、一頂（いっちょう）の駕籠がふたたび西門大姐を載せ、玳

安を付き添わせて、陳経済の家にやってきた。図らずも陳経済は不在で、亡父の墓に土を盛るためにでかけていた。張氏は礼儀をわきまえた人であり、西門大姐を引き留めると、

「お家に帰ったら奥さまにくれぐれもよろしくおっしゃってね。お供物をどうもありがとうございました。どうぞうちの子のことでは世間一般の見識を当てはめてお考えにはなりませんように。きのうは少しお酒が入っておりましたので、あんなことになってしまいましたが、いずれ私からゆっくり申し聞かせますから」といって、玳安をもてなし、なだめて家に返す。

夕方になって、陳経済は墓から戻って、西門大姐をみかけると、これを殴ったり、蹴ったりして悪態をつき、

「このクソ女め、お前はまた何をしに戻ってきやあがったんだ。おれが貴様の家のまんまを食らっていたなどとまた抜かすのか。お前の家はな、わしが持っていったつづらをどっさり取り込みゃがったから、あんなに大きくなったのに、婿にろくすっぽ飯も食わせなかったんだゾ。貴様みたいな女を嫁にもらうくらいなら、何万回も死んだ方がまだましだ！ わしゃこんなクソ女なんか要るものか！」

これを聞いて西門大姐もまた黙ってはいなかった。

「この恥知らずの、義理知らずめ！ あの助平女が出て行って、殺されたからって、私に八つ当りするんだろう！」

経済は女の頭髪をつかんで、力任せに拳骨をくらわせる。母親がなだめにはいるが、これも突き飛ばしてしまうので、母親は大声をあげて泣きわめく。

「まあ、なんていう悪党か。腹を立てて、私まで見分けがつかないのか」

夜になると、経済は一頂の駕籠を呼んで、また西門大姐を送り返してしまった。

「預けておいた鏡台やつづらを持って来なかったら、お前のようなクソ女は生殺しにしてやるからな」

西門大姐は家に引き籠ったまま、二度と再び陳家に足を踏み入れようとはしなくなった。

さて、三月清明の佳節（4月5日又は6日）のある日、呉月娘は線香、蝋燭、紙銭、三牲の供物、それに酒肴の類を用意して、これを大きな岡持ち二つに詰めて担がせ、城外五里原にある新墓地に赴いて、西門慶の墓を清掃することにした。

孫雪娥、西門大姐と女中たちを留守番に残し、孟玉楼、小玉並びに孝哥を抱いた乳母の如意をつれて、一同駕籠で墓に向かった。外に呉大舅夫妻がよばれて同行することになっていた。城門をでると、見渡す限りの広い原野で、花はくれない、柳はみどりで香しい景色の中を、遊山の男女がひっきりなしに往き来している。一年四季のうち春景色に及ぶものはなく、日は麗日と呼び、風は和風と呼んで、柳が心芽を吹き、花心をほころばせ、香しい塵を払う。天色の暖なるはこれを温和と呼び、天色の寒なるはこれを料峭（りょうしょう）と呼ぶ。跨（またが）る馬は宝馬といい、座す駕籠はこれを香車（きょうしゃ）と呼ぶ。行く路は芳径といい、地面を飛ぶ塵を香塵という。千花蕊（しべ）を伸ばし、万草芽吹くを春信と名づく。まことに春景色というものはよろしいもので、府州県道から村鎮郷市に至るまで、すべて遊玩去処を有す。

呉月娘らの駕籠は五里原の西門家の墓場に到着し、まず玳安が岡持ちを持って、台所に回り、火を起こす。月娘が最初に墓に詣で、次に孟玉楼、次に孝哥を抱いた如意が、その後呉大舅夫妻という順で、西門慶の新しい墓を拝む。その後は東屋に入り、玳安が用意した食事が始まる。

いっぽうこの日、周守備府に嫁いだ龐春梅（ほうしゅんばい）が殺されて街角に埋められてさらされていた藩金蓮を自分の母と偽って、周家の菩提寺の永福寺の裏庭に埋葬してから、初の清明節（せいめいせつ）に、

「母の墓が永福寺の裏庭にございますので」

と夫の周菊軒にねだって、墓参にまかりでた。

「永福寺はわが周家代々の菩提寺であるによって、よかろう。

いってくるがよいぞ」と春梅に墓参を快く許したのであった。それのみならず一隊の兵士を行列の警備に当らせた。

清明節の人の流れに引き寄せられて、呉月娘らは西門家の墓地を離れ、駕籠を降りて土を踏み、草を踏んで歩きまわり、三里先の桃花店を冷やかし、五里先の杏花村をはるかに眺め、歩いていると、槐の森かげに寺が一つ見えてくる。

「あれはなんというお寺でしょう」と月娘が尋ねる。

「あれが永福寺。周菊軒のおじいさん周秀の代に草創の、あれが周家の菩提寺で、西門慶も生前にここを修理のため何百両か寄進しているはずだよ」と呉大舅が応える。

では入って見ようと衆議が一決した。小坊主が山門に出迎える。境内を一通り見て回り、最後に方丈に導かれる。長老の道賢が挨拶に出る。一同のために斎が出される。月娘がお布施を包むと、長老は下へもおかない歓待ぶり。とちょうどそのとき、役所の下役風の黒衣の男がずかずかとはいって来て、

「警備隊長、周閣下の第二令夫人が当院にご参拝だ。急いであたりを片付けられよ」といきなり長老に命ずる。

長老の道賢は頭の天辺から雷が落ちてきたようなおどろきよう。せっかく奮発した月娘のお布施も急転直下、別室に追い立てられることになる。方丈の中はきれいに掃除され、あたかも女王を迎え入れるかのような騒ぎ。春梅はその間に本堂の裏手に回り、白楊樹下の金蓮の墓前に香華を捧げ、拝礼のあと冥福を祈りながら、紙銭に火を灯し、しばし涙にくれるのであった。

呉月娘は別室に退避させられたとき、院内の小坊主にご参拝の女性はどなたかと尋ねてみた。

「龐さまと仰せられます。周さまの第二令夫人、大変なご威勢でして」

「だれだろうね、龐なんて。聞いたこともないけれど…」

「春梅ねえさんのことですよ。あの人苗字を龐といいましたもの」と孟玉楼がそばから教える

月娘の一行は別室で小さくなっていなければならなかった。間もなく春梅が清掃なった方丈に通された。月娘や玉楼が簾の陰から息を殺して覗いてみた。昔の春梅とは違って、体が塑像のように端正であった。顔は満月のように輝き、粉粧で潤いがあり、頭に戴く七宝（しっぽう）の冠の華やかさ。燦然とした珠翠の簪、真っ赤な花模様の着物の豪奢な流れ！

長老がその面前に恐懼（きょうく）して茶を献じた。

月娘らは今更おこがましい面持ちで、出て行って対面する勇気はなかった。できるならば、知られないようにして立ち去りたいと考えた。ところが大して広くもない方丈のことであった。右往左往するうちに、一行は春梅の目にとまってしまった。

春梅は一行から目をそらすようなはしたないことはしなかった。春梅には身分相応に人となりができあがっていた。己れが髪に飾っていた金の簪を一本ぬきとり、これを孝哥の帽子に挿して与え、これを見た月娘は思わず涙ぐんだ。序でに、今日はどなたのお墓参りかともきいてみた。

「お母さまの墓参に参りました」と春梅は応えた。

「お母さまの？ このお寺にお母さまのお墓が…？」

「龐さんがお母さまといっているのは金蓮ねえさんのことですよ」と玉楼が傍から口添えをした。玉楼はかねて人づてに聞いて知っていた。

「藩金蓮が龐さんからこんなにまでしてもらえるとはねえ…」と呉大舅夫妻がささやき交わしたが、感嘆の余りにあとの言葉が続かなかった。月娘は口を閉ざしていた。孟玉楼が隙を見て金蓮の墓に参った。乳母の如意も孝哥を抱いたまま行きかける。

「だめよ、連れて行かないで！」と月娘が咎める。

如意は途中まで行って、墓から戻ってくる玉楼といっしょに引き返してくる。春梅は兵士らに囲まれ、仰々しいまでの行列に護られて、引き上げて行く。

第九十回

来旺孫雪娥をかどわかし、雪娥守備府に官売さる

さて、呉大舅に先導されて、月娘ら一族の男女は永福寺を後にして、大樹の生い茂る長い土手の上を進んでゆくと、程なく玳安が酒席を用意して待っている杏花村酒楼のほとり、花見客でにぎわう小高い丘の上にやってくる。そこには天幕を張り、茣蓙を敷き、酒肴を整えた次なる宴席が準備されていて、玳安が月娘らの一行の到着を待ちわびている。遥かかなたから次第次第に一行の駕籠が近付いてくると、

「ずいぶんと時間がかかりましたな」と玳安がいう。

「永福寺でたまたま春梅に会ったものだからね」と月娘、春梅と出会った次第を一くさり玳安に語って聞かせる。

しばらくすると、酒に燗もつき、座席にみな腰を降ろして酒を飲み始める。酒楼のふもとは駕籠の車輪や往来の人々の喧騒が一入で、月娘たちが小高い丘の上にぞろぞろと登って、目を凝らしてよくよく見れば、人の山、人の海に囲まれた中で、群衆の目は馬術の技量を披露する芸人に注がれている。

そもそもが清河県の知事の子息の李衙内（李若殿）は本名李拱壁、年のころ三十あまり、目下国子監（大学の一種）に在学中で、稀代の風流変わりもの、あまり学問を好まず、もっぱら鷹犬狩、馬術、蹴球をこのみ、常に花街に入り浸っているので、人呼んで李浪子（浪子＝放蕩息子）という。

その日、李衙内は薄絹の衣裳を身にまとい、頭には棕梠の小帽を戴き、足には黄色い靴に縫い取りの靴下といういでたちで、下部の何不違とともに二三十人のならず者を引き連れて、杏花村大酒楼のほとりで清明祭にこと寄せて武芸者の演ずる様々な馬術の曲芸を見物にやってきていた。

李衙内がふと顔を上げて丘の上を見ると、そこには一群の婦

人たちが茣蓙の上に腰を降ろして酒を酌み交わしている。その中の一人に体つきのすらりとした女性がいて、李衙内はその女性が目にとまると、期せずして心が動揺し始め、目元がふしだらに垂れ下がる。見れば見るほど見余ることがない。口にはださね、心中ひそかにつぶやく。

「いったいどちらのご婦人か、亭主がいるのかいないのか」

たちまち取巻きの一人が使い走りの小張閑（しょうちょうかん）を呼び寄せて、

「あの坂の上にいる白い着物を着た三人の女性はどこの誰だか探ってこい。聞いて本当のところがわかったら、わしにすぐ知らせよ」といいつける。小張閑は承諾すると、雲のように素早く吹き飛んでいってしまう。

しばらくすると、また舞い戻って来て、小張閑は李衙内の耳元に口をつけて、小声で報告する。

「これこれしかじかで、県庁前の西門慶家の妻子だそうです。年上の女性は名前を呉（ご）といって、つまり嫂（あによめ）だそうで、もう一人の背の小さいのは西門慶の大奥さんの呉月娘。あの背の高くて、そばかすのあるのが三奥さん。姓は孟（もう）、名は玉楼（ぎょくろう）。いまはみな寡を守って、喪に服しているのだそうです」

これを聞いて李衙内独り孟玉楼を見上げて悦に入り、小張閑にたくさんの褒美を取らせた。呉月娘と呉大舅たちはかなりながいあいだ、馬術競技に見入っていたが、日も西に傾いたので、玳安に酒席を片付けさせて、駕籠に乗り、騾馬の背に跨って、一同帰路についた。

この日、孫雪娥（そんせつが）と西門大姐（せいもんたいそ）は留守居をしていたが、午後になって特別することもないので、大門首に出てきて世間の景色を眺めてはじゃいでいると、そこへ思いがけず揺驚閨（ようきょうけい）（小間物屋）風情の男が小太鼓を打ち鳴らしながら通りかかる。当時、紅・白粉・花簪などの小物を太鼓を鳴らしながら売り歩いたり、鏡磨きを商売にするものをすべて揺驚閨（乙女覚まし）と呼んでいた。西門大姐はこれをみかけると、

「わたし鏡が曇っているから、平安にあの男を呼んで来させて、鏡を磨いてもらおうっと」とつぶやく。

男は荷を降ろして応える。

「あたしゃ鏡は磨けません。あたしゃ金銀の細工物とか首飾りや花簪などを売っているだけでして…」

そういって、門前に立ったまましきりに雪娥の顔をしみじみと眺め回す。雪娥がいう。

「この人ったら、鏡が磨けないんなら、お帰りよ。なにをそんなにあたしの顔をじろじろみているの？」

「雪奥さまに若奥さま、わたしのことをお忘れですか」と男が小声でいう。

「あら、よく見たら、急に思い出したわ」と西門大姐。

「そう、旦那さまから追い出しを食らった来旺ですよ」

いわれて、雪娥、

「まあ、あなた、あれからずっとどこにいたの？ なんで来なかったのよ。ずいぶん血色がよくなったじゃないの」

来旺という男、女房の宋恵蓮を西門慶に弄ばれて、それを怒ったばかりに罪人に仕立てられて、清河の街を追い出され、それが道理で宋恵蓮は首を括って死んでしまった。

「こちらの旦那の家を出ると、原籍の徐州の家に帰りましたが、暇で食ってはいけないし、ある偉い旦那について上京し、役職に就こうと思ったんですが、その大旦那が途中で死んで、仏になって家に帰ってしまったので、わたしゃ城内の顧銀細工屋に転がり込み、銀細工の仕事を覚えて、ようやく腕を上げたので、街に出て、腕に磨きをかけているのです」

と来旺、懐かしげに昔の密通相手の孫雪娥を見つめる。

「そうだったの。ずいぶん長いこと見ていても、どうしても思いつかなかったわ。勝手知ったる旧知の仲だもの、何の遠慮がいるものか。その荷物の中にはどんな品物があるの。中にお入りよ。見せてもらうから」と雪娥。

そこで来旺は肩の荷を奥の中庭へ担ぎ込むと、箱を開けて髪飾りを盆にのせ、出して見せる。二人はしばらく品定めをしてから、さらにいう。

「外に花簪があったら、出して見せてよ」

来旺は別の箱から大きな翡翠の鬢簪、翡翠の冠もの、細かい細工ものなど取り出す。西門大姐が鬢簪一対を選び、雪娥は鳳の簪一対と金魚の簪一対を取って、一両二銭ほど足りず、

「あすの朝、取りに来てちょうだいね。きょうは大奥さまが三奥さんと坊やを連れて、旦那さまのお墓参りにおでかけなんですよ」

「去年、郷里にいて、旦那さまが亡くなったという話を聞きました。大奥さまにお子さまがおできになったということも伺いました。きっと大きくなったでしょう」

「もう半年にもなるので、家中のものがまるで宝物のように大事にしてかわいがっているんですよ」

話していると、来昭の女房の一丈青（いちじょうせい）が急須を傾けてお茶を出す。来旺がお茶を受け取って、一丈青に「やあ、どうも」と挨拶をしていると、来昭も現れて、一同対話をかわし、

「あしたまた来て大奥さまに会うといいよ」というと、来旺は荷物を担いで、帰ってゆく。

月娘ら遊山の一行は夕刻になって帰ってきた。その日のいろいろなできごと、とりわけ永福寺で春梅に会ったことで、しばらく話は盛り上がった。孫雪娥も来旺が思いがけなく訪ねてきたことをみなに告げた。すると月娘が不満げにいう。

「うちに待たせておけばよかったのに」

「明日また来ます。払いが残っていますので」と雪娥。

その夜、孝哥が明けがた激しい高熱をだした。乳母の如意が月娘の前に進み出ていう。

「坊やが家に帰って来てからずーっと寝てばかりいるのですけれども、お口からは冷たい息を吐いているのに、体は火のよ

うに熱いんです」

月娘それを聞くと、あわてて炕の上から孝哥を抱きあげる。見ると、確かに冷や汗をかき、全身がかっかと熱いので、俄かに気色ばんで、

「なんてことをしてくれたの。こりゃ駕籠の中ですっかり冷えてしまったんだわ！」

「あたしはお布団の中にしっかりくるんで、抱っこしていましたから、冷えるはずがありませんけど…」と如意。

「だったらあの死神の墓へ抱いていったりしたから、怨霊の祟りだわよ」と月娘。

「小玉姐ねえさんも知っているけど、いってすぐ引き返してきたんですから、祟る暇なぞありませんよ」

月娘、来安を呼びつけて、

「早く劉婆さんをよんでおいで！」

劉婆がやってきて孝哥の脈をとり、体をさすって、

「驚いて寒気がしているのです。祟りに出くわしたのです」といい、硃砂丸（しゅさがん）を二服置いて、それを生姜湯（しょうがゆ）でのませると、

「坊やをよく包んで熱い炕の上に寝かせなさい。夜中に冷汗が出れば、熱もとれてきます」という。そこで劉婆をもてなし、茶をだし、三銭の銀子を遣って、明日また来てくれるように頼み、一家を上げての大騒ぎで、戸口を出たり入ったりして、夜通しごった返す。月娘は劉婆やを表門まで見送る。

来旺がこのとき、雪娥と約束した通りに、また訪ねてきた。月娘が来旺を母屋に呼び入れて、近ごろは如何しているのかと尋ねる。来旺の追放と宋恵蓮の自害に関しても、すべては藩金蓮が西門慶をけしかけてやった仕業であり、天罰が下って、藩金蓮は腹を裂かれ、首を落とされることになった、決して自分たちを恨まないでもらいたいと語り聞かせた。

「これからは自由に出入りしてくださいよ」とも付加えた。

来旺が雪娥の部屋を訪ねて、未払いの金の受け渡しよりも、

ずっと込み入った密談がささやかれる。雪娥がいう。

「あたしゃ奴隷の身分はもうまっぴらよ。いっしょに連れて逃げてよ」

「本当にその気なら、やってのける手がないことはない。東門外の細米巷(さいまいこう)にわしの叔母がいて、そこで産婆をやっている。屈(くつ)婆さんという。家の回りがひどく込み入ったところであるから、そこに隠してもらえばしばらくは大丈夫だ。そのうち故郷の徐州に高跳びして、夫婦で身を立てるというものさ」と来旺が説明する。

この話は直ちに屋敷の門番をしている来昭と一丈青の夫婦に打ち明けられた。二人は来旺と孫雪娥の二人が危険を犯してもここから逃げ出して、いっしょになろうというのに心から同情して、手助けをする約束をした。

来旺には月娘が自由な出入りを許している。それがたいへん好都合であった。来旺が毎晩屋敷を訪ねて来る。雪娥が自分の物や盗んだものを来旺が帰るときに外へ持ちだすことにした。門を預かる来昭も一丈青もみてみぬふりをする。『上は騙しても下は騙さず』そんな雰囲気が醸成されていた。

こうして金目の物や日常品を相当量持ち出した後である。来昭がこの二人に注意をたれた。

「お前さんらが表門からでて行けば、責任はおいら夫婦にかかってくる。それはどうも困るから、どこか垣根を乗り越えて出て行ってくれ。ついでに瓦を二三枚落として置いていってくれ。そこから逃げたことがわかるように…」と来昭。

雪娥らが来昭の門番小屋にしばらく潜んだ。やがて表門の扉が閉じられる。真夜中過ぎ、夜明け前の、いわゆる暁闇(ぎょうあん)の時刻となる。雪娥らは難なく垣根を乗り越えて、城門が開いた途端に、まっしぐらに城外へ脱出する。

雪娥のこの失踪は、夜が明けるとたちまち月娘に知らされた。品物の紛失も無論判明する。月娘が来昭を呼びつけて詰問する。

来昭は知らぬ、存ぜぬの一点張り。門が開くはずがないので、垣根でも乗り越えたんでしょうと白を切る。垣根の崩れた場所が容易に発見される。落ちて砕けた瓦も何枚か見つかる。

折から孝哥の病状が悪化した。天然痘であった。月娘は雪娥の逃亡などにはかかわりあっているられなくなり、そのまま放置してしまった。

来旺は予定通り、細米巷の陋屋（ろうおく）に転がり込んだ。産婆の屈婆の居所である。来旺というのは奴隷の身分のときの呼び名である。本姓は鄭（てい）といった。つまり鄭旺である。雪娥のことを「こんどもらった女房で、雪娥と呼ぶ」と屈おばさんに紹介する。

屈婆には屈鐺（くつとう）と呼ぶドラ息子がいた。鄭旺夫妻が分不相応な金品を所有していることに気づいて、「これは盗品だな」と睨んだ。そこで金目の首飾りを一つ持ちだして、そのまま賭博場に飛び込み、賭け金の代わりに持ちだした。ところがこれがあまりにも高価な首飾りであったので、たちまち官憲に挙げられて、訴状とともに県庁に送られてしまった。

李知事はこれを窃盗事件で、盗品はまだあるに違いないとみて、さっそく役人に屈鐺を家まで護送させ、鄭旺と孫雪娥を一本の縄で縛りあげてしまう。雪娥はみじめな着物に着換え、県へ護送されてゆく。街は大騒ぎとなり、見物人が詰めかける。中にはこの罪人の正体を看破る者がいて、

「これは西門慶家の妾と元使用人来旺だ」と知れてしまう。また事件の全貌もわけなく暴露されてしまう。

鄭旺が懲役五年。盗品はことごとく没収されてしまい、孫雪娥は李知事から月娘宛に通知が届き、身柄の引き取りを願うということであった。月娘は呉大舅、呉大妗子らと相談の結果、孫雪娥の引き取りを拒否することになり、李知事にそう通知された。李知事はそこで公認の周旋屋の手を経て、雪娥を公売に付すことにした。

守備府の春梅は孫雪娥が公売に付されているということを

探り当てると、日ごろ積み重ねた積年の恨みを晴らしてやろうと考え、周守備に向って、

「雪娥は炊事が得意で、お茶、飯、吸い物なんでも上手にできますから、買い取って家で使いましょう」という。

そこで周守備はすぐさま張勝・李安に手紙を持たせ、知事にその旨を伝える。知事は公定価の八両で売り渡し、周守備の屋敷に連れて行かせ、雪娥はまず片目の見えない第一夫人の前に出て四回磕頭し、引き続いて第二夫人の孫二娘に四回磕頭をくりかえす。次いで春梅の部屋に挨拶のためかおをだすことになる。

春梅は錦の帳の中でいま起きたばかりというところ。雪娥は相手が春梅だとわかっても、仕方なく身をかがめて進み出て、四回磕頭をする。春梅はきっと雪娥を睨みつけ、おもむろに家人の上さんを呼びつけて、いう。

「この下種女の髷をむしり取り、上の着物を引きはがし、台所へ引っ張っておゆき。あたしの飯をたかせるんだから」

雪娥はこれを聞き、心ひそかに嘆き悲しんだ。孫雪娥もこうなってはいたしかたなく、つけ髷をはずし、着物を脱ぎ棄てると、悲しみに顔を泣き腫らしながら、台所へさがってゆく。

第九十一回

孟玉楼好んで李衙内に嫁し、李衙内怒って玉簪を打つ

さて、ある日、陳経済は薛嫂から西門慶家の孫雪娥が来旺と組んで財物を盗み、外へ運び出したが、ことが発覚して、来旺は五年の刑に処せられて投獄され、雪娥は県の公売に付されて、守備府に買い取られ、朝晩春梅の打罵に見舞われているとの噂話を聞き、経済はこれをネタに、薛嫂を西門慶家にやり、月娘にこんな風な話をさせる。

「陳経済ときたら、行く先々で、口から出まかせに『わしゃもう西門慶のメノコは要らねえ』だの、『わしゃ訴状を書いて、巡撫・巡按のところへ月娘を訴え出てやるんだ』とか、『生前、うちの親父が預けた金銀やつづらや金目の物を西門慶はみんな懐にしまい込んで、自分の物にしてしまったのだ』とかいいふらして歩いていますのよ」

月娘は孫雪娥が来旺にかどわかされて、財物を盗み出したかと思うと、召使いの来安は逃げてしまうし、家人の来興の女房の恵秀が死んで、葬儀を終えたばかり、家中ごった返している真っ最中で、薛嫂の話を聞くと、びっくり仰天して、さっそく駕籠を雇って、西門大姐を陳経済のもとに送り届ける傍ら、大姐の寝台・鏡台・箱・箪笥などの嫁入り道具は玳安に人夫を雇わせ、全部、経済の家へ担いで行かせる。

「これじゃ、あいつがうちへ嫁に来たとき、身の回りにつけてきた寝台や鏡台だけじゃないか。おれの家で預けておいた金目の金銀やつづらがあるはずだから、それを返してもらわぬことには話にならない」と経済がぐずる。

「姑さんの話では、当初あちらの旦那が存命のころ、預かったのはこれだけで、つづらなどは預かっていないそうよ」と薛嫂がいうと、陳経済が新条件をもちだす。

「そんなら、代わりに女中の元宵(げんしょう)をこちらへ寄越せ」

薛嫂と玳安が月娘のもとに赴いて、そう話をすると、月娘は元宵を手離したがらず、

「あの子は李嬌児の部屋で使っていた子で、坊やの子守がいない今あの子はここに残しておいて、いずれ坊やの面倒を見てもらうつもりなのよ。だから中秋(ちゅうしゅう)にしてもらいたいわ。この子はもともと大姐の世話をするようにと思って買った子なんだから…」といって、中秋を連れて行かせると、経済はこの女は要らないといって断る。

両者の間を薛嫂が使いに立って、行ったり来たりしていると、母親の張氏(ちょうし)が玳安に向かって、

「お兄ちゃん、お家に帰ったら大奥さんにこういってちょうだいよ。お宅にはおねえさんたちがいっぱいいるんだから、そんな子守女なんか要らないじゃないのって。もう大姐のお部屋にやって長いことにもなるし、うちのお婿さんも彼女にはもう手をつけているようだから、大奥さまはなんでそんな子にこだわるんだろうって」

そこで玳安は家に帰ると、さっそくこの話を月娘に伝えた。すると月娘は返す言葉もなく、この元宵を差し出してしまった。陳経済はこれを受け取ると、満心歓喜して、高笑いした。

「どうだい、この手管は。うまいもんだろう？ わしの脚を洗った水でも喰らえってとこさ」

さて李県知事の息子、李衙内は清明節のある日、郊外の杏花村酒楼(きょうかそんしゅろう)で呉月娘、孟玉楼の二人の麗人に目を止めたが、二人とも同じような出で立ちで、小張閑(しょうちょうかん)に調べさせたところ、西門慶家の女房たちであると知れた。李衙内はとりわけ背丈のすらりとした、瓜実顔で、ほんのりそばかすの散った孟玉楼に心が引かれるのであった。

李衙内は細君を亡くして、久しいことやもめ暮らし、以来媒酌人に頼んであちこち探してもらっているのであるが、意に

添うような相手が見つからない。そんなところへ玉楼を見かけることになり、心が激しく揺れ動くのだが、近づく門も見つからず、いまだ女に嫁ぐ意思があるのか、それともそんな気はないのか皆目見当がつかずにいたところへ、期せずして孫雪娥が事件を起こして、官憲に引っ張られたため、西門慶家を飛び出した経緯の詳細が知れたのであった。そこで李衙内は老中の何不違（かふい）と相談のうえ、公認の周旋屋陶（とう）を西門慶家に派遣し、求婚の話を持ち出させることにした。

「この家の縁談をうまく取りまとめてくれたら、役所に出勤しなくてもいいことにしてやろう。その上、銀五両の褒美をとらせよう」

陶媽媽これを聞くと、歓喜して飛ぶがごとくに一直線に西門慶家の門首に馳せ、門番の来昭（らいしょう）に深々と万福の挨拶をし、

「執事どのにお尋ねいたしますが、こちらは西門家の旦那さまのお屋敷でございますか？」

「そなたはどちらからお見えかな？ 老爹（ろうた）はすでにお隠れになってしまったが、何のご用かな」と来昭はいう。

「執事さん、畏れながら、当方は本県公認の周旋人、陶媽媽と申します。畏れながら李衙内さまの命により申し上げますが、こちらさまのさる奥さまがお嫁に行かれるそうでありますが、その慶事を取り結んでくるようにと仰せつかりまして、仲人口をきくために参上いたしました」と陶媽媽。

すると来昭、声を荒立てていう。

「この婆め！ よくもそんなたわけな。わが家の旦那は亡くなられて一年余り、わずかに二人の奥さまが寡を守っておられる。とても他所に嫁ぎなどすることはない。諺にも『疾風暴雨は寡婦の門に入らず』と申す。この媒人屋め、用もないのに勝手にやって来やあがって、何が縁談だ！ さっさと帰れ。奥の奥さまに知れたら、一発食らわされるぞ」

「執事のお兄ちゃん、『お上の差し出口は間違いなし』ってね。

若さまの使いでなかったら、あたしゃ来やしませんよ。嫁ぐ気があるかないか、恐れ入りますけれども、いいご返事をもらったら、あたしゃ帰りますから」と陶媽媽。

「よしきた。人のためは自分のためというから、じゃ、しばらく待っていな。ちょっと奥へいって来るから。ところで、二人の奥さまのうち、一人には子供があり、一人には子がない。一体どっちの奥さんに嫁ぐ気があればいいんだい？」

「李衙内さまの仰せによれば、清明節の折に郊外でお見かけになられた方はお顔に少しそばかすのある奥方さまなんだそうですよ」

来昭これをきくと、奥へ行って月娘にこれこれしかじかで、

「県から公認の周旋屋が来て、外で待っているんですが…」と伝える。月娘はこれにはすっかり仰天して、

「家ではそんなことは一言半句も外へ漏らしたことはないのに、人はなんでそんなことを知っているんだろう」と月娘。

「以前、郊外で、清明節の日に見かけたのだそうで、顔にそばかすのある、すらっとした人だといっていますよ」

「じゃ、孟三ねえさんのことじゃないか。師走の大根みたいに心が動いて、急に他所へお嫁に行きたくなったんだろう。全く『海の深さはわかっても、人の心はわからない』とはこのことだわ」

月娘はそういうと、玉楼の部屋へ行って腰を降ろしていう。

「孟三ねえさん、あたしゃちょいとあなたに訊きたいことがあって来たんだけど。いま外に一人媒酌保証人が来ていて、その人がいうには、李県知事の息子さんが清明節の日にあなたを見染め、あなたもその気があるというんだそうだけど、それ本当なの？」

実はその日郊外で孟玉楼は李衙内がなかなかな男前で、かてて加えて結構な好き者であり、歳恰好も二人ともおっつかっつ。また馬に乗れば、弓矢の手さばきは俊敏で美しいし、太刀さば

きも天下一で、双方気持ちが通い合い、いわず語らずのうちに心が揺れ動いた。

「なにせ亭主は死んでしまったし、私には子供もない。大奥さんには子供があり、いずれ大きくなれば、あの奥さんのものになってしまい、わたしなんか木が倒れて、影がなくなって終うんだわ。それに月娘は孝哥ができてから、人が真底から変わってしまった。やっぱりここは一歩前進して、枯葉の落ち着き場所をさがしておくことだ」

ちょうどそんなことを考えていた矢先に、月娘が入ってきて、この話をするので、口では

「大奥さま、人の噂話など本気にしないでください。決してそんなことはありませんから」といいながら、思わず顔を赤らめて、言葉に詰まるのであった。

「これはお互いの気持ちの問題ですから、私にもあまりとやかくはいえませんけれど…」

月娘はこういいながら、来昭を呼んで、

「お前その周旋屋をお通ししなさい」という。

来昭は門口に戻って、陶婆を奥に呼び入れる。月娘は奥座敷の次の間に控えていたが、正面には西門慶の位牌壇が祭ってある。陶婆が挨拶を終えて腰を降ろすと、女中の綉春がお茶を出す。そこで月娘が周旋屋の陶婆に問いかける。

「どんなご用なのでしょうか」

「はい、この媳婦は用がなければ、お邪魔はいたしません。実は県知事の若殿さまのおいいつけで参上いたしました。お宅に奥さまがお一人おいでで、その方が嫁に出られるから、縁談をまとめて来いということなのでございます」

「うちの奥が嫁に行くなんて、他所には知られていないはずなのに、お宅の若殿さまがどうしてご存じなんでしょう」

「清明節の日に郊外でほんのりそばかすのある、瓜実顔で、すらっとしたお体の女性をお見受けしたそうでして…」

話を聞けば、それは孟玉楼に間違いがない。そこで月娘は陶婆を連れて、玉楼の部屋に行き、次の間に腰を降ろす。ややあって、玉楼が髪を結いあげ、着飾って、姿を現す。陶婆挨拶をして、

「ああ、このお方でしたか。噂にたがわず、人並み勝れてこの世に二人とないご器量ぶり。これならうちの若殿さまの正夫人にして不足はありません」

玉楼笑いながらいう。

「ママさん、無茶をおっしゃいますな。その若殿さまは今年おいくつなの？ 奥さまをお迎えになったことがおありなの。おうちにはどんな方がおいでなの？ お名前は何といって、お国はどちらで、お役目はありますの、ありませんの。本当のところをお聞かせください。嘘は駄目ですよ」

「これはもう桑原、桑原。わたしゃ本県公認の媒酌人。他の媒酌人のようにでたらめはもうしません。知事さんはもう五十を超えておりますが、子供さんはただ一人、若殿さまだけ。若殿は午年(うまどし)。今年三十一歳。正月二十三日の時(どき)生まれ。目下国子監(くにしかん)の学生なれど、挙人、進士はまちがいありません。諸子百家はすっかり身につけており、弓馬の道も熟達しております。大奥さまを亡くされてからもう二年。家には奥さまが連れてきたお女中がただ一人。これがまたぼんくらなので、誰か家を切り盛りしてくれる奥さんはいないものかと、捜し回っていましたが、どうもお似合いの人が見当たらない。そこでお宅へ縁談を持ちかけてまいったような次第です。もしもこの話がまとまれば、墓地・宅地は租税が免除されますし、もし誰かがお宅さまを侮辱したりすれば、県庁へしょっぴいていって、痛い目にあわせてくれますよ」

「若殿さまにはお子さまはいないの。原籍はどこなの？ 任期満了になったりして、はるばるかなたへ行かねばならなくなったりすると、私の家族はみなここなので、どうなることか心配ですから」

―子供はいなくて、原籍は北京真定府棗強県ですから、黄河を渡れば、たったの六七百里、田畑が畦を連ね、駅馬が群れをなし、人間は数え切れず、まったく人の目を奪うほど。これで奥さまがお嫁にいらっしゃれば、正夫人。やがて若殿さまがお役人になれば、奥さまは命婦夫人。そうなったら大したもんですよ」

孟玉楼これを聞くと、もうすっかりその気になってしまい、蘭香にテーブルを広げさせ、お茶請けや点心のもてなし。陶婆に承諾するなら、婚約書を書くよう要求され、玉楼すぐさま玳安を店の傅番頭のところへやって、自分の生年月日時の八文字を清書してもらう。

それを見て月娘が孟玉楼は西門慶家に嫁いできたときには薛嫂が媒酌人を務めたのだから、今回も薛おばさんに一枚かんでいただくのがよいのではないかと忠告されて，薛嫂と陶婆がいっしょに婚約書を県庁に届けて、縁組の話を進めることになる。道すがら、婚約書に

「女命三十七歳、十一月二十七日子時生まれ」とあるのに気付き、陶婆は若殿さまから孟玉楼の年齢が高すぎるといいがかりがつかぬともかぎらぬので、途中易者の店に立ち寄って、占ってもらいましょうという。

占い師は玉楼の婚約書を見ると、指で数を数え、算盤をはじいて、口を開く。

「この女人は今年三十七歳にて、十一月二十七日子の刻の生まれ、甲子月、辛卯日、庚子時なるゆえ、官職につく格を受け継ぎてあるものの、女命はこれに逆行し、現に丙申の歳回りにあるため、丙合して辛生じ、今後は大いに威権あり、正堂夫人というさだめ。四柱中、夫星多しといえども、これ財命にして、夫の発福を援け、夫の寵愛を受く。この両年必ず刑に打ち勝つ。いかがです。左様なことがありましたかな」

「もう二人の主人に打ち勝っております」と薛嫂が応える。

「左様なれば、今度は午年の方ですな」
「これからでも子供ができるでしょうか」
「子供はまだちと早い。占いによれば四十一にて一人でき、老後を見てもらえます。これから先はずっと功名の道が続き、六十八にて子息に臨終をみとられますが、夫婦共白髪というところです」
「こんどの相手が午年だとすると、こちらが少し年上ですので、釣合いが取れないかも知れません。先生、そこで二つ三つ少なくしてくださいよ」
「然らば、丁卯三十四歳といたしましょう。丁火と庚金、火に逢えば金は練れ、必ず大器を成す。まことに結構です」
占い師はその場で占いの書き付けを三十四歳に書き換える。二人は易断所をでると、まっすぐ県庁に向かう。若殿はちょうど居宅中であったので、門番が奥へ知らせに入る。やがて二人が呼び入れられ、さっそく磕頭する。二人は孟玉楼の年齢が少々気になるがといい訳しながら、婚約書を差し出す。
「なんだ、三つ多いだけじゃないか」と李衙内。
「旦那さまはよくご存じで。昔から女房が二つ年上だと、黄金はどんどん伸び、三つ上だと積って山となるともうします。この奥さんは人並み勝れた器量好し。やさしい性格で、趣味も豊富。家の切り盛りもしっかりしていて、もうなにもいうことはございません」と薛嫂が横から口を出す。
「それでは陰陽師に吉日を選ばせて、結納をやるがよい。愚図愚図してはいられない。お前さんたち二人は明日また来てくれ。先方へ話にいってもらうから」
若殿は左右の者に命じて、二人の周旋屋に一両ずつ駄賃を取らせると、二人は大喜びで帰ってゆく。
李衙内は縁談がまとまったので、さっそく老中の何不違を呼んで相談のうえ、父の李知事に報告し、陰陽師に占わせて、四月八日が結納、十五日の吉日に女を迎え入れることに決め、何不違と小張閑に結納品の用意を命じた。二人の仲人はあくる日、日程を聴取すると、西門慶家に仔細の報告に上がった。

四月十五日には大勢の捕り手や人夫が県から差し向けられ、孟玉楼の寝台や鏡台やつづらなどが運び出されて行く。月娘は玉楼の部屋の中にある物は全部もってゆかせることにした。玉楼は蘭香だけを連れて行き、小鸞の方は坊やの守番として残して行こうとしたが、月娘がこれをききいれなかった。

「坊やには中秋と綉春がいるし、それに乳母の如意もいることだから、それでたくさんよ」

そこで玉楼は西域渡来の銀の壺を経症の疱瘡ですんだ孝哥の遊び道具に残し、そのほかは全部持ってゆくことにした。晩になると、四人担ぎの大轎が一頂、灯籠四対を灯し、八人の下役人に付き添われて、孟玉楼を迎えに来た。玉楼は美しく着飾って、まず西門慶の位牌に暇の拝礼をしたあと、月娘に別れの挨拶をする。

「孟ねえさん、あなたったらずいぶんひどいわ。私を一人ぼっちにして、行っちまうなんて。私はこのさきだれを話し相手にしたらいいの」

月娘がこういうと、二人は手を取り合ったまま、しばらく泣き崩れていた。やがて家中の者が表門まで送ってでると、仲人が玉楼に真っ赤な頭巾をかぶせる。月娘は後家なので、外へは出られない。孟大姨が代わりに花嫁に付き添って、県庁まで送ってゆく。街の人々はそれを見て、よくいう者は

「西門の旦那はあんな人だったが、死んでしまった今は大奥さんだけが後家を通して、できた子供を育んでいる。あれだけ大勢の人をいっしょには置ききれないから、みんな他所へ出すんだね。なかなか見上げたもんだ」などと褒めそやす。悪くいう者はこっぴどくこき下ろす。

「見ろ、西門家の三番目の妾が嫁に行くぞ。あの野郎、生きていたときは、欲ばりで助平で、人の上さんまでたらしこんで

いたが、死んじまうとどうだ。他所へ嫁にゆくものあり、持ち逃げする者あり、間男をしたり、泥棒こいたりで、三十年目の報いどころか、もう目の前に報いが来ているよ」

孟玉楼の寝台や帳がしつらえられると、酒宴が華やかに繰り広げられ、李衙内は薛嫂と陶婆を近くに呼び、おのおのに五両ずつ銀子を祝儀として与え、家に帰す。そして夜ともなれば、新郎新婦は有為の奥山を乗り越えて、魚水の歓びを極め、于飛（うひ）の楽しみに耽るのであった。

あくる日は月娘がお祝いのお茶を届ける日であった。孟大妗子、孟二妗子、孟大姨の三人がお祝いのお茶を県庁に届け、李衙内は親戚の婦人たちを呼んで、三ガ日の祝いをする。宴席を設け、廓の楽師や芸妓を総上げして、鼓楽を奏し、芝居を演ずる。月娘もその日は金散らしの帯を締め、駕籠に乗って、県庁内の宴席に赴き、奥の広間で酒を呼ばれ、知事の奥方の接待も受けて家に戻ったが、戻って見れば、いつもとはまるで違って、ひっそり閑として誰ひとり出迎える者がない。西門慶の生前は姉妹そろって賑やかであったのに、今は一人も居なくなってしまった。往時を思い起こして、月娘はばったり西門慶の位牌壇に抱きついて、声を上げて泣き崩れた。

ところで李衙内の家には先妻につき従って移り住んできた大女中の玉簪（ぎょくしん）が一人残っていた。歳は三十前後、紅・白粉を塗りたくり、まるで化け物のような女。この玉簪、李衙内が新妻玉楼を迎え入れると、にわかにその人となりに変調をきたし、玉楼とその付き人、蘭香・小鸞に様々な難癖をつけて、いじわるの限りをつくすようになった。李衙内見かねてある日これを打ちすえ、ついには放逐してしまった。

第九十二回

陳経済厳州府にて貶められ、呉月娘官庁を騒乱させる

さて、その日、は玉簪をたたきのめすと、即刻陶媽媽を呼びつけて、玉簪を連れださせ、八両銀子で売り飛ばしてしまい、代わりに十八歳の満堂という名の女の子を台所用の下働きとして雇い入れた。

ところで陳経済は西門大姐が家に戻ってきて、寝台や帳やつづら、化粧道具、その他たくさんの家財道具を持ち込むと、三日にあげず怒鳴り合いをし、五日にあげず大騒ぎを引き起こすという有様であったが、そのいっぽうで母親の張氏には商売をしたいので、運転資金を二百両用意してくれとせがむようになった。ちょうどそのころ叔の張団練がまた管理人風の仕事がしたいからといって、母親から五十両を借りてゆく。すると、経済は酒を引っ掛け、その勢いで張叔のところへ押しかけてゆき、大声でわめき散らすので、張団練はすっかり気分を悪くして、他所から金を借り替えて仕事を見つけ、張氏から借り受けた金子は返済してしまった。経済の母親の張氏はこのごたごたで、すっかり体調を崩し、一日中床に伏せて起き上がれなくなり、薬を飲んだり、医者の往診を受けたりしていたが、経済のあいつぐ嫌がらせに耐えかねて、二百両の銀子を出資して与えてしまう。

すると陳経済はその金で門口に二間続きの店舗を作り、家人の陳定を番頭に据えて、綿布を商い始める。ところが自分は毎日のように朋友らと付き合い、陸三郎、楊六郎のようなやくざものを連れ回して、店舗の中で琵琶を弾き、マージャンをし、双六を打ち、夜中まで酒を飲んだくれたりするので、たちまち運転資金も枯渇してしまう。

陳定は経済の蕩尽ぶりを見かねて、張氏にその旨を話して

聞かせる。張氏は陳定の言葉を信じて、店を経済に任せてはおけないと考えるようになる。ところが経済は陳定が布を染物屋に出して、上前をはねたといいがかりをつけ、陳定夫妻を遠く郊外に追放して、代わりに楊大郎(ようたろう)を番頭に据えてしまう。この楊大郎は名前を楊光彦(ようこうげん)といい、鉄の爪というあだ名を持つぐれたやくざ者の大法螺吹きで、人の金は掠め取る、人の物は手前の物というならずものであった。そこで陳経済は母親からまた三百両の銀子をせしめ、全部で五百両の銀子を楊大郎に任せ、臨清(りんせい)へ綿布を仕入れにでかけることになる。

楊大郎は家に帰って旅支度をすると、経済といっしょに家を後にした。ある日、臨清の港に到着する。この臨清の港町はとても賑やかで、盛んに商人が集い、船舶が往き来し、車馬が通り、三十二条の花柳街に七十二軒の妓楼が集っていた。

陳経済はなにせ年のいかない若者なので、鉄の爪の楊大郎に連れられて妓楼に上がると、これが病みつきとなり、飲み屋に入り浸り、昼間は眠って、夜を徹して散財に耽るようになる。品物はいくらも仕入れることができないままに、ある夜、妓楼に上がると、ここで馮金宝(ふうきんぽう)という名の小粒ながら綺麗で、色芸を身につけた女郎に出会った。歳を尋ねると、やりて婆が

「この子は私の実の娘でして、この子一人の稼ぎでわたしら一家は暮らしているような次第で、当年とって二九の十八になります」と応える。

経済は一目見ただけで、身も心も蕩然となって、やりて婆に部屋代五両を渡すと、そのまま幾晩もその妓楼に泊まりつづけてしまった。楊大郎も経済がこの女郎を溺愛する様をみると、むげに放置することもならず、傍らから花言を弄し、身受けして家に連れ帰ることになった。やりて婆ははじめ百五十両と切り出すが、結局百両で手を打ち、陳経済は銀子を渡し、家に連れて帰ることになった。駕籠に乗せる。楊大郎と経済は馬に乗り、荷車を護送して、馬に鞭をくれながら、一路歓喜に満ちて

意気揚々と引き上げてゆく。

家に帰って見れば、母親の張氏は経済が品物はろくに仕入れもせず、歌姫を買って戻って来たところを見ると、またしても気分はむしゃくしゃして、嗚呼哀れなるかな、息を引き取って、身は滅んでしまった。経済は棺桶を買って、死骸を入れ、経をあげ、初七日の法会を行い、遺体を七日の間安置して、野辺の送りをし、祖先の墓に合葬する。叔の張団錬も母親に免じて、敢えて経済とは争わない。経済は埋葬をすませて戻ってくると、母親のいた三間の正房のうち真ん中の部屋を位牌壇の収納をする仏間とし、両側の二間を片付けて馮金宝に住まわせ、西門大姐は脇部屋へ追いやってしまう。そうして馮金宝には重喜という名の女中を買ってあてがい、門前では楊大郎に店をやらせながら、自分は家の中で歌姫を相手に大酒をくらい、大肉を食い、毎日歌姫を抱いて寝るばかり、西門大姐には目もくれない。

そんなある日、孟玉楼が李県知事の息子、李衙内のところへ嫁ぎ、嫁入り道具をどっさり抱えて行ったが、李県知事は三年の任期を終えて、浙江省厳州府の通判（州・府知事補）に昇進して、家族を連れて、水路で赴任していったという噂を耳にすると、陳経済俄かにいつぞや花壇の中で孟玉楼の簪を拾い、それを金蓮に横取りされ、あとで返してもらったので、いまでも手元に持っていることを思い出し、この簪を証拠物件として一悶着起こしてやろうと思い立ち、急ぎ厳州府に出かけてゆく。

―玉楼は以前に自分とかかわりがあり、その記念にこの簪を自分はもらったのである。玉楼は荷物をどっさり持って李衙内のところへ嫁にきたそうだが、それはみな以前に楊戩から預かった箱つづら等で、お上に没収さるべき筋合いのものだ、といってやろう。李通判など高が一文官に過ぎない。それを聞いたら腰を抜かしてわしの前に玉楼を両手で捧げ持って差し出すに違いない。そうしたら玉楼を家に連れ帰り、馮金宝と玉楼とで両手に花。これはなかなかうまい手だ、と考えたのであった。

こうしてある日、陳経済は母の残したものを売り払い、千両の金をこしらえて、馮金宝に小遣いとして百両を残し、後の九百両はわが身に着け、西門大姐には一文も渡さず、追い出した陳定を呼び戻して綿布店を一任し、楊大郎と家人の陳安（ちんあん）を連れて旅に出た。八月中秋の旅立ちである。湖州を一巡し、絹物や糸類を船に半分ほど仕入れると、清江浦（せいこうほ）の波止場に降り立って、陳二郎という亭主の旅館に宿をとり、鶏をしめさせて酒を飲み、飲みながら楊大郎に向かって、

「番頭、お前さんは船荷の番をして、この二郎の店でしばらく待っていてくれないか。わしは陳安といっしょにみやげをすこし持って、浙江省の厳州府に行き、嫁に行った姉さんにちょっと会ってくるから、遅くとも五日、早ければ三日で戻ってくる」

「さあ、どうぞ。兄貴が留守の間はよく番をしていますから。お戻りになったら、またいっしょに出発いたしましょう」

陳経済は陳安を連れて、少々の銀両と土産物を携えて、厳州府にやってきた。弟と名乗り、孟玉楼に面会を求める。玉楼は永らく旅に出ている弟の孟鋭（もうえい）が訪ねてきたものと思い、喜んで会って見る。弟とは真っ赤な偽り、陳経済であった。玉楼は年かさで、分別がある。慌てず騒がず、座敷に通す。陳経済は筋書き通りに問題の簪を取り出してひけらかす。孟玉楼落ち着き払って、

「で、どうせよと仰せですの？」と聞いてみる。

「いっしょに逃げてください」と陳経済出抜けのものいい。

「実は仕入れの荷物をいっぱい積んで、船を清江浦の波止場に停めてあるんです。事は急を要します。だから今晩、門番かなにかに化けて、ここを出てください。私は召使いといっしょに外で待っていますから」

玉楼はしばし考えた。下手に逆らって事を荒立てるより、おとなしくいうことをきいておいて、計略を用いて相手を捕縛するのが上策であろうと。

「わかったわ。じゃあこうしてちょうだい。今夜屋敷の裏の壁の外側まで来てくださいな。大事なものを包んで、吊り下げますから、あなたがそれを受け取ったら、私はその後、潜り門を出ることにしますので」

「では、手違いのないように」と経済は大事な証拠品の簪を懐にしまいこんで、早々に下がってゆく。玉楼は李衙内に事情を打ち明け、二人して計略を巡らす。

やがてその日の夜半、三更ごろ、経済は陳安と二人して屋敷の裏手の壁の外に忍び寄った。合図の咳ばらいが聞こえてくる。壁の上から縄につないだ包みが降ろされる。中身は没収して、李通判の役所の金庫に保管してあった罰金二百両である。経済は玉楼の金・銀の装飾品であろうとしか考えなかった。魚が餌に食いつくように飛びついた。とその刹那、拍子木の音が高らかに鳴り響いて、深夜の暗闇の中から役所の下役人の腕っ節の強いのが四、五人踊り出て、経済も陳安も、クモの巣にかかったハエのように、たちまち捕まえられて、縄を打たれてしまった。

李通判はせがれ夫婦から事の真相はなにも聞いていなかったので、賊が役所に入り、金庫を破った盗難事件とにらんで、取り敢えず翌朝、厳州府知事の手で審理することにした。ところが、府知事の徐尌（じょほう）は陝西（せんせい）省臨洮府（りんとうふ）の人、庚戌（こうじゅつ）の年の進士で、極めて清廉剛直の人であった。次の日、法廷に昇ると、左右二列に官吏が並び、李通判も出席するなか、倉庫番が陳経済らを引き連れて現われ、

「昨夜三更ごろ、当初名は知れなかったが、今にして知れた賊人二名、陳経済・陳安は倉庫の錠前をこじ開けて、没収金二百両を盗み出し、壁を乗り越えて逃げようとするところを召し捕りました。お取り調べのほどを」と告知する。

徐府知事は二人を白州で調べているうちに、これは奇怪な事件だと思い始めた。取り敢えず経済を牢に叩き込む。牢には取り調べ中の囚人が他に幾人もいた。徐知事はそれら囚人の中に

隠蜜を一人送りこんで、経済の口から真実ありのままをききとらせた。経済は自分と玉楼の間に関係のあった証拠だと例の簪を出して見せる。一挙にどんでん返しとなって、李通判が徐知事の激しい免責をくらう。

「金庫破りとは真っ赤な大嘘！ 通判の地位にある閣下がなぜこのような訴訟をなさるのか。事件は公に関係のない、私廷内部の痴情の争いである。知事ともあろう我輩が貴下の令息や令息夫人の痴情の争いの恨みを晴らして差し上げるために、無辜（むこ）の民に泥棒の汚名を着せるわけにはいかない。貴公のご子息はこの者の舅に当る西門慶の側室、孟氏をめとられたる由、婚姻の折り、当然お上に没収さるべき質の金銀類を持ち出したので、西門慶の女婿たるこの者がそれを取り戻しにまいったのですぞ。しかるになぜ貴公は盗難事件をでっち上げ、この者を罪に陥れようとなさるのか。役人といえども子を産めば育てねばならぬ。こんなことでは天下の公道がたちませぬぞ」

李通判は満座の中で激しく罵倒されて、顔を真っ赤にして自宅に戻ると、左右の者に命じて息子夫婦を雨降るように笞打たせ、黄河を越えた遠い故郷、棗強（そうきょう）県に追放してしまった。

陳経済は簪を没収され、ようやく放免となる。陳安を連れて清江浦まで戻ってきて見ると、九百両を投じて買い集めた荷物もそれを積み込んだ船も波止場から影を消していた。楊大郎に船ごと盗んで逃げられていた。

ろくに金もない主従の二人が寒さに震えながら、家に帰って、足を一歩踏み入れてみると、馮金宝と西門大姐が夜叉のごとき姿でいがみ合っている最中である。

「馮金宝はお金をみんな廓の母さんのところへ回してしまうんですよ。あのやりて婆さんは毎日やって来てはお金をごまかして、酒や肉を買っては部屋でたべているんです。みんな金が要るといえば、ないといって、知らぬ顔。昼ごろまで寝ていて、何も買って来ないで、あたしらを苦しめるばかり」と西門大姐

が訴えれば、馮金宝は馮金宝で
「お嬢さんときた日には、お米を盗んで焼餅に換えて食べたり、肉の煮付けをこっそり部屋に持ち込んで、元宵と二人きりでたべたりしているんです」という。
陳経済は馮金宝の言葉を真に受けて、西門大姐を
「このろくでなしめ、貴様は食いしん坊病にでもかかったのかい。米を盗んで、焼餅にしてたべたり、女中とぐるになって、肉をちょろまかしてくったりするのか！」と怒鳴りつけると、元宵を引っぱたき、西門大姐を蹴飛ばす始末。
「貴様の命なんか、この人の足の爪にも値しないのだぞ」と怒鳴りつけると、西門大姐の髪の毛をつかみ、拳骨で殴るやら、足蹴りにするやら、杖でなぐりつけるやら。とうとう西門大姐の鼻や口から鮮血がほとばしり出て、女は気を失ってしまう。すると経済は西門大姐には構わず、女郎の部屋へ行って寝てしまう。やがて正気に返った西門大姐は下手の部屋に一人取り残されて、しくしく泣き続けていたが、夜半になると、縄を梁(はり)に掛け、自ら首をくくってあっけなくも縊死(いし)してしまう。亨年二十四歳。
次の日の朝、元宵が起きて奥の間の入口を押してみたが、扉は開かない。窓の隙間から中をのぞいてみると、梁から垂れた縄の先に女の体が垂れ下がっている。
「旦那さま、大変です。奥さまが寝台の天辺に縄をかけて首を吊っています」と大声を上げる。陳経済も女郎ととともにはね起きて、部屋の扉を蹴破り、中に飛び込んでゆく。
陳定は西門大姐が死んだと聞くと、後難を恐れて、さっそく西門慶の家に向けて走り、月娘に事態を告げる。報せを受けて呉月娘、たまりにたまった怒りに身も凍り、家人や下男、女中や下男の女房ら七八人を引き連れて、陳経済の家に押しかけて行く。だらりと伸びて死後硬直の始まった西門大姐の遺体を見ると、わあわあ泣き叫びながら、経済を捕えて、引きずったり

叩いたりして、経済の体を生傷だらけにした。寝台の下に隠れた馮金宝も引きずり出して、半殺しにした。さらに門や窓や戸や壁をぶち壊すと、寝台や帳など運び出して、屋敷に持ち帰ってしまった。

家に戻ると、呉大舅や呉二舅を呼んで、相談をする。

「今家の者が死んだのを機会にお上に訴え出て、綺麗に片をつけてしまうことだな。ここで親心など見せると、際限もなく付きまとわれるだろう」というのが大方の意見であった。

「お兄さん方のおっしゃるとおりだわ」

月娘はそういうと訴状をしたため、あくる日、自ら県庁を訪れ、法廷に差し出した。

> 「告訴人呉氏、三十四歳、故千戸西門慶の妻、悪婿寡婦をないがしろにして、娼婦の言を聴信し、娘を拷打して死に至らしめし件を告訴して、憐れみて取り調べを乞い、以って余命を送らんとするものなり。
>
> 先ごろ、女婿陳経済なる者、疑獄事件に関与し、わが家に来投し、潜在すること数年、平常酒を食らい、凶を行い、本分を守らず、乱暴をはたらきたるにつき云々…。
>
> 情理容れ難し。願わくは、経済を拘束して審理に付せられ、女の死因を厳究して、法を正されんことを。
>
> 本県知事殿

新任の県知事は姓を霍、名を大立といって、湖広省黄崗県の人、挙人の出身で、なかなかに剛直の人柄、人命にかかわる重大事件と聞いて、出廷し、訴状を受け取る。読み終わって、月娘の容貌をしみじみと眺めると、下に喪の裙子をつけた品格のある令夫人、端正な顔立ちに閑雅な姿をしている。

検屍がおこなわれ、西門大姐の体には一面に打撲傷がみられる。同時に首の回りには縄の跡が鮮明に現われている。陳経済が白州に引きずり出される。裸にされて，笞で打たれる。

馮金宝にも同じ制裁が加えられる。陳経済は殺人犯として死刑が宣告される。馮金宝は元の売春窟に返されることになる。

陳経済から陳定に急報が届く。

—家にあるありったけの財産を処分して、金に換えさせ、深夜、霍(かく)知事のもとに届けさせる。

すると判決が一夜にして覆り、西門大姐の首に縄の跡がある。これを証拠として、西門大姐は自殺であって、他殺ではない。よって経済には殺人罪は成立しない。無罪であるとされ、かわりに西門大姐のために丁重な葬儀をおこなうよう命じられる。

「このたびはお前を死罪から免じてやるから、是非とも心を入れ替えて、二度と呉氏の家に迷惑をかけることのなきよう。これから西門氏のために棺桶を買って、死体を入れ、野辺の送りを済ませたならば、戻ってきて報告をするのだ。そうすればわしの方で公文書を作って、上司に報告するからな」と霍知事は陳経済を説諭した。

陳経済、無罪放免されて家に帰って見れば、家屋までも抵当に入っている始末。女郎の馮金宝も居なくなっていた。

第九十三回

王杏庵義のため貧を援け、任道士財のため災いを起こす

さて、西門大姐が縊死を遂げ、これに怒った呉月娘に告訴され、囚われの身となった陳経済は訴訟からようやく解放され、わが家に帰って見れば、女郎の馮金宝は廓に帰ってしまって家にはいない。必死の想いで命拾いをしたかと思えば、住まいは売却しなくてはならない。元手は一文も無くなっている。髪飾りの類も使い果たしてしまい、家財道具もみななくなっているという有様。また陳定が他所で人を使って上前をはねたといいがかりをつけて、これも追い出してしまったので、家の中は日増しにやりくりが難しくなり、茫然自失してぼんやりしていると、もう打つ手はなくなって、とどのつまりは楊大郎の家を訪ね、船の半荷の品物の行方を問い詰めるより他に手はないので、ある日、陳経済は楊大郎の実家の門首を訪れてみる。

「楊大郎はいるかね？」と陳経済。

ところが楊光彦は陳経済の荷物を持ち逃げしてからというもの、それを他所で売りさばいてしまい、そのあと行方をくらましていたが、経済の女房が首をくくって死んだので、姑から県に告訴され、経済は収監されて半月経つというのにいまだでて来られないとの噂を耳にして、楊大郎まっしぐらに実家に飛び帰り、身を潜めていると、そこへ陳経済が訪ねて来て、門前で船荷はどうなったかと尋ねていると知り、急いで弟の楊二風に応対させ、逆に要人の行方を尋ねさせる。

「わしの兄貴を外で商売するからとかいって連れ出しておいて、もう何か月も、なんの便りもない。おおかた水の中へ投げ込まれたか、河の中に突き落とされたか、いずれにしても、もう生きてはいなかろうが、そのくせ知らぬ振りをして、のこのこやってきて、荷物はどうしたかなどとぬかしおる。人の命が

大事か、品物が大事か」と楊二風。

この楊二風という男、兄の楊大郎に負けず劣らぬ大悪党で、博打は打つは、腕には赤黒い肉が盛り上がり、胸元には黄色の毛がもじゃもじゃと生えていて、見るからのやくざもの。これが飛び出して来て、いきなり陳経済の胸ぐらをつかみ、逆に兄の行方を問いただす。経済は慌てふためいて、その腕を振り払い、家に逃げ帰る。

楊二風は瓦のかけらを拾って、その破片で故意に自分の顔を殴りつけ、満面血だらけにして、

「この野郎！ お前のかかあを引っ掛けてやるぞ。見たところお前んちなんかにゃ金なんぞありゃしまいが、それなのにおれんちの裏へ来て、てめえは屁をこきゃあがって、金返せとかぬかしおる。ようし、わしの拳骨でも喰らやあがれ！」などとわめきながら、経済の後を追う。

陳経済は一目散にわが家に逃げ帰り、大門を閉め切って、まるで鋼鉄製の桶の中に転がり込んで、蓋を閉め切った風体。楊二風が外でこの野郎とか、こん畜生とか、わめきたてて、悪態の限りを尽くして騒ぎたてようとも、じっと息を殺して耐えている。ただ我慢するより外せん方なし。

それからいくらもしないうちに、母屋を売り払って七十両の銀子をこしらえ、抵当に入れてあった路地裏の小屋に住むことになった。そうして二人の女中のうち、重喜（じゅうき）の方を売りに出し、元宵（げんしょう）だけを残して、いっしょに寝ていたが、半月もしないうちにやりくりに詰まって、これも手離してしまう。かくて借家住まいが始まる。陳安も逃げ出してしまい、商いもできず、やがて元宵も死んでしまったので、まったくのひとりぼっちになってしまう。テーブルや椅子などの家財道具もすっかり金に換えて、文字通り赤貧洗うがごとき有様。そのうち家賃も払えなくなり、ついには街はずれの番小屋に転がり込んで、乞食たちの仲間入りをする。

乞食たちは経済が金持ちの出で、人品も卑しからざるが故に、暖かい炕の上に寝かせてくれたり、焼餅を存分に食べさせてくれたりした。夜警が回ってくると、炊事係をやらされたり、夜番の拍子木を叩いて歩かされたりもした。

ころは師走の厳寒の折、大雪が降って、風も吹き、底冷えのする晩であった。陳経済はひとしきり拍子木を叩いて、夜番兵を立ち去らせると、こんどは鈴を下げて、路地を回り歩かなければならない。吹雪の中、氷を踏んで歩きながら、肩をすくめ、ぶるぶる震えている。五更になって、一番鶏が鳴き始めるころ、ふと見ると一人の病気の乞食が塀のねかたに横たわって、いまにも息絶えそうな気配。保甲頭が経済に看病を命ずるので、枯れ草を探し求めて来て、病人を温めてやる。経済は一睡もしないで、看病を続ける。明け方ごろりと横になると、そのまま寝込んでしまった。夢の中で、西門慶の屋敷にいたころ、華麗な生活をし、藩金蓮と面白おかしくふざけ合ったことが再現され、夢から醒めると、大声を上げて泣きだした。

「お前何を泣いているんだ」と乞食仲間から問われると、「お前さんがた、わしの苦衷を何で知ろう？」といって、陳経済、組唄を唄って、己の出自を歌い語ってみせる。

> 真冬の深寒、雪満天、凍る大地をつむじ風、身は凍てついて心萎え、我慢もならぬこの辛さ。肚腸（とちょう）の飢えは耐えがたく、死出での路を求めたが、つい忙しさに取り紛れ、果たせず今に至りをり。
>
> これでも前は西門の女婿におさまって、女遊びはやり放題。姑にまで手をつけて、果は博徒に身をやつし、やがて女房を痛めつけ、自害をさせて、告訴され、どっさり使った袖の下。
>
> お陰でこちとら丸裸。家賃の催促とめどなく、家財も失せて追い出され、身を切るような寒空に、いずこに向う

当てもなく、番小屋目指して逃げ込んだ。みなのご恩は
忘るまじ。

清河県の城内に番頭を雇って質屋を営む一人の老人がいた。姓は王、名は宣、字は廷用、年は六十あまり。家は裕福で、情け深い人物。義のために財を疎んじ、広く人と交わりを結び、施し物をすることに歓びを感じ、貧者を救っては神仏を尊ぶ性向の厚い人。子供が二人あって、いずれも立派に育ち、長子は王乾といい、代々の職を継いで、掌印（主任）正千戸、次子は王震、府学の学生である。

老人は衣食に満ち足りて、気楽な境遇なので、毎日寺に出かけて行って、経や説教を聞く。暇なときは門口に出て、貧者に薬を恵んだりもする。裏庭に杏の樹が二本あるので、号して杏庵居士。陳経済の父、陳洪とは昵懇の仲であった。陳経済がたまたまぼろを着て、杏庵の屋敷の前を通りかかると、門口に一人の老人が佇んでいることに気づき、経済はいきなり近寄って地べたに這いつくばり、磕頭して、

「ご慈悲を！」と叫び、泣きながら現在の身上を物語る。

「ほほう、故人の令息と知れば、これは困ったこと、不憫なことじゃ」と老人はしばらくの間、経済の身の上話に耳を傾けて、さっそく奥の客間に招じ入れ、点心や料理をテーブルの上に並べて、経済に存分の食事をとらせ、黒木綿の道袍一着、毛の靴下と木綿の靴を一足ずつ与え、さらに銀子一両、銅銭五百文をはかって手渡し、

「この銅銭は暮らしの費用に当て、ちょっとした家を借りて、この一両銀子は、これでなにか小商いでも始めなさい。そうすればちゃんと暮らして行けるし、毎月の店賃もかかっただけいえば、私が出してあげるよ」という。

「よくわかりました」と陳経済、銀子を握りしめて、杏庵の家を後にしたが、さりとて家を探すでもなし、商売を始めるで

もない。五百文の銭は飲み食いに使い果たしてしまい、一両銀は白銅と混ぜて、贋金を作り、これを街で使ったので、たちまち節級(警察官)の詰所にしょっ引かれて、鞭打ちの刑に処せられ、尻の傷だけを残して放り出され、その二日後には身につけている着物まで博打ではぎ取られて、また元の乞食姿に逆戻り。

ある日、陳経済がまた王杏庵の屋敷の門前を通りかかると、ちょうど杏庵が門前に出て佇んでいた。経済が近づいて、磕頭すると、杏庵は経済が上着も靴下もつけず、ただ帽子だけ被り、素足に靴をつっかけ、寒さに震えているのを見ていう。

「おや、陳さんじゃないかい。店賃の無心に来たのかい?」

陳経済はしばらくは返事もできず、うつむいていたが、再三杏庵に問い詰められて、恐る恐る「実はかくかくしかじかで、またすっかり丸裸になってしまいました」とことの成り行きを説明する。杏庵老人は

「どうもこれは尋常ではたちゆかないようじゃな。咽喉の深きこと海のごとく、日月の速きこと梭(ひ)の如しというが、底なしの穴はどうにも埋めようがない。まあ、おはいり。わしがあんたの行きどころを一つ教えて差し上げよう。とても静かであんたの身を落ち着かせるに十分な場所じゃ。ただ厭じゃというと困りものじゃがな…」

「おじさまのご同情が戴けますならば、どこへなりともまいります。異議は申しません」と経済は跪いて応える。

—ここからさほど遠くない臨清(りんせい)の波止場に晏公廟(あんこうびょう)と称する廟があって、そこは船の往き来、人の往来もはげしいところ、廟主の任(にん)道士は杏庵と親しい間柄、手元に二三人の弟子がいるので、少しばかりの贈り物を携えて、陳経済を連れて行けば、弟子にしてもらえるじゃろう。やがて出家して経典を読み、笛や太鼓の鳴らしかたを覚え、人の幸せを願うのも好ましい生き方であろうと杏庵老人はいう。

陳経済も杏庵老人の勧めに従って、任道士の晏公廟に弟子入

りすることに同意し、あくる日、約束通り王老人の屋敷にやってくる。王老人は経済に入浴して体を清潔にさせ、髪を結わせると、道髻（どうまげ）を置き、真新しい上着と褲子（クーズ）を身に着けさせ、その上に黒絹の道衣、毛の靴下、雲型の靴をはかせ、さらに料理や果物四皿・酒一瓶・反物一匹を揃え、五両の銀子を包み、自らは馬に乗り、経済にはロバを一頭雇って、これに乗らせ、安童（あんどう）・喜童（きどう）をお供に着けて、二人の男に岡持ちを担がせ、城門を出てまっすぐに臨清波止場の晏公廟へと向かう。その距離七十里（十里）、一日の道程である。

臨清の波止場につくと、広済水門の大橋を渡る。見れば数限りない船舶が河下に停泊している。二人は晏公廟の手前で馬を下りる。鬱蒼と茂った松や桧に囲まれた、両側に紅の垣根、正面に三間続きの朱殿のある、まことに見事な廟である。

山門に早くも小僧が二人の姿を認め、方丈に報せる。任道士が衣を整えて出迎える。王杏庵は経済やお付きの若者らを外に待たせ、任道士の案内に従って、方丈の松鶴軒（しょうかくけん）に入る。二人は挨拶をすますと、まず王杏庵が不意の来訪を謝して、

「実は私の故人に独り子息を残してみまかった者がありまして、名は陳経済、年は二十四。生まれつき清秀にして怜悧ではありますが、早くに父母を失いましたので、あまり勉強をしておりませぬ。祖父の代から相当の身代でありますが、不運にも疑獄事件に巻き込まれ、家財を無くし、今は棲む家もなしという有様。この老人は父親と古い付き合いがあったものですから、その息子を貴院に連れてまいり、できれば、徒弟に加えてもらいたいと考えた次第であります」と頼む。

「ご老体のお申しつけなれば、決して違阻は申しませんが、ただ小道手元に弟子を二三抱えていながら、まことに役立たずで、いつも怒ってばかりおりますので、その人は誠実なお方でしょうか？」と任道士。

「小生尊師を裏切ることはありません。ご安心ください」と

王杏庵応えると、こんどは経済に向かって、
「しっかり精を出して、経典を学び、お師匠の教えを守るんだよ。わしも時折会いに来るし、季節には着物や靴や靴下を届けるから」というと、任道士に向かって、
「もし教えを聞かなかったら、構わず思い切り叱ってください。私は決して庇い立てしませんから」と言質を与え、
「よいか、わしが帰ったあとはすっかり心を入れ替えて、まともに仕事を覚えるんだぞ」と経済に向かって念を押す。
こうして陳経済はこの後、晏公廟に弟子入りして、道士となることになる。ところで任道士はといえば、この道士は鼻の赤い老人で、頑丈な体躯に、口髭・顎髭を貯えて、大音声でよく談じ、よく飲む。客人の送り迎えを専門にして、他の一切の大小の仕事は、一番弟子の金宗明（きんそうめい）に委ねていた。
ちょうどそのころ、朝廷は臨清の港に運河を開設して、水門を二つ設け、水利を調節したので、官民を問わず、船足が俄かに盛んになり、船が水門に着くと、船人はいずれも晏公廟に詣でて、航海の安全を祈るのが習わしとなっていたので、廟はお布施や寄進の品々であふれ、任道士は弟子たちに命じて波止場に銭屋や米屋を開店させ、その売り上げで私腹をこやしていた。
ところが一番弟子の金宗明という男、これがまた真にいい加減な輩で、年は三十あまり、いつも妓楼で女郎遊びに耽るという酒色の徒。妓楼だけでは飽き足らず、手元にも麗々しい少年の弟子を二人も手なづけて、もう長いこと関係を続けているのに、経済が白粉を塗ったような色白で、整った顔の利口者、早速これにまつわり付き、二人で夜中まで酒を飲み、酔いつぶれた経済を己の寝床に引きずり込んで、よからぬことをはじめようとする。これに気づいた陳経済、大声を上げて騒ぎ出す。騒がれると困る金宗明慌てて経済の口元をおさえつけて、
「おい、大きな声を出すな。お前の欲しい物はなんでもくれてやるから」

「黙っていろというのなら、私からも条件がある」と陳経済、さっそく金宗明に寺院の部屋部屋の鍵を渡すこと、どこへ出かけようと、一切干渉しないこととの約束を交わしてしまった。陳経済これがもとで、銀銭を持って足しげく波止場の妓楼に通うことになった。

ある日、廓の幇間の陳三(ちんさん)に会い、

「馮金宝(ふうきんぽう)がお袋を亡くしたので、鄭家(ていけ)に売られて、鄭金宝(ていきんぽう)と名のって、大酒楼で客を探しておりますよ。旦那、会いにゆかないんですかい」と訊かれて、陳経済俄かに昔が恋しくなり、陳三に連れられて波止場の大酒楼に銀銭を握ってやってきた。

この酒楼は臨清第一の大酒楼で、中に何十という部屋があり、周囲はすべて緑の欄干、すぐ後ろに山を控え、前は運河に臨んでいて、客でにぎわう場所、船の往来の絶えないところ。陳三は経済を案内して二階に上り、とある部屋に入って腰を降ろす。さっそく小僧を呼んで、上等の酒の肴や小料理を並べさせてから、女郎を呼びにやる。間もなく階段を上る足音がして馮金宝が姿を現す。経済を見ると、深々とお辞儀をするが、期せずして、目から涙がぽろぽろと流れ落ちる。

経済は会うが早いか、金宝の手を取って椅子にかけさせる。

「あれから一体、どこにいたの。ちっとも姿を見せなかったけれども…」

馮金宝は涙をぬぐって、

「県庁を出されて間もなく、母は驚きの余りに、病気になって死んでしまい、あたしは鄭五婆(ていご)さんのところへ女郎として売られてしまい、このところお客さんが少ないので、この臨清の波止場に客捜しに来ているような始末なんです。きのうも陳三から、あなたがここで両替屋をやっていると聞き、一目会いたいと思っていた矢先、今日こうしてお酒の席で会えるなんて、まったく思いも寄らないことでした」といって、また泣きだした。経済は袖の中から手布巾を取り出して、女の涙を拭いてやる。

「くよくよすることはない。わしも今ではだいぶ調子がよくなってきたから…。あの事件以来、財産はすっかりなくなったので、この晏公廟にやってきて、ずっと道士として修行している。師匠がわしのことを信用しているから、これからは頻繁に会いに来るよ。いまはどこにいるの」

「橋の西にある居酒屋の劉二さんのところにいるのです。部屋が何十もあって、あちこちの夜鷹や女郎がそこに住みこんでいて、昼間はこちらの酒楼を回って、客を取ってますわ」

話しているうちに、二人は次第に体を寄せ合い、いっしょに飲み始める。陳三が燗をつける傍らで、琵琶を持ってきてこれを弾くと、金宝が唄を歌って聞かせる。二人は飲むほどに、酒も回って、雲雨の情を催し、着物を解いて、次の間にはいり、経済は金宝に会えたので、雲を呼び、雨を起こしながら、なかなか終わりを告げることがない。

やがて雲雨に終りを告げると、だいぶ暗くなってきたので、金宝と別れの挨拶を交わし、一両の銀子を金宝に与え、三百文の銅銭を陳三に渡し、

「これからはちょいちょい会いにきますよ。お前さんの方で会いたくなったら、この陳三を呼びに寄越しておくれ」

そう頼んで、階下に下りると、店主の謝三朗に酒代を三銭払って、廟に帰り、馮金宝は橋の袂まで見送って帰路に着く。

第九十四回

劉二酔って陳経済を打ち、酒家店孫雪娥を娼妓となす

さて、陳経済は幇間の陳三に引かれて、謝家大酒楼に上がり、馮金宝と再会して、そこで旧情を温め、二人はそれ以後、三日にあげず相会を繰り返した。経済が晏公廟に用事があって出かけられない時には、金宝が陳三を介して品物を届けたり、あるいは艶書を物して呼びだしたりもする。またあるときは陳経済が現金五銭を、あるいは一両銀子を手渡したり、毎日のように薪や米を届けてやったり、部屋代を払ってやったりもする。経済は廟に帰ってくると、顔を赤らめているので、任道士がどこで酒をきこしめしてきたかと問い詰める。

「米屋の番頭、暢と骨休めに二三杯引っ掛けてきただけです」等と澄まし顔。陽が昇るとやって来ては、陽が暮れると帰ってゆく。任道士の嚢袋に納まっていた貴重品も大半が盗み出されて、玉代に替ってしまっていることに任道士は気付かない。

馮金宝のいるこの酒家店の店主劉二はやくざ者として知れ渡っている。この男、周守備府で厚い信頼を受けている執事で、臨清の船着き場でたった一軒女郎屋を開いている張勝の小舅である。強きにおもね、弱きをくじく痴れもの、部屋代を取って二階の個室を娼妓に貸しつけて、三割の利息をとっているが、ひとたびそれも不払いとなると、証文を書き変えて、利息を元金に繰り入れ、たちまち複利に書き換えてしまう。酒を喰らって悪事をはたらくので、誰も関わり合いになろうとする者がいない。つまり女郎泣かせの親方で、酒客いじめの領袖というところ。ある日のこと、陳経済が晏公廟の任道士の弟子で、色白の若造のくせに、謝三家の大酒楼で女郎の馮金宝改め鄭金宝をお抱えにしていると知ると、お椀ほどもある拳骨を握りしめ、目を据えて、謝家の階下に殴り込みをかけ、

「金宝はどこにいる？」と怒鳴り散らす。
謝三郎あわただしく声をふるわせながら、
「劉二おじ、金宝は二階におりますよ。二番目の部屋です」
劉二は大股に二階へ上ってゆく。経済はちょうどそのとき金宝と楽しげに酒を酌み交わしているところであった。戸口にはしっかり鍵をかけ、外側に簾がたれさがっている。
劉二は簾を引きちぎって、
「金宝のやつ、出て来い！」と大声で叫ぶ。
陳経済、驚いて息が喉に詰まり、声が出ない。劉二が足で扉を蹴破ったので、金宝も止む無く顔を出して、声をかける。
「おじさん、騒ぎ立てて、何のご用？」
「このクソ女め。お前はわしに三か月も部屋代をためておきながら、こんなところに隠れていやがって、帰ろうともしねえのか」
金宝笑いながら応える。
「二おじちゃま、うちに帰っていてくださいな。ママさんにお金を届けさせますから」
すると劉二はいきなり金宝の胸倉を掴んで、拳骨を一つ女に喰らわせる。女はひっくり返って、頭を階段の手すりにぶっつけ、血がダラダラと流れる。
「このクソ女め！届くのなんぞ待っていられるか。わしゃ今すぐ要るんだ！」とわめきたてながら、陳経済が部屋の奥にいるのに気づくと、劉二は進み寄って、テーブルをひっくり返し、食器を粉微塵にしてしまう。そこで経済がいう。
「やや、一体お前は何者だ。いきなり人の部屋へ入り込んで来て、無茶な真似をしやあがる」
「何を、この間男坊主め！わしゃおめえのかかあにはめてやるんだ！」と劉二いうが早いか、経済の髪の毛をつかんで、床にねじ伏せ、何回となく殴り付けたり、蹴飛ばしたりする。二階で酒を飲んでいた客人らは総立ちで呆然見据えている。

店主の謝三郎は劉二が酔っ払っているので、はじめのうちは関わらずにいたが､客が被害にあっているところを見ると､上って来て、なだめすかしていう。

「劉二さん、あなたは年が上なんだから、少しおとなしくしてやってくださいよ。こちらのお客さんはあなたのことをこのあたりの大店とも知らずに、つい口を滑らしてしまったたんですから、私に免じて、勘弁してやってくださいよ」

しかし劉二は一向に聞き入れず､力ずくで経済を殴り続けて、とうとう失神させてしまう。すると町方・保甲を呼んで来て、女郎もろとも一本の縄で一括りにして､片隅に縛り付けてしまう。

「夜が明けたら、さっそく守備府へしょっぴいてゆくんだ」

そもそも守備というものは勅令によって地域の安全を保障し、盗賊を巡捕し、運河の管理を委ねられている。ところがここで経済が捕えられたことなど晏公廟の任道士は思いもよらず、陳経済はどうせ夜などは米屋の店舗に泊まり込んでいて帰っては来まいと思い込んでいる。

次の日、町方・保甲・巡河の役人らが夜明けを待って速やかに経済と金宝を護送して守備府に到着し、まず名刺を二人の執事、張勝と李安（りあん）に通す。二人がそれを見ると、劉二叔のところで喧嘩があり、晏公廟の道士陳経済と娼婦鄭金宝が送検されてきたというので､獄卒らがいっせいに寄り集って金銭を要求する。

「役所で拷問をするのはおれたちなんだぜ。一班十二人で。お前の気心次第だ。本命は生一本のお二人の執事さんだが、お前さん甘く見ちゃいけないぜ」

「手持ちの金は結構あったんだが、夕べ劉二に殴られている間に、誰かにすっかりすり取られてしまった。着物もボロボロにされてしまったし、銭なんかもう一銭もありませんよ。あるのはこの頭の銀簪だけ､これをお二人の執事さんに上げましょう」

獄卒たちはその銀簪を持って、張勝・李安のところへゆき、かくかくしかじかで、

「こやつ、一文も持ち合わせがなくて、持っているのはこの簪だけだというのですが、それも混ざりものですなあ」

「その者たちをこちらへ呼べ。わしが取り調べる」

しばらくすると、獄卒たちが陳経済を引き立てて、張勝の目の前に跪かせる。

「そなたは任道士の第何番目の徒弟か」

「第三番目です」

「今年いくつになるのか」

「二十四歳になります」

「さような年端も行かぬ身でありながら、廟の道士ともなれば経典を学ぶべきであるにもかかわらず、外で娼妓と寝たり、酒を飲んで喧嘩をしたりするとは何事か。お前はこの守備さまのお屋敷をどこぞかの取り調べ小屋とでも心得ているのか。金も持たずに現われて、こんな銀簪など焼け石に水、何の役にも立たぬわ」

張勝こういうと、獄卒に、

「こんなものがなにになるか。さっさと返してしまえ。後ほど旦那さまが開廷なさったら、こいつを真っ先に突きだして、この犬道士めに吠え面かかせてやれ。こやつ、いやにケチくさい輩じゃ。施主からの上がりを無駄取りしているのか。宴会に出るにも、口元をぬぐう手布巾ぐらいは持って行くものよ。いずれ、拷問の折りにはみっちり痛めつけてやれ」といいつけて、次には鄭金宝を呼びだす。ところがこの方は鄭家（ていけ）から忘八（ワンパー）がついてきて、すでに三四両の銀子を鼻薬として上下の者にかがせてあったので、

「そなたは娼妓としてお客を取ったまで。それが衣食の道なれば、何の障りもあるまい。旦那のご機嫌にもよるが、せいぜい指詰めの一つか二つ。機嫌がよければ、そのまま帰してくれるかもしれぬわ」

側から獄卒の一人が

「お前、わしにもう一銭おくれよ。そうしたら指責めになったとき、親指二本だけにしてやるぜ」といえば、李安が
「お前、こいつらをもう少し遠くへ離しておけよ。旦那がそろそろおでましだ」
やがて奥から雲板(うんばん)が鳴り響いて、守備が出廷する。属官・獄卒などが立ち並び、まことに堂々たるありさま。
さて、この屋敷に住む春梅(しゅんばい)は去年の八月に坊やを産み、ただ今ちょうど、半歳ばかり、玉のような美顔に真っ赤な唇をしていて、守備は目に入れても痛くない。程なく、大奥が他界したので、守備は春梅を本妻にして、守備夫人となし、五部屋続きの正房に住まわせ、乳母を二人買い取って、坊やにつけた。一人を玉堂(ぎょくどう)といい、一人を金匱(きんき)と呼ぶ。さらに二人の乙女をかしずかせ、そのうえ守備自身が目をかけていた歌姫で、いずれも十六七の海棠(かいどう)、月桂(げつけい)を春梅の部屋へ回したので、周菊軒(しゅうきくけん)の二号の孫二娘(そんじじょう)の部屋には荷花(かか)という女中がわずか一人いるだけになった。ところでこの坊やはいつも張勝の懐に抱かれて外で遊びたがり、守備が登庁する段になると、この坊やは張勝に抱かれて傍聴すると上機嫌であった。
この日、周守備は出廷して席に着くと、呼び出し状を取り出して、町方に被告らを連れて来させる。まず第一番に名を呼ばれたのは陳経済と娼婦鄭金宝であった。守備は訴状に目を通すと、経済の顔に生傷のあるのを見届け、
「こやつは道士じゃな。僧の身でありながら、その清規を守らず、娼妓と同宿して酒を喰らい、町方を煩わすような騒ぎを起こすとはなにごとぞ？ その品行に損壊あり。左右の者、連れ去って棒打ち二十叩きを加え、度諜(どちょう)を奪って、還俗(げんぞく)させよ。次に娼婦鄭氏(ていし)、指責め一つ、鞭打ち五十。妓院に戻して使役に服させること」
両側の獄卒が前に進み出て、経済を引きずり倒して衣服をはぎ取り、縄で縛って棒を持ち出し、両側から掛け声もろとも叩

き始めようとしたとき、不思議なことに張勝が抱いていた坊やが経済に抱かれようとして、無闇にもがき始め、守備にみられまいとして、張勝が場をはずそうとすると、坊やが大声で泣きわめきだす始末。奥の春梅のところへ連れて行ってもまだ泣きやまない。

「どうしたの」と春梅が聞くので、張勝はかくかくしかじかで、坊やが経済に抱かれたがって、泣きやまないのだという。春梅、男の名が陳だと聞くと、裳裾を波打たせながら、広間に出てくる。棒打ちの刑を受けながら悲鳴を上げているのは紛う方なき若旦那の陳経済。

春梅、張勝にいいつける。

「ちょっと旦那さまをお呼びして」

奥の夫人が呼んでいるというので、獄卒らに叩くのをやめさせて、広間をでてみると、

「今叩かれているあの道士はあたしの母方のいとこなんですの。あの人を許してやってくださいな」

「早くいえばいいのに。もう十もたたいてしまったぜ」

こうして二人は釈放され、娼妓は廓にかえされてしまう。道士の経済を奥へ呼んで、会おうと思った春梅はふとあることを思い出し、

「目の前の邪魔ものをどければ、かわいい人を落ち着かせられもしようが、目の前の邪魔ものをどけなければ、かわいい人を落ち着かせようがない」とひそかに考え、張勝に、

「ひとまずあの人を返してよ。そのうちゆっくりと会うから。度牒もとりあげることはないわ」といいつける。

陳経済は十棒たたかれただけで守備府を出ると、また晏公廟へ舞い戻って来た。ところが任道士はある筋から、

「お宅の弟子の陳経済は大酒楼に女郎の鄭金宝を囲っていたので、ごろつきの居酒屋劉二が怒って、半殺しの目にあわし、女郎もろとも守備府に突きだされ、不届きなふるまいとあって、

獄卒が差し向けられ、あなたも召喚され、度諜をお取り上げになるそうですよ」と聞き捨てならない噂話を耳にし、年老いているためもあり、また蓋を開けてみれば、金目の物はすっかりなくなってしまっているせいもあり、肥った体でむしゃくしゃしたため、胸に痰がつかえて、ばったり地べたに倒れて、動かなくなってしまった。医者を呼び、薬を飲ませてみたが、人事不省。夜中になると息を引き取ってしまった。亡年六十三歳。

その翌日、陳経済が戻ってきたが、近隣の人々から、

「あんた、廟へ帰ったって仕方がありませんよ。お師匠さんはあんたのせいで、腹立ち病にかかり、夕べぽっくり亡くなってしまったよ」といわれ、びっくり仰天して、そのまま清河県へ逃げ帰ってしまった。

陳経済が釈放された同じ日のこと、春梅はふとあることを思い出して、陳経済を奥の間に呼びつけることを思いとどまって、一人で部屋に戻ると、いきなり冠をはずし、片肌を脱いで、寝台の上に転がり込んで、胸を抑え、布団の端を握り締めて、ウーウーとうなり声を発しながら、のたうち回り始めた。これを見て家中の人々が騒ぎ出した。医者が来る。医者は脈をとって、

「奥方は六欲七情の病にかかられ、腹立ちに取りつかれておられます」との診断。使いの者に薬をもらって来させ、春梅はそれを一口飲んでは見たが、すぐ吐き出してしまう。

周菊軒はどうしたものかとただただ迷うばかり。経済を白洲に引きだした張本人は張勝である。春梅の容態はその張勝に対する怨念の発作であるかもしれぬ。そこで張勝が縄を掛けられ、不埒な輩め、と怒鳴られる。春梅がそれを知って、

「張勝があたしの病気と何の関わりがあるのよ。妙なことはしないでちょうだい！」と柳眉を吊りあげる。菊軒は罠にかかった鼠のようにただうろたえるばかり。春梅はまるで狂ったように腰元や女中らを痛めつけ、困惑させる。お茶が出されると、茶碗を投げ捨ててしまう。お粥が出されると、お椀ごと投げ返

して、けんもほろろ。この様を見るに見兼ねて、出てきたのが二号の孫二娘。いろいろ手を尽くしてなだめて見るが、春梅の狂乱は収まるところを知らない。

そのうちに腰元の蘭花（らんか）が呼び出される。

「台所へ行ってちょうだい。あたし『鶏尖湯（けいせんとう）』を食べてみたいから、淫婦の雪娥（せつが）に手をよく洗ってから、一杯おいしくこしらえるようにいっておくれ。酢漬けのタケノコをうんと入れて、辛酢（からす）っぱいのを作らせるのよ」

雪娥が指の爪を切って、爪の垢を除き、ゴシゴシとたわしで洗って清潔にした。さっそく鶏尖湯に取り掛かる。雪娥は注文通りにこしらえた。できたての、まだ暑いのを碗に注いで、紅い漆器のお盆にのせ、蘭花がこれを春梅奥さまの部屋に運んだ。

春梅は一口吸ったとたんにげぇっと吐き出し、お椀をいきなり放りだした。蘭花が危うく大火傷を負うところであった。

「あいつにいっとくれ。あたしにはこんな味も香りもない、生水のようなスープは飲めないって。早く作り直せって」

雪娥はそこでもっと酸っぱくて、もっと辛い鶏尖湯をこしらえた。春梅はこれもそのまま台所へ下げさせた。

「あいつにいっておやり。腹を立てながら作ったのだろう。こんどはとてもまずい。いずれ話は付けてやるからって」

雪娥はこれをきくと、

「ふん、いつそんなに偉くなったんだい。人を踏み台にしやがって」と口走った。蘭花が帰って、春梅にこれを告げた。雪娥が部屋に呼びつけられる。春梅は片手で雪娥の髪をひっつかみ、被り物を地べたにふんづけながら、

「西門慶の家があたしをこれまでにしてくれたんじゃないよ。あたしがお前さんを買って使っているんだよ。あたしのことを、いつあんなに偉くなったんだろうだって？ お前なんかにもう用はないよ」と咬みつかんばかり。

時刻は宵を過ぎて暗くなりかけていた。庭の四隅に火を灯し

た高張提灯が用意され、張勝と李安が呼びつけられ、雪娥を丸裸にして、かわるがわる三十回ずつ棍棒で打つように命じた。雪娥は着物を脱ぐことは必死に拒んだ。孫二娘が「着物は脱がなくても…」と口をだす。周菊軒も同意見であった。

「よござんす。雪娥を裸にできないなら、あたしはわが子を投げ殺して、あたしも後から首を括ります」

春梅はこう宣うと、たちまち顔面蒼白になり、激しく引きつけていきなり床に倒れ込んで、竹竿が倒れるように、硬直した。周菊軒も打つ手を知らず、ただおろおろするばかりであった。そうして下吏に命じた。高張提灯の灯りのもと、女が丸裸にされ、張勝と李安が命じられるままに、一つ、二つ、と数を数えながら、雪娥を血まみれになるまで、大棒でたたきつづけた。春梅はようやく機嫌を直して、普段通りの貴夫人に戻り、その夜のうちに薛嫂を呼びだし、雪娥を渡して、女郎屋か淫売屋に八両で売り払うよう命じた。

「もし後で外のところに売却したことが判明したら、承知しないよ、覚えておおき」とも釘を刺していった。

薛嫂は周閣下の屋敷を下がった後、泣き崩れる雪娥に語る。

「でもいくらこんな商売をしていても、こんな酷いことをするもんじゃないことくらいは解っているからさ、誰かよい人を見つけて、片付けてあげるからね」

さて薛嫂はそんなつもりで、相手を捜していると、隣家の婆さんの口利きで、山東の綿商人だと自称する、今年三十七歳の潘五（はんご）という男が現われた。半年前に家内に死なれ、後妻を求めているという。雪娥をこの男に渡し、薛嫂は三十両を受け取り、春梅に八両を渡した。

潘五はすぐさま雪娥を連れて旅立った。行く先は山東ではなく、臨清であった。綿商人とは真っ赤なウソで、潘五の正体は人買いであった。藩五は雪娥を自分が営む娼窟に連れ込むと、棒で殴り、鞭で叩き、足腰も立たないほどおどし上げておいて、女が諦めたころ、楽器を仕込み、唄を習わせる。そうした「調教」の後、色物の着物を着せて、喉から上に白粉をべったり塗り、門前に佇ませたり、流して歩かせる。

　こちら張勝、ある日のこと、周警備隊長の命により臨清の港湾周辺へ自宅で酒を醸造するための米麹を仕入れにやってきて、『座地虎（ざじこ）』の劉二の酒屋に宿泊した。張勝を後ろ楯に頼んでいる劉二は下にも置かぬもてなしよう。子分にいいつけて、四人の花のような娼妓を侍らせる。中に藩家の玉児（ぎょくじ）と名乗る女がいた。孫雪娥のなれの果てであった。張勝が仰天した。張勝は女が周隊長の屋敷に勤めていたころから、この女に思いを掛けていた。もとがやくざで、西門慶に顎で使われていて、李瓶児の入り婿の蔣竹山をゆすってたたきのめし、金をかすめ取ったような男である。出世して周警備隊長の雇い人となった今、零落して調理場の飯焚き女となり、今また厚化粧の牝狐の孫雪娥がこの上なくもったいない女と見えた。その夜、張勝は孫雪娥と同じ布団の中で寝た。

　翌朝、別れるとき、雪娥に三両を渡し、劉二にいいつける。

「いいか、わしの女だ。外の座敷には出すでないぞ」

　劉二を介して藩五にも幾許かの金を払い、こうして張勝は孫雪娥をお抱え芸妓にしたのであった。

第九十五回

平安質草を掠め取り、薛嫂妙計を案じて賄賂を説く

孫雪娥が居酒屋に売られて娼妓となった話はさておき、変わって、西門大姐を縊死に追いやった廉で、呉月娘が陳経済を告訴してからというもの、西門屋敷では家人頭の来昭がある日ころりと死んでしまい、その妻の一丈青は子供の小鉄棍を連れて、さっさと他所へ嫁いでしまったので、来興が正門を管理する門番役を引き受けることになった。いっぽう部屋住みの綉春は王尼の弟子にやることになり、これも屋敷を出た。

来興は嫁の恵秀に死なれてから、久しく一人暮らしをしていたが、乳母の如意が孝哥をだしにして、来興の部屋へやって来て、遊んだり物を食べたりするので、来興の方でも酒を買って来て、二人で飲みながら、互に褒めたり貶したりしているうちに、とうとう二人はできてしまい、それもただの一回だけではなく、如意が表の方へ行けば、いつも赤い顔をして奥へ戻って来るようになり、月娘はそれに気づくと、叱りつけては見たものの、この醜聞が外部に漏れてはまずいからということで、衣裳一重ね、簪四本、銀寿字（共白髪のようなものか）一組、梳背（クッション）一つを如意に与え、好日を選んで正式に結婚させ、来興の妻とした。こうして如意は昼間は勝手仕事や坊やの守をしながら、奥を手伝い、夜になると表の来興の部屋へ行って、寝ることになった。

ある日、それは八月十五日、月娘の誕生日で、呉大妗子（呉の大叔母）、二妗子（二叔母）並びに三人の尼さんがお祝いに駈けつけたので、奥の広間で酒を飲み、夜になるとみな孟玉楼の住んでいた離れの一室に移動し、揃って宣巻（仏講話）を聞き、客人をそこに泊めることにして、二更時分に月娘が奥の台所にいる中秋にお茶をだすよう声かけをするのに、いく

ら呼んでも応答がない。そこで月娘自ら奥座敷に出向いてみると、玳安が小玉を抱いて炕の上でいいことをやっている最中であった。二人は月娘が扉を開けて入ってくるのを見ると、慌てて手足を躍らせるのをやめる。月娘はただ一言、

「この腐れ肉！こっちではお茶の用意もしないで！あちらでは今日は師父さんらが一日中法巻を読んで聞かせてくれたので、お茶を差し上げねばならないのに、お前たちはこんなところで何をやっているんだ?」とどなりつける。すると小玉

「中秋なら今お勝手でお茶の用意をしていますけど」といいながら、うつむいて奥の方へ逃げて行ってしまう。玳安はといえば、通用門をすり抜けて、これも表へ逃げて知らぬ顔。

二日ほどすると、大妗子、二妗子、三人の女僧らが一斉に引き上げて行くと、月娘は来興の部屋を空けさせて、玳安に住まわせ、来興は来昭の部屋に引っ越させて、表門の門番とした。そうして玳安のために布団二組、新しい着物一着、新品の髪網と帽子それぞれ一つずつ、新しい靴と靴下一足ずつこしらえてやり、小玉にはつけ髷、金銀の髪飾り数個、銀簪四本、耳環や指輪の類、緞子の着物二揃いを出してやり、好日を選んで、二人を夫婦にした。小玉は昼間従前通り奥へきて月娘の世話をし、夕方儀門が閉るころに出て行き、玳安といっしょに休む。この女中はおいしそうなものがあれば、持ち出していって、玳安に食べさせ、澄ました顔をしている。月娘は見て、見ぬふりをして黙っている。

ところが平安はそこが面白くない。月娘が小玉を玳安に与えて夫婦にした上、部屋を与え、衣装や被り物まで持たせ、並はずれたかわいがりようなのに、自分は玳安に比べてまるまる二つも年上で、今年二十二なのに、まだ妻も与えられない、家ももらっていない。そこが面白くない。ある日、質店に出ていると、つい一月ほど前に一服の金の髪飾りと金メッキの簾の吊り手を質種にして三十両の銀子を借り出した家があって、その家

で三十両に利息をつけて、その質種を請け出しに来たので、傅番頭が玳安とともに質種の品を倉から持ち出して来て、店内の箪笥の中にちょっと仕舞い込んだその隙に、平安がほんの出来心から、小箱ごと盗んで遊郭へ持ち込み、娼妓二人をあげて、二晩泊まりの長居をした。唱家の若いのが、こいつあやしい客だと目をつけた。懐の貴金属に目が止まり、夜回りに密告する。夜回りは平安を部屋に閉じ込めて、往復ピンタを喰らわせ、縄を掛けて番所へ引いて行く。

大通の向こうから巡検の一個小隊が夜警のため進んでくる。

図らずもこのたび巡検となった呉典恩が馬に跨り、先頭に一対の竹板を持たせながら、このときちょうど街を通りかかり、

「この男はなぜに縛られているのか？」と声かけをする。

夜回りは跪いて、

「実はかくかくしかじかで、品物を持ち出して遊女小屋に泊まり込み、金銀の髪飾りをだしにして、派手に遊んでおりますので，疑わしく思って召し捕えました」と説明する。

「よし、では連れてまいれ。わしが取り調べをいたそう」

と呉典恩がいうので、夜回りの巡邏らは平安を巡検庁に引っ立てる。

呉典恩はかつて西門慶ら十名と義兄弟の契りを結んだ仲間の一人、役所をしくじって浪人をしていたが、西門慶に頼まれて、東京の蔡太師の元に誕生祝いを届けた折、月娘の苗字が呉、己の苗字も呉であるのを奇貨として、「私、西門慶の家内の弟でございます」と騙って、役人に登用されることになり、いざ赴任という段になっても、その支度金がなくて、西門慶から無利子で百両借り受けた男だ。邏卒が捕まえた平安を見て、何をしたのかとそのわけを問いただす。

平安が白洲に座らされたとき、巡検がかつて西門家の番頭をしていた呉典恩であることに気づき、「どうせ許されるに決まっている」とたかをくくった。

「西門家の召使いがかかる金品を持って、そんな場所にいるとはなんとしたことか」と呉典恩。

「大奥さまが親戚の家に貸してある髪飾りなどを返してもらって来いとおっしゃって、小生が使いにだされたわけですが、帰りが遅くなって、城門が閉ってしまい、仕方なくあそこに一晩泊まったところ、図らずも巡邏に召し捕えられたのでございます」と平安は作り話で言い逃れをしようとする。

「黙れ、でたらめを抜かしおって。お前の家にいくらきんぎんのかざりものがあろうとも、召使にそれを持ち出させて、女の家で蕩尽させるものか。これはお前が盗み出したものに相違あるまい」と巡検の呉典恩はいう。

「確かに親戚の家に貸したものを貰い受けて来いと大奥さまから使いに出されたのです。決して嘘偽りはございません」

呉典恩大いに怒り、

「こやつ芯からの悪党だ。責めなくては白状しないな」

そういって怒鳴りつけると、左右の者に

「こやつを挟み棒で挟んでやれ！」と激しく迫る。

「わたしは今年二十二歳。大奥さまは私に嫁を持たせてやるといいながら持たせてはくれず、別の召使いの玳安はやっと二十歳なのに、ご自分の部屋の女中をこれといっしょにしたんです。私は腹が立ってたまらないので、質店の質種の髪飾りを盗み出しました」

「ふむ、ではその玳安とやらの召使いは呉氏と関係があるのであろう。だからこそまず女中を玳安の妻にしたのであろう。さあ、正直に話してみよ。しからばお前には関わりのないことじゃ。されば許して使わすぞ」

「私は一向に存じません」と平安。

「正直に申さぬと、指責めじゃぞ」

「されば申し上げます。うちの大奥さまは玳安と不義を働いております。玳安が女中の小玉をものにするところをちゃんと見ていながら、大奥さまはなにもいわずに、着物や髪飾りをどっさりやって、二人をいっしょにさせました」

そこで呉典恩は吏典を呼び寄せ、平安の供述を写し取らせ、平安の口述書を作らせると、一先ず平安を巡検司に監禁して置き、後ほど令状を発して、呉氏、玳安、小玉を召し捕り、この件を取り調べることにした。

西門家の質店には紛失した質種の置き主が毎日押しかけてきて、実価の何倍ものかねをゆすった。四十両、五十両弁償するからと、いくら折れても、いや七十両だ、百両だと、近隣街坊にまで聞こえるような大音声でわめきたてる。月娘はおろおろして何事も手につかない。

ちょうどそこへ巡検庁から呼び出しがかかった。巡検は西門慶から有形無形の莫大な恩恵に浴している呉典恩そのひとであった。月娘が涙を零して喜んだ。急いで傅番頭をつかいにやった。傅番頭も無論盗品がただちに手元にかえされるものと信じて急ぎ出発した。行ってみると、案に相違して、平安の口述書が示され、傅番頭も白洲に引き出されて、衣裳をはぎ取られ、猿股も脱がされ、臀部をたたかれて血だらけになる。「不義不倫の淫婦、月娘はいずれ当方より上司に報告して、痛い目にあわせてつかわす。戻って月娘にそう伝えよ」といって、追いかえされたのであった。

月娘はこの報告を受け、途方に暮れて呉大舅を呼び、相談を持ちかける。

「呉典恩が役人になれたのは亡父のお陰。それなのに赴任のときに貸した百両もまだ返さず、今またこちらの災難につけこんで、私を罪人に仕立てあげようとする。なんという忘恩不義の輩でしょう！」

呉大舅が月娘をなだめる。

「そんなことはいうだけ、野暮だ。忘恩不義でない人間などこの世にいるものか。呉典恩一人を咎めてもはじまらない」

「じゃあ、どうせよとおっしゃるの？」

「わかっているじゃありませんか。金ですよ。金、賄賂を使うんですよ」

「いくら出せばよろしいの？」

「さてと、いくらでしょうかねえ…」

折しもそこへ偶然訪ねてきたのは薛嫂であった。商売道具の簪の箱を提げていた。月娘の心配そうな顔つきを見て、—そもそも孫雪娥のためにさえ娼窟以外の落ち着き先を考えてやるような、柄にもないしおらしさを持ち合わせた女のことである—さっそく忠告に及ぶ。

「まあ、なにをご心配なさいますの？ 目の当たりに、せっかく助けていただける先がございますのに…。うちのお部屋さんに、奥さまが手紙を一本お書きになれば、あたしが取り次いであげますよ。そして旦那さまから、巡検司へ人を出してもらえば、髪飾りの一つはおろか、十だってもらいにゆけますよ」

「周守備は武官で、巡検までは取り締まれないでしょう」

「奥さま、あなたさまは世間をご存じない。だから要らぬ損ばかりをするのです。周閣下には先ごろお上から勅書がくだったのです。警備隊長は警備隊長でもお月さまとスッポンの違い。このあたりずっと広いところの運河、車馬、銭金のお目付けでいらっしゃるばかりか、ゆすり、泥棒、強盗なんかもお一人で裁いておられます。お話しの巡検さまはどれほど高位のお方か存じ上げませんけれども、周さまの前ではとてもお口もきけなかろうと存じます。結構です。今スグに告訴状をお書きあそばせ。あたしが持参して、春梅ねえさんのお手許に届けて差し上げます。周さまに渡していただきます。周さまは春梅ねえさんには絶対反対ができませんので、巡検さまを役所に呼びつけて、シラミをつぶすように、次々と爪で潰してしまわれますよ」

果たして薛嫂が受けあったように、事は順調に進んだ。呉典恩が周菊軒の前で、冠をはずして恐縮したのであった。月娘をはたいての一儲けは捕らぬ狸の皮算用に終わった。濡れ手に粟を夢見た質種の置き主も、現品が戻されて、唖然とするのみであった。

玳安が使いに立ち、月娘の心ばかりのお礼の印が春梅の手元に届けられた。春梅は玳安とは幾とせ久しい知り合いである。いろいろ思い出話の合間に春梅はいった。

「宅の主人は前と違って、大変忙しいんです。また間もなく巡視に出かけるので、そうしたらあたし、一遍お屋敷に伺うわ。この正月が西門旦那の三回忌でしょう。坊ちゃんの孝哥の誕生日でしょう、ちょうどいい機会だし、それにむかしあたしらが住んでいたところの跡もみたいのよ」

その後の様子を見に訪ねてきた薛嫂に月娘は長い溜息をもらして、つぶやいた。

「平安のやつが、質店から人の質入れした金の髪飾りと金メッキの簾の吊り手を盗み出し、城外の盛り場で女を買っているところを呉巡検に捕まって、牢獄にぶち込まれているのよ。質入れした人が品物を取りに来ても、質種はここにないもんだから、門前で騒ぐわけよ。呉巡検は呉巡検で、わざと人を困らせて、こっちへ品物を渡してくれず、受け取りに行った番頭を引っぱたいたりして、袖の下を欲しがるという始末で、どうしたらいいものやら、さっぱり手が出ない様子。亭主が死んでしまうと、一遍に落ち目になって、こんなにまでひとからいじめられる。まったくつらいわ」

呉月娘こういいながら、目からポロポロ涙を流す。

第九十六回

春梅旧家の庭園に遊び、周守備張勝に経済を捜しむ

さて、光陰は迅速にして、日月は梭のごとし。早くもまた正月二十一日がやってくる。春梅は周守備と相談のうえ、家人周仁にまず供物一卓、羹・果物四種類、南酒一壜を呉月娘宅へ届けさせる。一つにはこの日が西門慶の三周忌であり、もう一つには子息孝哥の誕生日であるからであった。月娘は贈り物を受け取ると、使いの周仁に手布巾を一枚、銀三銭を駄賃として握らせ、こちらからもさっそく玳安に黒衣をはおらせて、招待状を届けに行かせる。

> 重承のご高礼、深く感謝申し上げ、早速粗酒など拝具し、ご高来をお待ち申し上げ、ひたすら幸甚に存じます
>
> 西門呉氏　謹拝
>
> 大徳周令夫人粧次（御許へ）

春梅これを見ると、昼下がりになって、ようやく出かけて行く。頭にはきらきらと輝く髪簪をいっぱいに着け、身には深紅の袖口、四獣がキリンに朝見する図柄の織り込まれた緋の長上着に、翠藍の錦に百花模様の裙子をまとい、金の帯を締め、足には白綸子の高底靴という出で立ち、黒緞子の覆いをつけた四人担ぎの大轎に乗り、獄卒に先払いをさせ、家人に衣裳箱を担がせ、その後ろには家人の女房の乗った小轎が二台続く。

呉月娘は呉大妗子を相伴に頼み、さらに芸妓を二人呼んで、十分に用意はしていたが、春梅が来たと聞くと、化粧を直して喪服に着換え、頭に冠をかぶり、金や翡翠の髪飾りをつけ、身には白綸子の上着を着込み、裾長の金襴の裙子に身を包み、呉大妗子とともに表の広間まで出迎える。

大轎が通用門の前まで担ぎ込まれると、春梅は駕籠を降り、両側から家人らに守られながら、広間に到って、挨拶をする。月娘も慌てて挨拶を返す。

「先ごろおねえさまにはいろいろとお心尽くしをいただき、つまらない反物などお受けとりいただきませず、今また重ね重ね手厚い贈り物やらお供物を頂戴いたしまして、感激に耐えません」と月娘。

「これはこれは、たいへんご丁寧に恐れ入ります。拙宅のことですから、なにもございませんが、ほんのわずかばかりの祭礼の印で、以来思うばかりにて、なかなか奥さまをお呼びすることもかなわず、宅はいつもながら巡視に出ておりまして留守がち、お呼びする機会も訪れませんでした」と春梅。

「おねえさま、あなたのお誕生日はいつでしたかしら？ その日こそ私はお祝いの品を買って、お伺いしますわ」と月娘。

「あたしの生まれは四月二十五日」と春梅。

「その日が来ましたら、かならずお伺いしますよ」と月娘。

互に挨拶が終わると、春梅はぜひにもと月娘に起立を願い、西門慶(せいもんけい)の霊前への供物と孝哥(こうか)への贈り物を受け取らせて、次は呉大妗子との挨拶に移る。春梅はこんども下手に回ろうとして、二人の間でしばし上座の譲り合いをする。

「おねえさん、今は昔とは違うのです。そんなことをしたら罰が当たりますよ」と呉大妗子。

呉大妗子はそういって、半礼を受けたのみで、上座に春梅を座らせ、自分は月娘と二人して主人の座につく。それに続いて、家人の女房、女中・乳母などが挨拶にやってくる。乳母の如意(にょい)が孝哥(こうか)を抱いて挨拶に現われると、呉月娘が

「坊や、頭を下げておねえさまにありがとうをおっしゃい。おねえさまはきょうお前の誕生祝いにきてくださったのよ」

すると孝哥は本当に如意の抱擁をすり抜け、春梅に向かっておじぎをする。月娘がすかさずこれを見咎めて、

「あら、この子ったら、おねえさまに磕頭もしないで、ただのご挨拶だけなの？」といって、咎め立てると、春梅は袂の中から急いで錦の手布巾と金の髪飾りを取り出し、孝哥のかぶっている帽子にさして与える。

「またまたおねえさまにご心配をいただいてしまって」と月娘がお礼を述べる。そのあと小玉と乳母の如意が顔を出して、磕頭する。春梅は小玉に金の簪一組、乳母には銀の花簪二本を与える。

「おねえさんはご存じないでしょうけど、乳母の如意ちゃんはこのたび来興のところへお嫁に行って、人妻になりましたのよ。来興のお上さんは病気で亡くなったもんですから」と月娘が説明すると、春梅が後を受けていう。

「あの方は一心からこの家に残りたい人なのね。それにしても結構なことだわ」

そこへ女中がお茶を持って出てきたので、みなでお茶を飲む。そうして月娘がいう。

「さあ、おねえさま、奥の次の間で寛ぎましょう。この客間はお寒うございますから」

春梅が奥に来て見ると、西門慶の霊前には早くも灯明があげられていて、祭壇の上には供物が供えられている。春梅は紙を焼いて拝み、目から数滴の涙をたらした。その後、周囲に屏風が立てられ、火鉢には炭火が起こされ、大きな八仙卓がしつらえられ、お茶が運ばれてくる。二無く手の込んだ蒸し菓子やら、他では見られない甘味品、美味な野菜料理、珍味の果物などが金張りの皿に象牙の箸、さらには色鮮やかな芽茶といった絶品揃い。

月娘と呉大妗子が相伴をするお茶を飲みおえると、春梅に奥の間で着物を着換えさせる。家人の女房が開けた衣裳箱の中から緑の金爛の上着と紫の金襴の裙子を取り出し、これに着換えて、月娘の部屋に腰を降ろす。

「坊ちゃんはお元気？　あなたがお留守だと、ママ、ママといって、大泣きをするでしょう」と月娘が尋ねれば、

「乳母二人で、代わり番に見ればいいんですよ」と春梅。

月娘が「周の旦那には春梅のほかにも孫二娘(そんじじょう)や若い部屋付き女中もいることだし、もう結構な年配でもあられるのだから、なかなか大変でありましょう」と遠回しに尋ねれば、

「主人はたいてい外に出ていて、家にじっとしていることがないのです。近ごろは至る所に盗賊がはびこるので、朝廷からの勅令で、いろいろな仕事に駆り出される。地方の治安、運河の見回り、盗賊の捕縛、軍馬の調教といった具合で、外へ巡察に出るのがまったく大変なんですの」と春梅は応える。

そこへ小玉(しょうぎょく)がお茶を運んでくる。春梅それを飲むと月娘に

「大奥さま、五奥さまが住んでいたところへ連れてってくださいましよ。あの庭や築山の下を歩いてみたいのです」と頼み込む。

「あそこは旦那が亡くなってからというもの、誰も手入れをしないもんだから、今じゃもう荒れ放題。石は倒れるわ、木は枯れるわで、もう…」

「構いません。あたしうちの奥さまのいたあそこへもう一度行ってみたいんです」

月娘は断り切れずに、小玉に鍵を渡して、庭と築山のあたりを案内させ、自分も春梅のお供をして、しばし見て回る。

垣根は破れ，眺望台(うてな)傾ぶき、
両の壁に苔生(む)して、下は煉瓦に草茫々。
山に据えたる怪石は、倒れて勇者の夢の跡。
亭の中なる涼み台、雨に打たれて枠もなし、
石洞蜘蛛の巣とかわり、魚池に蝦蟇(がま)の群騒ぐ。
臥雲亭は狐狸の寝屋、蔵春閣はイタチの巣、
人去りて　今人住まず。

春梅はしばらくあたりを眺めて回ったが、ついで李瓶児(りへいじ)の住んでいたところへ行き、見れば二階には脚の折れたテーブルや壊れた腰かけ・椅子が放置されてあり、階下の部屋は全部鍵をかけたままで、地面から草が茫々とはえている。次に五奥・金蓮(きんれん)の住んでいたところを訪ねてみる。二階には薬材や香料が積まれているものの、階下の金蓮の部屋には箪笥が二つ置いてあるのみ、例の寝台も見当らない。そこで小玉に

「五奥さまのあの寝台はどうしたの」と聞いてみる。

「三奥さまのお嫁入りのとき、付けてやりました」と小玉。

月娘がそばへ寄って来て、

「旦那の生きていたとき、三奥さんが持ってきたあの大寝台を、娘につけて陳家にやってしまったので、こんど三奥さんが出るにつけ、五奥さんの寝台を嫁入り道具にしたわけよ」と弁解する。

「お嬢さんが亡くなったとき、月娘奥さんがその大寝台をお持ち帰りになったと聞いてますけど」と春梅。

「ええ、お金に困って八両で売り払い、県の下役人たちのために訴訟費用として、みんな使ってしまったのよ」と月娘。

春梅はそれを聞いて頷きはしたが、思わず目頭が熱くなり、涙がこみ上げてきて、口にこそださね、「あたしも本当はあの寝台を買い取って、奥さまの形見にしたいと思ったのに、人手に渡ってしまったのか…」と、残念に思うのであった。

春梅は西門屋敷のこの荒廃ぶりを目の前にして、悪夢にさいなまれる思いであった。西門慶・李瓶児・藩金蓮がもはやこの世にいないことを痛く思い知らされ、ふとこの世に生きて残っている懐かしの人はもう一人しかいないのだと思った。そしてその懐かしい人とは誰あろう、陳経済であった。陳経済はその後どうしているのか。

そんな感慨に耽っていると、家人の周仁が迎えに来ていう。

「旦那さまが奥さまにお早めにお帰りくださるようにと仰せ

であります。坊ちゃまが奥さまを探して泣きますので」

月娘のたっての勧めで、春梅は奥の間に戻って、芸妓の唄と琵琶の弾唱に耳を傾けながら幾分か酒をたしなんだ。

芸妓の弾唱歌：

ぬしよ、あなたはいつまで待たす。春は去り行き、秋もきて、こがれる思い誰が知ろう。あれほど契った仲なのに、ぬしはつれなく、捨てる気か。

続いて、語調を一段と強めて、

何だ、何だ、何だ、あんな男の一人や二人、
欲しくば、あげましょう、熨斗(のし)つけて、
とはいうものの、あの人はあたしが初めて惚れた人。

また一段語調を弱めて、

ぬしのためには気持ちも滅入る。病んで寝た間も恋いこがれ、何の因果か忘られず、頬を濡らして目に涙。あれほど続いた仲なのに、ぬしはこの期に捨てる気か。

さて春梅は呉月娘家の宴席に出かけて以来、行方も知れない陳経済のことをしきりに思い起して、屋敷に戻ってからというもの、終日寝込んでいて、気分はさっぱり勝れない。陳経済のことを母方の従弟と偽って夫に紹介している春梅がこのところ体調の勝れないのは、その従弟の行方が知れないからであろうと周守備は推察して、

「お前はその弟の居場所がわからないので、そんなにふさいでいるのであろう」といい、張勝と李安を呼びつけて、

「奥の弟を捜しだすようにとわしが前から頼んでいるのに、どうしてお前たちはしっかり捜さないのか」と咎め、「お前たち二人に五日間の猶予を与える。その間に身命を賭して、捜しだすように」と命ずる。

張勝と李安は下命を受けて下がると、二人とも必死の面持ち

で、大通りや裏街を手当たり次第に捜し歩いた。
　そのころ陳経済は再び元の乞食小屋に引き返していた。夜が明けると、ボロボロの筵(むしろ)に身を包んで、お碗を手に人家の門前に立って、物乞いをして歩くのであった。
　そんなある日のこと、往来でたまたま楊大郎に出会った。見れば立派な帽子をかぶって、白綸子の綿入れという姿で、ロバに跨り、召使を一人連れて歩いてくる。経済は必死にロバの轡(くつわ)めがけて飛びかかり、これにしがみつく。
「楊の兄貴じゃないか、久しく会わなかったな。わしら二人は布を仕入れに河を下って、船が清江浦(せいこうほ)に着くと、わしは親戚を見舞いに出かけたんだが、わしは罠にはまり、お上の手にかかってしまった。その間にお前はわしの船荷といっしょにどこかへずらかってしまい、わしは心配してお前んちを訪ねて行ったら、なんと弟の楊二風のやつめ、瓦のかけらでてめえの頭を叩き割って血だるまで、わしの家まで追いかけて来やがった。わしはお陰で丸裸にされて、乞食暮らし。お前の方は肩で風切る結構なご身分。こりゃどういうことだ？」
　陽大郎は経済が乞食をしているのをみて、
「縁起でもねえ。門を出たかと思えば、厄病神に捕まっちまった。何が船荷だ、おれが盗んだって？　轡から手を離さねえと、この鞭が飛ぶぜ」
「わしは今とても困っているんだ。銀子があったら、いくらか出しとくれ。それとも二人で出るところへ出るか」
　揚大郎はロバの背からいきなり飛び降りると、経済めがけて、鞭を飛ばし、経済がひるむ隙に供の者がこれを引きずり倒し、殴る、蹴るの大立ち回り、あたりは黒山の人だかり。
　中からさっと一人の男が飛び出してきて、
「おい、そこのおやじ！　ちょっとひどいじゃないか。銀子の持合わせがあったら、少しぐらい恵んでやんな！」と、怒鳴りつけると、筋骨隆々のその体躯からとてつもない大きな握り拳を振り上げて、もう一言。

「それがお嫌なら、この拳骨がお相手だ」

楊大郎その語勢に押されてにべもなく袂(たもと)の中から、布巾に包んだ四五銭の包みを取り出して、経済に投げ与えると、ロバに飛び乗って後も見ずに立ち去ってしまう。

ふらふらになった経済がようやく立ち上がって、助け船を出してくれた人の顔を見ようとすると、その口からは思わず叫び声がこぼれた。それは以前番小屋にいたころ同じ布団にくるまって寝たことのある土方の親方≪飛天鬼(ひてんき)≫の侯林(こうりん)その人であった。近ごろは五十人もの人を使って、城南の水月寺の曉月長老のところで、伽藍の工事に関わっている。片手で経済を抱え起こしながら、

「兄弟、おれとお前はまことに奇妙な縁だな。おれについてきな。一杯やろうじゃないか」

二人は一軒の居酒屋に入り込んで、テーブルに腰を降ろすと、侯林は給仕を呼んで、

「おかず四人前、酒を大徳利二本持ってきてくれ」という。

「ところで、その格好じゃまた乞食小屋だろう。いい加減にやめたらどうだ。止めて、おれといっしょにまた土方の仕事でもしようじゃないか。清河の城南に水月寺てえ寺がある。住持の和尚さんを曉月長老というんだが、この曉月がおれのことを可愛がってくれる。新しく本殿を建てるので、わしのことを土方の元締めにしてくれたのだ。お前さんのことは曉月さまによろしくお願いしておくから、一人前の給金は払ってもらえるだろう。きょうはその前祝いだ。うどんにするか、飯にするか。飯は白いのにするか、五目にするか」

間もなく腹ごしらえができた。二人は酔った勢いも手伝って、そのまま宿に帰り、同じ布団にくるまって、朝までぐっすり眠った。夜が明けると、二人は揃って水月寺に向かい、工事現場に連れだされて、約束通り、名義ばかりの土方となって、日がな

一日ぶらり瓢箪で時を過ごした。
　こうして陳経済が一月あまり、水月寺に逗留している間にいつか三月の中旬、気候が次第に温暖となった、経済は山門に近い、日当たりのいい壁の下に腰を降ろして、上着を脱ぎ、丹精込めて観音虱（しらみ）の退治に取りかかった。
　すると偶然その経済の目の前を黄色い馬に跨って通りかかる男がいた。男は卍（まんじ）型の頭巾をかぶり、青い着物をまとい、足に藁靴、手には籃、籃の中には咲いたばかりの芍薬（しゃくやく）の花をさしている。男は馬の歩みを止め、馬の背から飛び降りると、近寄って深々とお辞儀をして、
「もしや陳さまではございませんか。いずこを捜し歩いても、どうしても見つからぬと思っておりましたら、こんなところにおいででしたか」といって、襟を正す。
「周守備さまのところに仕えている張勝（ちょうしょう）でございます。あなたさまが役所をお出になってからこの方、春梅奥さまはいまだにご気分が勝れず、私は旦那さまのご下命により、あなたさまのおん行くえを隈なく探し求めて、歩いております。
　本日はおん奥さまからのおいいつけにより、城外の下屋敷へこの芍薬の花を摘みにまいり、今ここを通りかかった次第でございます。さあ、一刻も早く、この馬にお乗りくださいまし。私がお屋敷までお供いたします」
　陳経済は鍵を侯林に渡すと、居並ぶ人夫たちを尻目に、馬に跨り、張勝を後ろに従えて、まっすぐ守備府へと向かった。

第九十七回

陳経済守備府に官職を得、薛嫂花を売って姻親を説く

さて、陳経済は守備府に到着すると、馬を下りる。張勝がまず奥に入ってゆき、春梅にその旨を告げる。すると春梅は

「奥の警護室に連れていって、香水湯を浴びて、体をきれいに洗うようにいってちょうだい」といいつけると、乳母を奥へやって、新しい着物や靴や帽子を一揃い持って来させ、これを経済に与え、衣替えをさせる。しかる後に春梅はようやく経済と対面する。そのとき周守備はまだ退庁してきていないので、経済をまず奥の広間に招じ入れ、自分は化粧直しをしてから初めて経済の前に姿を見せる。経済は奥の広間に進み、春梅に向かって、四双八拝の礼をしながら、控えめにいう。

「おねえさん、礼を受けてくださいましよ」

すると春梅はこれを半礼だけ受けて、あとは向かい合って腰を降ろし、時候の挨拶を述べ、離別の情を語る。そのうちに彼我の目からは涙があふれでる。春梅は周守備が退庁して部屋に入ってくるのを恐れ、辺りに人気のないのを見定めると、経済に目配せをして、そっという。

「あの人が帰ってきて、もしもあなたに尋ねたら、母方のいとこだというのよ。あたしはあなたより一つ年上の二十五歳、四月二十五日の午時の生まれよ。間違えないようにね」

「わかっています」と経済が応える。

しばらくすると、女の子がお茶を持って来る。二人はまずお茶を飲み、次いで春梅が尋ねる。

「あなたはいったいなんで家を出てしまったの。そうして道教なんかに入信したのよ。うちの旦那はあなたがあたしの親戚筋だということを知らずに、誤って罰を与えてしまったことをとても悔いているのよ。なにしろあのときは賤し女の孫雪娥が

ここにいたものだから、あれさえいなかったら、あたしはあなたをここに引き留めておいたんだけど、仕方なくてあなたを追い出すことになってしまったの。その後であの下種女を叩きだし、張勝にあなたの行方を捜してもらったけれど、一向にみつからず、あなたが城外で土方などしているとは誰が考えるものか。流れ流れて、そんなに落ちぶれてしまうなんて」

「正直申しまして、これには一言ではいい尽くせないわけがあるのです…。あなたと別れ別れになってからは、私は藩金蓮を妻にしようと考えておりましたが、父親が突然東京の都で死んでしまったものですから、遅くなってしまって結婚もできずにいると、金蓮は武松に殺されてしまうという結末に至り、聞けば心やさしいあなたさまのご苦心により、彼女は永福寺に埋葬されることになったとか、私もそちらに出かけて行き、紙を焼いてきました。しかし戻ってきて見ると、こんどはおふくろに死なれてしまいました。ようやっとのことで葬式を済ませたかと思えば、人にはめられて元手をすってしまい、家に戻ればこんどは西門大姐があの世へ行ってしまう。それを姑の月娘に訴え出られた挙句、寝台も化粧道具も持ち帰られ、訴訟沙汰で、家まで売り払う始末。おかげでたちまち無一文になったところを父の友人の王杏庵（おうきょうあん）のお情けで、臨清（りんせい）の晏公廟（あんこうびょう）へ行って、ここでようやく出家したかと思ったら、こんどはごろつきにひっぱたかれて、このお屋敷にしょっ引かれたという次第なんです。棒たたきを十遍喰らった挙句に、ここを追い出されはしたものの、匿ってくれる親戚・知人とてなく、寺で人夫に雇われていたのですが、おねえさんのご心配に預かって、張執事に見つけ出され、こうしてお会いできた次第です…」

話しているうちに、二人とも悲しくなって、泣き出す始末。ちょうど泣いているところへ、周守備が退庁して入ってくる。左右の者が簾をたくしあげると、周守備が簾をくぐって、部屋の中に入ってくる。陳経済が前に進み出て、身を倒し、挨拶す

ると、守備も慌てて礼を返し、

「いつぞやは、弟さんとは知らずに下の者にごまかされまして、手荒を致しました。賢弟どの、どうか咎めなきように」

「こちらこそ、非才の身で、至らぬところあり、ご無沙汰に打ち過ぎました。どうぞご堪忍くださいまし」と経済。

経済が改めて磕頭すると、周守備はこれを立ち上がらせ、上座につけようとする。経済それを退け、下手の椅子を引き寄せて、腰を降ろす。守備が席に着くと、春梅はこれに向かい合って座る。席順に片がつくと、程なくお茶が入れ替えられる。

「ところでおいくつになられますか。なぜ道士などに？」

「二十四になりました。姉は私より一つ年上で、四月二十五日の午(うま)時の生まれ、私の方は両親とも死に別れ、稼業も衰えて、妻まで死んでしまいましたので、出家して晏公廟に参りましたが、姉がお屋敷に嫁しているとも知らずにおりました」

「あなたが去られて以来、姉上は昼も夜も心配しつづけ、始終めそめそして、落ち着きをなくしておりました。それでずっとあなたを捜しつづけたのですがみつかりません。図らずもきょうこうしてお会いできました。」

周守備はこういうと、左右の者にテーブルを出させ、酒を持って来るように命ずる。杯や皿がどっさり並んで、鶏の足、鵞鳥・アヒルの煮物, 焼き物、蒸し物から、吸い物に飯に点心などが出され、守備が相手で、酒宴は始まり、火灯しごろまで続く。

守備は下男の周仁にいいつけて、西の書院をきれいに掃除させ、そこには寝台も帳も揃っているので、春梅が布団と枕をだしてやり、経済を休ませることにする。さらに喜児(きじ)という召使いの少年を振り向ける。毎日の食事は春梅が奥へ呼んでたべさせることにした。周菊軒はこの経済を官邸の文書係に取り立てた。

光陰は迅速にして、日月は梭の如し。経済が守備府に住むようになって、早一月あまり。四月二十五日、春梅の誕生日となった。その前日、呉月娘のところでは寿桃(ことぶきもも)一皿、寿麺(ことぶきめん)一皿、ゆで鵞鳥二羽、鶏四羽、果物二皿、南酒一瓶を買い整え、玳安が黒衣をはおって、手紙を携え、贈り物を春梅の家へ届けて来る。

周守備はたまたま広間にいた。門番が注進して、贈り物が担ぎ込まれる。玳安が手紙を差し出し、地べたにはいつくばって、挨拶をする。守備は贈り物目録を広げて見て、

「奥さまにご腐心いただき、まこと相済まぬな。また頂戴ものをたくさんお授かりして、感謝」と口上を述べ、下男に、

「この贈り物を頂戴して、若衆にお茶を出しなさい。手紙は小使いにいいつけて、お兄さんのところに届けさせ、銀子三銭を包んで若衆に渡し、返事をもっていってもらうように」

そういいつけると、周守備は着物を着て、他所を訪問するべく外に出て行く。玳安は広間の前で返答の手紙が書き上がるのを待っていた。するとそこへ帽子をかぶり、黒紗の道衣に夏靴をはき、白靴下といういでたちの若者が現われ、小使いに手紙と祝儀を手渡して、そのまま奥へ消えてしまう。その姿は陳経済と瓜二つ。あの男がなんでここにいるのだろうと玳安は考えた。小使いの男の子が手紙と銀銭の祝儀を持って現われ、出口に案内する。玳安、家に帰って、月娘にこの次第を報告する。

「お前は春梅ねえさんには会わなかったのかい？」と月娘。

「おねえさんには会いませんでした。それどころか、あろうことかそこで若旦那の陳経済を見かけましたよ」と玳安。

「変な人だねえお前は。あの家にそんな者がいるはずないでしょう。周守備と間違えたにしてはあまりにもお粗末だわ」

「周守備ではなくて、うちの陳若旦那なんですよ」

「お前、そんなでたらめをいうんじゃないよ。あんなろくでなしは落ちぶれて、どこかで乞食でもしているか、凍えて死んだか、飢え死にしたかだよ。あの屋敷にいるはずがないでしょう。守備さんだってあいつの毛並みぐらいは見分けがつくから、お屋敷に匿っておくはずがないわ」と月娘。

「では賭けますか。この目には狂いはありません」と玳安。

「違う、違う、そんなことがあるものか」と月娘。

二人の話はいつまでも平行線をたどった。いっぽう、周守備府の官舎ではこのとき春梅の誕生祝いのやり取りで、春梅と月娘の間に一縷の繋がりのあることを陳経済は嗅ぎつけ、自分が居候の身分であることも忘れて、わめきたてた。

「冗談じゃない。今でもまだあんなに欲の皮の突っ張りと何だって付き合っているんですか。あれはあなたや僕の宿世（すくせ）の仇ですよ。第一、金蓮ねえさんを屋敷から追い出したのもあいつの仕業だし。あの時、もし月娘が金蓮を追い出さなかったら、金蓮が武松によってあんなむごい殺され方をするはずはないんだから」

「別にあたしの方から交際を申し出たわけではないのよ」と春梅が弁解をする。そうして呉月娘が呉典恩から恩を仇で返され、薛嫂を仲に立てて泣きついてきたこと、周菊軒の力を借りて救ってやったことなどを語り聞かせる。

「おしいことをなさいましたぜ。なぜ呉典恩にさんざっぱら意地悪をさせてやらなかったんです。あの婆は無論玳安をくわえこんでいます、でなければ玳安にあの賢い小玉をくれてやるものですか」

経済はいいたいだけ吹聴すると、事務所兼書斎のわが部屋へ戻っていった。月娘はその翌日、家の者を幾人か連れて、祝賀に現われた。そうして月娘も経済の姿を垣間見たのである。その日は何事も起こらなかったけれども、これ以後、両家の間には付き合いが途絶えてしまった。

ところで経済は月娘が玳安との情事を隠蔽するために小玉を玳安の女房にくれたのだと力説するのを見て、春梅はわが身を振り返るところがあって、老将軍の周菊軒の目をかすめんがため、早めに手を打っておこうと思うところがあって、周守備に相談を持ちかけた。つまり経済に嫁を持たせることに将軍からの同意を得た。

春梅はさっそく薛嫂を招き、経済の嫁を捜すよう依頼する。初めに清河の朱千戸の令嬢の話が持ち込まれる。今年十五歳。春梅が「若すぎる」とはねた。

次に応伯爵の二番娘を持ち込む。二十三歳。

「駄目よ、あんな『お乞食』の子なんか！ それに応伯爵はとっくに死んでしまったじゃないの」と春梅。

結局三番目に話のあった呉服屋の葛員外の娘で、今年廿になる翠屏という女性に決まった。葛員外は陳経済のことについては何も知らなかった。警備隊長に縁のある若者と聞いただけで、安心して嫁に出す気になった。春梅はさらに新郎新婦のため、女中の心配までした。「十三四の女の子を」とこれも薛嫂に依頼した。

翌日、薛嫂が果たして一人尋ね当てて知らせてきた。

「黄四のせがれが使っていた、十三になる子がいました」

「黄四って、西門の旦那にお金の融通を頼んでいたあの人？」

「その通り。実はあの人お上の金を使い込み、仲間の李三や来さんらと三人同じ縄にかかり、今牢屋に入れられておりますの」

「来さんってだれのことかしら？」

「来保ですよ。もっとも今では湯保と名前を変えていますけれど。きょう話題に上がった女の子は黄四のせがれのところにいる子で、そのせがれが四両半でなら売るといっております」

春梅は三両半に値切って、この子を買い取り、名前を金賤児と名づけた。新婚夫婦のためには西の離れが解放された。壁紙や天井紙が全部は塗り替えられ、新調の寝台まで用意された。

春梅は同時に経済が昼間、書類を扱っている書斎の方もついでに綺麗にしてやった。新調の寝台がこちらにも持ち込まれた。花嫁の翠屏はこちらの寝台には近寄ることが許されなかった。寝る人は他にいたのであった。

第九十八回

陳経済臨清に大店を開き、韓愛姐妓館に情夫を求む

さて、ある日、周守備は済南府府知事張叔夜とともに、人馬を引き具して、梁山泊の賊王、宋江ら三十六人の征伐に向かった。一万あまりの野盗の群れも揃って降伏し、その地方は平穏に復した。この旨奏上すると、朝廷は大いに喜んで、その功績によって、張叔夜は都御史、兼、山東安撫大使に、周菊軒は済南兵馬制置使（辺境守備隊司令）に昇進し、河川の巡察管理、盗賊の偵察逮捕にあたることとなった。討伐に従った部下で功労のある者もすべてそれぞれ位一級を進められ、陳経済も軍門に名を連ねていたために、参謀の職を授けられ、月給米二石（二十斗）で、晴れの冠帯を帯びる身となった。

周守備は十月中旬に勅書を拝領すると、人馬を率いて家路に着いた。まず使いを出して、春梅をはじめ家中の者にこのことを報せた。春梅は満心歓喜してこの報せを受け、陳経済と張勝・李安に城外まで出迎えさせるいっぽう、家の広間に昇任祝いの宴席を用意した。贈り物を持って祝辞を述べに来る役人連は引きも切らずで、周守備が帰着して馬から下り、奥の間に入ると、春梅と孫二娘の二人は周守備を迎え入れ、挨拶をする。

陳経済は衣服を改めて、真っ赤な丸襟の服を着用し、頭には冠帽を、足に黒長靴、腰に角帯という出で立ちで、新婦の葛氏を連れて挨拶に出る。周守備は葛氏がなかなかの美形であるので、着物一重ね、髪飾り代として銀子十両をとらせた。

その晩、春梅は守備とともに部屋で酒を飲んだが、話は家庭内の事柄に移らざるを得ない。

「あたし、弟を娶わせるにつきましては、いろいろと物入りでございましたのよ」と春梅がいえば、守備は

「それはそうであろう。たったひとりの弟がお前を頼って来

たのだ。妻子もなくては前途もおぼつかない道理。いくら使おうともそれは別人のためではないのだから」

「このたびはまた弟のために前途を切り開いていただきまして、これで栄身はまちがいなしですわ」

「朝廷よりご下命が下ったので、日ならずして私は済南府に赴任するが、お前はこちらにいて、留守を守ってもらいたい。少し元手を用意して、弟に番頭でも雇わせて、ちょっとした商売をやらせたらどうか。三日か五日おきに帳簿を調べさせ、少しでも利益が上がれば、暮しの足しになるだろう」

「それもそうですね」と春梅。

周守備は家に十日ばかりいただけで、十一月の初旬に旅支度を整えて、張勝・李安を供に連れ、任地の済南に向かう。周仁(しゅうじん)・周義(しゅうぎ)が後に残り、陳経済は城南の永福寺まで一行を見送る。

ある日、春梅は経済に向かって、相談を持ちかける。

「守備はあなたにこれこれしかじかで、どこか川下で番頭か手代を使って、なにか商売をやるようにといって、出て行ったのよ。いくらかでも儲かれば、家の足しになるからって」

経済それを聞くと、満心歓喜して、ある日、なにか商売を始めるについて、番頭・手代にふさわしい人物を求めて街中を歩いていると、むかし馴染の陸二哥(りくにか)とばったり出会った。

陳経済がこれこれしかじかで、なにかよさそうな商売を始めようと思うのだがと語る。陸二哥ポンと手を打って、

「目と鼻の先に元手要らずの大きな商売がぶら下がっている。他の者には手が出ないが、お前さんならわけのない話だ。例の楊光彦(ようこうげん)の野郎さ、あいつはお前さんの船荷をごっそりかすめ取って、九百両を手にすると、番頭の謝三朗(しゃさんろう)と手を組み、臨清の波止場近くで大きな商売を始めたというわけさ」と語り始める。

名高い謝家の酒楼がそれである。資本は全部、経済の金だ。謝三朗を表に立て、楊太郎自身は陰に潜んでいる。そのいっぽうで、波止場の周辺にたかっている小商人(こあきんど)や私娼・公娼らに高

利で金を貸し、博打場を開設して、大もうけをしている。楊太郎自身は毎日ロバを乗り回し、供を連れ歩いていわば波止場のダニになり切っている」

「兄貴はそれを黙って見ている。こんなまぬけな話があるものか。周閣下の名刺一枚出すだけで、楊太郎はぺしゃんこじゃないか。そのあと兄貴はあそこの隠れた資本家。謝三朗とあたしを番頭に使えば、九百両持ち逃げされて大助かりだ」

この話をきくと、陳経済はすっかりのぼせあがって、

「まったくお前のいうとおりだ。これから家に帰って、旦那とねえさんに話そう。商売がうまく行ったら、お前さんを謝三朗といっしょに番頭にするぜ」と口走る。

陳経済、周守備府に戻ると、まず春梅にこの話を伝える。周仁・周義にも計って見る。一人も不賛成のものはいない。周菊軒の名刺を添え、経済の名で盗難届が出された。あて先は提刑所の何千戸と張二官である。使いの者は

「家に帰ったら、旦那さまや奥さまにくれぐれもよろしく伝えてくれ。いずれ当方で盗品の回収をしたうえで、お受け取りをお待ちしておるとな」と提刑所から返答を持って帰って来た。

日ならずして、物々しい捕り手の一隊が臨清に急行させられて、楊太郎とその弟、楊二風が逮捕・監禁され、まず銀子三百五十両取り上げられる。おびただしい木綿類と店の設備も没収される。それでもまだ九百両には満たないので、家屋敷からロバまで供出して弁償させられる。謝家酒楼はこうして紅緑の塗装を塗り替えられ、新規に発足した。約束通り謝三朗と陸二哥が表だって番頭とされ、経済が三四日に一度、新たに雇った下男の小姜（しょうきょう）を従え、馬に乗って、帳簿の検査に通うのであった。

ところで、西門慶の没後、王六児（おうろくじ）といっしょに金をさらって東京（とうけい）に奔った韓道国（かんどうこく）は当初、娘の愛姐（あいそ）が蔡（さい）太師府の大執事、翟謙（てきけん）の愛妾だったので、太師府の塀のうちに住まいを与えられて、のほほんと暮らしていたが、蔡太師・童（どう）太尉・李（り）右相・朱（しゅ）太尉・

高太尉・李太監ら六名の政府高官が国子監太学生の陳東に告訴され、そののち監察御史の手によって弾劾されて、遂には聖旨が下り、捕えられて僻地に終身流島にされた。とりわけ蔡太師の息子、蔡攸は断罪に処せられ、家産を没収されてしまった。

韓道国は王六児と愛姐を連れて太師府を逃げ出し、清河までやって来て、自分の家を預けておいた弟の韓二を頼ることにした。ところが韓二は逐電して行方知れず、預けた家屋も人手に渡っていて、三人は清河にも身の置き所を失っていた。

このころ韓道国は自立して働く意欲をなくしていた。久しく女房の王六児に体で稼がせていたのと、また東京へ出奔した後からは、愛姐からの仕送りを受け、ぬくぬくと顎の下をのばして暮らしてきた。以前は王六児一人に稼がせていたが、これからは愛姐にも稼がすことができる。ただ稼ぎ場所が清河ではいかにもよろしくない。そこで臨清に出て、謝家酒楼を根城にして暮らしを立てようと考えた。陳経済が帳簿の検査にきて、偶然彼らの存在に気づく。二十歳を少し超えた年恰好の女が絵に描いたように浮き彫りになって見えた。もう一人は中年の婦人、小麦色で背のすらりと高いのがその容姿。

「誰だい、あれは。断りもなしに勝手にはいってきて」と、経済が謝番頭をとがめる。

「隣の范老人の口利きで、こんどはいって来た女で、娼婦でございます」と謝番頭が説明する。

「あらまあ、陳のおにいさんじゃございませんか！ あたしですよ。お屋敷でお世話になっておりました韓道国の家内の王六児ですよ」と中年の女がいう。側にいた愛姐を指さし、

「この子は永らく東京の翟執事さまのところにいました娘の愛姐でございます。亭主もいますぐまいります」

折から韓道国が部屋に伺候して、朝廷で起きたクーデターの一端を話して聞かせる。

「そんなわけで、わたしら親子は人さまに頼るしか外に道

はなく、なにも知らずにこちらにご厄介になりました次第で、二三日のあいだに、わたしらに分相応の店が見つかりましたならば、大人しく出てまいりますゆえ、しばしの間お店の軒下を拝借願いたいもので…」

「よし、わかった」と経済が頷いた。「せっかく入って来たんだから、このままここで客を取ってはどうか？」

「へい、そうしていただきますと、願ったりかなったり」

王六児にも韓道国にもこの刹那に経済の腹のうちがすかすようにはっきり読めたのである。親子三人が電光石火の目配せを交わして、道国と王六児は身を引き、経済が愛姐を膝の上に抱いた。そうして一しきり二人は激しい愛撫をかわした。

「あたしら、きっと前世からの因縁よね」と愛姐。

「きっとそうなんだろうね」と経済。

「まあ嬉しい。本当にそう思ってくださる？」と愛姐、彼の口元に顔を寄せ、「あたい、ちょっとお願いがあるんだけど…」

「なんだい？　いってごらんよ」

「あたしら三人は長途の旅の後でしょう。お金が亡くなってしまいましたの。すまないのですけど、あたいのお父さんに五両ほど貸してあげてくださらない？　いつかはかならずお返ししますから」

経済が懐から五両を取り出して、これを愛姐に握らせる。

経済はその日のうちに清河に引き返す予定であったが、とどのつまり、愛姐と一夜をともにして、翌日昼過ぎにようやく清河に引き上げていった。

韓道国は娘から渡された五両の金子をたちまち使い果たして、困った挙句に湖州の生糸商人で、年が五十前後の何（か）の旦那をその後さっぱり姿を見せない経済の後釜にひっぱってきて、これに愛姐を抱かせようとするが、愛姐はどうしても承知しない。そこで、道国はやむを得ず、王六児に厚化粧をさせて、愛姐の代役を勤めさせる。すると何の旦那はこの王六児がすっかり気に入って、なかなか引き上げて帰ろうとしない。

第九十九回

劉二酔って王六児を罵り、張勝怒って陳経済を殺害する

さて、それからまる二日が過ぎて、三日目の四月二十五日は陳経済(ちんけいざい)の誕生日であった。春梅(しゅんばい)は奥の広間に酒肴を整え置き、経済のために誕生祝いを催し、家中揃って一日を楽しく過ごした。そのあくる日の朝、経済は

「もう久しいこと河下(かわしも)の波止場に顔を出していないし、今日は暇で、これといってすることもないので、ちょいと出かけていって帳簿を調べたりして、暑さしのぎに一っ走り様子を見てまいります」という。春梅は

「あなた行くのなら、駕籠に乗ってお行きなさいよ。けっこう骨の折れる仕事なんだから」と応ずると、二人の兵卒に命じて駕籠をかつがせ、さらに下僕の小姜(しょうきょう)をお供につけてやる。途中何事もなく、昼過ぎには臨清(りんせい)の埠頭に到着し、謝家大酒楼(しゃけだいしゅろう)の裏口に顔を見せる。駕籠を下りて中に入ると、二人の番頭が揃って挨拶に出て来る。

「その後お体のお具合はいかがでしたか」

「いろいろと心配をしてもらって、相済まんことでした」などといい交わしながらしばらく話をする。やがて陳経済立ち上がると、

「帳簿を調べておいておくれ、あとで見に来るから」といい残して、奥へ入ってゆく。すると韓(かん)家の下働きをする八老(はちろう)が早くも迎え出て、王六児(おうろくじ)夫妻に経済の来訪を伝える。このとき韓(かん)愛姐(あいそ)は二階の手すりに凭れて、外の景色を眺めながら、憂さ晴らしに筆を手に詩を詠んでいた。陳経済が来たとの知らせに、愛姐はいそいそと軽やかに蓮歩を移し、裳裾(もすそ)を波打たせながら階下に向う。

母子揃ってにこやかに笑みを浮かべながら、経済を迎える。

「まあ、あなたったら、ずいぶん久しくご尊顔をお見せにならずでしたこと。一陣の風がさっと吹いて、わたくしどものところへあなたを届けてくださったんだわ」と王六児。

経済、母子と挨拶を交わすと、いっしょに部屋に進んで腰を降ろす。しばらくすると、王六児がお茶を運んでくる。茶を飲み終えると、愛姐が口を切る。

「どうぞ、二階のあたしの部屋にいらっしゃいましな」

経済は二階に上がると、早くも水を得た魚のごとく、漆(うるし)を膠(にかわ)に投じたごとく、互に深い情愛を示す言葉を口にすることもなしにそっと身を寄せ合う。愛姐が硯台の下から、一枚の便箋を覗かせて見せるので、経済がそれを拾い上げて見ると、

「これはこのところあなたがあまりお見えにならないので、詩(うた)でも作って、憂さを晴らそうと、二階でたったいま作った歌ですのよ。あなたのお目を汚さなければよいのですが…」と愛姐はいう。

陳経済が読んでみると、それには

色あでやかな床に伏し、　憂いて身動きされもせず
あでな帯ひもだらり垂れ、鬢も乱れてしどけなし。
玉郎去りて便りなく、　つのる思いは日に二六時

経済、読み終わると、口を極めてほめそやす。やがて王六児が酒肴を整えて昇ってくると、鏡台を取り除いて化粧机の上にこれを並べて、二人の席を設ける。愛姐が酒を注いで、両の手で支え、経済に差し出すと、丁寧に万福の礼をして、

「あなたはあれからずっとお見えにならないものですから、あたしはあなたのことばかり考えておりました。それにいつぞやはまた八老にお金をことづけてくださいまして、ほんとうにありがとうございました。家中で感謝しております」

経済は酒を受け取ると、挨拶を返しながら、

「どうも体調がすぐれず、約束を違えて失礼をしました。どうかお咎めのないように」といって酒杯をからにする。次いでこんどは愛姐に杯を返して飲ませたのち、二人は腰を降ろして、酒盃のやり取りを始める。王六児・韓道国も昇って来てしばらく相伴を続け、潮時を見て下りて行く。

久方ぶりの再会ゆえ、情は炎のごとく燃え上がり、やがて限りなく深い交歓に及ぶ。一たびの雲雨が終わると、またしばし酒を酌み交わし、互に酔眼朦朧とする中、またもや情がたぎりたって、人目もはばからず、激しく情を交わして、二人は昼食を取ることも忘れ、ぐっすり寝入ってしまう。

ちょうどそこへ真綿商の何（か）の旦那がやって来て、王六児を相手に階下で酒を飲み始める。韓道国（かんどうこく）が酒の肴や果物などを買い揃えに出た隙に二人は房事を済ませて、こんどは買い出しから戻った韓道国も加わり、三人して酒盛りをする。やがて日暮れ時になると、宿屋をやっている地元のやくざの劉二（りゅうじ）が泥酔して双肌（もろはだ）脱ぎ、赤黒い素肌をさらけ出して、拳骨を振りかざしながら、酒楼の店先にやってきて、わめき立てる。

「やい、南者の何を連れてこい。ぶんなぐってくれる」と大声でわめいている。びっくりした二人の番頭、謝三郎（しゃさんろう）と陸二哥（りくじか）は二階で休んでいる経済に聞こえてはまずいと思ってか、慌てて帳場から飛び出して来ると、

「これは劉二兄、何の旦那は来ちゃいませんぜ」と応える。劉二は委細かまわずどんどんと奥の韓道国の部屋まで踏み込んで、戸口の簾を半分ほどまくりあげた。するとそこには何の旦那が王六児と酒を酌み交わしている。

「それ見たことか。てめえがおれんところで月極めにしている女郎の二人はどうする気だ？　二カ月滞った部屋代も寄越さねえで、どこへ行きゃあがったのか、どうもおかしいと思ってあちこち探してみりゃ、こんなところにしけこんでいやあがる！」

何の旦那は慌てふためいて席を立ち、劉二の前に進み出て、

「すまん、すまん。まあそう怒りなさるな。今から行くところだから」

「なに、ゆく？　この野郎！」と劉二の鉄拳が間髪をいれずに何の顔の真正面に飛ぶ。見る見る顔が青く膨れ上がってくる。何の旦那は立ち上がると、やにわに戸口から逃げ出してどこかへいってしまう。ところが劉二はまだ納まらない。こんどは王六児の目の前に据えてある食卓を食器ごと蹴倒した。これを見た王六児が突然、人が変わったように大音声でわめき散らす。

「暴れるのなら、外へ行って暴れたらどうだ。このあたしは、お前らごときに何をされても黙りこくっておとなしくしているそこいらの姐御とはわけがちがうんだ。あたしはてめえのその拳骨を怖がるような女とでも思うのか。殺したいなら、さあ殺せ。やりたいのなら、さあやってみな」と男も顔負けの啖呵を切る。劉二は王六児をまた足蹴にして、尻もちをつかせ、床の上に転倒させる。

「これで足りたか。だいたいおめえは太てえアマだ。さっさとどこかへ消えて失せろ」

劉二が鉄拳を振り回して見せる。見れば、あたりにいつの間にか黒山の人だかりができていて、その中の一人が王六児をはがいじめにして抱きとめ、

「お前さんはこちらに来てまだ日が浅いので、知るまいが…」と劉二の素性を話してきかせる。劉二は警備隊長周閣下の部下の張勝の小舅で、張勝を笠に着て，臨清の女郎屋仲間に幅を利かせ、そこらの飲み屋、食いもの屋の上前をはねて回っているが、張勝と気脈を通じているばかりに、人々はみな後難を恐れてあえてさからおうとしないのだ。

「だからさあ、詰らんことに意地を張るのは止めることだ」

ところが王六児の方はそんなことは一向に構わない。相手が張勝という後ろ楯ならば、こちらはその張勝より一枚上手の陳経済が控えているのだ。謝三郎と陸二哥は店を壊されたくない

ので、二人がかりで劉二を抱きとめ、なだめすかして家に帰らせてしまう。韓道国はとっくにどこかへ姿をくらましてしまっていた。おさまらないのは王六児。彼女は髪を振り乱し、わあわあ泣きながら、半狂乱で段梯子を二階に駈け上り、奥の静かな別室で眠りこけている陳経済と韓愛姐の枕元に転がり込み、劉二が張勝を後ろ楯にしていかに乱暴狼藉をはたらいたか、口角泡を飛ばして、語り聞かせる。

「よろしい、お母さん、わしにいい考えがある。立派に仇を取ってやるからさ」と陳経済。

陳経済は晏公廟の道士見習いであったころに、経済の愛妾であった馮金宝との関わりで、劉二よりこの上ない侮辱を受けたことがあった。経済は乱暴を振った劉二の手から張勝に引き渡され、罪人として留置される目に遭い、白州に引き出されて拷問を受けたことを思い出した。張勝はやはり怨敵ならざるを得ないのであった。

そこで陳三のような地回りのチンピラに小遣い銭をくれて、張勝の行状を探らせる。はからずも張勝が劉二の酒屋に女郎を囲っていることが判明した。その女郎とは実はかつて西門慶の第四夫人であった孫雪娥その人であった。

ときに東京の朝廷では、この頃、はからずも大金国の人馬が辺境に出没し、国内を深く荒らし回り、いよいよ情勢が逼迫してきていた。そこで徽宗皇帝も大いに心安からずなって、大臣らとも相談の結果、使者を遣わしてこの北国と和を講じ、毎年金銀、数百万両を贈ることになった。そのいっぽうで皇位は天子に譲って、宣和七年を靖康元年に改元し、新天子は欽宗と呼ばれることとなり、徽宗皇帝自身は龍徳宮に隠居され、新朝廷では李綱が兵部尚書となって、諸方の人馬を区分し、種師道が大将となって、内外の軍務を統括することとなった。

ある日、済南府にいる周守備の元にも勅書が下って、周秀は山東都統制に昇進し、人馬一万の大部隊を集めて、東昌府に駐屯し、巡撫都御史（じゅんぶとぎょし）の張叔夜（ちょうしゅくや）と力をあわせて、地方を守護し、金兵（きんぺい）を阻む役目を仰せつかった。周守備はちょうど済南府に出府していたが、そこへ左右の者が駆けつけて、

「朝廷より勅書が下ってまいりました。ご拝命のほどを」

というので、さっそく香机を用意し、跪いて勅旨を拝聴する。

「…………………………」

宣読（せんどく）が終わって、勅使が帰ると、周守備は張勝・李安の秘書を呼び寄せ、箱や行李や金目の器物を二（ふた）馬車ほど家に持ち帰るよういいつける。済南に一年余り職を奉じている間に巨万の金銀を手に入れたわけで、それを荷箱や行李に詰め、二人に托して家まで送り届ける段取りをつけ、

「昼夜を分かたず、道中よく気をつけるんじゃぞ。わしも遠からず巡撫の張（ちょう）さまと手を組んで、四路の兵馬を狩り集め、清河県から出立することになるから」と二人をいい包めた。

ある日、陳経済は張勝と李安が車を護送して屋敷に戻って来たことを知る。周守備も程なく戻ってくるとのこと。

「しめた。好機至る」と経済はひそかに考えた。

ある晩、経済の新婚の妻、葛翠屏（かつすいへい）が里帰りをした。経済は書斎に一人寝をする。すると明け方そこへ春梅が忍んで入ってきた。女中の姿もないのを幸い、二人はさっそく雲雨を交えた。折しも張勝は夜番として庭を回って歩いていた。書院のくぐり門の外まで来ると、書院の中から女の笑い声が聞こえてくる。窓際によって聞き耳を立てると、春梅が中にいて、経済となにやら話し込んでいる。じっと耳をすまして聴いてみると、経済が張勝のことを讒訴（ざんそ）している。張勝と劉二の関係を暴き立てている。張勝が劉二の店に孫雪娥を囲っていることも暴き立てている。

「つまり張勝は周閣下の部下である身を利用して、臨清のやくざらと交わり、淫売屋を開いているばかりか、金貸しにまでも手を染め、いっぽうで春梅ねえさんの宿世の仇、孫雪娥とも

馴れ合い、追っつけ春梅ねえさんの寝首を掻きにくるかも知れませんよ」

「それだったら心配しなくても大丈夫。今にうちの人にそういって、片付けてもらうから」と春梅。

窓外の張勝は足元に用心してその場を離れ、番小屋に取ってかえす。そこで短刀を持ち出して、庭石の上で二度、三度刃先を砥ぐと、だっと書斎に躍り込む。春梅は居なくなっていた。女中の蘭花（らんか）が「お坊ちゃまが泣いています」と呼びに来たので、部屋をはずした後であった。経済だけが布団にくるまって寝ていた。張勝が近づいてくるのを見て、

「あれ、お前何しに来た？」と叫ぶ。

「お前を殺しに来たんだ！」と怒りに声を震わせて張勝は叫ぶ。

「なんでお前はあの淫婦にわしを殺せなどというんだ？恩を仇で返そうってのか。諺にも『頭の黒い虫は援けちゃならぬ。援けりゃ人の肉を食う』というが、よくいったもんだ。さあ、じたばたするな。わしのこの一太刀を喰らってみよ。来年の今日はお前の命日だ」

陳経済は素っ裸のまま、身を隠す場所もなく、ただ布団にしがみついていた。張勝はその布団を引っぺがすと、経済の肋骨のあたりを目がけてぐさっと一突き、どくどくと血が流れ出る。経済がもがくので、また一太刀、胸に突き刺す。すると経済はすっかり動かなくなってしまった。そこで、髪の毛を掴んで、首を打ち落とす。かくして陳経済、二十七歳を一期として横死を遂げた。

張勝はあくまでも春梅に止めを刺すつもりで、血刀をぶら下げて庭に下り、母屋の方に行きかける。李安が出て来て、

「兄貴、待ちな」と抱きとめる。

「離せ」「離さぬ」の押し問答の末、腕力に優れた李安に押さえ込まれて、張勝は縄を打たれた。

軍事情勢はとみに急を告げ、周統制は各方面から兵馬の徴集

を終え、数日ののち、忙しく清河の屋敷に戻って見ると、春梅が経済の殺されたことを報告する。周菊軒、大いに怒って、訊問することもなしに、兵卒に張勝の百叩きを命じて、これを殺してしまう。さらに下役人を波止場に差し向け、劉二を召し捕らせると、周統制はこれにも百叩きを命じて、その場で打ち殺してしまう。孫雪娥は劉二が召し捕えられたと知ると、己も召し捕えられるものと思い込んで、部屋で首を括ってしまった。

清河と臨清の町ではこの事件の噂が一時に湧き上がって、大騒ぎとなった。韓愛姐もこのうわさを聞かぬわけにはいかなかった。愛姐は夜となく、昼となく、経済の死を悼み悲しんで、経済の死骸に一目会いたいとしきりに願った。

その後、経済の遺体が清河の城外の永福寺に埋葬されたと知り、愛姐はわざわざ墓参りに出かけて行った。それは埋葬後三日目のことであった。そのため春梅も葛翠屏も墓参に現われた。そこでこの三人は一つところに落ち合うこととなった。愛姐はこの二人に涙ながらに心情を吐露した。

「私とこの人とは一時の夫婦とはいえ、互に固く愛を誓い合った深い仲で、末永く添い遂げようと心から望んでおりました…」と。

愛姐はこの後、父の韓道国、母の王六児とも決別し、春梅、翠屏らとともに周屋敷に住み、喪に服しながら、経済追慕の生活を営むこととなった。

第百回

韓愛姐湖州に父を尋ね、普静禅師亡者を済度する

さて、陳経済の墓参を切望する娘韓愛姐に同道して、永福寺に到った韓道国・王六児夫妻は、韓愛姐がこの先、周菊軒の屋敷に留まって、陳経済の喪に服しながら、ひたすら経済追慕の日々を過したいといいはるので、娘愛姐を残して、謝家大酒楼に戻ってはきたが、愛娘は居なくなってしまう、諺にもいう通り、独り座して喰らえば、山も崩れるというわけで、陳三を迎えにやって、何の旦那にまた飲みに来てもらうこととなった。何の旦那の方でも近隣に劉二のような怪物がいなくなったので、これまで通り王六児のところへ出入りを再開して、韓道国にも心気をのぞかせるようになった。

「お宅さんちの娘は周統制府に張り付いて、喪に服していて、もうこちらには顔を出さないようだし、どうかね、わしが手持ちの品物を全部売り尽くして、掛け売りの方も終えたなら、二人ともわしといっしょに湖州のわしの実家に行くことにしないかね？　ここでこんないかさま商売を続けるよりはそうやって落ち着く方が身のためではなかろうか…」

「旦那がご承知くださるのなら、こちらには異存はありませんが…」と韓道国。

ある日、何の旦那は品物を完売して、掛け売りも済ませると、船を雇って、王六児らを連れ、湖州に向かうことになった。いっぽう、周統制府に張り付いて、葛翠屏と二人して貞節を守り、姉妹と呼び合って、仲好く喪に服している韓愛姐は昼の間は春梅のところへ行って、金哥や玉姐の面倒を見たり、夜になると葛翠屏と同じ布団にくるまって、安眠をむさぼったりしていた。

この頃になると、金哥も大きくなって、もう六歳。孫二娘の

産んだ玉姐（ぎょくそ）は十歳になっていて、二人の子供の相手をしてやればよいのであって、取り立ててこれという用事があるわけではない。ところが陳経済がいなくなり、周守備もまた出征してしまうと、春梅だけは毎日色々なご馳走を食べ、金ぴかの衣裳に身を包み、頭には金や銀や真珠などありとあらゆる宝石類をちりばめた髪飾りを貯えて身をこなしているのに、夜独り寝の寂しさだけはいかんともしがたく、欲火に身を焦がしていた。そこでなかなかの好男子である李安（りあん）に目をつけ、機を伺っていた。

冬のある日、李安が詰所で宿直をしていると、誰か裏戸をたたく者がいる。誰何（すいか）し、戸を開けてみると、そこには乳母の金匱（きんき）が立っていて、「これ、春梅奥さまからのお届け物」という。「これをあなたに差し上げるって。包みの中には女物の着物も入っているが、それはあなたのお母さまにですって。いつぞや旦那さまのお荷物を護送してきてくれたし、張勝（ちょうしょう）に殺されるところを助けてもらったから、そのお礼ですって。それにもう一つ大事なものがあった」と金匱こんどは五十両の大元宝を取り出し、李安の前に置いて立ち去る。

あくる日の朝、李安はさっそく着物を持って、これを生家の母に見せながら、前夜の出来事を詳らかに語り聞かせる。

「張勝は悪事を働いたから、百叩きを喰らって死んだのだけれど、こんどはお前にこんなものをくれるなんて、どうしたんだろうね。わたしももう六十を超えたし、お父さんが亡くなってからはお前一人が頼りなんだよ。もしも妙なことをしでかしたら、このわたしは誰に身を寄せたらいいんだい？ だからあすは帰ってしまわないで、ここにいておくれよ」

「行かないのは構わないけど、使いの者が迎えにきたら、どうします？」と李安。

「風邪をひいたといっておくよ」

「でも結局は行かないわけにはいかないでしょう？」

「では山東夜叉で名の通った李貴（りき）おじさんのところにしばら

く匿ってもらいなさいよ。何カ月か経ってから、様子を見においでよ」

李安はどこまでも孝行な息子なので、素直に母親のいうことを聞き、荷物を取りまとめて、青州府（せいしゅうふ）にいる叔父の李貴のもとに出かけて行く。春梅はその後、李安の姿が見えないので、何回となく小僧を呼びに遣わした。母親も初めのうちは病気で寝ているといってすましていたが、人が調べにくるというに及んで、原籍地の親戚の元へ金の工面に行っていると説明した。春梅にとってこういう返答はまことに面白くなかった。

月日のたつのは早いもの。もう十二月も終わって、正月の初旬。周統制は兵一万二千を率いて、東昌府（とうしょうふ）に駐屯していたが、駐留が大分長期にわたるので、家人の周忠（しゅうちゅう）に手紙を持たせて、清河の屋敷へ帰し、春梅、孫二娘を初めとし、金哥・玉姐などの家族を呼び寄せることにした。ただし周忠は残し、城外の荘園から叔父を呼び寄せて、本宅の留守番をするようにといいつけた。清河に残った者は周統制の従兄弟の周宣（しゅうせん）、周忠、葛翠屏（かつすいへい）、韓愛姐らで、春梅の一行を護送させられたのは周忠の上の子、周仁（しゅうじん）であった。

周菊軒は李安の同行がなかったことを咎めるが、春梅は

「李安は五十両の金を盗んで、逐電してしまいましたのです。どうせ下種のことですもの、止むを得ませんわ」と空とぼけている。

「あいつめ、わしがあれほど目を掛けてやったのに、そんな恩知らずとは知らなんだ。いずれ人を差し向けて、引っ捕えてやる」と周菊軒は強い不満を見せた。

ところが周統制は日々軍務に忙殺され、朝廷・国家の仕事に心気を奪われて、心が休まる時がない。おちおち食事を取る暇もない。せっかく家族を呼び寄せたのに、一家団欒の余裕もない。ところで春梅は任地東昌府で老僕周忠の次男周義（しゅうぎ）が今年十九でなかなかの美少年であることに目を着け、互に秋波を送りあっているうちに、二人はよい仲になってしまう。

このころ北方の大金国（ツングース族）は遼の国を滅ぼし、欽宗皇帝が即位したと見るや、軍勢を集めてこれを二路に分かち、不意に中原の地になだれ込んだ。大元帥の粘没喝は十万の人馬を率いて、山西太原府を経て東京をおびやかし、副元帥の斡離不は檀州から高陽関に迫り、辺境の兵はこれを支えきれない。都の兵部尚書李綱、大将軍種師道らは大慌てで緊急命令書を山東、山西、河南、河北、関東、陝西の六路の統制に飛ばし、それぞれの要地を死守するよう要請した。

将軍周菊軒は軍を率いて東昌府を出る。高陽関に近づくと、折しも五月の初旬、激しい風が黄沙を吹きあげ、一寸先も見えなくする。金の軍勢中もっとも勇猛を誇り、後に宋の皇帝、徽宗・欽宗を捕縛して北方に連れ去ったといわれる斡離不の部隊が吹き上げる黄沙の中から突然襲いかかって、一箭の矢が周菊軒の喉を射抜いた。周統制一朝にして陣没する。亡年四十七歳。春梅らが遺骸を擁して清河の町に引き上げ、一先ず丁重に葬った。

周宣は菊軒の遺児、金哥のため朝廷に向けて上奏文を奉じた。一命を国のためになげうった周将軍の跡継ぎとして、礼遇を与えて欲しいというのがその趣旨で、祭葬のこと、祖職継承のことなども願い出た。すると朝廷からは「兵部覆儀を経て上奏書を嘉納す。故統制周秀は奮身報国、王事に没頭し、その忠勇嘉すべし。依って係官を派して一壇を祭らしめ、墓前に都督の職（軍・政務を司る地方官職）を追封せしむ。なお、かれが子は例に依りて優待し、成人のあかつきは祖職を襲替せしむ」との令書が下った。

ところで春梅は美食の余り、淫情ますます盛んとなり、いつも周義を閨房に引き入れて、終日外出を禁じ、朝な夕なに交わって止まず、そのうちついには癆痎（結核）を患って、熱を出し、毎日薬を飲む。元気はでない。やがて枯れ木のようにやせ細り、それは彼女の誕生日を過ぎた六月の炎暑のある日のこと、この日も昼近くまで床の中で周義を抱いていて、一たび体液を吐瀉したあと、鼻や口から冷たい息が漏れて、そのままこと切れてしまった。亡年二十九歳。

周義は泡を食って、箱の中から金目のものを盗み出し、これを身につけると、外へ逃げ出した。報告を受けた周宣は周義の行方を捜し、城外の叔母の家に逃げ込んだところを捕えて、連れ戻した。醜聞が世間に漏れると、やがて金哥の継職にも差し障ると考え、有無をいわせず、表の広間に引き出して、四十の大棒で叩き殺してしまった。

こうして周宣は孫二娘・金哥・玉姐の面倒を見ながら、春梅の遺骸を祖先の墓へ送り出し、周統制と合葬すると、二人の乳母をそれぞれ人に嫁がせたが、葛翠屏と韓愛姐はいくらすすめても、他所へ行こうとしない。

ところがある日、大金の人馬が、前回を倍する大軍勢で国境を突破して、首府の東京を包囲し、徽宗・欽宗の両帝は捕縛され、さらわれてゆく。人民は四散して、行くべきところを知らぬ。周の一家も離散のほかはなかった。葛翠屏は実家に引き取られたが、韓愛姐には行くところがない。落ちぶれて乞食に身をやつし、琵琶を抱えて唄いながら父母の居る湖州に纏足(てんそく)の足を引きずって向うことになった。たまたま片田舎の木賃宿で叔父の韓二にめぐりあう。すでに四十五、六の老境に近い男となり、黄河の河さらいの人夫であった。二人は手に手を取って湖州に赴くこととなった。

湖州に到って捜してみると、真綿商の何(か)の旦那はとうにこの世を去って、韓道国もまた骨になっていた。てて親が何(か)の旦那なのか、韓道国なのかはっきりしない六歳になる女の子と王六児とがそこには住んでいて、王六児は韓二と改めて夫婦となり、何の旦那の残した田畑を耕すことになった。韓愛姐は嫁に欲しいという申し出がずいぶんあったけれども、なぜか、われとわが顔に傷をつけて剃髪(ていはつ)し、尼寺に入って三十二歳で病死した。

金の大軍の勢いは止まらず、間もなく東昌府をも突破して、周菊軒の戦死のあと、巡撫の張叔夜（ちょうしゅくや）が代わって、死守していたけれども、持ちこたえられなかった。清河県の陥落はもはや時間の問題となった。官吏・役人どもは逃亡して、城門は昼間も閉ざされ、人民は逃げまどい、父子は離れ離れになる。
見渡せば、煙塵は四面に立ちこめ、太陽は黄沙に覆われてほの暗い。金軍はすでに一部が入城を始め、城内は大半の人民が逃げ出し、家々は門戸を閉じて、十戸に九戸は空き家であった。あたりは森の中の沼のように静まりかえっていた。宮人は紅袖に泣き、王子は白衣で逃惑う。
西門家ではそのころほとんど人影もまばらで、呉月娘は金兵が迫るので、自分も金銀宝石の類をいささか身につけて逃亡せざるを得ない。呉大舅はすでに死亡しているので、呉二舅と玳安・小玉の夫妻と十五歳になる孝哥をつれて、全部で五人、かつて西門慶の十人の義兄弟の一人で、ただいま一人だけ官職を身につけ、済南に駐在する雲離守（うんりしゅ）を頼って、尋ねて行くことになった。家の出入り口には全部鍵をかけ、流亡の群れに混じって、城外に出る。一刻たりとも遅滞することなくと荒野の路を急いでいると、やがて十字路に出た。
すると向かい側から栗色の袈裟を掛け、九環の錫杖（しゃくじょう）を手に草鞋（わらじ）ばきの一人の和尚が、経典を包んだ布袋を背にして、のっしのっしとやってくる。月娘に向かって合掌したかと思うと、いきなり大音声で、
「呉氏の奥さま、いずこに行かれまするかな？　わしに弟子をお渡しくだされ」
月娘は驚いて色を失い、
「これはお師匠さま、いかなる弟子を…？」と聞き返す。
「おん奥さま、寝ぼけたるふりはお止めなされ。十歳前、泰山の東峯にお参りの折り、殷天錫（いんてんしゃく）に追われてわしの山洞にお泊りになったことお忘れかな？　わしはその雪洞の老和尚、法名を普静（ふせい）と申す。その時わしに弟子をくださるとお約束なさった

に、なぜお渡ししようとなさらぬか？」

これを聞いて呉二舅が

「師父は出家の身でありながら、いささか道理にはずれてはおりませぬか。この乱れた世をかく逃げまどうのも、やがてこの子に家を継がせようと願うがために外なりませぬ。とても出家などはさせられませぬ」

「どうしてもお渡しにならぬとおおせか」

「師父、下らぬおしゃべりをしているときではありませぬ。逃げ道を失ってしまいます。うしろから金兵が迫ってくるかもしれませんもの」

「弟子をお渡しにならぬとあれば、もう日も暮れるし、道も歩めまい。金兵もここまでは来られまいから、わしといっしょに寺で一晩泊まって、明朝お出かけになるがよい」

こんどは月娘がたずねる。

「どちらのお寺ですの？」

和尚の手で指さす方には道端に寺があり、近づいてみると、それは前に一度来たことのある永福寺であった。寺に着いて見ると、長老や僧侶はすでに大かた逃げ去り、何人かの禅僧が禅堂で座禅を組んでいるばかり。仏前には大きな瑠璃燈が灯され、炉には香が焚かれている。もう日は西の山に沈もうとしていた。月娘らの一行五人は寺の方丈に泊まることになり、顔見知りの小坊主が食事の用意をしてくれる。普静禅師は独りで禅堂に入り、床の上で座禅を組み、木魚を叩きながら、口に経を唱えだした。

月娘らの一行は気苦労と道中の疲れでたちまち寝入ってしまったが、独り小玉だけは寝つかれないまま、方丈の戸口から普静禅師の読経ぶりをのぞいていた。すでに三更ごろであった。仏前の灯明が暗くなったり明るくなったりする。禅師が呪文を一段と声高に唱える。両手で『印』を結んだ。すると禅師の座前にうす汚い、血なまぐさい亡者（もうじゃ）の一群が列をなして座りこむ。禅師が大音声で唱える。

「汝ら衆生は互に仇を仇で返し、解脱を肯ぜぬが、いつになったら納得するのか。汝ら正に心静かにわが言葉を聞き、それぞれ速やかに托生せよ」

この言葉に亡者たちはみんなお辞儀をして、一つ一つ消えて行く。しばらくすると、鎧甲冑に身を固め、身の丈七尺もある大男が現われる。喉に矢を一本突き立てている。

「統制周秀、金将との合戦により陣没を遂げました。老師のお救いにより、これより東京に赴き、沈鏡の次子、沈守善として托生します」

この言葉が終わるか終らないうちに、今度は白装束の身分のありそうな人が現われ、

「清河県の冨家西門慶、不幸にして血を流して亡くなりました。老師のお救いを蒙り、これより東京城内に赴き、冨家沈通の次子、沈鉞として托生します」と宣告して消える。

小玉は自分の家の旦那さまだとわかって、びっくり仰天しながらも、声が出ない。続いて陳経済、藩金蓮、武大、花子虚、宋恵蓮、龐春梅、張勝、孫雪娥、周義などの亡霊が次々と現れて、おのおのどこに托生するかを宣告して消えて行く。

小玉はぶるぶる震えながら、

「和尚さんはこの幽霊たちと話をしているんだな」と思って、月娘にこのことを伝えようとするが、月娘は死んだように眠っていて、いっこうに目を覚まさない。

このとき月娘らは夢の中で、五人うちそろって、済南府の雲離守のところへ、一つには孝哥の縁組の話を進めるために、もう一つには戦乱の世を避けて一時の安住の地を捜し求めて、出かけて行ったのであった。ところが雲離守の方はそんなことには興味を示さず、ひたすらまだ若さと美貌を留めている呉月娘を妻帯することに関心を抱き、その障害になりそうな呉二舅と玳安をまず殺害し、さらには孝哥の首をもはねてしまう。月娘は孝哥が首を切り落とされたのを見て、思わず「あッ」と大声

を上げた。—はっとして目を覚ますとそれは南柯の一夢であって、月娘は体中汗ぐっしょり。やがて鶏が五更を告げたころ、月娘は髪を梳かし、顔を洗って禅堂に入り、仏前に焼香する。普静老師が禅座から大声で呼びかける。

「これにてお悟りになられましたかな」

月娘ばったり禅師の前に跪いていう。

「この弟子は凡愚の悲しさ、お師匠さまが仏さまであられることを全く存じませんでした。先ほど見た夢で悟りました」

「悟ったならば、もう済南へ行くことはありませんぞ。行ったところで五人とも命を失うことになるだけです。ご息子は縁あってわたしに出逢ったが、だいたいあの子は西門慶の生まれ変わりで、あなたの家に托生したのだから、本来ならば、資財を蕩尽し、家を傾け、死に臨んでは身と首がところを異にするはずであった。それをわしが解脱させ、弟子にしてやるのじゃ。諺にも一子出家し、九祖昇天すと。西門慶の罪科(つみとが)もこれで解け、救われます。まあついてきてごろうじろ」

老師はそういうと、つかつかと方丈に入り、すやすやと眠っている孝哥の頭に禅杖を当てる。孝哥が一瞬にして、首に重たい枷をつけ、腰に鉄の鎖を巻いた西門慶に変わり、老師がもう一度禅杖を当てると、元の孝哥に戻った。月娘はこれを見ると、思わず大声を上げて泣きだした。

しばらくして孝哥が目を覚ますと、月娘はいった

「さあ、お師匠さまについて出家するんですよ」

禅師手ずから孝哥の頭を剃り、明悟(めいご)と法名を付けた。月娘はしばらく孝哥にすがって泣いていた。十五の歳まで育て上げ、家を継がせようと望みをかけていた孝哥はむざむざ老師に引き取られ、俗界を離れてしまう。普静禅師は孝哥をもらい受けると、月娘に別れを告げることになった。

「あなたがたは逃げることはありませぬぞ。程なく金兵は退いて、朝廷は南北二つに分割されますが、すでに中原には皇帝

ができておる。十日もしないうちに戦争は終わり、地方は穏やかに静まります。あなたがたは家に帰って、心静かに日々を送られるがよい」といい残した。

「お師匠さま、子供はお救いいただきましたけれども、私たち母子はいったいいつの日に再会が叶うのでしょうか」

こういって月娘はまた明悟にすがり、大声で泣いた。

「奥さま、泣きなさるな。ほら、向こうからまたひとり老師がやってきますよ」

老師の指さす方をみな一斉に振り向いたその隙に、普静禅師とその弟子、明悟は一陣の清風と化して姿を消し、どこかへ飛んでいってしまった。月娘は普静禅師と明悟の名をかわるがわる呼びながら、近くの松の木の幹に身をもたせて、いつまでも泣き叫んでいた。

「お師匠さま！明悟！」

呉月娘、呉二舅、玳安夫妻はそのまま十日ばかり永福寺に泊まっていると、普静老師のいった通り、大金国は張邦昌(ちょうほうしょう)を東京で皇帝に立て、文武百官をさだめた。宋の正統だった高宗は南に逃れ、南京で天子となり、国は二つに分かれて、南宋・北宋となった。

月娘らは屋敷に戻って、玳安を西門安(せいもんあん)と改名させ、家業を継がせたが、人々はこれを西門小員外と呼んだ。月娘は西門小員外に老後を見てもらい、七十を以って生涯を閉じたが、母子は生きて再び相目見(あいまみ)えることはなかった。

1000点 世界文学大系既刊・近刊予告	
アマリア	(北欧篇1) シルヴィ・ケッコネン著 坂井玲子訳 フィンランド 既刊 電子書籍版アリ
ギスリのサガ	(北欧篇2) アイスランド・サガ (著者不詳) 渡辺洋美訳 アイスランド 既刊 電子書籍版アリ
ヘイムスクリングラ ー北欧王朝史(一)ー	(北欧篇3－1) スノッリ・ストゥルルソン著 谷口幸男訳 アイスランド 既刊 電子書籍版アリ
ヘイムスクリングラ ー北欧王朝史(二)ー	(北欧篇3－2) スノッリ・ストゥルルソン著 谷口幸男訳 アイスランド 既刊 電子書籍版アリ
ヘイムスクリングラ ー北欧王朝史(三)ー	(北欧篇3－3) スノッリ・ストゥルルソン著 谷口幸男訳 アイスランド 既刊 電子書籍版アリ
ヘイムスクリングラ ー北欧王朝史(四)ー	(北欧篇3－4) スノッリ・ストゥルルソン著 谷口幸男訳 アイスランド 既刊 電子書籍版アリ
カレワラ タリナ	(北欧篇4) マルッティ・ハーヴィオ著 坂井玲子訳 フィンランド 既刊 電子書籍版アリ
棕梠の葉とバラの花 ー独居老女悲話ー	(北欧篇5) スティーグ・クラーソン著 横山民司訳 スウェーデン 既刊 電子書籍版アリ
ニルスの旅 ースウェーデン初等地理読本ー	(北欧篇6) セルマ・ラーゲレーヴ著 山崎陽子訳 スウェーデン 既刊 電子書籍版アリ
赤毛のエイリークの末裔たち ー米大陸のアイスランド人入植者ー	(北欧篇7) エルヴァ・スィムンズソン著 山元正憲訳 カナダ 既刊 電子書籍版アリ

1000点 世界文学大系既刊・近刊予告	
赤毛のエイリークの末裔たち（2） ーニュー・アイスランダーー	（北欧篇 7-2） D & V. アーナソン編著 山元正憲訳 カナダ 既刊
赤毛のエイリークのサガ（他）	（北欧篇 7-3） アイスランド・サガ 山元正憲訳 アイスランド 既刊
中国明代白話小説 新釈「金瓶梅」巻一	（中国篇） 蘭陵笑笑生著 横山民司訳 既刊
中国明代白話小説 新釈「金瓶梅」巻二	（中国篇） 蘭陵笑笑生著 横山民司訳 既刊
中国明代白話小説 新釈「金瓶梅」巻三	（中国篇） 蘭陵笑笑生著 横山民司訳 既刊
ストゥルルンガ・サガ	（北欧篇 9） イスレンディンガ・サガより 阪西紀子訳 アイスランド 近刊
赤い部屋	（北欧篇 10） アウグスト・ストリンドベリ著 寺倉巧二訳 スウェーデン 近刊

新釈　金瓶梅　巻三

— 中国明代白話小説 —

2021年11月15日　第一刷

1000点世界文学大系

原作者　蘭陵 笑笑生
訳　者　横山　民司
発行所　プレスポート
〒362-0067 埼玉県上尾市中分 1-23-4
Telefax 048-781-0075
http://www.nordicpress.jp

レイアウト　江口デザイン
印刷・製本　平河工業社

※本シリーズに関するご希望・ご感想等をホームページにお寄せください。

ISBN 978-4-905392-14-9
192-0397-02000-1　Printed in Japan